# A HISTÓRIA
(quase verdadeira) **DO SOLDADO DESCONHECIDO**

Emilio Franzina

# A história (quase verdadeira) do soldado desconhecido

## Contada como uma autobiografia

Tradução
Edilene Toledo e Luigi Bionde

martins fontes
selo martins

© 2016 Martins Editora Livraria Ltda., São Paulo, para a presente edição.
© 2014 Donzelli Editore
Esta obra foi originalmente publicada em italiano sob o título *La storia (quasi vera) del milite ignoto - raccontata come un'autobiografia*

*Publisher* Evandro Mendonça Martins Fontes
*Coordenação editorial* Vanessa Faleck
*Produção editorial* Susana Leal
*Capa* Douglas Yoshida
*Preparação* Lucas Torrisi
*Revisão* Paula Passarelli
Julio de Mattos

**Dados Internacionais de Catalogação na Publicação (CIP)**
**(Câmara Brasileira do Livro, SP, Brasil)**

Franzina, Emilio
 A história (quase verdadeira) do soldado desconhecido : contada como uma autobiografia / Emilio Franzina ; tradução Edilene Toledo e Luigi Bionde. – São Paulo : Martins Fontes - selo Martins, 2016.

 Título original: *La storia (quasi vera) del milite ignoto : raccontata come un'autobiografia*
 Bibliografia.
 ISBN 978-85-8063-260-6

 1. Ficção italiana 2. Guerra Mundial, 1914-1918 - Narrativas pessoais - Ficção I. Título.

16-00910                                         CDD-853

**Índices para catálogo sistemático**:
1. Ficção : Literatura italiana 853

*Todos os direitos desta edição reservados à*
***Martins Editora Livraria Ltda.***
*Av. Dr. Arnaldo, 2076*
*01255-000 São Paulo SP Brasil*
*Tel.: (11) 3116 0000*
*info@emartinsfontes.com.br*
*www.emartinsfontes.com.br*

# Sumário

**Prólogo**     7

| | | |
|---|---|---|
| **Capítulo 1** | *Brasil, 1892-1913* | 13 |
| **Capítulo 2** | *De São Paulo para a Itália, 1914-15* | 31 |
| **Capítulo 3** | *Em direção a Piacenza: outono de 1915* | 59 |
| **Capítulo 4** | *Treinamento em setembro* | 67 |
| **Capítulo 5** | *No front de Isonzo: outubro-dezembro de 1915* | 81 |
| **Capítulo 6** | *Cartas e dúvidas de Natal: dezembro de 1915 – janeiro de 1916* | 93 |
| **Capítulo 7** | *No Friuli e no Vêneto em direção aos Planaltos: inverno de 1916* | 119 |
| **Capítulo 8** | *Duas semanas em Vicenza: fevereiro de 1916* | 137 |
| **Capítulo 9** | *Do Valdastico a Asiago: março-abril de 1916* | 163 |
| **Capítulo 10** | *"Gott strafe das treulose Italien": a expedição punitiva austríaca de maio-julho de 1916* | 191 |
| **Capítulo 11** | *Da tomada de Gorizia a setembro de 1916* | 223 |
| **Capítulo 12** | *Mais um inverno nas trincheiras* | 241 |
| **Capítulo 13** | *O ano terrível: 1917, de janeiro a março* | 247 |
| **Capítulo 14** | *O ano terrível: 1917, de abril a dezembro* | 265 |

| | | |
|---|---|---|
| **Capítulo 15** | *1918: O ano da minha morte* | **299** |
| **Capítulo 16** | *Um, nenhum, seiscentos mil – Posfácio* | **341** |
| **Capítulo 17** | *Lista de nomes de pessoas que viveram efetivamente entre 1914 e 1918* | **363** |

**Breve nota autobibliográfica** — **363**

**Bibliografia** — **373**

# A HISTÓRIA
## (quase verdadeira) DO SOLDADO DESCONHECIDO

~

> Tenho muita afeição pelos mortos, em parte porque a maior porção do nosso tempo será passada, se não com eles, ao menos ao lado deles; em parte porque somos nós que fazemos com que eles continuem vivendo, que emprestamos a eles um pouco de nossa vida.
>
> Gianfranco Contini

## *Prólogo*

*Eu tinha acabado de completar 26 anos quando o estilhaço de uma granada me matou. Obviamente, essa é uma das recordações mais claras que me ficaram dos três anos de participação na guerra na Itália, onde eu sequer tinha nascido e onde eu tinha escolhido lutar, vindo do Brasil em julho de 1915. Lembro-me, claro, de ter estado na companhia de muitíssimos emigrantes e filhos de emigrantes que tinham, como eu, partido de São Paulo ou embarcado em Montevidéu ou Buenos Aires. Outras imagens, ou pessoas, ou episódios, ao contrário, vão e vêm na minha cabeça a seu bel-prazer, ora com detalhes aparentemente fúteis, mas muito nítidos, ora ofuscados, como se fossem partes de um sonho.*

*São tantos e tão intrincados os fios com os quais a trama da minha existência terrena foi tecida, que frequentemente tive vontade de colocá-los em ordem, mas somente hoje, depois de quase cem anos, encontrei a força para fazê-lo, enquanto as pessoas que vieram depois de mim talvez ainda reevoquem, celebrem ou ao menos comemorem a grande guerra. Entretanto, assim que iniciei a tarefa, dei-me conta de que, não sei por qual privilégio concedido aos mortos, ou talvez apenas pela perspectiva elevada pela minha nova condição (estou, de fato, no Altar da Pátria, em Roma), eu seria capaz de fazer isso com uma lucidez, e também com uma capacidade de linguagem que, quando eu estava vivo, certamente não tinha.*

*Esta história eu quero contar, portanto, como um veterano de guerra que narra suas empresas à distância de décadas ou, melhor ainda, como um contador de histórias que coletou várias memórias de outros, fazendo-as próprias, com razão, sem nunca, porém, deixar aparecer o meu nome. O motivo dessa reticência é fácil de entender: para todos, na Itália, sou o Soldado Desconhecido, e é oportuno que, em relação aos dados oficiais de minha identificação, eu permaneça assim.*

*Por isso, estarei atento a não fornecer indícios da minha real identidade. Em compensação, vou contar uma vida, a minha, e em parte também a vida de tantos outros que com a minha se cruzaram, às vezes fugazmente, mas que ali, no ponto de encontro, contribuíram para entrelaçá-la e condicioná-la: homens, na maioria simples soldados ou jovens oficiais, e mulheres como a minha mãe, mas, sobretudo, garotas, que na sua normalidade tornaram, de qualquer modo, única esta minha existência.*

*Quem quiser poderá conjecturar infinitamente sobre tudo o que eu recordar, mas francamente duvido que exista alguém, até mesmo um historiador de profissão, daqueles duros e obstinados, capazes de se orientar com absoluta precisão em um novelo de fatos mais emaranhados do que um ninho de arame farpado. Além disso, não se sabe se a precisão, nesses casos, é necessária. Afinal, tudo o que eu passei passaram também muitos daqueles que, militares ou civis, a guerra levou, ou deixou marcados para sempre no corpo e, sobretudo, na alma.*

Capítulo 1

## *Brasil, 1892-1913*

~

Então, eu já disse que não tinha nascido na Itália. Os meus pais, de fato, tinham vindo para o Brasil, saindo de um vilarejo rural do Vêneto, no ano da graça de 1891, viajando pelo oceano por 23 dias seguidos, a bordo de um navio bastante perigoso, e vendo somente, como diziam eles, "todo o dia mar, mar e céu"[1]. Desembarcados em Santos, foram conduzidos com outros aldeões vindos da mesma região, claramente à custa e aos cuidados dos senhores que os haviam contratado, primeiro à Hospedaria de Imigrantes, todos bem embalados em um trem que chamavam Maria Fumaça, e depois a uma das milhares de plantações de café do interior paulista, em Cravinhos. Foi ali que eu nasci, um ano mais tarde.

Os primeiros anos da infância e da adolescência voaram rapidamente na fazenda Água Branca, na qual aprendi algumas coisas das quais conservo uma vaga lembrança porque, do que me recordo, aprendi naquele tempo a cuidar dos animais de quintal (galinhas e coelhos, sobretudo, mas também porcos) e a cultivar os frutos daquela horta precária, entre as fileiras de pezinhos de café que constituíam, de fato, toda a nossa minúscula e provisória

---

[1]. Em dialeto vêneto, no original: *"tutto el dì mare, mare e zielo"*. (N. T.)

propriedade. Dinheiro, na verdade, havia pouco em casa (ou melhor, na cabana), e até esse pouco desaparecia no final da estação por causa dos gastos com as compras miseráveis que tínhamos que fazer, com preços de agiotagem, na única venda que existia ali: a do patrão. Para comer era preciso arranjar-se com a polenta de milho verde e com feijões que ferviam sem parar na panela de barro lascada. Afinal, além do arroz, isso era o máximo que podiam esperar ou que podiam se permitir, no Brasil, os caipiras, o que também nós italianos tínhamos nos tornado.

Meu Deus, italianos é um exagero, visto que todos nós falávamos em dialeto, embora tanto minha mãe, Diomira, quanto meu pai, Florindo, tivessem recebido um pouco de instrução, quando garotos, do padre da paróquia à qual pertenciam. Foram eles que quiseram me mandar aprender a ler e a escrever, como diziam, "na língua", quando eu tinha sete anos, na escolinha Príncipe Umberto, do professor Luigi Gregolini. Só a mãe da minha mãe, que, tendo ficado viúva, tinha vindo com eles, e tinha problemas em relação a isso. Vó Rita sabia ler somente soletrando com esforço as letras grandes dos livrinhos religiosos que ela preferia. Ela era, aliás, naquela época, uma mulher já idosa, de cerca de cinquenta anos. Mastigava fumo e fumava cachimbo, mas tinha medo dos raros ex-escravos negros que ainda trabalhavam na fazenda como assalariados, lado a lado com os "nossos" (como ela chamava os vênetos). Ela morreu em 1898, sem ter tido tempo de nos ver bem instalados em São Paulo, a metrópole já industrial para a qual literalmente fugimos na companhia de tantos outros colonos, cansados da difícil lida e das trapaças na caderneta[2], em outubro, dois anos depois, por volta do dia em que, em Anápolis, na fazenda Nova América, um jovem lavrador bergamasco chamado Angelo Longaretti matou com uma foice um fazendeiro, Diogo Eugênio de Salles (irmão do então presidente da República), por ter assediado uma de suas irmãs e ousado levantar a mão para seus pais.

Quando chegamos ao bairro paulistano do Bom Retiro, os periódicos estavam repletos de notícias sobre esse fato de sangue, e por isso o clima não era dos melhores para os italianos, que, no seu jornal, *Il Fanfulla*, tentavam defender, em meio a mil dificuldades, o próprio conterrâneo, que já se encontrava na prisão e corria o risco de ser condenado (à morte ou à prisão perpétua, não me lembro bem). Eu era muito pequeno em 1900 para compreender o quanto estivesse embaralhada uma situação que continuamente trazia à tona injúrias preconceituosas e, sobretudo, os apelidos mais ofensivos, como "carcamano", que até os outros imigrantes, sobretudo os espanhóis, tinham certo gosto em lançar contra nós. De qualquer forma, foi graças a um espanhol, o senhor Felipe, que os meus pais conseguiram encontrar casa e trabalho. Nós fomos viver no cortiço de um português chamado Paiva, na rua Tenente Pena, próximo à rua dos Italianos (a antiga rua Alta), não distante da Fábrica de Tecidos Anhaia, o estabelecimento têxtil da rua Silva Pinto, onde meus pais tinham sido contratados como operários.

---

2. Cadernos nos quais se anotavam as dívidas fiadas em vendas e mercearias. (N. E.)

Depois de um estágio na rua, que durou bastante, com a idade de doze anos eu era já um garoto bem esperto e pronto a dar uma mão em casa ou a ajudar economicamente minha família, que nesse meio-tempo tinha crescido, aumentando de ano em ano pela chegada, em ritmo cadenciado, de outros dois irmãos, Luigi e Tonino, e de uma irmã, Diana. Americo, o mais velho e o único de nós que tinha nascido na Itália, tinha se casado com uma moça brasileira e acabou tomando, em casa, o lugar que era de nosso pai, que tinha morrido de tuberculose em 1908, enquanto eu ansiava por voltar à escola, como faziam só alguns garotos de "boa família".

Em um educandário particular dirigido pelo professor Benedito Tolosa (as Escolas Reunidas do Bom Retiro), eu tive a sorte, rara naquele tempo para gente como nós, de frequentar as aulas da primeira série, numa classe de mais de quarenta alunos.

Júlia, uma bela morena que era nossa vizinha, tinha ficado amiga da minha mãe e dava aula ali. Assim, achando, bondade sua, que eu fosse muito inteligente, empenhou-se para que eu tivesse essa rara oportunidade. Ela me deu a chance de aprender um bom português, menos macarrônico, ou menos contaminado do que o que se falava pelas ruas do bairro, onde, de resto, ainda predominava a babel de centenas de dialetos italianos. Para mim, de qualquer modo, o Bom Retiro foi bom porque foi bem ali que eu comecei o meu primeiro trabalho, de rumoroso jornaleiro, difundindo, toda manhã (e algumas tardes), o *Correio Paulistano*, *O Estado de São Paulo* ou o *Estadinho*, que saía à tarde, e, claro, o *Fanfulla*. Quando estourou a grande guerra, o maior desses jornais, *O Estado*, que às vezes eu tentava trazer para a minha mãe, entre outros, alinhou-se decididamente entre os Aliados e foi ostracizado pelos alemães, que, numericamente importantes no sul do país, ali eram uma clara minoria.

No bairro para o qual nos tínhamos transferido depois da morte do meu pai, indo morar, em 1909, na Rua Assunção – no bairro ultrapopular do Brás, famoso por seu exuberante carnaval, quase tanto quanto o do Bexiga –, havia, na verdade, poucos alemães e austríacos, com a exceção de uma ou outra cervejaria e de alguns trentinos[3] súditos do imperador "Cecco Beppe"[4] (os quais, que coisa estranha, falavam italiano). Em compensação, surgiam já havia anos as maiores fábricas do futuro conde Francesco Matarazzo, um salernitano de Castellabbate que tinha feito fortuna em São Paulo, começando pelo imenso complexo têxtil da Mariângela, onde, em uma fábrica na qual não faltavam operárias linguarudas e subversivas, minha mãe tinha passado a trabalhar, sem comprometer muito a sua proverbial devoção pela Madonna della Roccia, ou seja, pela Virgem Maria que aqui chamavam Nossa Senhora da Penha. Eu, pessoalmente, não era igualmente devoto, e duvidava às vezes até da existência de Deus. Mas alguma coisa da educação religiosa que eu também tinha recebido tinha permanecido dentro de mim e lutava com muitas outras crenças das quais pouco a pouco eu tinha me aproximado, convivendo cada vez mais frequentemente com companheiros laicos ou até

---

3. Trento é uma região ao norte da Itália, no Tirol, que, até o fim da Primeira Guerra Mundial, pertencia ao Império Austro-Húngaro. (N. E.)

4. Apelido de Francesco Giuseppe, nome em italiano do imperador Francisco José I da Áustria. (N. E.)

mesmo anticlericais (dos quais, no entanto, eu escondia essa minha contraditória fraqueza de adolescente hesitante e imaturo).

No Brás, construí logo a fama de pessoa culta, estando eu sempre em meio ao papel impresso dos jornais, mas aparecendo, sobretudo, aos olhos de quase todo mundo, como alguém que poderia auxiliar, se solicitado, os conterrâneos analfabetos que desejavam manter um contato com os parentes que tinham ficado do outro lado do oceano e que necessitavam comunicar ou receber notícias "de casa", mas impossibilitados tecnicamente de fazê-lo. Chamavam-me de o pequeno escritor e contavam comigo principalmente para pôr no papel o que eles me ditavam de forma bem rudimentar, com uma sintaxe tão aproximativa quanto dificultosa. Naturalmente eu era pago por isso, e a certo ponto comecei a contar com regularidade com uma boa soma em dinheiro, até porque eu cobrava muito menos do que os profissionais, contentando-me em ganhar a metade da tarifa deles, que era de quinhentos réis por carta escrita em domicílio. Eu podia até me dar o luxo de gastar algumas centenas sem desperdiçar nada no jogo nacional, o do bicho, mas, sem dúvida, isso sim, para saborear um refrigerante de um tostão ou um chope, e (por que não?) algum gole de pinga, mas, sobretudo, para convencer minha mãe de que eu poderia retomar os estudos, interrompidos quando eu tinha deixado o Bom Retiro, sem provocar muitos danos a um orçamento familiar desastrado e perenemente no vermelho. Ela me amava muito, e era correspondida; nunca sonhou em colocar obstáculos aos meus ambiciosos projetos, que, porém, inquietavam Americo, mas não sua esposa Eliane, que estava destinada a se tornar minha principal aliada na família.

Foi assim que, aos dezesseis anos, parei por um tempo de vender jornais e me inscrevi na Escola Dante Alighieri, perto da nossa casa, na esquina com a rua Monsenhor de Andrade. O diretor era um professor calabrês que tinha fugido de Cosenza por motivos – diziam – essencialmente políticos. Ele era também proprietário da escola, e não escondia de modo algum suas ideias mazzinianas radicais nem sua participação na maçonaria. Luigi Basile, natural de Cosenza, era, além disso, um cultor entusiasta do *Risorgimento*[5] italiano (o livro mais importante que ele havia adotado para os seus cursos era um livro de Giuseppe Mazzini sobre a Jovem Itália), mas era, sobretudo, um docente extraordinariamente bom e muito severo, que alternava aulas de português e italiano: foi com ele que aprendi a escrever corretamente também em "brasileiro".

Em italiano, na verdade, Basile se exprimia quando estava muito inspirado e sempre que ficava muito zangado, com absoluta virulência didática, acompanhando com batidas vigorosas da varinha nos dedos as advertências que reservava aos que tinham cometido erros crassos ou aos preguiçosos que o faziam gritar com voz alterada, em direção aos maus alunos, epítetos pitorescos que nos faziam rir: "*Tartufo senza sale e senza sapore! Carota! Asino orecchiuto! Salame!*"[6].

A ênfase bem "mediterrânea" de Basile ao lançar sobre os coitados ofensas gratuitas não era menos contagiosa do que aquela com que ele sabia, ao contrário, nos apaixonar pela – por ele

---

5. Processo de unificação da Itália. (N. T.)

6. Em italiano: "Trufa sem sal e sem sabor! Cenoura! Asno orelhudo! Salame!". (N. T.)

assim chamada – "italianidade", digna, na sua opinião, de absoluta veneração, e contrastava com seus modos muito educados e com suas roupas burguesas sempre impecáveis. Fiquei do mesmo modo surpreso quando o vi uma vez no Bom Retiro, todo altivo ao lado de velhos veteranos garibaldinos de camisa vermelha e barba branca, quando foi inaugurado no Jardim da Luz o busto do general, enquanto a banda Ettore Fieramosca tocava o Hino de Garibaldi, e ele, que era decididamente desafinado, esforçava-se para cantar os vários versos, comovendo-se até às lágrimas.

Naquele período, por volta de 1910, as coisas eram assim em São Paulo, tanto que a sensação era a de se estar em uma cidade peninsular. Ao menos os bairros com a letra B hospedavam uma população majoritariamente italiana: o Brás e a Barra Funda, o Bexiga e o Belenzinho (mas depois também a Mooca, o Parí ou o Ipiranga), eram todos uma explosão de vênetos, de napolitanos, de lombardos, de puglieses, de calabreses, de lucanos e assim por diante. Não livre de preconceitos persistentes, mas, pelo contrário, com divisões rancorosas entre os da Alta e os da Baixa Itália, porém, no fim das contas, eram italianos e eram capazes de, por vezes, unir-se em nome de todos, como quando os calabreses do Bexiga conseguiram, em 1910, mudar para Bela Vista o nome embaraçante (Bexiga remetia às feridas da varíola) do bairro habitado por imigrantes e negros, mas em grande maioria por eles, e protegido, dizia-se, por uma padroeira tão poderosa e misteriosa como a Nossa Senhora Achiropita. Com festas bem coloridas e procissões rumorosas, nas diversões e ainda mais nos locais de trabalho, parecia realmente que os italianos tinham dado vida a uma pátria provisória nos Trópicos, onde não faltava nunca o prazer da boa música e das belas canções, mas também dos hinos do *Risorgimento* e das marchas militares.

A música e as melodias patrióticas foram talvez, junto com as injúrias de tantos detratores, um dos modos pelos quais eu também comecei a me considerar italiano e a me interessar por uma terra de origem cada vez menos vaga e cada vez mais semelhante, pelo modo como eu a imaginava estando na mais importante das suas filiais do além-mar, a uma mãe distante, pela qual se devia manter respeito, amor e lealdade filiais.

Outro local no qual eu também acabei formando uma ideia de ser italiano, por mais paradoxal que possa parecer, foi a Lega Lombarda, uma associação metade mutualista e metade recreativa à qual eu me associei em 1911, quando, tendo conseguido nesse meio-tempo me tornar um aprendiz de tipógrafo, decidi empenhar-me mais na vida, de modo mais sério e um pouco diferente do modo com que se ocupavam muitos dos rapazes da minha idade, anarquistas ou, no extremo oposto, clericais, perenemente em conflito, às vezes pela revolução, às vezes pelo tenebroso caso de Idalina[7], outras vezes por inflamadas negociações sindicais, e assim por diante.

---

7. Em meados de 1907, Idalina Stamato, de sete anos, desapareceu do orfanato Cristóvão Colombo, localizado onde atualmente é o bairro da Vila Prudente. Diante do desinteresse das autoridades, jornais da comunidade italiana paulistana investigaram o ocorrido e descobriram que ela havia sido violentada e assassinada pelo padre católico Faustino Consoni, também italiano. Em solidariedade, a comunidade italiana, sobretudo organizações socialistas libertárias e anticlericais, uniram-se para protestar, realizando comícios em que se exigia a investigação do crime e a punição do padre, o que jamais ocorreu, sendo o inquérito definitivamente arquivado em 1912. (N. E.)

Eu trabalhava onde se montava e se imprimia uma revista satírica, *O Pirralho*, que estava obtendo grande sucesso em meio ao público paulista e entre os próprios italianos que, embora dessem uma interpretação diferente da do autor, adoravam o personagem Juó Bananère, inventado por um escritor da minha idade e que tinha um nome mais longo, à portuguesa, que um trem da noite. Alexandre Ribeiro Marcondes Machado, que assinava com aquele pseudônimo, dividia comigo somente o ano de nascimento, 1892, e o fato de ter vivido muito tempo no Bom Retiro, mas talvez compartilhasse também comigo alguma preocupação econômica que o tinha obrigado a tentar ganhar a vida com o jornalismo, interrompendo os estudos, embora viesse, ele sim, de uma boa família burguesa de Pindamonhangaba, no Vale do Paraíba. Enquanto o senhor Oswald de Andrade, o diretor da revista, me intimidava a ponto de eu sequer ousar dirigir-lhe a palavra quando ele vinha à tipografia para me dar instruções sobre a correção dos textos, com o Alexandre, que às vezes o substituía na tarefa, eu conseguia conversar alegremente, as primeiras vezes talvez para que ele me explicasse as passagens mais complicadas, até mesmo para mim, do seu portuliano ou paulistaliano, isto é, da linguagem macarrônica com a qual ele gostava de descrever as gestas do imigrante típico, proveniente da península e encarnado por Juó Bananère, que era a cópia perfeita – miscigenada e cruzada, porém – de pelo menos dois vendedores de fruta do Belenzinho, um chamado Carabina, especializado na venda de bananas de todos os tipos, e outro muito conhecido por suas canções satíricas, não raro com palavrões (a cada fim de ano apresentava uma nova, sempre, porém, com o mesmo refrão de fechamento, que advertia, obsceno e desconsolado, "Ano novo, fodidos de novo/ O tempo passa, o luxo cresce, a miséria aumenta e a morte triunfa!/ Ano novo, fodidos de novo"[8].

Juó Bananère sabia fazer todo mundo rir, inclusive os primeiros nacionalistas brasileiros, de quem Alexandre esboçava frequentemente caricaturas perfeitas, tão boas quanto aquelas que ele usava, com a ajuda de Voltolino, um ótimo desenhista de origem italiana, para pôr na berlinda preconceitos e visões grosseiras sobre os nossos conterrâneos. Na paródia de uma fábula famosa, que me divertiu muito, italiano era, por exemplo, o cordeiro, e brasileiro, *sua Incelencia*, o lobo. Não me lembro dela inteira, mas o início era literalmente assim:

> [Lobo] – Olá! O sô gargamano!
> Intó vucê non stá veno
> Che vucê mi stá sujano
> A agua che io stô bibeno!?
>
> [Cordero] – Ista è una brutta galunia
> Che o signore stá livantáno!

Com o tempo, de qualquer modo, Alexandre acabou passando dos limites e se queimou de modo irremediável com os nacionalistas da sua casa por uma sátira tremenda em versos que ousou fazer contra o estimado poeta e acadêmico carioca Olavo Bilac, de passagem por São Paulo. Como soube pela minha

---

8. No original, em italiano: "*Anno nuovo, inculata nuova/ Il tempo passa, il lusso cresce, la miseria aumenta e la morte trionfa!/ Anno nuovo, inculata nuova*"). (N. T.)

cunhada, em uma de suas primeiras cartas no fim de 1915, Machado acabou sendo afastado do *Pirralho* quando eu já estava há quatro meses na Itália, em meio a frio, trincheiras, bombardeios e assaltos. Sorri com aquilo, mas nem dei muita atenção de tanto que o Brasil e São Paulo me pareciam, àquele ponto, distantes.

Em 1911, voltando àquele ponto e ao Brasil de então, tinha acontecido bem ali alguma coisa de mais intrigante para mim e que acredito ter influenciado de modo notável, quase decisivo, eu diria, a minha crescente paixão pela Itália, o país que eu, já com vinte anos, sonhava poder um dia visitar, e que justamente naquele ano incendiou de entusiasmo a maior parte dos seus "filhos emigrados" pela escolha feita por Giolitti[9] de entrar na guerra contra a Turquia, com o objetivo, em poucas palavras, de conquistar a Cirenaica e a Tripolitânia.

Assim, também entre nós, como em todos os grandes centros de imigração do mundo, aquela que foi logo chamada "a empresa da Líbia", mas que era substancialmente uma guerra moderna com todas as guarnições, foi acompanhada com uma atenção espasmódica, se não até mesmo mórbida, nas casas – e até nos mais pobres cortiços – pela grande massa dos italianos, muito orgulhosos do que estava acontecendo na nossa "quarta costa". Parecia a todos que aquela guerra poderia enfim resgatá-los das velhas e novas humilhações sofridas no exterior por uma zombaria genérica ou uma visível chacota racial. Além do fato de

---

9. Giovanni Giolitti (1842-1928), político italiano, cinco vezes primeiro-ministro da Itália, incluindo na legislatura de 1911 a 1914 sua quarta passagem pelo cargo. (N. E.)

que já falassem com palavras aladas de uma "vitória proletária" poetas e escritores sobre os quais, de Pascoli a Corradini, tinha me relatado sumariamente também Basile pouco antes de morrer, coitado, em 1912 (quando o seu lugar já tinha sido tomado pelo professor Rodolfo Camurri), era evidente que um sucesso militar na África da "pátria distante" – que tinha substituído pouco a pouco nas nossas fantasias a "pátria ingrata e madrasta" dos velhos emigrantes – servia para manter alto o moral de quem, vivendo no Brasil, ainda se recordava do que tinha acontecido no tempo de Adwa[10] e dos confrontos, justamente em São Paulo, entre os italianos, tomados pela raiva e pela humilhação, e os negros de vinte anos atrás, que tinham tomado partido em massa, alguns até agressivamente, para dizer a verdade, por Menelik[11].

Entre 1911 e 1912, como se lia em toda a imprensa colonial, a afirmação na Líbia das armas italianas "finalmente invictas" animava, é preciso admitir, muita gente de bem que nunca tinha manifestado, até aquele momento, instintos particularmente agressivos ou simpatias desmesuradas pelas aventuras militares e imperiais, mas que não engolia os lugares comuns e os insultos dos nativos ainda em voga, aqui e ali, nas cantilenas mais divulgadas, por exemplo, aquelas dedicadas a depreciar os matrimônios mistos, cada vez mais numerosos, mas encorajados

---

10. Batalha ocorrida em 1º de março de 1896 que encerrou a Primeira Guerra Ítalo-Etíope, uma tentativa frustrada de colonização do corno da África ocorrida na atual região da Eritreia, então pertencente ao Império Etíope, quando o exército italiano foi massacrado em um dia após um ataque surpresa, sendo obrigado a se retirar. (N. E.)

11. Imperador da Etiópia. (N. E.)

justamente pelas mulheres do país (de uma delas eu me lembro bem, porque dizia, com um certo fascínio musical, "Carcamano, pé de chumbo,/ Calcanhar de frigideira,/ Quem te deu atrevimento/ De casar com brasileira?"). Eu conhecia, diga-se de passagem, o problema, porque Silvia, a garota pela qual eu tinha me apaixonado, era brasileira, e os seus familiares se opunham ferozmente ao nosso amor, como acontecia, aliás, com tantos italianos. Para alguns, essa circunstância se tornou até mesmo o motivo principal da decisão de ir para a guerra na Itália, e eu sei disso porque conheci pessoalmente ao menos um rapaz da minha idade (ele era da década de 1890 e tinha chegado ao Brasil com três anos) que tinha tomado essa atitude em 1915. Chamava-se Beppo Bagatta, e tinha nascido em Gravagna, um vilarejo perto de Pontremoli. Ele tinha trabalhado como marceneiro em Avaré e em Itatinga, mas, em 1911, quando sua história de amor desventurada com uma jovem brasileira de Piracicaba estava ainda no início, pensava com a mesma paixão nela e no andamento da "nossa empresa da Líbia". Isso, repito, nos ambientes da "colônia" era perfeitamente normal, sobretudo entre as pessoas de condições mais modestas.

Especialmente nos primeiros meses após o desembarque das tropas italianas em Trípoli, vi eu mesmo, aliás, personagens insuspeitáveis defenderem a "guerra santa" e a aliança entre a fé e a espada, que eram coisas mais compreensíveis talvez entre os padres scalabrinianos, missionários ou padres que cuidavam das almas, do que entre os populares dos bairros proletários do tipo de outro toscano como Albertino il Garfagnino. Ele, entre outras coisas, era famoso em São Paulo por seu convicto anticlericalismo e por suas coloridas blasfêmias com que o enfeitava (entre as suas preferidas estavam: "Nossa Senhora cadela", "Nossa Senhora lavadeira" e "Jesus bombeiro", mas ele não era o único a blasfemar desse modo tão escandaloso, pois algumas dessas acabavam até nos jornais).

Ele, que tinha sempre se colocado sem reservas do lado dos revolucionários de toda espécie, sem nem se apoiar, como faziam alguns, na desculpa fácil de que de agora em diante a nossa emigração teria encontrado com quem casar na Líbia, tinha abandonado logo a leitura da *Battaglia* ou da *Barricata*, dois jornais anarquistas, e andava por aí deixando bem à mostra o *Fanfulla*. Parecia realmente tomado por uma insana euforia nacionalista que o fazia cantarolar de maneira obsessiva o refrão da empolgante canção de guerra que quase todo mundo tinha aprendido: "Trípoli será italiana, ao rumor do canhão!".

Até mesmo o barbeiro mais popular do Brás, Tranquillo Zampinetti, homem tranquilo, mas "obstinadamente italiano", que, na Rua do Gasômetro, entre um corte de cabelo e uma barba, adorava ler em voz alta os boletins de guerra, sem nunca deixar de entoar o mesmo refrão a cada vitória "nossa" sobre os árabes e turcos da qual a imprensa dava notícia, ilustrando-a para o Giacomo, o engraxate, e para um pequeno público de conterrâneos fáceis de convencer. Naqueles dias memoráveis, diante de clientes compreensivelmente amedrontados, e contrariando a própria índole e o seu próprio nome, Tranquillo se agitava como um louco, porque balançava a navalha como uma espada, desenhando rabiscos homicidas no ar e exclamando "Caramba!", à espanhola.

No bairro, falava-se com certa condescendência, misturada com ironia, mas depois de 1912, vencida a guerra e negociada a paz em Losanne, pouco a pouco também com crescente distanciamento e desencanto: de um lado porque nesse meio-tempo tinha começado uma nova guerra – a guerra, bem brasileira dessa vez (e fratricida) do Contestado – e, de outro, pela boa razão de que no nosso pequeno mundo colonial, como se sabe, havia também outros problemas urgentes. Na guerra do Contestado, entre Paraná e Santa Catarina, certamente estavam envolvidos também muitos italianos empobrecidos e transformados em caboclos, mas eles também teriam tido o mesmo fim dos outros que a imprensa chamava com desprezo de fanáticos (e que talvez não o fossem de modo algum), reevocando, com isso, isto é, com esse termo pejorativo, o espectro de outra guerra ocorrida quase vinte anos antes, em Canudos, na Bahia, contra os camponeses rebeldes de Antonio Conselheiro.

Quase todos nós, reservistas ítalo-descendentes, conhecíamos aquela história através do grande livro de Euclides da Cunha, *Os Sertões*, e sabíamos também de como tinha feito parte, chegando da Itália com pouco mais de vinte anos, até mesmo um nosso conterrâneo, Francesco Cesare Alfieri, de Messina, que, como militar, tinha feito seu aprendizado precedentemente no exército do Reino, mas que agora, diversamente, se encontrava com a patente de major no alto escalão da polícia de São Paulo. Ele também a guiava em ações repressivas, nem sempre bem ponderadas, tanto contra a criminalidade comum quanto contra os pobres coitados, frequentemente de origem italiana, que por causa da miséria se envolviam em algum excesso ou cometiam algum furtinho de pouco valor.

No Brás, onde havia uma filial do *Fanfulla*, eu tinha conhecido Luigi Rizzi, um advogado perenemente sem um tostão que a administrava, e que, como não me tivesse bastado ver com os meus próprios olhos, me mantinha informado, de modo pitoresco, sobre esses problemas, ou seja: a pobreza e a violência que já fazia algum tempo corriam soltas por causa da crise econômica na qual a cidade tinha mergulhado e na qual estava afundando cada vez mais. Mendigos e prostitutas em quantidades nada módicas, mas também novamente simples operários, sobretudo italianos, que tinham perdido seus empregos eram frequentemente caçados e ciclicamente deportados em grupo entre a Bahia, Ceará e Pernambuco, depois de grandes redadas da polícia. Isso tudo só para dar uma ideia do problema com o qual São Paulo estava se debatendo entre furtos recorrentes, assaltos e crimes de vários tipos. Apesar disso, quem podia procurava afastar as preocupações e dar vazão aos próprios medos, seguindo outras paixões, especialmente se estavam em sintonia com uma idade em que alguma, por sorte, se previa, e das boas.

Capítulo 2

## *De São Paulo para a Itália, 1914-15*

Pense somente no baile e nas garotas como, naturalmente, fazíamos nós. Desde muito jovens estávamos acostumados a mergulhar de cabeça em batalhas imaginárias, talvez menos ousadas do que as políticas, mas ao menos de maior satisfação psicológica e física. Competíamos pelas mais belas garotas da nossa idade, regularmente disputadas nas noites de sábado, quando lotávamos o salão de festas e baile do clube Esperia. Às vezes também cortejávamos as garotas negras, embora na maioria das vezes acabássemos preferindo as filhas dos nossos conterrâneos, sem nos preocupar muito, pelo menos nessas situações, de qual parte da Itália seus pais tinham vindo. Tanto é verdade que, quando conheci Santina, uma garota bonita, simpática e com grandes seios, que era de Guardiagrele, nem liguei para o fato de estar traindo pela enésima vez Silvia, o meu primeiro amor, que enfrentava dura oposição (de seus pais), nem que eu estava me envolvendo, mesmo que só por diversão, com uma garota de família de Abruzzo. Da parte de pai, não éramos, no fim das contas, ambos montanheses? A Maiella[12], da qual ela contava só por ter ouvido falar, parecia-me irreal e remota, não menos do que as monta-

---
12. Maciço dos Apeninos, na região da Itália central. (N. E.)

nhas do Vêneto, das quais minha avó Rita tinha tanta saudade e de onde só me contava maravilhas. E ambos eram lugares que se encontravam naquela Itália belíssima pela qual, como eu disse, no fim, eu tinha sido enfeitiçado, ainda que tivesse chegado a isso por vias alternativas e a custa de ter que discutir, cada vez mais frequentemente, com meus colegas de trabalho na tipografia: eu, republicano e com simpatias pelos irredentos[13], e eles, socialistas ou anarquistas perdidos atrás dos discursos de Antonio Piccarolo[14] e de Alceste de Ambris[15] ou das poesias – belas, aliás – de Pietro Gori[16].

Para além das polêmicas, entretanto, alguns eram também meus assíduos companheiros de passatempos esportivos e praticavam como eu o futebol de várzea, nos timinhos de bairro como, falando somente dos italianos, a *Scarpa*, da Vila Maria Zélia, ou a toscaníssima *XX Settembre*, perto do Catumbí. Eu jogava futebol na *Roma*, do Brás, onde eu era "gorquipe", isto é,

---

13. Relativo ao irredentismo italiano, doutrina que se difundiu nas últimas décadas do século XIX e que visava anexar ao Estado italiano regiões consideradas italianas que estavam sob o domínio do Império Austro-Húngaro. (N. T.)

14. Antonio Piccarolo (1863-1947), político e intelectual piemontês, fundador do Partido Socialista Italiano (PSI) e dirigente da seção paulistana e do editorial brasileiro do jornal do partido (o *Avanti!*), publicado em São Paulo. Morou e militou no Brasil de 1904 até seu falecimento, foi professor da Escola Livre de Sociologia e Política de São Paulo (atual Fundação Escola de Sociologia e Política de São Paulo) de 1933 a 1946. Foi um importante líder antifascista da comunidade italiana. (N. E.)

15. Alceste de Ambris (1874-1934), jornalista, sindicalista e político italiano. Fundador do sindicalismo italiano e parlamentar do Partido Socialista Italiano. (N. E.)

16. Pietro Gori (1865-1911), advogado e jornalista siciliano, importante militante anarquista, que foi forçado ao exílio em duas ocasiões por sofrer perseguição política. É o autor das letras de algumas das mais famosas e representativas canções anarquistas do final do século XIX. (N. E.)

*goal-keeper*, enfim, goleiro, em parte porque eu era alto e magro como uma vareta, mas muito ágil, veloz e com reflexos rápidos, em parte porque não gostava da violência usada em todas as outras posições, em geral no grande Prado da Mooca. Este esporte, ainda assim maravilhoso e tão na moda, é que, quase ao mesmo tempo em que na Europa iniciava a grande guerra, deu origem à primeira célebre e gloriosa *Palestra Italia*: é claro que da sua torcida eu logo comecei a fazer parte, já em agosto de 1914, iludindo-me que cada sucesso de nosso time fosse como a vitória do povo dos imigrados sobre a discriminação da qual era, às vezes, vítima em São Paulo; mas entusiasmado, sobretudo pelo fato, como dizia nas reuniões o seu presidente, David Picchetti, de que, "quando o Palestra vence, vence a Itália, a lendária e bela Itália de tantas glórias", e, de qualquer modo, pela circunstância de que, no campo, antes de cada partida, se alçava a bandeira tricolor.

Mas isso são detalhes em comparação ao que aconteceu também no Brasil daí a pouco tempo, quando, após o atentado de Sarajevo e após um mês de hesitações, os austríacos lançaram o ultimato à Sérvia, e bem naquele mês, de inverno para nós, teve início – ninguém esperava por isso, ainda que mais de um, até mesmo no Brasil, o desejasse – o enorme conflito que acabaria por me envolver, e, no longo prazo, por arrastar-me, interrompendo a estrada da minha juventude.

A minha história de futuro soldado italiano começou mais ou menos nessa altura, e creio que vale a pena percorrê-la um pouco sobre o fio de uma memória meio deformada, talvez, mas de algum modo ainda participante, embora tenha se tornado, com o tempo, se entende, bastante perplexa e, por força das coisas, dolorosa. Eu não poderia prever isso naquele tempo, enquanto mês após mês se multiplicavam, até mesmo em uma São Paulo tão maltratada, como eu dizia antes, as discussões sobre a natureza e as consequências do enorme banho de sangue que na primeira metade de setembro, com o outono já batendo à porta, tinha começado a delinear-se – sabíamos pelos jornais, que tinham dobrado as tiragens – no *front* ocidental, do Marne ao Aisne, entre os franceses e os alemães, e no oriental, de Tannenberg a Leopoli, entre eles, os russos do czar e os austro-húngaros, em cujas fileiras se encontravam a combater, veja que contradição, também um bom punhado de trentinos e de outros nossos "irmãos irredentes".

Entrementes, não somente do Brasil, mas também do Uruguai e da Argentina, viu-se partir então numerosos "voluntários" dos países europeus, já combatendo entre si, que viviam lá havia tantos anos, ou que, como eu, tinham até mesmo nascido na América, sem nunca ter visto uma única vez a terra de origem de seus pais. Também em São Paulo, desfilaram, diante de nossos olhos surpresos, ingleses, franceses e alguns alemães cheios de entusiasmo e de confiança nas antigas pátrias, dirigindo-se a Santos para embarcar nos vapores e atravessar o oceano, indo (despreocupados?, nos perguntávamos) para a aventura.

Algo semelhante já tinha acontecido a uns italianos que se dirigiram a Trípoli três anos antes, e alguns dos nossos conterrâneos, como Pio Massani, de Sumidouro, tinham se alistado como voluntários entre os garibaldinos levados para a França em dezembro de 1914 por Peppino, sobrinho do general, mas agora o problema se punha também para mim e me tocava realmente de perto. Eu entendia cada vez mais, ora assistindo, ora tomando parte de intermináveis discussões pró e contra a guerra. Entre os imigrados de diversas nacionalidades, elas nasciam com frequência, e toda desculpa era boa para discutir ou até mesmo brigar. Ugo Bossini, industrial empreendedor do ramo do tabaco, que tinha lançado no mercado uma nova marca de cigarros, chamando-a Trento Trieste e fazendo em todo canto propagandas em verso, entrou em conflito com um grupo de eslavos istrianos que tinham protestado contra o que seria, segundo eles, uma ofensa ao velho Imperador (para os italianos, o "Enforcador") de Viena. O poeminha publicitário de divulgação do produto, que se fingia dedicado a um austríaco imaginário de Kranj[17] de nome Stanislao Krauss e que era apresentado por um também imaginário vendedor da alta Lucchesia[18], que recitava, eu me lembro dela toda, entre outras coisas, o seguinte: "Entendo bem os seus protestos/ ao senhor incomodam Trento e Triste?/ Talvez pareçam com a sua dor/ já reunidas na Tricolor? (...) Mas se o senhor sair da sua toca,/ eu lhe darei um soco à toscana!/ Decida-se, meu bom Deus,/ sou toscano/ sou *garfagnino*,/ eu sou jovem de sentimento/ e vendo muitas Triestes e Trentos/ (...) Sirvo a casa de Ugo Bossini/ Trento, Trieste me dão dinheiro".

Cá entre nós, os cigarros patrióticos não eram grande coisa (eu, na verdade, continuava fumando mais as marcas

---

17. Cidade atualmente localizada na Eslovênia. (N. E.)

18. Planície de Lucca, na região da Toscana. (N. E.)

brasileiras: *Delicioso, Yolanda* ou *Esterinha Japonesa*), mas a ideia não era ruim nem se esforçava para esconder a intenção descaradamente comercial da iniciativa em que se inspirava. *Grosso modo*, fazia par com a dos vendedores de frutas do Brás, que na feira arrumavam as bancas tricolores alternando, uma após a outra, frutas tropicais de várias cores, como a lichia e o *rambutan* descascados (para o branco), a acerola e o caju (para o vermelho) e a goiaba e a lima (para o verde).

    Relatórios cotidianos, reflexões e até mesmo anedotas sobre o andamento dos conflitos que, sangrentos, se sucediam na França ou nos Montes Cárpatos não faltavam também na imprensa do Brasil, além de, naturalmente, naquela que se publicava aqui em italiano, e com a qual eu tinha mais intimidade, por uma série de motivos. Só que nesta tinham lugar e se expandiam cada dia mais quase somente as razões e exaltações de uma guerra patriótica que, escrevia-se, poderia assegurar à Itália uma espécie de finalização de sua epopeia de unificação, justamente a que me interessava e pela qual eu me daria com prazer, passando por cima de dúvidas e incertezas das quais quase não havia traço nos jornais, e das quais nos chegavam apenas notícias precárias e desfocadas. E já no outono de 1914, muitas incertezas também estavam nascendo do outro lado do oceano sem que nós soubéssemos, com exceção apenas daquele pouco que chegava por outros meios. Por exemplo, do terrível evento que entre julho e agosto levou de volta para casa, repentinamente, numa leva só, mais de quatrocentos mil imigrantes provenientes não só da Áustria e da Alemanha, mas também de outros países europeus; nós só fomos informados pelas cartas de parentes e amigos que tinham ficado sobretudo no Vêneto e no Friuli.

Enquanto nos eram já familiares – e a um rapaz como eu também já caras – as figuras dos principais apoiadores (na época eu teria preferido dizer "apóstolos") do nosso intervencionismo, de Mussolini a Corridoni e Cesare Battisti – os quais, aos meus olhos, tinham, sobretudo Battisti, porque era irredento, a qualidade de parecerem revolucionários de dezoito quilates –, quase ignorávamos as primeiras consequências que estavam atingindo as pessoas comuns, especialmente naquelas duas regiões de onde tinham escrito alguns primos da minha mãe. Fazia quinze anos que eles tinham se mudado do vilarejo natal, em Feltrino, em busca de algo melhor, mais modestamente que os meus pais, nas baixas planícies, em Portogruaro, pouco tempo depois da partida para o Brasil dos meus familiares. E como viam as coisas com os próprios olhos, eles nos davam descrições alarmantes que não escondiam a gravidade de uma situação na qual estavam aumentando enormemente as polêmicas e os conflitos entre defensores e opositores de um ingresso da Itália no conflito.

Em abril de 1915, enquanto, a despeito da crise que crescia, em todos os principais subúrbios dedicados ao lazer (na Cantareira, no Bosque da Saúde ou na Penha), a Páscoa era festejada, como era tradição, com grande afluência de pessoas e com jantar à base de polenta (na Sexta-feira Santa), mas sobretudo com o consumo de quantidades imponentes de macarronada e de pizzas saborosas (no dia da Pasquela), também o *Fanfulla* realizou uma longa investigação sobre "A Itália, a guerra e São Paulo", afirmando que as divisões entre intervencionistas e neutralistas não faltavam também entre nós, mas que aqui eram vividas com menos atritos e resolvidas com mais facilidade, de um modo que nunca poderia acontecer em Roma, em Nápoles ou em Milão, onde viviam (ou justamente porque viviam ali), observava-se enfatizando maliciosamente a obviedade da constatação, somente romanos, napolitanos e milaneses.

Aqui entre nós, ao contrário, e eu estava de acordo, a regra previa que em um mesmo café e em uma mesma praça se encontravam reunidos, habitualmente – e bem misturados entre si –, os representantes de todas as regiões da Itália, dos piemonteses aos sicilianos, dos vênetos aos calabreses, e assim por diante, de modo que eventuais discordâncias eram no mínimo transversais em relação às suas proveniências, mas a italianidade, de um modo ou de outro, estava salva e acabava sempre prevalecendo.

Ao menos em teoria, a grande maioria dos rapazes com idade para ser soldado parecia animada em conjunto pelo desejo vivíssimo de participar o quanto antes, de algum modo – ainda que somente de modo simbólico –, dos difíceis desafios de uma guerra destinada a marcar profundamente o futuro da Itália.

"De algum modo" quer dizer que havia diversas categorias de indivíduos que, era compreensível mesmo a quilômetros de distância, não obstante as suas enfáticas profissões de fé de italianidade, jamais se alistariam porque, contemporaneamente, defendiam-se justificando a própria deserção com causas de força maior ou alguma misteriosa "condição excepcional": os casados eram fervorosos patriotas, mas tinham família, alguns tinham uma amante ou uma esposa que, lamentavam-se, certamente não os deixaria partir; outros, diversamente, não podiam deixar na miséria os próprios operários, frequentemente eles também italianos, deixando-os desempregados e fechando, além do mais, empresas prósperas, construídas com anos e anos de sacrifício; outros ainda, hipocritamente, argumentavam que não poderiam ir para a Itália porque, tendo nascido em São Paulo, tinham infelizmente a cidadania brasileira; e, enfim, uma minoria, nem tão pequena assim, formada por perfeccionistas ou desavergonhados que diziam sem hesitar "Nós não vamos porque somos neutralistas", suscitando assim a indignação dos intervencionistas de todo tipo (havia até mesmo socialistas e anarquistas entre nós).

Não era o meu caso, e, aliás, em mim prevalecia a preocupação – ou, no mínimo, se somava a outras – de não poder, nem no futuro, ir por minha conta ao "belo país" se não respondesse naquele momento ao seu chamado, ou seja, às armas. Esse chamado chegou pontual do Consulado, onde, depois de uma breve hesitação, no final de abril de 1915, pensei em me apresentar, sendo eu de 1892, diante de sua excelência Prospero Dall'Aste Brandolini que o dirigia, quando pareceu evidente que a Itália também entraria na guerra em pouquíssimo tempo: isso aconteceu, como se sabe, apenas um mês depois. Imediatamente me garantiram que eu embarcaria, e fui posto em uma lista para uma passagem gratuita no primeiro navio que partisse. Disse o Cônsul que a passagem me seria fornecida assim que fosse concluída a lista dos milhares de voluntários alistados antes de mim, desejosos, acrescentou satisfeito, como eu, de servir com honra a pátria.

Não tive coragem de falar sobre isso em casa, nem mesmo com Silvia. No dia 25 de maio, quando enfim chegou a notícia de que a guerra com a Áustria havia realmente começado no dia anterior, com uma desculpa qualquer peguei duas semanas de licença na tipografia, e sem dizer nada a ninguém refugiei-me por alguns dias na casa de uns conhecidos em Cravinhos, tanto para refletir melhor sobre o que fazer como para pensar em como eu poderia dar aquela notícia à minha mãe sem partir o seu coração. Talvez não tenha sido uma boa ideia, porque os meus amigos, quase todos da associação de socorro mútuo *Lavoro e fratellanza*, já tinham começado a recolher fundos para apoiar a causa italiana, e tanto eles quanto alguns outros associados mais jovens, crescidos na escola "da estação" de Sud Mennucci, um rapaz da minha idade, filho de emigrados de Lucca, leitor voraz e apóstolo da instrução rural, com o culto da italianidade, estavam também pensando em partir.

Naquele pequeno vilarejo, ao longo da estrada férrea da linha Mogiana, chegavam, já há trinta anos, os trens com seus carregamentos de mercadorias e de notícias, de modo que, não obstante o ambiente rural, circulavam também algumas ideias modernas e parecidas com as que eu havia absorvido em São Paulo de um mestre de patriotismo como o professor Basile: não por acaso, no fim de 1915, graças à sociedade *Lavoro e Fratellanza*, Cravinhos seria, junto com a capital e com Itatiba, a única localidade brasileira entre as fundadoras e subscritoras além-mar da "Lega Nazionale per il conforto igienico dei combattenti" (Liga Nacional para o conforto higiênico dos combatentes), fundada em Roma pelo advogado Scanarelli, ao lado de grandes cidades como Portland, Rosário e Buenos Aires. Eu estava frito se pensasse que teria encontrado ali alguém que pudesse me ajudar a esclarecer as dúvidas que me corroíam. E, de fato, não consegui. Contudo, voltando para São Paulo, cheguei a tempo de ver as festas e a agitação que, na Estação da Luz, de onde partiam os comboios para Santos, acompanharam os primeiros reservistas com enormes multidões e cortejos embandeirados de dezenas de milhares de pessoas defendendo entusiasticamente a Itália e a participação na guerra.

Alguns, na verdade, aproveitavam a confusão e o calor do momento para subir desajeitadamente nos trens e dar um passeio gratuito na praia, mas o abuso terminou justamente quando, nos primeiros dias de julho, chegou a minha vez. Por fim, eu estava totalmente decidido, e retirei com Silvio Dan, um reservista paduano, o bilhete para a viagem que deveria iniciar no dia quatro daquele mês, no trem da noite. A fatalidade quis que ele atrasasse, porque justamente naquele dia, na Estação da Luz, depois da partida do primeiro comboio no qual se encontrava Dan, tinha acontecido à tarde, por desgraça ou culpa dos responsáveis pela segurança, um verdadeiro desastre devido ao já habitual conflito tricolor que acompanhava os festejos. Na briga provocada pela intervenção desproporcionada de um homem fardado, o corre-corre geral que se seguiu custou a vida de seis pessoas pisoteadas pela multidão, e deixou muitos contundidos e feridos em meio à gente enlouquecida na descontrolada massa patriótica. Começamos bem, pensei comigo, mas covardemente não encontrei força, nem dessa vez, para parar para refletir, nem ao menos tive coragem de informar minha mãe sobre o que eu estava me preparando para fazer. Falei escondido somente com Eliane, e prometi a ela que, na primeira ocasião favorável, eu escreveria dando notícias.

Assim, no dia 16 de julho embarquei no Tomaso di Savoia, e não no outro navio a vapor que tinham me dito inicialmente, que se dirigia, como quase todos, para Gênova. O destino desse no qual embarquei era Nápoles, e assim fiz a viagem com várias centenas de aspirantes a heróis ou de simples futuros soldados da Itália, numa clara prevalência meridional. Para além da origem regional, havia gente de todo tipo, estúpidos e inteligentes, fortes e fracos, magrinhos e robustos, valentões e medrosos. Além disso, quase todas as categorias da sociedade estavam bem representadas, tirando apenas os filhos dos ricos e dos poderosos, que ficariam até 1918 nas plateias e atrás das cortinas, o que seria objeto de acusações indignadas de favoritismo do Consulado e de polêmicas intensas nos jornais mais importantes do Brasil: médicos e charlatães, advogados de verdade e trambiqueiros, trabalhadores e vagabundos, aventureiros e andarilhos, ainda que a maioria pertencesse de fato à pequena burguesia e ao mundo operário e artesão da cidade.

O nosso navio, em cuja ponte recém-lavada eu passeei longa e nervosamente à espera de que a sirene desse o anúncio da partida, tinha chegado da região do Rio da Prata com uma carga em nada diversa da nossa, ainda que bem menos numerosa, de voluntários argentinos e uruguaios que haviam embarcado em Buenos Aires e Montevidéu. Soltas as amarras e superadas as desconfianças iniciais que compreensivelmente nutríamos, como cabia a cada bom brasileiro, em relação aos *gauchos*, ainda que, como nós, todos italianos ou ítalo-descendentes, eu e outros dois voluntários paulistas, aos quais eu me ligaria mais fortemente (Italo Mauzzi, porque era do Brás e torcedor fanático do Palestra Italia, que depois morreu no Carso, e Renato Bellucci, porque era redator do *Fanfulla*, grande amante do ciclismo e cliente eventual da tipografia onde eu trabalhava), logo ficamos amigos também desses reservistas portenhos, especialmente de uns sujeitos alegres como os irmãos Carlito e Americo Peretti, filhos de um grande comerciante vêneto de Buenos Aires, com negócios com a poderosa empresa Facchinetti, nascidos e crescidos entre San Telmo e Boca do Riachuelo.

Mais difícil, devo admitir, foi dar-me bem com alguns outros argentinos, como o altivo Ferdinando Indelicato, um altão de origem lígure, filho de papai de família católica bem beata. Não por acaso ele se tornou tenente e se escondeu, assim que terminou o curso de oficiais de Módena, em um escritório de altos oficiais romano, organizando complôs de todo tipo, burocráticos e amorosos, até se tornar, por suas boas relações, até mesmo major sem nunca ter passado um dia sequer no *front*, e não porque temesse os austríacos ou os assaltos, mas porque não queria, na minha opinião, misturar-se com os soldados simples e com a gentinha de trincheira, como bom fidalgo que era, hábil, certamente, e talvez também inteligente, mas insuportavelmente arrogante e cheio de si. Mas o antipático Indelicato constituía, por sorte, somente uma exceção. O resto do grupinho argentino era amigável e compensou o incômodo da presença dele a bordo, enquanto o navio atingia cada vez mais velocidade, passando ainda um pouco pela costa brasileira do Atlântico.

A nossa aventura estava apenas começando.

Estranhamente, mas eu só me dei conta mais tarde, durante a travessia, falamos bem pouco da guerra que nos esperava (o que esperávamos, no íntimo, cada vez mais inquietos), trocando uma grande quantidade de informações sobre futebol, mulheres e música, e sobre esta última éramos quase todos, não *experts*, mas apaixonados, e tínhamos bom ouvido. Nós, dançarinos proletários de maxixe, o tango brasileiro, e de polca popular, começamos a aprender alguma coisa do verdadeiro tango da *Guardia Vieja* que nos deixava muito curiosos. Carlito tocava violão e nos fez conhecer uma melodia, *El Choclo*, que há alguns anos fazia grande sucesso na Argentina.

Por nossa vez, retribuímos com algumas dicas sobre choro e lundu, que, na verdade, eram ritmos mais cariocas do que paulistas. Nós nos demos conta disso nos poucos dias em que o navio atracou no Rio de Janeiro, também para agregar ao nosso grupo um punhado de novos voluntários italianos provenientes das localidades menores da serra fluminense, ou, já nos confins de Minas, de Petrópolis a Juiz de Fora, de São João del Rei a Barbacena. De todo modo, ficamos no Rio quase uma semana, exagerando um pouco nas frutas e ainda mais na cachaça, mas, aproveitando que estávamos ali, fazendo grandes refeições com picanha e deliciosas feijoadas para nos consolar, dizíamo-nos, da espera (inesperada, mais do que imprevista ou indesejada), e um pouco menos convictos, por um momento, de ter que realmente retomar a viagem.

O único de nós que conhecia bem a cidade era o Bellucci.

**Capítulo 2** *De São Paulo para a Itália* 45

Ele, romano de família e nascido em Roma, onde tinha ficado até os doze anos antes de vir para o Brasil em 1898, tinha morado no Rio por um ano e pouco, entre 1909 e 1910, fazendo um estágio como correspondente do *Corriere Italiano*, do senhor Emilio Giunti, e aprendendo, além dos rudimentos do pequeno jornalismo, também os do batuque e do baião, que se expandiam bem naquele período como entretenimento sonoro típico dos morros populares, na Praça Onze, nas rodas de samba na casa da Tia Ciata, uma famosa tia baiana, mãe de santo do Candomblé. Foi ele, portanto, a nos servir de guia, como se fôssemos turistas durante férias alegres.

A beleza deslumbrante do Rio, além da música, completou o quadro e a cidade, com seu clima de eterna primavera – visto que estávamos, além de tudo, no inverno –, e nos encantou, tomando-nos de surpresa, mas inebriando-nos também com suas cores e, não é um jogo de palavras, com suas luzes extraordinariamente luminosas. Eu nunca tinha visto nada parecido em São Paulo.

O Brasil também, pensamos, possuía um fascínio extraordinário, que as montanhas que caíam como precipícios na água, como o Pão de Açúcar, ou da altura incrível do Corcovado, da rica e selvagem vegetação, exaltavam entre pequenas florestas e jardins cheios de flores, de frutas e de plantas desconhecidas. Em quase todos os lugares, as ondas inquietas do oceano lambiam a maravilha das imensas praias de areia finíssima sobre as quais apareciam, às dezenas, as suntuosas casas dos senhores. Ao lado da pequena Praia Vermelha, sob o penhasco da Babilônia,

Bellucci nos levou para ver os infinitos pavilhões de uma grandiosa Exposição inaugurada anos antes e sobre a qual ele tinha escrito, em 1910, uma crônica para o *Corriere Italiano*. Até ele ficou surpreso com a transformação daqueles pavilhões em hospitais, em ministérios e, sobretudo, em casernas militares que nos fizeram logo pensar na guerra em direção à qual estávamos indo.

Afastávamos esses pensamentos, porém, com relativa facilidade, parando na Urca ou em Santa Teresa, aonde fomos algumas vezes jantar à noite, com poucos réis, nos restaurantezinhos populares que abundavam em quase todos os bairros do Rio, e em Niterói, do outro lado da Baía da Guanabara, tão cara a Renato por ser o ponto de partida não só dos vendedores de frutas, como também dos tantos rapazes calabreses que eram, como eu também tinha sido, vendedores de jornais de ambas as cidades. Uma delas era muito grande, deliciosa e encantadora; a outra, ativa e dinâmica, mas ainda pequena. A capital carioca não era gigante nem tão ocupada quanto a minha São Paulo, ainda que estivesse vivendo a sua própria e efervescente *Belle Époque*.

Fazia pouco tempo que a cidade havia enriquecido com novas ruas e prédios imponentes, quase todos em estilo moderno e floreal, projetados por construtores na maioria italianos, como Antonio Jannuzzi, calabrês de Fuscaldo, sobre quem o professor Basile, como bom cosentino, tinha nos falado algumas vezes com admiração. Mas, pelo fascínio que do Rio de Janeiro emanava, naqueles poucos dias passados na terra, tanto eu quanto os meus companheiros ficamos admirados e impressionados, tanto que tomei finalmente coragem de escrever para Eliane a carta que eu tinha lhe prometido, a fim de que ela a lesse também para minha mãe, e na qual tentei, ainda que tortuosamente, enfrentar as minhas velhas e novas dúvidas.

Porque nesse meio-tempo, diga-se de passagem, eu já me perguntava se não seria essa pátria brasileira digna de consideração e de afeto. Ao encontro de que eu estava indo, e que sonhos estava construindo ao correr com tanto ardor em direção a uma guerra milhares e milhares de quilômetros distante da minha verdadeira casa? Quem me obrigava a ir, justamente agora que eu estava conhecendo as belezas de um canto suntuoso do Brasil, antes de conhecer todo o resto? Não é que o desejo de ver a Itália tivesse se apagado, ou que aquele ardor patriótico que inicialmente tinha me movido tivesse enfraquecido, mas alguma hesitação já se insinuava e fermentava dentro de mim: somente o lado aventureiro da coisa, que teria me tornado um imitador do Garibaldi, e o torpor de uma descoberta toda ainda por fazer nos campos de batalha, dos quais eu ignorava muitas coisas, me davam ainda motivo para acreditar que não tinha feito a escolha errada. Havia um pouco de tudo isso na mensagem que elaborei em português para minha cunhada, cujo conteúdo, de tanto limar e calibrar, acabei por decorar palavra por palavra, dele me recordando com nitidez e, claro, com uma ponta de arrependimento:

> Rio de Janeiro, 20 de Julho, 1915
> Querida cognada,
> Screvo estas poucas linhas para informarvos do estado perfeito di minha saude, no geral o meu pensamento foi sempre de ir a Italia. Assim peço perdão a minha mãe, aos meus irmãos, e dizes

> a minha mãe não chorar por mim que eu o mais depressa possivel voltarei junto della, e dizes que eu tenho feito esta malvadez aí para me salvar da alguma adventualidade no futuro. Parti com o "Tomaso di Savoia" no qual me conduzirá feliz para Italia. Dizes a minha mãe para ir no dia 1 de agosto no Comité Pro-Patria que la ella recebe todos os meses 60 ou 70 mil reis por mes. Si por causa vier alguma menina chamada Santina d'Alaglio peço o favor de lhe dar esta pequena informação.
> 
> Tantos beijos a minha querida mãe, a meus irmãos, sobrinhos e cognadas assim como a segnora e todos o que pergunta de mim.

Eu não assinei a carta, e mesmo hoje, aliás, eu poderia no máximo colocar as iniciais, S.D., do meu nome de agora. De qualquer modo Eliane entendeu tudo, e a sua mediação me permitiu, quando cheguei à Itália, restabelecer, tanto com minha mãe quanto com meus irmãos ou conhecidos e amigos, uma vasta correspondência a distância, à qual, mais tarde, quando já estava aprisionado no *front*, eu não teria renunciado por nada neste mundo, e que me foi de muita ajuda e conforto, ainda que somente postal.

Como Deus quis, depois de uma travessia bastante tranquila, que durou umas duas semanas, passamos pelo estreito de Gibraltar ao cair da tarde. E, para ser exato, com as luzes apagadas, uma vez que o capitão tinha decidido que naquela noite e na seguinte teríamos de tomar o máximo de cuidado com os submarinos alemães, sempre espreitando também no Mediterrâneo. Por sorte não encontramos nenhum, e nos primeiros dias de agosto, por volta do meio-dia, atracamos no porto de Nápoles, a primeira cidade italiana, portanto, que avistei.

**Capítulo 2** *De São Paulo para a Itália* 49

Quando desci do navio, a primeira impressão, considerando somente a paisagem e o calor intenso, foi mais do que boa. Nápoles, inundada pelo sol, parecia um pouco o Rio de Janeiro. De fato, as suas margens, mas também a dimensão imponente do Vesúvio, lembravam as suas formas, e pareciam querer ser os primeiros a nos dar boas-vindas, à altura do gesto corajoso que tinha nos conduzido até ali. Entretanto, parecia quase deserta, e somente entrando, algumas horas mais tarde, por suas ruas contornadas por edifícios em ruínas, que se enchiam pouco a pouco de gente rumorosa e maltrapilha, é que nos demos conta de quanto era grande a pobreza que reinava ali. Não que eu estivesse escandalizado com a miséria, porque em São Paulo eu também a tinha conhecido muito de perto. Mas, embaraçado, eu me perguntava se essa também era a Itália. E como era possível que um país que provavelmente, a julgar por Nápoles, pelo menos, tivesse tantos problemas assim se aventurasse em uma guerra certamente destinada a custar muitíssimo e a demandar um enorme dispêndio de dinheiro e energia? Oras!

Ficamos perplexos naquele ponto, mas confiantes, ainda por um pouco, de ter de assistir aos festejos em nossa honra, que ainda não tinham ocorrido, pensávamos, somente porque era hora do almoço e da provável sesta dos napolitanos.

Mas a esperança durou pouco, porque a dura desilusão nos atingiu, deixando-nos, mais que amargurados, profundamente surpresos, quando alguns guardas da cidade nos conduziram, cercados por uma indiferença geral, aos quentíssimos escritórios da alfândega, em Santa Lucia, onde fomos deixados sós e obrigados a esperar por muitas horas, por razões imperscrutáveis, antes que se apresentassem diante de nós o vice-prefeito da cidade e um advogado engomadinho de quem mal entendi o nome. Do alto de um baú no qual ele havia subido, esse dândi, com seu chapéu panamá e terno claro, nos fez um longo discurso confuso e cheio, entre outras coisas, de estupidez retórica e inevitáveis lugares comuns patrióticos.

Cansados, acalorados e lembrando como tínhamos sido saudados na partida, em Buenos Aires ou em São Paulo, esperávamos uma acolhida totalmente diferente, com discursos e entusiasmos, talvez até com uma bela moldura coreográfica de frenéticas aclamações populares, com intenso desfraldar de bandeiras, orquestras e fanfarras militares dedicadas a tocar os hinos da pátria e (por que não?) multidões de belas napolitanas prontas a nos lançar flores e muito abertas em relação a nós. Não houve nada disso, e, ao contrário, para mim, a surpresa de descobrir que uma parte dos documentos que eu tinha assinado no consulado de São Paulo tinha se perdido, o que me obrigava a permanecer sabe-se lá quanto tempo até que fossem encontrados, ainda que estivesse na companhia de Bellucci, ele também às voltas com um problema semelhante ao meu, tendo seus documentos perdidos ou ainda por chegar do Brasil.

Enquanto isso, muitos daqueles que estavam a bordo conosco já tinham mudado de ideia quando nos foi dado um descanso provisório. Alguns tinham até desaparecido de mansinho, talvez, quem sabe, para retornar à América. Havia coisas novas sobre as quais refletir, mas o fato é que eu escolhi perseverar, embora eu tivesse de me arranjar com um subsídio provisório de um punhado ridículo de liras (ou melhor, de poucos centavos por dia!) fornecendo como endereço, para ter notícias sobre quando eu poderia realmente me alistar, o de alguns parentes de Bellucci. Renato tinha se oferecido para me levar com ele à casa de um irmão de seu pai e de sua esposa, em Roma, aonde chegamos quase no feriado de Ferragosto[19] e ficamos hospedados na casa desses tios, no bairro de San Lorenzo.

Eram pessoas simples, um casal de velhinhos simpáticos, sem filhos, e meio perplexos com o fato de termos vindo de São Paulo para nos meter em uma confusão da qual, eles nos disseram, não eram poucos os que, na idade de serem convocados, tentavam de todo modo escapar. E, de fato, viam-se muitos perambulando pelas ruas, incluindo alguns com uniforme, mas já escondidos em algum escritório do alto comando ou no Ministério da Guerra, visivelmente aquartelados bem perto de casa. Não era, para nós, uma visão bonita, que se somava a outras dúvidas que já tínhamos depois do que havíamos experimentado fugazmente em Nápoles.

Em compensação, Roma me deixou sem fôlego. Era magnífica e talvez também por mérito da estação ou dos restaurantezinhos aos quais, por um tempo, os tios de Bellucci nos levavam todo fim de semana para conhecer a cozinha local, lá para os lados de Trastevere, onde corriam soltas as músicas do *Sor*

---

19. Celebração da Assunção de Maria, comemorada no dia 15 de agosto. (N. E.)

*Capanna* (aquele da "*bombacé*"[20]). Uma vez, estávamos sentados à mesa e, de repente, alguns conhecidos do casal que nos hospedava (entre os quais se encontrava uma bela jovem, Elisa, com a qual eu iria trocar por muito tempo, mais tarde, várias cartas de amor) quiseram declamar para nós a poesia de um escritor já bem conhecido, tanto por sua veia satírica quanto por sua alta qualidade. Ele se chamava Trilussa, e essa poesia havia sido escrita no ano anterior, em romanesco, pouco depois do início da guerra. Era intitulada *Fra cent'anni* (Daqui a cem anos), mas não era muito otimista e ainda menos de bom augúrio. Mas conservei do mesmo modo, por uma questão de superstição, a cópia manuscrita que me deram de presente, como se pudesse funcionar, pensei para me tranquilizar, como amuleto ao contrário. Diziam os seus versos:

> *Da quì a cent'anni, quanno ritroverranno ner zappà la terra li resti de li poveri sordati morti ammazzati in guerra, pensate un po' che montarozzo d'ossa, che fricandò de teschi scapperà fora da la terra smossa! Saranno eroi tedeschi, russi, ingresi, di tutti li paesi. O gialla o rossa o nera, ognuno avrà difesa una bandiera; qualunque sia la patria, o brutta o bella, sarà morto per quella. Ma li sotto, però, diventeranno tutti compagni, senza nessuna differenza. Nell'occhio voto e fonno nun ci sarà né l'odio né l'amore per le cose der monno. Nela bocca scarnita nun resterà che l'urtima risata e la minchionatura de la vita. E diranno fra loro: – Solo adesso ciavemo per lo meno la speranza de godesse la pace e l'uguajanza che ci hanno predicato tanto spesso.*

---

20. Canção irônica sobre as batalhas de Caporetto. (N. T.)

> Daqui a cem anos, quando encontrarão, ao carpir a terra, os restos dos pobres soldados mortos assassinados na guerra, reflitam um pouco sobre a montanha de ossos que, como um *fricassé* de caveiras, saltará da terra remexida! Serão heróis alemães, russos, ingleses, de todos os países. Ou amarela, ou vermelha, ou preta, cada um terá defendido uma bandeira; qualquer que seja a pátria, feia ou bela, ele terá morrido por ela. Mas ali embaixo, porém, todos serão companheiros, sem nenhuma diferença. No olho vazio e fundo não haverá nem ódio nem amor pelas coisas do mundo. Na boca descarnada nada restará além da última risada e o embuste da vida. E dirão uns aos outros: – Somente agora temos ao menos a esperança de desfrutar a paz e a igualdade de que nos falaram tantas vezes.

Como profecia não era ruim, embora pudesse parecer (e realmente fosse) de mau augúrio, mas como eu era ao mesmo tempo supersticioso e não supersticioso, interpretei-a do meu modo, considerando-a, como eu dizia, uma espécie de antídoto contra o que poderia, de fato, acontecer comigo no futuro também. Por precaução, fazendo figa, convenci-me de poder facilmente exorcizá-la e me preocupei mais em cortejar a garota com mil elogios, e ela correspondeu quando lhe falei, usando justamente o argumento escabroso dos riscos aos quais em pouco tempo eu estaria correndo como soldado. Por alguns dias Elisa reacendeu em mim antigos desejos, e, no fundo, a paixão amorosa e a saudade da minha Silvia, com quem me imaginei na única vez em que consegui fazer amor, em um quartinho em Centocelle.

Perto do novíssimo aeroporto, que surgia não distante dali, participei de um encontro organizado pela seção romana da associação Trento e Trieste e de um dos tantos comitês Pró-Pátria dirigidos por senhoras elegantes e por vários conferencistas muito ocupados em fazer propaganda em favor da guerra contra os "bárbaros" austríacos. Alguns, devo dizer, especialmente os oradores futuristas, com suas roupas brilhantes, bastante eficazes: a ilustração das razões que tornavam, segundo eles, "sagrado", não somente pela recordação das grandezas da Roma imperial ou do *Risorgimento*, o esforço que já tantos tinham assumido, e que eu, por minha vez, estava por honrar, confesso que me persuadiu ou ao menos me intrigou com todos aqueles discursos sobre a guerra como higiene do mundo.

Talvez por isso, ou também somente por causa da impaciência e da curiosidade que eu tinha dentro de mim, pareceu-me ter reencontrado toda de uma vez a confiança em mim mesmo e nos meus primeiros propósitos. De novo me convenci de que não tinha sido um erro ter me deixado tomar pela vontade de vir combater por uma Itália que tinha em Roma o próprio coração. Roma plena de história antiga de que tanto havia lido e da qual tinham me enchido a cabeça na escola, sem esconder a própria emoção, quase todos os meus professores. Com Renato eu a percorri de cima a baixo para admirar de perto os monumentos mais e menos conhecidos, do Coliseu ao Castelo de Sant'Angelo e às Termas de Caracalla. Fui uma vez também a São Pedro, e escrevi logo para a minha mãe, na primeira carta que consegui, depois de longa hesitação, enviar a ela. Pelo modo como ela me respondeu, aproveitando para tentar me convencer a retornar logo, visto que o destino tinha decidido que eu não poderia ser incorporado tão cedo, compreendi que ela tinha ficado contente com a carta, mas que estava sofrendo muitíssimo com a minha ausência. Comovido, tentei me conformar, e falei com um amigo que, talvez para me distrair, me levou para passear pela cidade em busca de distração.

Bellucci, aliás, me fez acompanhá-lo até quando foi visitar o casal Rotellini para levar a eles os cumprimentos dos seus chefes no *Fanfulla*, Luigi Vincenzo Giovannetti e Umberto Serpieri. Na verdade, não se tratava apenas de uma visita de pura cortesia, mas também, me disse ele, de um gesto de reconhecimento, uma vez que o senhor Vitaliano, que até três anos antes de retornar à Itália tinha estado em São Paulo – desde 1893, quando tinha fundado o jornal – como diretor e faz-tudo do *Fanfulla*, e que, como tal, tinha feito com que Bellucci fosse contratado pelo jornal, e ali havia feito o seu aprendizado de correspondente, mandando-o, quando tinha pouco mais de 20 anos, a exercitar-se no Rio de Janeiro no *Corriere Italiano*.

Naqueles dias, marido e mulher, ambos convictos intervencionistas e orgulhosos de ver em nós a prova viva da justiça das próprias opiniões, estavam às voltas com um grave problema, ou melhor, com a obstinação do filho muito amado, com quem cruzamos rapidamente em uma das salas da casa, felizes por trocar com ele algumas palavras em português. Chamava-se Amerigo, quase como meu irmão mais velho, ou como o portenho Peretti, e tinha morado também até 1909 em São Paulo, onde tinha nascido. Vestindo um uniforme de oficial, ele tinha acabado de sair da Escola Militar de Módena e estava de passagem, por alguns dias apenas, por Roma, pois estava de partida para a Líbia, a fim de se juntar à unidade militar para a qual tinha sido designado, contrariando totalmente as suas expectativas.

Se os pais eram realmente intervencionistas, ele era infinitamente mais determinado do que eles e ansioso ao extremo para combater no *front* naquela que lhe parecia ser a única guerra que contava, ou a única que merecia ser combatida: nas trincheiras do Vêneto e do Carso contra a Áustria, não certamente entre as dunas na Tripolitânia para fazer a guarda a árabes conflituosos e rebeldes. Havia boas chances, confidenciou-me Bellucci, que, por debaixo do pano, tivessem conseguido destiná-lo àquele *front* justamente o senhor Vitaliano e sua mulher Maria; ele, homem muito respeitado (embora tivesse começado a carreira como anarquista meio socialista) nas altas esferas da política e do jornalismo tanto na Itália quanto no Brasil, e ela, caridosa e ativa, profundamente dedicada aos vários comitês patrióticos que, em Roma, tinham aparecido aos montes depois da entrada na guerra.

A ideia de que era possível servir a pátria também na Líbia e principalmente a de que desse modo Amerigo poderia ficar protegido dos riscos mais graves, para não dizer mortais, dividia, certamente, os pais do rapaz, que, já nos primeiros dias de outubro, desembarcou com seu 75º Regimento na localidade desértica de Tajura, na Berbéria. Entristecido e cada vez mais ansioso para combater no verdadeiro "campo de honra" contra os austríacos, ele teve de ficar ali cerca de dois anos antes de poder voltar para a Itália, indo ao encontro de uma morte gloriosa, enfim, ao guiar ao assalto os próprios soldados no planalto de Bainsizza, em agosto de 1917. Entre esses soldados estavam alguns reservistas de São

Paulo, como o pobre Américo Orlando, que conheci de passagem e que naquele planalto deixou a própria vida.

Em São Paulo, tanto o *Fanfulla* quanto os amigos da família Rotellini dedicaram à coragem e ao indubitável valor do soldado, por dias e dias, páginas inteiras de condolências e uma série de retratos do morto, as quais eu gostaria de ter lido por completo, mas tive de me contentar com apenas alguns trechos que, cuidadosamente, me transcreveu, sem que eu precisasse pedir, Ermes Pinotti, que trabalhava na nossa tipografia e com quem eu estava em contato. Talvez ele lembrasse que, quando eu lhe havia escrito de Roma em setembro de 1915, tinha contado do meu encontro casual com esse rapaz alto e elegante que parecia ser, e de fato era, muito culto, além de animado, se comparado a mim ou a Américo Orlando, por uma paixão intensa ou, melhor dizendo, avassaladora pela Itália e por sua sorte de nação destinada à conquista de louros luminosos e alvos extraordinários.

Para dizer a verdade, naquele tempo eu também ansiava por isso, ainda que de maneira bem mais primária e confusa. Tão confusa, eu diria, que em Nápoles, no momento de receber as instruções e a ordem de me apresentar para a consulta médica em um hospital militar da capital, corri para lá aliviado e acompanhado por Bellucci, que, tendo conseguido os famosos documentos que faltavam, tinha já ido um dia antes de mim. Como ele, eu fui considerado hábil, e fomos enviados para o treinamento na mesma caserna em Piacenza, na qual devíamos nos apresentar em dois dias.

Nesse meio-tempo, a Itália tinha declarado guerra à Turquia, e por duas vezes o seu exército tinha tentado romper as defesas austríacas no Isonzo, uma tentativa vã, porém, e com perdas enormes, se não até mesmo desastrosas. Não vou esconder que a crônica bélica tinha o poder de nos eletrizar, estando ainda toda no papel. Em todo lugar, refletia-se sobre as cifras da carnificina e sobre as milhares de vítimas que os primeiros combates pareciam ter feito, mas, curiosamente, a conta dos mortos (cinquenta? cem mil?) não era nem o que nos apaixonava mais, nem o que conseguia nos inquietar muito. De qualquer modo, gastamos as poucas horas que nos restavam como civis indo jantar no bairro de Testaccio com os tios de Renato e fazendo, na manhã seguinte, um último passeio pelo centro da cidade, no caminho para a estação.

Antes de subir no vagão de terceira classe (não era um comboio militar, mas também não era um dos trens mais confortáveis do Reino), ainda tive tempo de dar uma última espiada em alguns monumentos que mais tinham me encantado, e foi como se no meu coração eu lhes dissesse um até logo ideal e quase marcasse um encontro ideal para dias melhores.

Na altura do Capitólio, a dois passos do Palácio Venezia, senti uma estranha emoção, revendo, em toda a sua brancura, o imponente mausoléu inaugurado somente quatro anos antes e construído para acolher os restos mortais do grande rei, Vittorio Emanuele II, o pai daquela pátria, cujas fronteiras, finalmente, eu também estava indo defender.

Capítulo 3

## *Em direção a Piacenza: outono de 1915*

A viagem de trem foi, a seu modo, agradável, porque, ao seguir vagarosamente, quase nunca muito cheio, permitiu-nos olhar pela janelinha e ver, antes que escurecesse, desfilar diante de nós, de estação em estação, uma boa parte da Itália. Visto do compartimento no qual fomos parar com outros reservistas agachados, como nós, sobre uns bancos de madeira tortos que não ajudavam a nos fazer pegar no sono, o espetáculo, com ajuda do tempo bom, nos pareceu dos melhores e, de qualquer modo, enquanto durou a luz, à altura das nossas expectativas. Foi somente na altura de Florença que nos foi dada a oportunidade de recuperar o fôlego, já ao amanhecer, antes de enfrentar a travessia dos Apeninos, na estação de desvio de Tavarnuzze.

Em uma taberna bem arrumadinha, fizemos uma refeição como a da gente do campo e matamos a fome com pão, bucho e outras vísceras, bebendo vinho que nos garantiram ser Chianti, mas que não gostamos nem um pouco, pois estávamos habituados com vinhos mais fracos, mas espumantes, da região dos Castelos. Enquanto isso, três dos nossos potenciais companheiros organizaram ali ao lado, e talvez justamente em nossa homenagem, um coro matutino bem desafinado de cançonetas meio vulgares que nos deixaram meio perplexos, completamente diferentes, pareceu-nos, das canções de amor, doces e cheias de vida, que sabíamos que os italianos sabiam e amavam cantar. Era como a entrada de uma grande comilança de sons e de melodias de caserna que teríamos que absorver também mais tarde, tendo a oportunidade de escutá-las de novo até cansar, sem grande entusiasmo, na maior parte das vezes.

Ao voltar ao nosso vagão, quando a locomotiva estava dando o último apito de aviso, calculamos que deveriam faltar ainda umas dez horas de viagem. Alguns civis de Pontremoli que tinham subido no trem em Bolonha nos contaram as últimas novidades do dia: circulavam rumores e especulações, vindos de não se sabe onde, sobre a iminência de um grande avanço, para os lados de Gorizia, das tropas italianas concentradas no Carso, onde eu gostaria de já estar também, sem sequer imaginar, nem de longe, que logo o meu desejo seria realizado.

Alguns mais bem informados adivinhavam, anunciando reviravoltas e grandes mudanças no conflito que em breve ocorreriam pela provável entrada na guerra, ao lado dos impérios, da Bulgária; outros previam um desembarque dos nossos na Grécia para dar uma mão, nos explicaram, aos sérvios em dificuldade e cada vez mais ameaçados pelas manobras no baixo Danúbio de alemães e austro-húngaros. Nós, para ser sincero, de geografia não sabíamos muito, e de estratégia também deixávamos a desejar. Pelo nosso sotaque se entendia que vínhamos de lugares estranhos e, de qualquer modo, tão distantes que a ignorância poderia talvez ser perdoada.

**Capítulo 3** *Em direção a Piacenza* **61**

Quando, porém, contamos que tínhamos partido do Brasil para nos alistar, vários se escandalizaram, e houve até quem dissesse abertamente – sem intenção, pelo amor de Deus, de ofender – que tínhamos feito, para dizer pouco, uma estupidez. Nós dois conhecíamos muito bem os insultos toscanos por termos convivido muito tempo em São Paulo com gente bastante desbocada de Lucca e da Garfagnana, e achamos que não era o caso de dar muito importância para a coisa, mas ainda assim, no íntimo, sem dizer nada um para o outro, ficamos chateados.

Se Deus quisesse, passada Reggio Emilia, a maior parte do caminho estava feita, e em poucas horas o trem nos deixou em Piacenza. Era início de setembro, quase quatro horas da tarde de um sábado. Aqui também a cidade, começando pela praça Cavalli, se apresentou para nós quase deserta, não menos do que Nápoles um mês antes. Caminhamos pela estrada que deveria nos levar ao nosso destino com um grupinho de recrutas visivelmente desorientados, entre os quais havia também alguns companheiros de destino, quase todos meridionais, mas vindos, eles também, em grande parte, como logo descobriríamos, do Novo Mundo. Contudo, eles eram ítalo-americanos da América do Norte – e quase todos calabreses ou sicilianos, com exceção de Basilio Taler, que tinha quase quarenta anos e era de Sondrio ou de Tirano[21] – recém-chegados de Nova York e de Boston, cheios de ouropel *yankee*, de emblemas e alguns até com armas de fogo "pessoais" que tinham trazido de casa com a ideia de poder assim

---

21. Províncias no norte da Lombardia. (N. E.)

dar uma ajuda melhor à velha mãe-pátria em perigo e tão necessitada de ajuda. Entre os reservistas do além-mar, reencontramos, além de outros argentinos e brasileiros, Mauzzi, que tínhamos perdido de vista enquanto estávamos em Roma, e até um punhado de voluntários irredentes que tinham escapado, alguns meses antes, do Trentino (ou, em alguns casos, de Trieste), e finalmente em vias de serem incorporados no real exército italiano.

Assim como a cidade que, por muitos anos, tinha sido, me veio à cabeça, a do bispo quase santo dos emigrantes, monsenhor Scalabrini, de quem minha mãe era devota, também a caserna do 25º Regimento, nossa meta, parecia singularmente vazia e inanimada. Somente poucos homens fardados estavam próximos do despacho à espera de não se sabe o quê. De certo não estavam nos esperando, mas quiseram ter uma ideia de quem *éramos*, fazendo uma enxurrada de perguntas assim que entenderam de onde vinha a maior parte do grupo.

Eu e um palermitano do Brooklin, chamado Vincenzo D'Aquila, mais jovem e ingênuo que eu, tomamos para nós a tarefa de responder-lhes. Teria sido melhor se não tivéssemos feito aquilo! Como tínhamos exagerado, orgulhosamente, nas razões patrióticas que nos animavam, primeiro eles começaram a rir, e depois nos encheram de insultos: "cabeças-duras, burros, idiotas", foram os epítetos mais gentis que nos lançaram para nos dizer que, do ponto de vista deles, era mais do que estupidez, era loucura ter deixado para trás uma existência pacífica e tranquila além do Atlântico, onde ninguém teria sido capaz de ir nos pegar (a começar, naturalmente, pelos régios e pouco amados *carabinieri*).

E, além disso, o que nós achávamos que tínhamos feito de heroico decidindo apoiar um exército que, talvez, até mesmo por nossa causa, por poucos que fôssemos, teria se levantado, prolongando ao infinito uma guerra injusta e cheia de sofrimentos? Quem nos tinha dado a ordem de vir até aqui, visto que chegavam sem parar das colônias bandos de corvos militaristas? O médico? Nossa mãe (logo presenteada, ela também, com adjetivações cruelmente injuriosas)?

No que se referia a eles – era o sentido do discurso solene contra a guerra defendido, por ironia, no interior do exército italiano –, o importante era driblar o envio ao *front*, e eles teriam feito de tudo, disseram, para salvar a própria pele, para não ir apodrecer, ou pior, morrer na trincheira. Não eram daqueles que se escondiam, como já tínhamos ouvido falar de muitos, ou mesmo que tínhamos visto em Roma. Alguns poucos tinham já certa idade, entre trinta e quarenta anos. Um, em particular, grande e forte, com cara de ser (e depois descobrimos que era mesmo) camponês, chamou nossa atenção porque, alternando maldições e blasfêmias em uma linguagem mantuana meio suburbana meio de quartel, xingou o pobre D'Aquila. Quando eu, mais do que chateado, intervim em seu socorro, dirigiu a mim também um monte de impropérios, aumentando ainda mais a dimensão das ofensas:

– Mas você sabe, senhorzinho americano – perguntou-me –, quantos estudantes como você eu esbofeteei em Mântua até o último dia antes que começasse a guerra e eu fosse obrigado a deixar minha mulher e meus filhos pequenos para vir a este chiqueiro de quartel?

— Eu não sou exatamente um estudante — respondi —, ainda que alguma coisa no Brasil eu tenha estudado, aprendendo, por exemplo, as boas maneiras e um pouco de educação.

— E então, porca miséria, enfie as suas boas maneiras e a sua educação de merda no cu. Você vai aprender à sua custa que os intervencionistas merecem um monte de pancadas e de maldições por séculos.

Misturado com o murmúrio dos presentes, à primeira vista todos de acordo com ele, e com outras falas antimilitaristas, havia muito de verdade no que ele tinha dito. Ou, ao menos, havia uma lógica fria, como havia até mesmo nas falas confusas e desorganizadas daquele pobre caipira mantuano de uniforme, com o coração ainda evidentemente cheio de raiva e de dor. Nós sabíamos que em muitos lugares, ou quase em todos os lugares na Itália, e, é claro, na Emília, na Romanha ou na região de Mântua, tinha havido, até o último momento, conflitos pró e contra a guerra que tiveram como protagonistas estudantes e trabalhadores, sem esquecer que, em muitas cidades, como em Pádua, por exemplo, sem precisar ir muito longe, as praças tinham ficado repletas de jovens universitários patrioticamente inspirados e decididos a lutar contra a Áustria.

Tudo isso fazia já parte da nossa pequena e confusa bagagem de noções que superestimava o papel dos estudantes, que tinham desejado a guerra. Nós tínhamos formado aquela bagagem pouco a pouco, sem saber decifrar, porém, com precisão, o quadro político, para não falar do social, dos acontecimentos que se sucediam de maneira cada vez mais tumultuada nos meses de abril e de maio precedentes à nossa chegada. Sem papas na língua, um rapaz do grupo de Vincenzo D'Aquila, originário de Morano Calabro, do qual eu soube depois que tinha um monte de parentes e amigos em Porto Alegre, fez-se notar, falando por muito tempo e afirmando que na opinião dele a guerra estava sendo feita por um cálculo cínico e inescrupuloso. A Itália, ou melhor, os seus governantes, como Sonnino[22] e Salandra[23], é que tinham cultivado a ideia de que seria possível dar um novo golpe, como o de Cavour[24]. De Cavour, todavia, observou Pantaleone Cappelli (assim se chamava o homem de Morano), não havia nenhum por aí, e até Giolitti, *que*, como um bom comerciante, tinha apostado em muitos, não tinha ido muito bem.

Vi materializar-se uma das dúvidas que eu também tinha alimentado e afastado em várias ocasiões, e me dei conta, se é que com ele também não tivesse acontecido o mesmo no passado, de que ela estava se insinuando agora até mesmo na cabeça de Belluci, alguém mais forte do que eu e que eu acreditava ter ficado ileso ou protegido. Renato me disse para deixar para lá e parar com as discussões, embora a sua natureza e o fato de que tivessem ocorrido, por assim dizer, "em plena liberdade" até na caserna,

---

22. Sidney Sonnino (1847-1922), político liberal conservador, ministro do Exterior italiano de 1914 a 1919. (N. E.)

23. Antonio Salandra (1853-1931), político conservador italiano, primeiro-ministro do Reino de Itália de 1914 a 1916. (N. E.)

24. Camilo Benso, conde de Cavour (1810-1861), primeiro primeiro-ministro do Reino de Itália e figura política importante na articulação e consolidação da unificação italiana. (N. E.)

o tivessem perturbado muito também. Nós dois chegamos à mesma conclusão: que em algum lugar deveria haver alguma coisa errada. Ou será que nós é que tínhamos errado?

O destino, como se não bastasse, decidiu que as nossas estradas dali a pouco tivessem que se separar, mas ainda não sabíamos, naquela noite, quando voltamos de um passeio pela cidade – onde, tendo encontrado aberto um salão, fui até fazer a barba, talvez para experimentar um último brilho de vida normal –, um sargento anotou enfim os nossos dados e nos deu um uniforme, indicando-nos o grande alojamento no qual passaríamos a noite em colchões cheios de palha e de (mas isso só saberíamos mais tarde) uma considerável quantidade de piolhos.

## Capítulo 4

## *Treinamento em setembro*

Além do incômodo, a retirada dos piolhos à qual tivemos que nos submeter nos dias sucessivos, com mais cortes de cabelo e jatos de água e sabão, foi-nos garantida pelos mais velhos, algo que ali era, além de norma, de uma necessidade urgente e quase um rito de iniciação, naquele depósito cinzento de guarnição que se revelou para nós somente um posto de passagem, porque destinado substancialmente ao puro treinamento, e, portanto, à triagem de alguns e à definição do destino de outros.

A caserna de Piacenza a isso nos serviu: de base provisória enquanto durou, nos seus arredores, a instrução militar propriamente. Em algumas semanas, coube-nos aprender o ABC da disciplina e fazer exercícios elementares de tiro com a Wetterly, um fuzil longo e pesadíssimo que por ora nos tinham dado. Treinamos também com vários tipos de granada de mão e explosivos; alguns treinaram inclusive com uma arma terrível, a metralhadora, que deixou todo mundo de boca aberta. A alguns de nós, e eu estava entre eles, foram dadas instruções à primeira vista menos marciais sobre o uso de instrumentos para derrubar trincheiras, mas não demos muita atenção. Para dizer a verdade, tratou-se de um treinamento de guerra bem apressado e mal feito, o suficiente para nos fazer capazes de chegar quanto antes à zona de operações, uma zona muito vasta que compreendia, naquele momento, todo o Vêneto, o Friuli e as províncias de Sondrio, Brescia, Mântua e Ferrara. Dois sargentos experientes e bem pouco gentis, Romagnani e Pastore, além de nos fazer correr com a barriga na terra desde manhã cedinho até a hora da refeição (almoços aceitáveis, mas não mais do que isso), depois de nos ter ensinado como empacotar as mochilas e nos fornecer outras poucas indicações sumárias, nos instruíram até a exaustão sobre o uso correto do fuzil, da pá (e da baioneta), de modo que até outubro pudéssemos ir direto ao nosso destino.

Correr, escalar, arrastar-se e marchar com as armas penduradas e uma carga desmesurada de sacos pesados, na maior parte das vezes sem água – para nos acostumarmos a não beber, resistindo à sede, argumentava Romagnani, que era valdês –, eram suplícios que se alternavam com a prática de transpor os obstáculos defensivos com arame farpado e até mesmo de construir algum emaranhado aqui e ali de cortadores e pinças isolantes quando tínhamos de simular uma passagem de corrente elétrica. Tudo isso parecia, e era, dificílimo, mas os sargentos riam de nós, advertindo que isso não era nada em comparação ao que nos esperava na realidade do verdadeiro combate. Talvez somente no tiro ao alvo (com bonecos horríveis de austríacos, naturalmente) e no manuseio de granadas dava para recuperar um pouco o fôlego.

Pessoalmente, dei-me conta de que não tinha uma mira muito boa, e nunca consegui, ao contrário dos outros, ganhar o prêmio de cinquenta centavos prometido a quem conseguisse acertar o alvo a uma distância de duzentos passos. Em compensação, aprendi muito sobre as Thevenot (nós a chamávamos "Tavernò") e sobre outras bombas que nós chamávamos "senhoritas", que eles logo nos dariam. Faltavam as pregações e sermões que nos eram dirigidos nas poucas vezes que vinham nos ver os oficiais de carreira, os quais, para nos transmitir o seu entusiasmo ou para nos instilar um suplemento de ódio em relação aos torpes inimigos teutônicos, falavam sem parar de Trento e de Trieste, que tinham de ser libertadas, da pátria e das nossas famílias que precisavam ser defendidas, e, naturalmente, dos nossos deveres a cumprir como soldados da Itália. Na verdade, eu tinha uma família e muitos afetos do outro lado do oceano, mas procurava não pensar nisso, e, afinal, alguma veleidade de batalhar estava se firmando naqueles como eu e como os irredentes trentinos ou giulianos que já acreditavam em parte naquelas coisas ou que já tinham pensado nelas por conta própria. Muitos dos nossos companheiros camponeses, ao contrário, tinham uma cara de quem não estava levando muito a sério os objetivos e as motivações de uma propaganda patriótica que estava transbordando por todo canto, mas à qual eles, no máximo, se adequavam calando por necessidade e por dever, engolindo com muita dificuldade, com passiva obediência. Mais tarde eles também iriam fazer isso nas trincheiras, em condições bem piores e mais perigosas para a sua segurança.

E falando em trincheiras, das quais tínhamos ouvido tanto falar, um dia chegou um jovem coronel que usava um monóculo, um tal Vecchiatto, que, nervoso e animado, dedicou uma manhã inteira a ilustrar para nós essa novidade da guerra moderna. Ele disse também que os alemães e os russos eram os melhores nisso, e que tínhamos muito a aprender com eles. Entendemos que era preciso fazer tantas coisas, e fazê-las bem, naquele tipo de combate ao qual estávamos, como disse ele (quase gritando as sílabas), "des-ti-na-dos". Era passado o tempo, acrescentou com um sorrisinho histérico, mas já um pouco mais tranquilo, das fortificações provisórias e precárias, quando ainda se pensava que a pá e o picão eram os recursos dos fracos e de quem não queria arriscar nada. Hoje, ao contrário, era preciso estar pronto para unir à coragem e ao uso apropriado das armas a capacidade de manusear com bravura pás e enxadas, sendo especialistas em fazer e desfazer barreiras e mestres no uso de ninhos e novelos de arame farpado. Que fosse mais do que um presságio, eu só entendi mais tarde, no momento da incorporação definitiva, e, bufando, arquivei isso como as outras aulas habituais.

Por sorte, havia de vez em quando alguns espaços, modestos e pequeninos, de suspensão, não exatamente de liberdade, que preenchíamos como era possível, amadurecendo os germes de certo espírito de corpo. Quando saíamos, nas poucas vezes que recuperávamos as forças para ir gastar os últimos centavos à nossa disposição, passávamos horas e horas a contemplar as belas garotas de Piacenza, nas mesinhas dos cafés, mas, sobretudo, nos uníamos cada vez mais, comentando o andamento dos nossos dias de aprendizes de guerreiros, ou escutando os temas da opereta que, acompanhado do violão, nos cantava Vincenzo Chiaro e Domenico Rocco, dois napolitanos irremediavelmente simpáticos (o primeiro, descobrimos depois, era um camorrista[25] promissor). Nasciam assim novas amizades, algumas das quais teriam se revelado, com o tempo, fortes e duradouras.

Na caserna, durante o treinamento, mas também fora dela, passeando pelas praças, trocávamos opiniões, cantávamos em coro, aprendendo uns com os outros novas canções, brincávamos e usávamos livremente apelidos para nos identificar, sobretudo os nomes dos locais de nascimento. Isso era simples para aqueles de nós que vinham de cidades ou de províncias de fácil localização: sem perder tempo com sobrenomes difíceis de memorizar, com um "Ei, Brescia!" ou um "Ei, Nápoles!" se ajeitava tudo. Às vezes nem era preciso, porque os camponeses, especialmente os do Piemonte, da Emília ou da Lombardia (mas também do Vêneto, às vezes), já traziam um apelido dos seus locais de origem como Giovanni Battista Ponzo, conhecido como Carabin da Canosio, ou Pietro Bagnis, chamado de Pierotu da Pianche di Vinadio nel Cuneese (o primeiro, nas horas livres, trabalhava também como pedreiro, e por isso acabou ficando comigo no grupo dos escavadores) ou como o pintor genovês, não nos perguntávamos se era um artista ou um pintor de parede, mas, sem dúvida, era avarento, Gerardo Parodi.

Mais problemas tinha-se com os irredentos trentinos, cujos sobrenomes, de qualquer forma, teriam que mudar necessária e rapidamente, e a alguns deles pensamos poder atribuir, por precaução, os nomes dos ofícios que diziam ter exercitado na

---

25. Membro da Camorra, a máfia napolitana. (N. E.)

vida civil: Pio Benvenuti, o caldeireiro; Carlo Zadra, o ajudante de pedreiro; Giorgio Mignolli, o cimenteiro; Giovanni De Carli, o merceeiro; Felice Berti, o estofador; Ernesto Leoni, o professor; Nicola Spagnolli, o quiosqueiro; Amadio Zanini, o chofer; e assim por diante. Do que resultava, limitado pelo que oferecia Piacenza e visto dali, uma parte ou ao menos um quadrinho panorâmico da Itália em armas e das suas diferentes raízes.

O fato é que a prática consistia, por motivos mais sérios que iríamos entender melhor somente no *front*, em associar aos companheiros de ventura os nomes dos vilarejos de origem, suscitando alguma perplexidade ainda somente aos piemonteses, quando quisemos chamar (por razões óbvias, porque ele era dali) Bepi Mirandola, um veronês bem jovenzinho, de Cerea: para eles, esse, mais do que um nome, parecia uma saudação[26]. O sobrenome efetivo, entretanto, evocava a Emília, e não ao Vêneto, e nós gostaríamos de fazer um mapeamento fiel do mosaico de lugares dos quais provinham, porque, instintivamente, já entendíamos o quanto eram fortes, e os vínculos e as relações dos aldeões se confirmariam ainda mais no futuro.

Para aqueles que tinham caído do céu, todavia, como ítalo-descendentes, vindos de lugares realmente remotos, sobreviviam dúvidas que nem sempre se podia sanar recorrendo ao recurso toponomástico e resolver, portanto, de maneira rápida, mas muito genérica e cumulativa, com um "Ei, América!".

---

26. Cerea é um município da região do Vêneto, mas também uma saudação em dialeto piemontês. (N. E.)

**Capítulo 4** *Treinamento em setembro* 73

Nesses casos, era preciso superar o próprio obstáculo da língua e das suas assonâncias inusitadas, o que talvez conseguíamos, quando era sensato fazê-lo, com pesquisas rápidas e rituais de batismo improvisados nas tabernas.

Até o apelido que carreguei durante toda a guerra, por exemplo, foi fruto de uma rápida pesquisa realizada em uma pequena taverna pelo chefe de brigada do momento, mais do que sobre a parte do mundo da qual eu tinha vindo, isto é, São Paulo, no Brasil, sobre o local exato onde eu tinha nascido, mais que tudo por seu nome exótico, que eu tinha dito aqui e ali, e tinha despertado a fantasia e deixado curiosos os meus companheiros.

A história foi mais ou menos assim: ao fim de um jantar à base de bistecas de cavalo muito mal passadas, com sangue (que mau presságio!), entre um copo e outro de vinho Gutturnio, Celeste Bottazzi, aquele que desempenhava o papel de animador naquela noite, e que, colocado na artilharia, seria enviado diretamente para a morte no Pasubio alguns meses mais tarde, começou a fazer um monte de perguntas aos camaradas, para saber de onde vinham. Ele fazia essas perguntas com abundância generosa de epítetos grosseiros, de gracinhas com referência a sexo ou piadas pesadas que, com muita habilidade, ele soltava com rapidez e absoluta desenvoltura a partir das respostas que ia recebendo.

Celeste era vicentino, tinha uma verdadeira paixão pelas rimas curtas e adorava colocar em versos as suas brincadeiras verbais, buscando soluções de efeito certo. Aos dois que vieram antes de mim, ele reservou um tratamento especial, pois ajudado pelo fato de as rimas serem fáceis. O primeiro deles informou, ignorando onde o outro iria parar, que tinha nascido em Castel San Pietro, e levou um apelido óbvio relativo ao seu traseiro[27]; ao segundo, que era um rapaz meio conterrâneo seu, Bottazzi confirmou tranquilamente a proveniência não sem antes perguntar-lhe, entretanto: "De onde você é?". "Eu sou de Monteviale", tinha sido a resposta, que de volta recebeu a obscena injunção: "E então, chupe o meu saco"[28]. Nem mesmo evocando o "l" evanescente da maior parte dos vênetos, a métrica daqueles versos poderia se sustentar, mas ainda assim todo mundo riu, até que chegou a minha vez. Celeste, no início, ficou em dificuldade, mas, no fim, conseguiu se virar muito bem.

> Quando eu disse que tinha nascido em terra brasileira, mais exatamente em uma fazenda em Cravinhos, que, em português, eu expliquei, queria dizer pequenos cravos, Bottazzi decidiu que poderia passar do plural ao singular no mínimo considerando a curiosa correspondência do meu aspecto físico, entre desengonçado e encolhido, com a perfumada especiaria de que se falava. Feliz com sua descoberta, ele me rebatizou no mesmo instante, quase em dialeto vêneto, "*Cravigno*", e logo conseguiu encontrar a rima adequada: "Então" – sentenciou com solenidade – "chamaremos você de Cravinho, seco e longo como a pele em uma risadinha sarcástica"[29]. O resto é melhor nem dizer, e lembrar que, mais tarde, nas trincheiras, teríamos visto emergir mil vezes aquele espírito grosseiro, mas feito também de solidariedade local (e até regional) que no

---

27. "*In dietro*", que rima com "*San Pietro*", é referência a traseiro em italiano. (N. E.)

28. Em dialeto: "Ti da dove sito?" / "Mi son da Monteviale" / "E lora, ciuceme le bale". (N. T.)

29. Em dialeto: "*Alora te ciamaremo Cravinho, seco e longo come na pele de ghigno!*". (N. T.)

fim das contas funcionava, e que me fazia procurar também, sempre que podia, algum camarada vindo do Brasil, da América ou ao menos do exterior.

Os momentos de farra, já em Piacenza, todavia, às vezes davam lugar às reflexões e aos diálogos sussurrados. Havia também alguns que, à noite, diziam estar loucos para começar a lutar, mas eram silenciados pela maioria, que queria apenas dormir; entretanto, estava claro que, no fundo, teriam preferido encontrar a posição mais cômoda e menos perigosa possível. As conversas mais delicadas e mesmo escabrosas eu tive com alguns voluntários irredentos de cujo patriotismo não se poderia duvidar de modo algum, mas que sofriam, desde esse tempo do treinamento, o efeito de tantos preconceitos dos quais também mais tarde seriam alvo e afligiriam, é preciso dizer, muitos refugiados do Vêneto e do Friuli.

Eu não saberia dizer por que, mas até mesmo nos casos daqueles que tinham se tornado oficiais, ou até mesmo tenentes, começavam logo a duvidar deles, talvez por uma suspeita maligna de que fossem pessoas não confiáveis, prontas à traição e à delação, ou até mesmo dadas à espionagem militar como tinha acontecido a um infeliz "desertor" de Borgo Valsugana do qual eu não me recordo bem o nome (talvez Ermete Divina?). Naturalmente não era verdade, mas não bastou nem mesmo o fim que os austríacos tinham dado ao pobre Battisti, o meu velho ídolo, para dissipar uma falsidade tão flagrante e uma tão evidente contradição que penalizava e embaraçava os nossos pobres compatriotas do Trentino.

Contraditoriamente, não faltava nem entre eles quem, arriscando duplamente a vida, dos territórios ainda nas mãos do estrangeiro e com o único objetivo de fazer parte do carrossel de uma guerra vingadora, tivesse corrido para se alistar – em vez de em Trento e em Rovereto ou Pola e Trieste, entre as fileiras dos súditos do imperador – nas filas do real exército da Casa Savoia e naquela bela Itália que, por trágica troca, os havia retribuído tão mal: não era, aliás, um mistério para ninguém, e vimos isso também nós "americanos" desde Piacenza, que os irredentos da montanha e os do litoral mal se suportavam. Os primeiros, certamente, consideravam os segundos menos sérios do que eles e capazes de se tornarem antipáticos, chegando a admitir uma amarga e indizível realidade, ou seja, que entre trentinos e adriáticos havia talvez a mesma desconfiança que havia entre milaneses e napolitanos. Se não era somente questão de bairrismo, sem dúvida se tratava de rixas que revelavam as fissuras – e que fissuras! – no edifício contruído pelos fundadores das nações. Teriam pensado os destinos que nos esperavam após o juramento a ajustar as coisas?

A Bellucci, que não falava muito sobre essas questões, aconteceu, considerando a sua experiência com a bicicleta, de ser convocado como ciclista *bersagliere*[30] e, no dia 3 de outubro, partiu com os primeiros que se dirigiram ao Carso. Nós nos abra-

---

30. Divisão especial de infantaria ligeira do exército italiano, constituída no Reino da Sardenha, antes da Unificação, em 1836. É uma divisão caracterizada por grande mobilidade (o que explica o uso da bicicleta) e originalmente executava a função de batedores e caçadores. (N. E.)

çamos e nos despedimos comovidos, prometendo que nos escreveríamos para contar como as coisas estavam indo, o que fizemos regularmente e o que se tornou, cedo até demais, inevitável, visto que nem dois meses depois tive notícia, vinda indiretamente do Brasil, de que Renato havia se ferido seriamente durante um assalto somente três dias depois de ser enviado à linha de frente, e que estava em um pequeno hospital de campanha entre Udine e Monfalcone.

Nesse meio-tempo, eu já tinha começado a escrever longas cartas para casa, sem receber respostas nem de minha mãe, nem de Silvia, quando chegou o momento de mudar completamente o contingente de Piacenza. A maior parte tomou o caminho dos planaltos, em meio à então quase plácida e "sereníssima" I Armada. Enquanto quase todos os outros entravam em corpos prestigiados e de elite (*bersaglieri*, artilheiros e obviamente alpinos, ainda que estes fossem selecionados quase no início, sendo, sobretudo, vênetos, friulanos e piemonteses, ou, às vezes, lombardos e abruzzeses), foi decidido, não sei por quem, que eu teria de me contentar em fazer parte, com outros poucos, de uma companhia dos sapadores: talvez porque à pergunta de um questionário estúpido, sobre a qual ofício eu havia me dedicado como civil, sem ter certeza de como se dizia em italiano, e gerando com isso um grande equívoco, eu tinha escrito num misto de espanhol e português, mas também com pouca prudência, "mecanografo impressore". Quiçá! A alguém, de qualquer modo, a qualificação declarada impressionou ou teve algum efeito. Assim, na incerteza, ou por não saber nem ler nem escrever, foi escolhido ignorar o significado que aos selecionadores de turno tinha escapado e logo fui integrado a um grupo de pedreiros e trabalhadores manuais e outros sujeitos habituados ao trabalho mecânico, em uma lista abrangente de infantaria. É verdade que esse grupo, para manter alto o moral de seus componentes, era considerado desde os tempos de Napoleão a "rainha das batalhas", e que os soldados de infantaria, para vangloriar-se, especialmente diante dos alpinos, cantariam (alguns, como o triestino Giulio Camber Barni, diziam que estavam fazendo isso na trincheira), "A infantaria é desengonçada/ e baixa de estatura/ mas vai ao assalto/ o inimigo tem medo", porém, se não por outra razão, porque de estatura era bem alto, fiquei desiludido, e no início fiquei bem chateado: por que sapador? Não estava escrito bem claro na minha folha de matrícula "estatura 1,78, cabelos castanhos, lisos, olhos cinza, pele morena, dentição saudável, nenhum sinal particular. Profissão: tipógrafo. Sabe ler e escrever"?

Trabalho à parte, eu temia estar exposto e submetido a inúmeros deslocamentos, porque os sapadores (e os próprios pontoneiros) eram agregados e deslocados ao bel-prazer para os lugares onde sua presença fosse mais requisitada, sem que isso nunca os eximisse, caso necessário, dos riscos do combate e de todas as outras incumbências dos confrontos nem das guardas, das patrulhas, das corveias e assim por diante.

Logo o pressentimento se transformou em certeza, porque já no dia 12 de outubro, data fatídica na qual eu completava 23 anos, enquadrado devidamente no que se tornaria e permaneceria a minha idade, fui enviado às pressas com vários outros companheiros de treinamento piacentino ao *front* de Isonzo, onde estava se preparando a terceira batalha iniciada pelo comandante supremo Luigi Cadorna, o chefe dos chefes.

A transferência foi menos lenta do que o previsto, e o comboio que nos transportava apontou, em baixa velocidade, para o oriente, em direção ao Friuli. Não houve tempo, dessa vez, de contemplar paisagens ou rever horizontes que, por mais que fossem belos, não queríamos olhar, porque sentíamos que o batismo de fogo estava próximo.

Sendo eu bastante tímido e temeroso, intuía que teria de buscar controlar essa minha natureza, posando de homem corajoso. Eu me daria força, na prática, com a própria força do medo que, no momento, dependia dos perigos até ali somente simulados ou hipotetizados, e que eu não conseguia ainda imaginar. A ideia da morte, então, mais ou menos gloriosa, só me vinha às vezes, e eu estava mais preocupado com a ideia de ser ferido ou de poder sofrer alguma mutilação.

Enquanto o trem ultrapassava quilômetros e quilômetros, eu não pensava, na verdade, nem na pátria, e procurava somente imaginar o que aconteceria em São Paulo se chegassem sobre mim, que Deus me protegesse, tristes notícias desse tipo. As imagens femininas de minha mãe e de Silvia em lágrimas, mas mesmo as de Santina e de Elisa, se sobrepunham em saltos e se alternavam umas às outras em meio a um sono leve e confuso que me agitava e que precedeu a nossa chegada a um lugar próximo a Monfalcone, onde nos fizeram descer para sermos logo enviados à zona de operações. Havia uma pressa enorme, evidentemente, de nos fazer chegar lá, talvez para escavar novas trincheiras e consolidar velhas passarelas, ou para dispor, quem sabe, de forças frescas de reserva. Em vez disso, depois de três dias de frio terrível, vento furioso e chuva pesada, nos demos conta de que não tínhamos sido chamados para fazer o nosso trabalho no sumidouro, mas para nos mover, nem tão bem armados (para nós, sapadores, não havia sido dado no início o fuzil modelo 91, mas somente um conjunto de pá, enxada e machado), com os regimentos destinados a combater, e não era a primeira vez para eles, entre as alturas de Selz e do monte San Michele.

Capítulo 5

# *No front de Isonzo: outubro-dezembro de 1915*

Esses lugares cinzentos, com suas trincheiras tão bizarras quanto os nomes que os soldados lhes davam (trincheiras dos mortos, dos foguetes, dos ramos, a ípsilon e assim por diante), tinham já uma péssima reputação, mas foi bem ali que fomos parar, seguindo logo atrás os grupos de soldados a pé da Brigada Cagliari. Para nos dar as boas-vindas apareceu somente um capelão militar, que me deu a impressão de ser uma boa pessoa e que encorajou os mais devotos a rezar com ele. Contudo, alguns não o viram com bons olhos, porque se murmurava, e nós também sabíamos, que a presença de um padre perto das trincheiras – e uniformizado – prenunciava sempre alguma desgraça e, nove em dez, o desastre de um assalto, e era bom que, quem os tivesse, pegasse seus amuletos e escapulários e achasse também imagens ou santinhos que, supersticiosos, crentes ou não, muitos traziam consigo desde os primeiros dias de guerra: a confirmação não tardou a chegar quando nos foram dadas as rações suplementares de aniz, de *brandy* e de chocolate. Era como dizer que a hora tinha chegado!

Meu coração estava apertado, mas, ao menos, de tanto em tanto, eu me sentia tranquilo: não poderia acontecer comigo. Na noite de 18 de outubro, todavia, iniciou para as nossas bandas um bombardeio violento que preparava a ofensiva iminente, ao fim da qual, três dias depois, coube também a nós, noviços, com certeza os menos preparados de todos, sermos agregados a um batalhão do 63º Regimento para tentar conquistar as posições defendidas pelos austríacos. Eles também tinham começado a atirar em nós balas de canhão terríveis, mas o fogo agora era cruzado, e tínhamos a sensação de que quem disparava sobre nós fosse, às vezes, a nossa própria artilharia. Não conseguimos construir novas trincheiras nem tínhamos conseguido nos acostumar com as velhas que já existiam, e menos ainda com as escavadas logo ali, a cerca de cinquenta metros de nós, pelo inimigo, que tinha colocado metralhadoras mortais em posição estratégica. Era ali que nós, sapadores, tínhamos de agir, se conseguíssemos chegar vivos ao "capotamento" das localizações inimigas, invertendo o seu sentido.

Enquanto esperávamos, bebemos para nos anestesiar um pouco e cruzamos os dedos. Quando incitados e empurrados (mas também ameaçados) pelos oficiais, chegou o momento de sair, e eu estava entre os primeiros, correndo desesperadamente sem ser atingido, embora eu fosse bem alto, e parando só em um buraco a dois passos dos austríacos, que já estavam massacrando as outras levas. De onde eu estava, sem ser visto por ninguém, pude observar tudo, tanto os inimigos com suas metralhadoras bem posicionadas quanto os oficiais e os soldados do 63º, que pareciam avançar, ofegantes, pouco antes de cair, quase sempre feridos ou atingidos mortalmente, como espigas cortadas em um campo de trigo: em todo canto gente desesperada gritava, corpos despedaçados inertes presos nas redes e, enfim, tantos dos nossos que se rendiam com os braços levantados. Sons e aromas funestos da guerra se misturavam em um concerto absurdo de explosões e gritos, entre ondas de morte e odor acre de pólvora.

De derrubar trincheiras, nada, porque o inimigo não se deixou pegar de surpresa e opôs uma bem-sucedida resistência, feroz e coroada. O combate foi furioso de ambas as partes. O monte ficou todo coberto de fumaça, ouviam-se o barulho dos canhões e as ondas de massas humanas e de gritos. Passo a passo, nesses momentos terríveis, como disse alguém, "se vive, se definha e se revive a cada instante".

Eu só não me abati totalmente talvez porque estava paralisado – mais pelo estupor de tanta carnicifina, eu diria, do que pela angústia em si – e convencendo-me cada vez mais, àquele ponto, que algum santo, tendo tomado para si essa tarefa, tinha salvado a minha vida.

Mas foi a escuridão que veio ao meu socorro, porque, ao cair da noite, apesar do lançamento incessante de foguetes luminosos, consegui voltar me arrastando e ziguezagueando pela mesma trincheira de onde eu tinha saído muitas horas antes. As trincheiras austríacas não tinham sido conquistadas, e acabei quase caindo em cima de um major que, depois de ter me ajudado a levantar, quis que lhe contasse como eu tinha conseguido escapar, mas, sobretudo, o que eu tinha visto. Satisfiz a primeira curiosidade do oficial dizendo, na euforia meio histérica do momento, que tinha sido a Nossa Senhora da Penha (que duvido que ele conhecesse), minha protetora, a me salvar; à segunda, ao contrário, respondi descrevendo com certa precisão onde e como estavam colocadas as metralhadoras inimigas, e fornecendo outros detalhes secundários que não me escaparam, mas que a ele pareceram tão importantes que chegou a me prometer uma indicação a uma medalha de honra. Eu o agradeci, e, todavia, sabendo de quanto medo tinham sido tecidas a minha coragem e a minha teimosa espera, dei-me conta de que eu tinha agora coisas bem diferentes na cabeça: as orações distantes de minha mãe, talvez também as de Silvia, e, por que não, a benevolência efetiva da sorte personificadas no meu delírio de ícone de uma Pátria italiana vestida de branco que se confundia com a da Virgem brasileira e a de outras sedutoras figuras femininas (Santina, Elisa...), todas em sequência, como em um filme de cinema.

Entre a boa sorte e a má morte, pensei, a distância, como a das nossas trincheiras às do inimigo, era realmente irrisória. Para mim, as coisas tinham ido mais do que bem, considerando o que me contou mais tarde um tanoeiro piemontês da 32ª infantaria que convalescia na cama ao lado do Bellucci, no hospital em Udine, quando eu finalmente consegui visitá-lo. Chamava-se Giovanni Tolosano e tinha mais ou menos a minha idade, mas compartilhava comigo, vivida de modo, se possível, ainda pior, sobretudo a experiência de um perigo de morte evitado *in extremis* na metade do assalto (no mesmo dia em que tinha acontecido comigo, mas na zona de Plava), graças à permanência prolongada em um buraco providencial. Buraco e providencial não seriam, no seu caso, as palavras mais adequadas. Isso porque, atingido por tiros de fuzil e depois de ter sido salvo com dificuldade e com muito mais danos do que eu, ele tinha ido ao encontro, exausto e sangrando, de um calvário quase inacreditável de várias horas na tentativa de encontrar socorro entre os nossos carregadores de feridos, e porque, no fim, em vez de cair em cima de um oficial, ele tinha literalmente precipitado do alto de quatro metros, indo parar, já sem consciência, no local de medicação. Depois também porque ele tinha tido de fazer um percurso parecido com o meu, mas que decididamente fedia muito mais.

Instigado por Renato, que já tinha ouvido as histórias mais de uma vez, esse Tolosano quis me fazer uma descrição detalhada do que tinha acontecido, e com detalhes sobre o mau cheiro.

> Era o dia 21 de outubro – começou – às dez da manhã. O capitão tinha feito um sorteio para decidir qual dos quatro pelotões da companhia deveria sair primeiro. O nosso tenente sai primeiro e cai morto. Sai o primeiro sargento, e vai adiante. Sai o sargento, e cai morto. Sai um soldado, e cai morto. Agora é a minha vez, estou muito nervoso, me preparo, salto para fora da trincheira, vou adiante entre os disparos, depois me deito atrás de uma pequena pedra. Preciso sair de qualquer jeito da trincheira, o major estava lá com o revólver apontado, nos obrigando a fazer aquilo, um após o outro. Estou atrás da pequena pedra quando sinto um golpe no ombro, e depois outro no pé. "Oh, pobre de mim, estou fodido"[31], eu me digo. Fico ali bem deitado, porque as balas assobiam. Estou em um

---

31. Em dialeto: "*Oh povermi, son fotü*". (N. T.)

> ponto um pouco afastado, em uma parte mais baixa, onde estava a latrina da companhia. Estou com a cara bem dentro da merda, estou com o rosto coberto de moscas, estou todo na merda, não me mexo, eu permaneço ali por três horas sem me mover. Ouço os austríacos, que gritam: "Urra, urra!", vão ao assalto. Sinto o sangue escorrer no ombro e no pé, e fico três horas ali, na mesma posição, com a cara na merda. Quando escurece, tento me arrastar para trás, o terreno está coberto de mortos, devem ser mais de duzentos os nossos mortos.

Escutando, à distância de vários meses, foi como se eu revivesse a angústia de um dia que para mim era impossível esquecer. Em certo sentido, entretanto, tínhamos acabado todos na merda naquele dia, e pior tinha sido só para quem tinha perdido a vida.

As nossas perdas também tinham sido espantosas, isto é, centenas e centenas de mortos por batalhão, entre os quais vários dos meus pobres sapadores "piacentinos" que, no assalto, querendo ou não, gritando eles também "Savoia!", ou apenas gritando de terror, saltaram para fora das trincheiras antes de mim. A tarefa de recuperar seus cadáveres não foi fácil nem completa. Por muitas horas, houve um movimento intenso dos que carregavam as macas e os feridos e também de médicos, enfermeiros e as moças da Cruz Vermelha.

Entre os poucos que como eu se salvaram, havia naturalmente os que tinham se rendido, tornando-se prisioneiros, ou que, enquanto combatiam, tinham sido capturados pelos austríacos, como aconteceu a um jovem aspirante de São Paulo, Ernesto Falchi, ferido e com armas ainda na mão. Soube-se mais tarde que ele tinha ido parar num campo de detenção de Mauthausen, de onde, sendo um oficial, conseguia enviar cartas dramáticas com menos dificuldade. No conjunto, já se via que esses ataques de Cadorna estavam se tornando uma carnificina indescritível que a muitos de nós começava a parecer totalmente insensata: realmente o monte San Michele e os outros montes até o Sabotino e o Podgora pareciam, naqueles dias, banhados de sangue italiano. E tudo isso, juntando também, como é justo, o sangue dos austríacos, somente para conquistar ou defender um palmo de terra.

Foi assim também nas semanas sucessivas e ainda, quase em seguida, sem nenhuma interrupção, durante a quarta batalha do Isonzo, entre 10 de novembro e o início de dezembro, quando, *in extremis*, coube a mim tomar parte de outro assalto, dessa vez feito também por mim com a baioneta, mas do qual não consigo falar agora, visto que por muito tempo eu me esforcei para esquecer, empurrando-o num cantinho bem escondido da memória.

Lembro somente de alguns momentos em que o furor e o instinto de sobrevivência tomaram conta de mim, justificando cada gesto meu, entre tantos outros, de fera enlouquecida. Ao meu lado, daquela vez, enquanto todos corriam em direção à trincheira inimiga, vi Giuseppe Pontani, um veterano do sul da Itália que o tinha tomado sob a própria proteção, puxando de repente, para tirá-lo dali, Mirandola, um rapaz muito jovem, aquele de Cerea, que em certo momento tinha parado, congelado pelo medo, explodindo num choro convulso. Mirandola chorava e falava em dialeto frases sem sentido, chamando a mãe, quando, aproximando-se dele pelas costas, um marechal dos *carabinieri*[32] nem pensou em ameaçá-lo. Apontou para a cabeça do rapaz e sem cerimônia disparou o revólver, explodindo-a no mesmo instante. Nisso, no espaço de poucos segundos, reagiu com prontidão feroz outro dos nossos sapadores, Federico Melotto, um marmoeiro de uns trinta anos, de Valpolicella, que tinha visto tudo porque estava perto, um pouco à minha frente. Correndo, preparava a arma para disparar contra os inimigos que estavam no seu alvo, quando deu meia-volta e disparou a arma não contra aquele grupo, mas contra o *carabiniere* homicida, que foi atingido e também morreu.

Antes que os austríacos reconquistassem uma trincheira que tinham provisoriamente abandonado, conseguimos, depois daquele assalto, entrar por pouco tempo nela, deixando-a cheia de soldados mortos. Um, em especial, ficou na minha memória: parecia estar sentado tranquilamente; era um rapaz bonito de uns vinte anos que tinha a barriga cortada; com uma mão ele segurava as entranhas e com a outra, a fotografia de uma moça graciosa. Ele ainda estava quente, e se via que havia chorado, porque tinha no rosto a marca das lágrimas.

Quando mandava uma carta para casa, naturalmente eu evitava falar desses episódios, calando-me sobre eles e procurando dar de mim e da guerra uma imagem totalmente diferente. "Cara cunhada", eu escrevia, por exemplo, a Eliane, "do campo de batalha":

---

32. Membro da Arma dei Carabinieri, uma das quatro armas do exército italiano. Em tempos de paz, exerce a função de polícia militar. Do ponto de vista militar, é uma arma de infantaria ligeira de linha de frente. (N. E.)

Você não pode imaginar que felicidade eu tive ontem ao receber o seu amável cartão com a bela representação dos nossos soldados de infantaria italianos nas trincheiras ao lado da bela bandeira tricolor. Estou muito feliz em saber que toda a nossa querida família está com boa saúde, e o mesmo eu lhe asseguro sobre mim, que continuo forte e contente aqui nas trincheiras. Lamento somente não poder retribuir também com um belo cartão, porque eu me encontro na linha de combate, onde não se pode, claro, comprá-los. Nesta noite mesmo tivemos um contra-ataque forte do inimigo, com o qual os austríacos queriam a todo custo penetrar nas nossas trincheiras, mas foram expulsos por nós com nossos fuzis e bombas, que lançamos sobre eles enquanto a nossa maravilhosa artilharia abria fogo para todo lado, e eles foram derrotados com grandes perdas humanas. Obtivemos a vitória sem um ferido sequer, enquanto entre os inimigos austríacos centenas de mortos jaziam por terra. À nossa esquerda, alguns valorosos companheiros de Montefalcone, não obstante sua força fosse pouca, defenderam uma trincheira que os austríacos com grande esforço e avançando como formigas estavam por ocupar. Os nossos soldados que a defendiam lançaram-se com suas baionetas e fizeram o inimigo retroceder. As perdas que sofreram os bárbaros austríacos foram terríveis, e a nossa posição foi mantida. Fizemos também muitos prisioneiros. Aqui para nós é uma diversão ver os austríacos saltarem no ar, feitos em pedaços pelos nossos golpes de canhão que explodem nas suas trincheiras. Espero que Deus me dê a felicidade de voltar um dia como valoroso soldado à nossa família para contar os muitos episódios de que tomei parte, e digo que é um verdadeiro romance no qual ninguém acreditaria se eu contasse.

Eu estava em boa companhia, não obstante me escondesse por detrás dessas descrições volúveis, adiando a escrita de um conto – ou melhor, de um romance incrível, mas bem verdadeiro

– para quando eu estivesse livre, sem o incômodo da censura, talvez no Brasil, para onde, aliás, outros companheiros, como pude constatar em alguns números velhos do *Fanfulla*, mandavam eles também notícias não tão diferentes da minha. Li que um reservista de nome Francesco Giacomis, que eu não conhecia, mas que tinha partido entre os primeiros de São Paulo, uma vez tinha confidenciado a um amigo: "Gostaria de dizer alguma coisa sobre a guerra que combatemos, mas na verdade nós, simples soldados, sabemos bem pouco sobre ela, talvez menos do que aqueles que, como vocês, se encontram distantes do teatro da ação". Depois, porém, quase orgulhoso e usando o exemplo de uma caça ao tatu, acrescentava: "você sabe como, no Brasil, se caça o tatu, fazendo-o sair de seu esconderijo subterrâneo? É assim que caçamos os austríacos, descobrindo-os e obrigando-os a sair do buraco com a ponta da nossa baioneta".

Eu também alternava, na mesma correspondência, sensações, emoções e pedidos bem distantes do espírito e da prática das descrições de combates heroicos, que eram, porém, terríveis e substancialmente quase indizíveis. Depois de ter jurado a mim mesmo escrever no tempo certo um relato detalhado, eu concluí a carta pedindo a Eliane que lembrasse à minha mãe de arrumar e me mandar uma caixa, bem coberta com tecido costurado em cima, com um pacote de cigarros (ao menos 25 maços) e que tivesse estampada a advertência "Contém tabaco":

> Não tenho mais nada para dizer neste momento, saudade de toda a família e de todos aqueles que perguntam de mim. Tenho muita saudade também de fumar uns cigarros paulistas depois de

tanto tempo. Por favor, não esqueça, e fale para me mandar também um porta-cigarros. Espero receber tudo o quanto antes. Beijos e abraços do seu cunhado sapador.

De fato, os cigarros italianos, tanto os Nazionali quanto os Macedonia, não me agradavam muito, e, além disso, eram muito caros. Deu-me de presente um maço de Macedonia, em sinal de amizade, um soldado ciclista da brigada de Nápoles, Arcangelo Tornicelli, nascido também no interior de São Paulo, em Pindamonhangaba, em 1893, de família vêneta de Sarego.

Capítulo 6

## *Cartas e dúvidas de Natal: dezembro de 1915 – janeiro de 1916*

Na metade de dezembro, quando passamos para a segunda linha, entre a reorganização dos orgânicos dizimados e o reajuste da companhia de sapadores à qual eu pertencia, mas que tinha sido quase dissolvida e quase não existia mais, aconteceram diversos fatos que, provocados também pela aproximação das festas natalinas, me induziram a refletir mais a fundo sobre a guerra e suas (e minhas) contradições.

Antes de tudo, enquanto eu esperava para partir para o Vêneto, chegou de São Paulo a primeira carta suspirosa de minha mãe, que dizia:

São Paulo, 19 de novembro de 1915
Meu adorado filho,
Não sei com quais palavras devo manifestar o sofrimento que eu provei ao sentir que desde quando você partiu não recebeu nenhuma notícia nossa, filho abençoado. Eu lhe escrevi nem sei quantas cartas, assim como a sua cunhada, que lhe mandou dinheiro que agora voltou de novo. Como a boa sorte quis assim que você não a recebesse? Eu não descanso noite e dia pensando em você, meu filho querido. Como você pensa que nós esquecemos de você, eu gostaria de fazer você estar aqui, escondido, para que ouça que o seu nome está sempre nos meus lábios como também nos de seus

irmãos e de sua querida irmã. Noite e dia falamos sempre de você, e eu rezo para a Nossa Senhora da Penha que logo me dê a graça de trazer você de volta para os meus braços. Caro filho, eu lhe mandei o dinheiro e espero que você o receba, assim como espero que receba logo, logo esta carta para se consolar. Nós também nos consolamos quando recebemos as suas caras cartas. Porém, caro filho, a última carta me fez chorar, a mim e a todos, porque a suas palavras nos deixaram muito aflitos, mas, repito, espero que você receba alguma das nossas.

Nós nunca nos cansaremos de falar, não sei o que dizer para ajudar você, então saudações de toda a família, de Luigino, de Americo, de Diana e de Tonino. Almerinda também manda beijos afetuosos, todos os sobrinhos mandam abraços, assim como todos os amigos, e eu, meu filho, mando um abraço forte e a santa benção, abraços de novo, com tanto afeto, a sua mãe Diomira.

Saudações também do mecânico, ele escreveu e mandou dinheiro também para você.

Espero que você a tenha recebido e que responda logo, porque ele quer mandar também outras coisas. Mais abraços de seus irmãos e suas respectivas esposas. Beijos de novo.

Considerando perdidas as cartas que eu tinha mandado entre agosto e novembro, eu me alegrei e voltei a escrever para São Paulo, respondendo para a minha mãe, mas também para minha cunhada, para os meus irmãos e, meio escondido deles, para Silvia e Santina. Em poucos dias, confeccionei uma dúzia mais ou menos, entre as quais três somente para a minha mãe, a quem me dirigi assim:

> Zona de operações, 18 de dezembro de 1915
> Caríssima mãe,
> Informo que recebi uma carta da senhora com muita alegria e lágrimas nos olhos pela felicidade de saber que a senhora está

bem de saúde, assim como todos, e posso garantir mil vezes que gozo de perfeita saúde até esta data, e espero que Deus e Nossa Senhora da Penha me ajudarão em alguma eventual desgraça, visto o perigo no qual me encontro, mas espero rever a senhora o mais cedo possível para abraçá-la e beijá-la, junto com os meus irmãos e minha irmã, sobrinhos, cunhadas e amigos.

Então, minha adorada mãe, esta carta é a primeira que recebo, mas a senhora me diz que minha cunhada me mandou 30 liras e você, 40 liras, em uma carta registrada. Se a senhora me mandou para esse endereço que está no envelope, então vou recebê-las, se para algum outro, então com certeza não as receberei, e se voltarem, mande para o endereço certo, e também registrada, porque essa carta da senhora eu recebi aberta. Não diga coisas ruins na carta, porque senão o governo não vai entregá-la a mim.

Então, querida mãe, a senhora bem sabe que eu gosto muito da Itália, que a defenderei com amor digno de sua grandeza e que espero voltar vitorioso. Cara mãe, assim que eu receber o dinheiro que a senhora me mandou, se Deus quiser, mandarei a minha fotografia, e garanto que a senhora não vai me reconhecer porque eu estou gordo, com a cara vermelha, e deixei crescer os bigodes, de modo que pareço melhor do que antes. Espero que o Luigino tenha se tornado um belo jovem: quem sabe, quando eu voltar, ele já esteja casado. Almerinda, ah!... como eu gostaria de vê-la, acho que continua tão bonita quanto antes. Lola, Chiquinho, Annita, Giulia, Ernesto, Vito e os outros sobrinhos que não conheço, quando eu voltar eles já estarão grandes.

Cara mãe, já que a Santina pergunta sobre mim, creio que talvez ela me espere, eu também tenho muito afeto por ela. Diga que mando lembranças de coração e que nos próximos dias vou escrever uma carta também a ela e que ela a vá buscar no correio.

Cara mãe, perdoe-me por fazê-la pagar a multa por mandar a carta sem selo, porque às vezes eu me encontro em algum lugar em que não há como comprar os selos.

Eu gostaria de saber se você recebeu o subsídio do Comitê, e de quantos réis é.

Então, querida mãe, espero sempre que a senhora me queira bem e peço que reze sempre por mim como eu rezo para vê-la de novo. Peço que me escreva toda semana para que eu possa ficar tranquilo e para saber alguma coisa da sua saúde. Diga aos meus companheiros para me escreverem que eu responderei logo.

Então, cara mãe, por ora não tenho mais o que dizer, mas daqui a dois ou três dias, quando eu tiver tempo, vou escrever outra carta.

Saudações a todos os parentes, a todos os meus amigos e também ao meu patrão e aos meus companheiros de trabalho, saudações também a todos que perguntam por mim.

Muitos abraços do seu filho que a ama muito.

Só dois dias se passaram antes de retomar o diálogo, e já no dia 20 de dezembro escrevi de novo.

Adorada mãe,
Imagine que felicidade e alegria eu senti ao receber a sua carta, e sempre que a leio parece que estou falando com a senhora. É verdade que chorei durante quatro meses por não ter recebido notícias suas, mas agora é diferente, estou sempre alegre, porque sei que a senhora está bem de saúde e junto com meus queridos irmãos, assim eu garanto que também estou bem de saúde com todo o meu coração, e espero que Deus me dê a graça de retornar vitorioso para os seus caros braços o mais rápido possível.

Então, cara mãe, antes desta carta eu escrevi comunicando a minha alegria de ter recebido a sua carta datada de 19 de novembro, que recebi dia 18 de dezembro, e espero recebê-las sempre, todas as semanas, assim como eu lhe escrevo a cada três dias.

E alguns dias depois:

**Capítulo 6** *Cartas e dúvidas de Natal* 97

Então, querida mãe, tenha coragem, porque Deus sempre me ajudará: espero voltar vitorioso para os seus braços. Mais uma vez lhe digo que recebi o seu dinheiro, o de minha cunhada e também o do mecânico. Diga se a senhora recebeu a minha fotografia de sapador. Mande um jornal por semana, especialmente *O Estado de São Paulo*.

Lendo-as assim, as minhas cartas pareciam sinceras e em parte o eram, mas eu guardava dentro de mim coisas demais: eu tinha cada vez menos fé e confiança, e a certeza de poder voltar vitorioso com a ajuda da Nossa Senhora da Penha era dita sem sinceridade, somente para dar esperança à minha família. De um lado, oprimia-me o pensamento recorrente do que se tinha feito e do que ainda se teria de fazer em batalha. O que em tempos normais era, para todos, um crime gravíssimo, na guerra se transformava em dever e, ainda que no íntimo não sentíssemos assim, uma obrigação absoluta. O jogo do avesso dizia que matar quando se estava em paz representava um delito e poderia ser punido até com a prisão perpétua, enquanto matar os próprios semelhantes em guerra e justamente porque a guerra assim o exigia constituía a nova regra, aliás, se bem feito, esse ato representaria até mesmo um mérito a ser premiado com honras.

Permanecia a dúvida sobre os nossos semelhantes que tinham de ser eliminados somente porque vestiam o uniforme dos inimigos mortais, se dizia, de uma pátria, a nossa, à qual muitos tinham jurado fidelidade e à qual, para além de um senso de honra militar discutível, tínhamos desejado um destino de grandeza e potência que nos agradava muito e no qual ainda acreditávamos (quem, como eu, tinha acreditado). Mas não bastava: somente um instinto feroz de sobrevivência, na realidade, ajudava a nos dar força e parecia prevalecer, especialmente nos assaltos, colocando em contradição consigo mesmo todos os que tivessem conservado um mínimo de consciência e lucidez. De lucidez, aliás, em alguns momentos permanecia bem pouco, e o pouco que havia, se podíamos definir como tal, sugeria que nos fingíssemos normais em tempo de exceção, porque alternativas faltavam, a menos que se quisesse enlouquecer ou tentar na fuga, qualquer que fosse, uma saída.

Aumentando as minhas atribulações mentais, como se não bastasse, a medalha da qual tinha me falado o major, junto com a notícia de que eu iria ser promovido a cabo, enfim chegou. Era de bronze e vinha acompanhada de uma menção honrosa que, uns dois meses depois, acabou nas páginas dos jornais italianos de São Paulo e de outras cidades do Brasil: "Dando um belo exemplo" – dizia – "de calma, firmeza e coragem para enfrentar o perigo, soube manter sua posição, não obstante toda defesa fosse atingida por intenso e terrível fogo inimigo...".

Não nego que o reconhecimento, embora injustificado, me deixasse contente, mas apreciei mais a promoção a cabo que chegou pouco depois e alimentou em mim a esperança de poder talvez ter, bem antes do que eu esperava, o benefício de uma licença breve. Isso, porém, eu não consegui tão logo. Deram-me somente um manual "teórico-prático" dedicado aos soldados da infantaria e sapadores – *Como se tornar cabo* –, de Onorato Roux, um escritor de quem eu tinha lido no Brasil alguma coisa interessante sobre a infância e a juventude dos italianos famosos. Li aquele também, mas dessa vez com pouca satisfação, se bem que com algum proveito prático.

Enquanto isso o inverno fazia a sua parte, e as grandes ações tinham diminuído, dando lugar a uma existência inédita, em segunda ou em terceira linha, mas bastante entediante e repetitiva, porque feita, com mais frequência do que se imagina, também de solidão e de meditações forçadas. Alguns momentos de bom humor, entre o lúgubre e o satírico, porém, procuravam aqui e ali abrir caminho, e não faltaram assim tentativas até mesmo de ironizar os locais onde éramos obrigados a estar entre lama e céu lívido e cinza, na maior parte das vezes. Vitaliano Marchetti, que tinha mais ou menos a minha idade e era também cabo sapador, mas da 13ª Infantaria, tomou para si a tarefa de transcrever a engenhosa narração de um "idílio" terminado mal que circulava pelas trincheiras, e me fez ler o texto antes de inseri-lo em uma das próprias cartas para casa. Tinha um título que por si só já era uma história: *Os amantes do Carso ou A triste história de Tolmino e Oppachiosella*.

Literalmente recheado de topônimos falsos que, bem destacados, remetiam a cidadezinhas verdadeiras e, portanto, a várias localidades do Baixo Isonzo ou das alturas cársicas ocupadas pelas nossas tropas, a começar por Oppacchiasella (chamada também, pelos vizinhos eslavos, Opatje Selo), esse conto não era nem dos mais obscenos no grande mar de imprensa pornográfica, amplamente difundido, e gozava de grandíssimo sucesso entre os soldados. De modo paródico, no início das fábulas, começava mais ou menos assim:

*Oppachiesella*, jovem daminha muito diferente de *Ruda*, filha de *Cervignano*, senhor de *Cavenzano*, da nobre senhora *Scodovacca*, assim que estava em idade de casar foi prometida ao fiel *Doberdò*. Mas ela flertava, em segredo, com o pequeno *Romans* e com o gentil *Tolmino*, rico senhor de um *Castelnuovo*, e de várias *Villesse*, o qual, antes que ela desse sua mão ao odiado rival, com a ajuda dos galantes cavaleiros *Faniz* e *Pieris*, seus amigos, a raptou, levando-a a um *Polazzo* em sua amena *Villa Vicentina*. Ali o audaz amante, que não via a hora de se exercitar no seu *Pascolat* no *Perteole* da Biligna, e conduzindo-a a um quarto lhe disse: minha *Oppacchiesella*, eu a amo com todo o meu *Cormons*, se você tivesse *Sei Busi*, eu gostaria de colocar o meu *San Panziano*. Você quer que lhe dê o meu *Capo de cima* no *Vipacco*?

Não! Respondeu a bela moça, prefiro que *Medea* o seu *Capo* de Salto na *Sdraussina*. Então *Tolmino* feliz lhe cobriu o *Monte Nero* gritando: Oh, que *Bel Vedere*. Penetrou com toda a força dos músculos no bosque *Cappuccio*, e com o *Plezzo* lhe rompeu a *Plava*.

A narração continuava ainda por algumas páginas e podia proporcionar somente um mínimo de alegria, porque o resto do nosso tempo transcorria entre ocupações pouco marciais e passatempos inocentes, incrementando, se tanto, a prática da escrita e, para quem podia, até mesmo da leitura. Mas não havia satisfação nem verdadeiros momentos de alívio naquele tipo de existência cinzenta, como a de uma folha de outono sempre em vias de cair, que mais parecia o passeio de um prisioneiro ou a inércia da vida no cárcere, como explicou perfeitamente à sua mãe Renato Lazzarini, um aspirante de Monselice com quem eu tinha cruzado em Montefalcone, escrevendo-lhe: "Aqui se canta, se fuma, se dorme, na ilusão de uma vida primitiva, sem passado e sem futuro, dia após dia".

Alguém o teria confirmado, falando da situação no Monte Nero um ano depois, que nós mesmos havíamos experimentado bem, como a vida na trincheira – e tinha razão para dar e vender – era frequentemente uma "vida natural, primitiva. Um pouco monótona. Cada um dorme o quanto quer, se joga sete e meio ou cara ou coroa. A distribuição dos alimentos é a única variação do dia: nos dão um pedaço de queijo e meia latinha de carne, pão fresco quase à vontade. De comida quente" – acrescentava no caso de que ele era testemunha – "não é questão. Os austríacos bombardearam com os 305 as cozinhas e explodiram mulas, panelas e cozinheiros".

Enfim, uma vida que, quando não era terrível, corria o risco de ser, sobretudo, entendiante. Mas aquela vida foi a minha também, e no Isonzo, para mim, durou até boa parte de janeiro de 1916, tanto que, sem mentir muito, pude escrever para casa vários outros relatos tranquilizadores.

Tendo-se espalhado a notícia de que eu escrevia muitas cartas, e que tinha nessa atividade uma considerável experiência, alguns companheiros me pediram para ajudá-los, voltando assim a ser, por um momento, o pequeno escritor que, quando garoto, eu tinha sido no Brasil.

Os soldados camponeses a quem eu devia prestar agora esse serviço imprevisto exprimiam-se em um italiano limitado e, às vezes, incompreensível, mas que com frequência era suficientemente eficaz, pois, como me fez observar um artilheiro do grupo daqueles estudantes que desejavam a guerra, dele derivavam tantas respostas de casa quanto as que eu tinha começado a receber, e isso era o que contava. Às vezes, bastava que alguém, solicitado talvez por uma simples e rápida saudação precedente, escrevesse-nos "de fora" algumas poucas linhas, para nos dar a sensação de uma vida que continuava em outro lugar, e da qual nós não queríamos ficar de fora.

Tínhamos logo aprendido que o recebimento de uma correspondência qualquer deixava-nos alegres o dia todo, e com ânsia esperávamos a hora do correio quase como se estivesse por chegar uma pessoa amada. Se não havia nada, coisa que a alguns dos mais desafortunados acontecia, sofria-se em silêncio, e cada vez mais se percebia estar só. Ao contrário, observava Amadio Zanini, motorista da nossa repartição, a chegada de uma carta dava sempre um alívio. E tendo ele acabado de receber uma carta importante, à qual responderia depois sozinho, conseguiu dar forma a essa observação meio óbvia, com uma metáfora que me tocou: "Continuo a ler e reler" – disse-me – "porque tenho a impressão de ouvir a voz de pessoas caras, de pessoas, quero dizer, dos meus amados vilarejos. Esta carta teve sobre mim um efeito extraordinário, como quando um regimento que vai ao assalto e está meio fraco vê aproximar-se outro de reforço".

Por outro lado, as imagens usadas pelos soldados camponeses para estabelecer alguma equivalência com uma ou outra experiência vivida por eles no *front* enfatizavam, por quanto aquilo lhes dizia respeito, analogias vistosas com o trabalho nos campos, tanto que, para dar a ideia da matança dos assaltos, eles também podiam comentar, como eu mesmo já havia feito, que aquilo "era como ceifar".

**Capítulo 6** *Cartas e dúvidas de Natal* 103

Quase naturalmente os camponeses em uniforme pareciam mais preocupados com a terra do que com a guerra. Digo terra no sentido de campo da própria casa, com perguntas sobre o andamento das compras, das vendas, das despesas, das colheitas, do vinho e das videiras, dos animais etc., e com o envio de sugestões e de conselhos de todo tipo, sobretudo às esposas ou namoradas. Era bem frequente, nesse caso, saírem mensagens sobre as quais nem como escritor "revisor", vinculado à mais estreita reserva, eu ficava à vontade para intervir. Havia diálogos inspirados desses interlocutores populares capazes de durar meses ou semanas quase invariados, entre demonstrações de afeto e até mesmo ambições ou veleidades literárias. Nessas cartas, depois de algumas formalidades às quais eu também recorria, insinuavam-se com frequência observações pacifistas que constituíam uma aspiração bastante comum e que não me parecia o caso de emendar, para não estragar o efeito, nem as palavras truncadas usadas para conferir ao discurso talvez algum valor poético. Uma tentação que não era estranha aos vários soldados de infantaria como aquele soldado católico veronês que no Ano Novo escrevia para sua namorada:

Zona de guerra, 1.1.16

Meu anjo,

Recebi hoje, primeiro dia do ano, a sua, a mim tão cara, cartinha. E com ela compreendi a grande alegria que você sentiu ao saber que voltei do *front* são e salvo, recompensa das orações fervorosas levantadas ao céu. Ah, sim, minha cara, infelizmente é assim. E por que o céu não atende a todos os nossos pedidos e põe fim a esse flagelo humano que já há um ano e meio caiu sobre a Europa inteira? E o mil novecentos e dezesseis está para começar, e a guerra parece ter começado ontem. Portanto, é verdade que eu, no presente momento, estou são e salvo e também fora de perigo. Mas eu peço que você não abandone suas angélicas orações até que obtenha o que é por todos desejado, que o céu nos conceda a graça de que logo aponte no céu de toda a desgraçada Europa a aurora radiosa daquele dia coroada de perdão e de paz. Se soubesse que cada momento está na boca de todos nós pobres soldados. Eu também, você não pode imaginar o quanto eu desejo o dia em que me será permitido ir ver você, e assim, unido, abraçá-la para poder imprimir sobre a sua boca adorada os beijos do meu amor, e assim poder passar quinze dias em sua agradável companhia.

Antonio, veterano da guerra da Líbia, que escrevia desse modo à sua amada Luigia, tinha sido e continuaria sendo também no futuro um bom combatente, tomando parte em uma dezena de combates e em quatro assaltos, cada vez mais consciente de que a juventude de ambos, com as suas alegrias "vividas e prometidas", estava se consumindo numa guerra com a qual era necessário resignar-se, porque "o futuro da Pátria santa foi colocado sobre nós, carregando-nos de deveres e de anos e anos; e nos deu sacrifícios a fazer e um caminho a seguir. Então, vamos lá! Nós nos sentimos ainda fortes e jovens e cheios de fé no futuro".

Como corrigir esses ímpetos otimistas impregnados de realismo daquele terceiro sargento de Brescia que tinha estudado apenas até o terceiro ano primário? Um rapaz, aliás, que confessava aos pais ser "obrigado a agradecer ao Senhor e à Nossa Senhora e a todos os Santos, e esperamos que me concedam uma graça semelhante também no futuro".

Em relação à guerra, transparecia, a cada passo, um misto de distanciamento e de recusa, mas também, no fundo, de aceitação, que surpreendia e que reproduzia sentimentos bastante comuns na "tropa". Com certeza, os aspirantes e os oficiais deviam ter uma ideia bem diferente dessa, mas isso eu posso somente imaginar. Tive oportunidade de conhecer um deles, pois ficara amigo do seu auxiliar calabrês, que era jovem como nós e, além disso, irredento. Por precaução, ele tinha um nome de guerra, Mario Bergamini, mas na realidade se chamava Tonino, como o meu irmão, e eu o vi uma vez enquanto escrevia ali na trincheira, perto de nós, poucas horas antes de um bombardeio. Eu jamais teria ousado perguntar-lhe o que ele estava tentando comunicar ao destinatário daquela mensagem, e não somente porque ele era um aspirante a oficial. Todavia, eu estava tão curioso para saber, que deixei escapar baixinho algo do tipo: "gostaria de encontrar forças para escrever à minha mãe também, mas não consigo escrever nem duas linhas, pois não saberia como dizer a ela que aqui se vai realmente ao encontro da morte". Foi ele, então, que, sorrindo, me disse que tinha acabado de explicar para a sua mãe que não se tratava, de modo algum, de uma eventualidade remota e nem tão deplorável para um soldado. Por um lado, era o dever militar que lhe exigia isso, e, por outro, a obrigação para com a pátria. Consciente da imensa dor que tal eventualidade provocaria àqueles que amava e que tanto o amavam, sobretudo a sua mãe, cujo nome era Maria Bergamas, o jovem tenente triestino quis até ler para mim um pequeno trecho da carta que tinha acabado de terminar:

> Parece-me mil vezes mais doce o morrer próximo à minha terra natal, ao nosso mar, pela minha Pátria natural, do que morrer lá embaixo, nos confins gelados da Galícia ou naqueles rochosos da Sérvia por uma pátria que não era a minha, mas que eu odiava. A vida é assim, caríssima mãe, seja forte, suporte a morte do seu único filho que sempre a guardou nos seus pensamentos, desde o primeiro dia em que esteve distante, como as mães dos primeiros cristãos. Adeus, minha mãe amada, adeus querida irmã, adeus meu pai: se eu morrer, morro com os vossos amadíssimos nomes nos lábios, diante do nosso Carso selvagem, tentando adivinhar se não verei mais o nosso mar, e procurando reevocar os vossos vultos venerados e tão amados.

Nas canções dos soldados simples, um camponês, falando talvez da esposa ou dos filhos, teria dito, ao contrário, "que eu morro com seu nome no coração", mas não é essa a questão. Bergamini, em relação a nós, representava quase outra raça, e somente a força das ideias tinha vencido nele a realidade que, também no seu caso, não podia prescindir da consideração de quanto a vida era preferível (quase sempre) à morte. Comigo, provavelmente por fins pedagógicos e com uma cortesia incomum nas relações entre os soldados e seus superiores, ele tinha desejado somente enfatizar um aspecto importante do seu pensamento dominado pela nostalgia e pelo amor pela Trieste italiana, ainda que isso não tenha depois evitado que ele morresse na montanha, e não diante do seu adorado mar.

Como quer que tenha sido – e nas cartas, de qualquer modo, transparecia –, havia em todos, controlada de modo diverso em cada um, uma grande vontade (ou, se preferir, uma saudade enorme) da normalidade dos tempos de paz que aparecia especialmente quando se procurava convencer amigos e parentes de que a guerra, no fim das contas, não era assim tão ruim quando não estávamos em meio a um assalto, que fique claro, e se os austríacos, num momento de bondade, se abstivessem de fazer trabalhar seus atiradores.

Em uma missiva que De Carli, o merceeiro, tinha pedido para eu olhar, por segurança, porque tinha a intenção de enviá-la, por vias alternativas, a uma senhorita que ele cortejava (e aos pais dela, pessoas muito respeitáveis, que também iriam ler e avaliar, por isso temia algum erro do ponto de vista sintático e gramatical), eu me deparei, sem me surpreender, antes de retocar algumas raras manchas, com uma narração aceitável. Dizia mais ou menos assim:

> Como eles me escrevem, acham que aqui estejamos abatidos, tanto física quanto moralmente? Não é assim. Nós aqui e em toda a linha de combate, depois de sete meses nestas paragens, tornamo-nos também ursos polares, não se conhecem mais gentilezas nem comentários aristocráticos etc. A nossa principal preocupação é aprender coisas novas, tudo o que fazemos é trabalhar, rir, comer e outras coisas mais extravagantes. Quando os tiros de canhão e as balas assobiam, dizemo-nos alguma frase sem nenhuma preocupação; nos momentos de repouso, ao contrário, tentamos passar o tempo a escrever e a contar sobre nossas vidas. A guerra não é como se pensa! Ainda que nos combates se mude a cabeça, não nos reconhecemos e nos tornamos cães raivosos que, uma vez mordidos, ficam com o sangue envenenado para sempre.

É isso, cães raivosos em repouso! Isso é o que nós éramos, mas sempre, obviamente, com alguma reserva mental e boas justificativas.

As referências ao fato de que o vaivém da trincheira ajudasse a afastar o horror dos combates e a recordação do papel que se tinha desempenhado nele prevaleciam naqueles que se permitiam admitir coisas constrangedoras antes de tudo para si mesmos. Essas admissões pareciam feitas como no confessionário ("... a minha ferocidade" – encontrei escrito em uma mensagem tranquilizadora que me tinha sido dada para corrigir – "endureceu o meu coração de tal maneira que eu me tornei perverso e áspero").

Havia também as cartas com assuntos mais íntimos (em primeiro lugar, para as namoradas, para não falar das amantes, como eram, para mim, Elisa ou Santina). Aqui também havia mensagens cifradas e com duplos sentidos escabrosos, mas de conteúdo inequívoco. Antonio Tripodo, outro ordenança calabrês às ordens do tenente Lentini, contou-me detalhes picantes e muito divertidos. Lentini era um oficial de artilharia que seria depois deslocado, bem quando nós fomos, em março, para os lados de Schio, e que de tempos em tempos era destinado a trabalhos de primeira triagem na obra de controle, que era gigantesca, da nossa censura militar. Ele, a seu modo, era uma das tantas engrenagens da igualmente grande máquina em ação no Escritório de Informações da I Armada, onde o major Tullio Marchetti, que o dirigia, deveria organizar um trabalho bem amplo, qualificado e ramificado, de coleta de todo tipo de notícia (e espionagem) sobre o conflito em curso.

O trânsito postal de e para o *front*, incluído o das cartas registradas, como as minhas primeiras que foram extraviadas e enfim reencontradas, nós intuíamos que deveria conter vários milhões de cartas (ou bilhões? Somente da Casa do Soldado de Vicenza, entre cartas e cartões, foram escritos, de agosto de 1915 à metade de 1918, um milhão e meio, como me garantiu o metralhador paulista Carlo Piva, que havia trabalhado ali desde o fim de 1917!). Aquela parte da qual eu participei pessoalmente e as cartas para o Brasil e do Brasil sobre as quais, por questões privadas, eu me dediquei tanto, eram apenas um fragmento infinitesimal de um incomensurável diálogo a distância que quase todo dia se tecia e ia se desenvolvendo de forma destemida pela Itália, aquela que estava em guerra e a outra, ao passo que nos afastávamos do Friuli, do Vêneto e dos poucos outros lugares da planície do rio Pó, expostos indiretamente às suas consequências.

Quando não se tratava somente de rever e emendar o que já estava feito, mas de criar algo novo, que me era referido, ditado pelos companheiros com mais dificuldade com papel e caneta, era eu quem providenciava rascunhos de versões mais plausíveis e capazes de enfrentar o desafio dos controles cruzados sem que fossem interceptadas ou modificadas pela censura. Em algumas circustâncias, não havia grande necessidade de intervir sobre os textos que me eram propostos oralmente, sobretudo quando as narrações se sustentavam sozinhas ou reproduziam sensações que eu também, no fim das contas, conhecia e compartilhava. Confesso que, pensando principalmente em Elisa – mas também em Santina –, eu me esforçava, por exemplo, somente para suavizar as declarações de amor mais ardentes e acompanhadas de promessas sobre a primeira licença que haveria de desfrutar.

Claro que eu não poderia deixar frases que faziam alusão a ameaças de automutilações e sonhos de deserção, ou que falassem de violências gratuitas que tinham ocorrido sob os nossos olhos sem que nada pudéssemos fazer, como as dizimações e execuções sumárias (uma delas tinha me deixado horrorizado); eu também não poderia deixar de cortar as expressões recorrentes de compreensão ou mesmo de solidariedade humana em relação aos nossos inimigos, "aqueles pobres cristãos austríacos", que me pediu para escrever uma vez um sapador, "que estavam talvez pior do que nós". De outro, que se delongava, deixei apenas o início do texto, que dizia mais ou menos o seguinte: "Escrevo-lhe ainda da trincheira da primeira linha, sentado numa abertura, de onde observo atentamente a dos inimigos. Digo inimigos, mas eles também são cristãos e inocentes como nós". Cortei somente o comentário conclusivo, que era comprometedor demais sobre de quem era a responsabilidade de tantos horrores, não certamente os soldados, "porque os bárbaros e os assassinos são os Governos infames, culpados de tanto massacre humano".

Eu fazia algum esforço também para limar as frases, em geral mais frequentes entre os irredentes, sobre o "odiado inimigo", pintado por muitos deles como bárbaro, ostrogodo, neto dos hunos vândalos etc. (e responsáveis pelos sofrimentos e abusos que eles tinham sofrido), atenuando aqui e ali as invectivas que me pareciam exageradamente grotescas. Entretanto, como não faltavam nem nas correspondências que chegavam, e como até alguns dos meus sapadores camponeses recorriam a elas em nítido contraste com o resto de seus próprios discursos sobre "material

**Capítulo 6** *Cartas e dúvidas de Natal* 111

de casa", eu pensei que isso dependia também do sucesso da propaganda e muitos anos de educação patriótica em sentido único: no fim das contas, eu também tinha caído nessa mais de uma vez, deixando-me levar por alguma bravata para impressionar os meus correspondentes distantes.

> Em relação à guerra [ouvia dizer e transcrevia, concordando], aqui no *front* tudo está, no momento, tranquilo. Salvo a habitual mosquetaria e alguns tiros de canhão. Tanto o Natal como o ano-novo eu passei na trincheira, e de vez em quando vinham romper a monotonia desta vida alguns gestos gentis dos austríacos, que, mais de uma vez, jogaram cigarros para nós (estavam acima de nós) e ofereceram vinho. Alguém assumia o papel de intérprete, e de vez em quando estabeleciam-se algumas conversações curiosas. Na noite de Natal eles nos perguntaram se não estávamos cansados da guerra. Eles estão certamente mais do que nós, e nos disseram que desejam a paz. Por consequência, às vezes algum deles, às escondidas, passa a zona de fogo e se entrega aos nossos soldados de guarda. Esses são os únicos acontecimentos que aqui quase todo dia se repetem, enquanto à noite, entre uns disparos e outros, os austríacos cantam para se consolar, procurando um passatempo feliz.

Nada se comparava, é claro, àquelas famosas tréguas de Natal que no ano anterior tinham acontecido aqui e ali no *front* ocidental entre alemães e ingleses, e das quais ainda se falava com grande simpatia (porque, de um modo ou de outro, é preciso saber o que acontecia "fora", inclusive nas outras frentes de batalha, sobre as quais tentávamos nos manter bem informados). Sabíamos que às vezes aconteciam coisas estranhas e que com os inimigos se podia até falar. Nós também já tínhamos feito isso algumas vezes. As nossas trincheiras ficavam tão próximas das deles, separadas apenas por uma estrutura reticulada, que era impossível não ouvir o que se dizia em voz alta de ambos os lados, e quando o *front* era controlado por nós, alguns dos oficiais mais bondosos ou sensatos fechavam os olhos (e os ouvidos), ou até mesmo nos aconselhavam a não disparar contra os *crucchi*[33] se eles saíssem das trincheiras para coisas normais, porque assim, em contrapartida, eles também fariam a mesma coisa conosco. Ou seja, nos respeitávamos, mas com algum interesse.

Um companheiro nosso de Malo, Biagio Zanetti, que tinha emigrado de Voralberg e falava bem alemão, tinha combinado com um sentinela austríaco e, embora a coisa fosse destinada a durar bem pouco, tinha nos explicado: "Vejam que o austríaco também, às vezes, tem que ouvir a ordem dos oficiais para disparar e lançar as bombas. Entretanto, quando for o momento, ele dará um sinal com o cigarro. E vocês, então" – dizia aos nossos que saíam no posto avançado – "assim que virem a brasa se movendo, fiquem espertos e bem abaixados, porque significa que eles estão para disparar".

A guerra, alguns observavam deixando-me, no início, meio perplexo, não a tinham desejado nem eles, nem nós: que

---

33. Adaptação italiana de *kruh*, isto é, "pão" em esloveno e croata. Muitos soldados do exército austro-húngaro eram dessas nacionalidades, além de serem famosos por sua violência. Na época da ocupação austríaca da Lombardia e do Vêneto (1815 a 1860 e 1815 a 1866, respectivamente), quando em serviço na Itália, não incorporavam o termo italiano para pão. Por extensão, *kruh*, italianizado em *crucco*, passou a indicar de forma depreciativa todos os soldados do exército imperial e, com o tempo, todos os súditos do Império Austro-Húngaro, até chegar a incluir também todos os alemães. (N. T.)

viessem lutar aqueles senhores que tinham decidido fazê-la. Mas também do nosso lado não houve, que eu saiba, muitos acordos ou mesmo encontros em zona neutra para trocar presentes, alimentos e cumprimentos. Alguma aproximação, sim, especialmente no Zebio, lá pela metade de dezembro de 1916, com os nossos soldados lançando esporadicamente pães e chocolates nas trincheiras austríacas, ou ainda no Natal do mesmo ano, no monte Forno, onde um alpino do Batalhão Bassano, Marco Ambrosini, e outros companheiros seus trocaram com um soldado de Graz, chamado Karl Fritz, e seus companheiros pão fresco por cigarros, combinando também um pacífico corte de lenha em terra de ninguém (os italianos, aliás, naquela ocasião, usaram uma serra do inimigo e não a devolveram).

Houve também algum cessar-fogo fugaz, não autorizado (e exposto, como os outros episódios de fraternização descontrolada, à reprovação enérgica dos altos comandos), que se manifestou várias vezes, durante festas ou não, em outras ocasiões, quase sempre em nome de uma aspiração confusa, mas difusa, de ver o fim da guerra o mais cedo possível.

Essa guerra, ao contrário, continuava, ainda que no Isonzo, para voltar àqueles locais onde a tínhamos experimentado na pele, e seria retomada com toda força, de maneira sangrenta, lugubremente repetitiva e cada vez mais sem sentido, somente no início de março de 1916. Já por volta do fim de fevereiro daquele ano, por sorte o nosso núcleo dizimado de sapadores faria as malas e seria encaminhado para outro *front*, aquele então mais tranquilo dos Planaltos, onde eu voltaria a refletir com mais calma do meu observatório de escritor, repetido lá também, sobre as incongruências de um conflito tão terrível. Eles ajudavam a enquadrar melhor a importância extraordinária atribuída pelos soldados, mas também pelos oficiais, às cartas provenientes de casa ou dirigidas para casa. Uma explicação convincente me ofereceu um jovem tenente culto, mas, de maneira insólita, disponível a dialogar conosco, simples soldados. Ele tinha nascido em Massa Carrara (com parentes, porém, na Ligúria), e em terra libertária constituía, muito provavelmente, uma exceção e um modelo bastante raro de patriotismo temperado e condicionado, além de tudo, por ser ele um católico não só de fachada, como era entre nós Enzo Pancera, um sapador de Arzignano que até o fim tinha se oposto também à intervenção militar. Já em outubro de 1915, esse Filippo Guerrieri, assim se chamava, tinha chegado ao Carso, não longe de onde estávamos, leal ao próprio dever e à frente de um esquadrão especializado no jateamento dos tubos de gelatina no qual estavam muito dos sapadores, ganhando quase imediatamente uma medalha de prata por ter conduzido bem, dizia a homenagem, "a sua arriscada tarefa sob uma chuva de balas e granadas". Com um estilo literário e muito distante, pela clareza e incisividade, do de meus companheiros incultos, Guerrieri tinha um raciocínio sofisticado, dirigindo-se a seus familiares distantes na tentativa, bem-sucedida, me pareceu, de dar a eles a ideia de quanto era central o correio na vida dos combatentes.

Na trincheira, sobretudo, mas também em qualquer lugar (no Isonzo ou no Carso, no Adamello ou nos pré-Alpes, no fim de uma marcha ao aberto, ou em um chalé de montanha, ou em qualquer outro tipo de alojamento precário), uma espécie de mesinha se consegue sempre improvisar, e, como que por encanto, das mochilas ou sacos saem assim folhas de papel meio amassadas, guardadas ali prudentemente porque o papel às vezes é escasso, e depois, lápis, tinta e caneta (estilográficas, as dos oficiais...), sobre as quais cada um se concentra para escrever para casa:

> e escrevendo se descansa, porque, ao recordar de vocês, ao narrar a vocês a nossa vida, parece que o cansaço se afasta, parece que cada palavra escrita leva consigo uma das nossas tantas dores, e quando a carta está terminada se experimenta realmente um doce bem-estar, respira-se mais livremente, eu diria que quase se começa a viver de novo. Por isso cada minuto livre é dedicado àqueles que estão distantes, e o ato de escrever um cartão, e quando possível uma carta, não é um incômodo, mas uma alegria; é o tempo mais bem empregado, o único que nós bendizemos. Naqueles momentos nos abstraíamos de tudo o que nos circunda, e que nunca é belo; não se está mais debaixo de uma pedra, escondido em uma rocha, não se está mais em perigo, não, não, se está ao lado de vocês, na casa tranquila que só conhece a paz e se fala de tantas coisas, do tempo bom e do vinho bom. É uma ilusão, nós todos sabemos, mas até ela é alguma coisa, e nos ajuda a viver com certa alegria e fé segura.

> Quando chegam as suas cartas, é uma explosão de alegria, é um contínuo estender de mãos no escuro – porque chegam sempre à noite, nas posições mais avançadas –, divididas, separadas por companhia, e por toda a noite estão ali conosco, apertadas no peito do primeiro que as recebeu, e quando o amanhecer permite ler, eis que cada um de nós sai do seu canto, do esconderijo, e agarra o envelope familiar com o endereço familiar. Sabe-se, a classificação é feita em um momento, vê-se mesmo a distância – mesmo no meio da confusão – a própria correspondência: quem não conhece o

envelope da própria família e a caligrafia dos seus familiares, mesmo de longe? Todos.

Os seus envelopes, por exemplo, são mais largos, maiores do que todos os outros, e isso me é útil, porque eu os identifico logo, antes dos outros, pego-os rapidamente, e depois escapo atrás da minha pedra, que é o meu palácio. Dificilmente nós mandamos maldições, quase nunca, porque já estamos acostumados e resignados, não ficamos bravos se chove e não temos roupa para trocar, se a comida não chega, se o fogo inimigo se enfurece: sabe-se que estamos em guerra, e deve ser assim, mas se o correio não chega, ficamos irados, vira um inferno. Entende-se por que um austríaco atira em nós com toda a, para ele, ótima, e, para nós, péssima intenção, mas o carteiro que não chega, não, isso não podemos compreender, e então as maldições vão a mil e atingem todos os componentes do serviço postal, do mais modesto e minúsculo empregado ao maior diretor, até o burguesíssimo ministro.

Capítulo 7

## *No Friuli e no Vêneto em direção aos planaltos: inverno de 1916*

～

No turno mais geral de repouso concedido às tropas que se dedicaram por dois meses ininterruptos aos combates no Isonzo, que tinham fechado o ano de 1915, foi-me dado como prêmio, no fim de janeiro de 1916, aquela tão esperada licença breve que eu só saberia como aproveitar indo primeiro a Portogruaro, onde eu sabia que estava uma parte da minha velha família, que havia mudado de Pedemonte feltrino para lá, e depois para Udine e arredores, para onde o convalescente Renato Bellucci tinha voltado.

Em Portogruaro, uma cidade sobre a qual eu sabia bem pouco, a não ser que de lá tinham partido, no passado, muitíssimos emigrantes que se dirigiram a São Paulo, os nossos primos maternos de segundo grau ficaram sabendo, pela minha mãe, que eu tinha vindo para a Itália como voluntário e que a estava defendendo em alguma zona de operação. A eles, que me hospedaram com infinita generosidade, dei também explicações inicialmente genéricas e opacas sobre os lugares em que estava estacionado, deixando-os entender que eu começava a nutrir, sobre a guerra e até mesmo sobre a pátria, dúvidas embaraçantes. Eles logo me entenderam, porque recebiam informações do *front* onde estava, no Col di Lana, em alta montanha, um filho militar mais ou menos da minha idade. De tanto em tanto, chegava-lhes alguma notícia até da América, porque Cunegonda Trivellato, uma parente distante – que tinha morado ali oito anos antes de se casar e ir viver em Legnano, seguindo o marido que era de lá –, estava sempre em contato com o próprio irmão Ferdinando, que também era amigo dos meus primos e que tinha ficado trabalhando como pedreiro em Casa Branca, a duzentos quilômetros de São Paulo. Por uma fatalidade, esse irmão também tinha um filho que tinha trabalhado com Demetrio Garbin, outro reservista brasileiro daqueles com quem eu me correspondia mais frequentemente. Como Gonda, como era chamada, além de ter ainda no mundo um pai de 85 anos muito animado e curiosíssimo, tinha o seu segundo filho, Ernesto, na guerra, as correspondências dos dois irmãos separados pelo oceano falavam sempre deles, do Brasil e da guerra. Os primos de Portogruaro me disseram alguma coisa, e, antes que eu partisse, combinamos de, se possível, trocar nós também cartas sobre esses temas.

Deixando de lado as histórias de tantos italianos do Brasil que acabavam por se encontrar nas zonas de operações ou em seus entornos e que depois começavam a trocar correspondências assiduamente, essa dos primos e dos parentes, muitos também repatriados do além Atlântico para combater na Itália e que justamente a guerra tinha conseguido recolocar em contato depois de anos de silêncio recíproco, não era uma raridade que envolvesse somente a mim e a poucos outros. Lembro que uma vez, em uma das cópias do *Fanfulla* que me enviaram de São Paulo, li um

**Capítulo 7** *No Friuli e no Vêneto em direção aos planaltos* 119

artigo intitulado "Quarenta e três primos no *front*", sobre Almiro Arcari, reservista de Espírito Santo do Pinhal, nascido em 1895 e embarcado em Santos no *Louisiana*, alguns dias depois da minha partida. Naquele artigo, através de várias cartas que tinham chegado do *front*, seu pai Arnoldo, entrevistado pelo jornal, contava como tinha sido possível ao filho reatar relações com 42 primos, todos em serviço como combatentes ou como territoriais, e todos espalhados por todo o norte da Itália!

Bellucci também estava bem informado do que acontecia em São Paulo, conseguindo obter, até com mais frequência do que eu, números velhos, de um mês antes, do *Estado de São Paulo* e de outros jornais brasileiros. Encontrei Renato bem recuperado às vésperas da sua alta do hospital de Udine e, portanto, pronto a retomar, embora sem entusiasmo, o seu posto. Ele tinha feito amizade com a jovem irmã de um soldado de infantaria sardo, Alissiu Porcedda, ferido também no Carso e de quem Bellucci tinha sido vizinho de leito em Monfalcone. Ela, Donatella, tinha vindo visitar o irmão, e, tendo se apaixonado por Renato, não tinha mais partido do Friuli para Veneza, onde trabalhava como garçonete em um bom emprego havia quase dois anos. Bellucci tinha acabado de se despedir dela e me falou desse relacionamento com muito mais entusiasmo que o demonstrado nas cartas. Agora ele estava no corredor esperando a sua vez de se consultar com o médico para receber alta, com Giovanni Tolosano e outros convalescentes em vias de partir e que, também por isso, divertiam-se contando histórias amenas e piadas como aquela sobre as pinceladas de tintura de iodo, boa para todos os usos, da dor de garganta às hemorroidas, e consideradas salvíficas pelos mais obtusos médicos militares. Juntos discorremos algumas horas sobre as desilusões que nos amarguravam a vida, e depois, naturalmente, sobre o que ambos ouvimos falar da outra vida, a que, nesse meio-tempo, continuava a correr além do Atlântico, entre os problemas de nossos familiares e problemas econômicos cada vez mais graves, para todos, no Brasil. Um Brasil, seja dito, que nos parecia ao mesmo tempo próximo e distante. Distante geograficamente, e isso se sabia, mas próximo ao coração, como nunca poderíamos imaginar, e como aprendemos, dia após dia, por força da saudade.

Não para me distrair, mas porque eu tinha ainda algum tempo livre e não sabia onde passá-lo, fiquei ali por uns dois dias, em Udine, onde havia também o Comando supremo do nosso exército e onde poderia acontecer de encontrar na rua, raras vezes, porém (e, portanto, a mim não aconteceu), o pequeno rei e o general Cadorna ou personalidades políticas famosas, especialmente estrangeiras. Udine era então a capital da guerra italiana. Uma quantidade extraordinária de soldados enchia as ruas e as praças plenas de gente de ar pacato e reservado, como era, aliás, a índole dos friulanos, mas ao mesmo tempo ocupadíssimas, enquanto o trânsito contínuo de caminhões e carroças que tinham nos ensinado a definir com uma palavra estranha ("hipopuxados") dava a ideia de quanto a cidade havia se tornado importante do ponto de vista logístico. Havia também um aeroporto que fui ver por curiosidade, acompanhado por um sargento de Malo, amigo de Biagio Zanetti. Chamava-se Cleto e flertava com uma professorinha do lugar, Giuseppina, conhecida como Pia. Depois da batalha de Caporetto, quando a família da moça teve de se refugiar, fugindo de Udine, Cleto se empenhou para que ela fosse hospedada por seus pais, no seu vilarejo natal, por muitos meses, e daquele amor de guerra surgiu um dos tantos episódios de solidariedade entre civis e soldados que ocorreram durante os momentos mais duros do conflito.

Em Udine, dormi a primeira noite em uma pensãozinha cuja proprietária, uma mulher de idade e muito insistente, prometia, com grande probabilidade, transmitir-me uma bela sífilis ou alguma outra doença do tipo. No dia seguinte encontrei um alojamento provisório em uma pousada modesta indicada por dois soldados lombardos que encontrei casualmente na praça Vittorio Emanuele II, que já esperavam para retomar o caminho de casa. Eles também estavam de licença, e seus sobrenomes eram Ceruschi e Cucchini. Com o dinheiro enviado por minha mãe, minha cunhada e o mecânico, permiti-me o luxo de ir almoçar numa taberna, a Osteria della Terrazza, em pleno centro. A comida era boa, e o vinho, ainda melhor: confesso que bebi demais, mas só para depois escrever para minha mãe alguma coisa de verdadeiro sobre a alimentação que de vez em quando eu me permitia na Itália. Fui ao cinema, não o das Casas dos Soldados, porém, para ver uns filmes. Um, intitulado *Maciste Alpino*, tinha acabado de sair, e foi introduzido, como se fazia na época, por imagens estereotipadas sobre a vida no *front*. Não eram diferentes nem melhores do que as divulgadas pelo *Domenica del Corriere* e por tantos outros artigos de jornalistas italianos com nomes sonoros e língua comprida, como Barzini ou Fraccaroli, que chegavam com regularidade também aos pobres leitores ignaros do outro lado do oceano.

Em geral os correspondentes de guerra causavam má impressão aos soldados, pareciam inventar muitas coisas, ou aumentá-las, ou mentir mesmo. Também o *Maciste Alpino*, desse ponto de vista, não fazia pouco caso, e me pareceu que não se distinguisse muito do resto da propaganda patriótica, do alto, mas, pelo menos, com suas ceninhas divertidas, onde o sangue e a morte nunca apareciam, era capaz de presentear momentos preciosos de distração e relaxamento. Bem menos me convenceu, mas era de se esperar, outro filme de um tal Vincenzo Troncone, que já pelo título (*Latin sangue gentile o Chi per la patria muor*[34]) fazia imaginar o pior. Saí na metade do filme, que era curto, e me refugiei num café para tomar um pouco de vinho Marsala.

Foi ali que encontrei os dois lombardos, os quais eu não tinha visto na sala, mas que também escaparam nauseados da sala de cinema. Logo começaram a comentar, em plena sintonia comigo, o filme que tínhamos visto. Depois, porém, me deixaram tonto de tanto falar, não mais da guerra – eles também estavam em estado de graça por estarem de licença e já distantes do Carso, mas, para sua sorte, em vias de retornar à própria cidade por três dias –, mas de Brescia, a leoa do *Risorgimento* que, exaltavam eles, parecia ser agora a verdadeira capital, pelo menos industrial, da guerra da Itália, plena como era de operários e de fábricas em ati-

---

34. "Latino sangue gentil ou Quem pela pátria morre." (N. T.)

**Capítulo 7** *No Friuli e no Vêneto em direção aos planaltos*

vidade constante, dia e noite. Fábricas e indústrias à parte, como em casa eles não teriam coragem de fazer, planejavam dar uma passada, perto da noite, depois da taberna, em um renomado bordel militar, e marcaram um encontro comigo no jantar, porque tínhamos nos dado bem. Não tive coragem de dizer não e me encaminhei de novo sozinho pelas ruas de Udine, onde atordoava e espantava, especialmente os soldados em licença, o vaivém imenso de mulheres e moças envolvidas com prostituição e que passeavam por ali. O motivo de ser assim era facilmente compreensível, visto que também as lojas e as outras atividades urbanas pululavam de clientes e faziam todo santo dia negócios de ouro: a cada um, pensei, o seu comércio, mas no momento me abstive de aprofundar, como eu tinha feito em Portogruaro, resistindo fortemente à tentação de entrar em um prostíbulo misto, de soldados e oficiais, que gozava de ótima fama como um lugar regulamentado e devidamente controlado por médicos da III Armada. Como seria aquele em que os dois rapazes de Brescia pretendiam me levar eu não sabia, mas chegou a hora, depois de uma passagem apressada pela taverna remediada em que tínhamos ido comer, de descobrir.

Ceruschi, o mais velho de nós três, quebrou o gelo e disse: "Então, rapazes, vamos fazer uma visitinha ao bordel?". Não recebeu uma resposta direta, mas somente uma pergunta, feita por mim, que nos mostrasse o caminho, considerando que naquele lugar, como nos disse na mesa, ele já tinha estado uma vez. Do modo como me descreveu o lugar enquanto nos dirigíamos para lá, me pareceu que poderia ser o mesmo prostíbulo dos soldados de baixa patente ao qual, para fazer uma brincadeira de mau gosto, alguns aspirantes tinham arrastado uns tempos atrás o padre Morozzo, o capelão militar reservado e pudico do nosso regimento, na presença de quem já haviam dado vazão várias vezes ao repertório pornográfico verbal e musical de uso corrente entre os soldados.

Ceruschi era meio esquisito e também meio estrábico, mas certamente conhecia bem o lugar e suas regras, que não diferiam, aliás, das de toda casa de prazer barata, mas digna de respeito. Ao entrar, Cucchini se afastou com uma desculpa e deixou-nos sozinhos. Ceruschi estava determinado, e eu, ao contrário, bastante desorientado. Talvez me passasse pela cabeça, só que invertida, a máxima da caserna, segundo a qual o que não era bom para o rei não era bom para a rainha; não obstante, assim que passamos a entrada, fiquei ainda mais perplexo em um átrio lotado de militares. Depois de ter pago a tarifa no caixa, eu e Ceruschi retiramos a notinha e passamos para outra sala, ainda mais congestionada do que a outra, se é que era possível. Em meio àquela multidão, fui tomado por uma espécie de agitação premonitória. Se me permitem dizer, eu estava excitadíssimo e gostaria de ser como todos os outros, mas sentia que não conseguiria ficar ali. Via mulheres maquiadas e com roupas muito decotadas entrar e sair com seus clientes ocasionais pelas portas laterais que levavam aos quartos, e me consumia por dentro a falta de coragem de me aproximar delas, embora tivesse uma vontade louca de fazê-lo. Em um dado momento, um artilheiro grande e barbudo deu um grande tapa no traseiro de uma daquelas mulheres, que ficou furiosa, insultando-o, mas ele nem ligou; ao contrário, explodiu numa rumorosa risada e, carregando-a nas costas, levou-a correndo para o quarto.

Eu invejava os outros, invejava sobretudo Ceruschi, que se movia tranquilamente e falava em voz alta, seguro de si. De vez em quando eu ouvia a ladainha da *maitresse*, que lançava o convite peremptório: "Jovenzinhos, para o quarto. Escolham e se apressem!". Ceruschi me deu uma cotovelada e disse: "Vai, Cravinho, vamos, eu vou pegar aquela lá". Fiz um sinal afirmativo com a cabeça, mas deixei que ele se afastasse e fui em direção à porta, através do átrio, e me encontrei na rua. "O que vou dizer ao Ceruschi?", perguntei-me. "Sei lá! Vou dizer que eu também fiz a minha parte e que depois de ter saído o esperei em vão, sem encontrá-lo." E assim eu lhe disse, de fato, quando nos reencontramos na locanda. Ele acreditou em mim, mas por algum tempo fiquei insatisfeito comigo mesmo e também um pouco nervoso e contrariado. Eu não era nenhum santo, porque também em São Paulo, às vezes, eu tive vontade de visitar alguma dessas casas na Praça da República. Aqui, porém, tinham me desencantado e dado até certa tristeza, maquiado ou não, o rosto de tantas mulheres e especialmente as caras lavadas das moças mais jovens que serviam, elas também, a seu modo, à pátria, mas das quais ninguém mais se lembraria e de quem ninguém se preocuparia no futuro. Muitas delas, extenuadas pelos ritmos terríveis de trabalho cotidiano ou destruídas irremediavelmente pela sífilis e outras doenças venéreas tão graves ou invalidantes, morreriam não nas trincheiras, mas nos leitos dos dispensários e dos hospitais para os pobres. Outras, que aos olhos dos altos comandos representavam o verdadeiro pesadelo da "vênus vagante", trabalhavam autonomamente até onde abundavam, como, por exemplo, em Palmanova, os bordéis maiores e mais bem arrumados: contaminadas pela gonorreia e infiltradas, às vezes, pelo inimigo (como fazíamos, aliás, nós também), poderiam colocar fora de combate, sozinhas, nessa singular guerra bacteriológica, repartições inteiras em poucos dias. Nem em Udine, aliás, que era, sim, a capital da guerra, mas também a capital dos bordéis de guerra e onde parece que se encontrava despreocupado na noite de Caporetto até mesmo um alto oficial como Pietro Badoglio, faltavam prostitutas "livres". Livres é modo de dizer, e não estavam somente nas grandes cidades, porque estavam em quase todo canto, como pude verificar eu mesmo passando por Bassano no fim daquele ano, 1916, quando encontrei muitas delas. Eram moças do campo, geralmente menores de idade, de 15 ou 16 anos, que se transferiam para os centros urbanos, obrigadas pela necessidade a se oferecer por pouco dinheiro como garçonetes, lavadeiras ou passadeiras, mas que caíam logo em aventuras ruins e enfim nas malhas da justiça, quando se apresentavam aos comandos militares para obter uma permissão de permanência porque não tinham domicílio fixo, e obrigadas, então, notoriamente, a se prostituir.

Só para acrescentar mais contradições às já existentes, pensei na história do rei e da rainha. Vai ver, eu me disse, tendo escolhido passar em branco, considerando que em geral eu me virava sem problemas, eu tinha renunciado à rainha justamente porque não queria mais servir ao rei? Mas o rei, não obstante tudo, não era a Itália, e depois eu tinha vindo para a guerra de minha livre e espontânea vontade. Se eu tivesse mudado completamente de ideia agora, depois de apenas sete meses como soldado, eu provaria um embaraço muito maior do que o momentâneo mal-estar que tinha me empurrado para fora do prostíbulo sem consumir aqueles poucos tostões de amor mercenário. De qualquer modo, não era o caso de me exceder em elucubrações, e, de fato, parei de me esforçar com isso, porque, além de tudo, o tempo da minha liberdade condicional estava terminando. No dia seguinte, penúltimo dia de licença, dirigi-me com alguns outros soldados do nosso regimento a outra cidadezinha friulana, não muito distante de Udine, para ver a sua catedral, a basílica de Nossa Senhora da Assunção e alguns famosos restos arqueológicos. Escrevi também para minha mãe especificando, eu me lembro bem, de ter estado "pela primeira vez em Aquileia, terra risonha, distante da linha de fogo uns trinta quilômetros".

Em outra carta que lhe mandei dois dias depois, e que chegou a São Paulo não sei como, passando ilesa pelas malhas da censura, eu seria bem mais franco e menos otimista. Pela primeira vez deixei escapar frases comprometedoras sobre o fato de não estar mais tão contente com a guerra. Mandei umas fotos que me retratavam "mais seco e mais magro" em comparação a como eu era antes, explicando-as com palavras rudes e aflitas:

> O motivo é que eu choro sempre por estar distante de casa e por medo de não voltar mais a ver a senhora porque já se vão muitos meses que somente Deus me deu a graça de estar vivo, passando por milhares de perigos. Por isso sinto o risco da morte pairando

sobre mim se a guerra não acabar. Imagine então como estou descontente, visto que a guerra ainda não terminou. Eu lamento dizer isso para a senhora, porque, em primeiro lugar, não sei se por causa da censura não lhe entregarão esta carta, que contém palavras que o governo não permite, e porque eu não gostaria que a senhora pensasse demais no fato de eu estar sofrendo.

Eu suspeito que daquela vez encontrei forças para escrever daquele jeito porque, no encerramento do breve parêntese de liberdade provisória, eu havia encontrado outro sapador, Elvio Grossutti, ele também de licença, na casa de seus pais em Spilimbergo, pois ele tinha insistido muito para que eu fosse visitá-lo. No pequeno distrito no qual ele morava com os pais em Vacile, onde passei a minha última noite de soldado em licença, a atmosfera que encontrei não era das melhores nem, no início, das mais tranquilizadoras. Elvio não estava sofrendo menos do que eu e, aproveitando a minha presença, tinha colocado isso para fora soluçando diante dos próprios pais, que compreensivelmente se entristeceram muito. Depois todos se recuperaram, ou disfarçaram o sofrimento, e então almoçamos juntos, alegremente até, mas o desabafo do meu companheiro tinha me tocado muito, induzindo-me a revelar também as minhas penas na carta que eu enviaria mais tarde a São Paulo.

O tempo em Spilimbergo voou também, e chegou muito rapidamente o momento de retornar à unidade militar onde eu deveria me apresentar pontualmente, tanto porque estávamos de partida para o Vêneto quanto porque cada mínimo atraso era punido com sanções severíssimas. Bastava um atraso de poucas horas e se poderia acabar na prisão, ou pior, diante da corte marcial. Naturalmente muito dependia de como entendiam a situação os oficiais de grau mais baixo, isto é, os tenentes e os capitães que, na maior parte das vezes, ameaçavam coisas terríveis, mas depois, felizmente, evitavam relatar as infrações a seus superiores, temendo consequências demasiadamente graves. A mim, nunca aconteceu, mas quando retornei faltou pouco para que o nosso novo tenente reservasse tal tratamento a Agostino Modotti, um soldado de San Martino di Colle Umberto, companheiro do *bersagliere* ciclista Ottavio Bottecchia, que chegou atrasado a Palmanova por ter ficado algumas horas a mais com a esposa e os filhos, esperando conseguir chegar em tempo de bicicleta até o centro de distribuição de Palmanova, do qual deveríamos partir em direção ao Vêneto. Modotti se salvou sofrendo a fúria do jovem oficial, que se limitou a insultá-lo e feri-lo.

Entre uma coisa e outra, no dia 14 de fevereiro chegamos a Verona, sede do comando da I Armada, e lá fui nomeado contramestre da nossa companhia em vias de reconstituição na caserna de Castelvecchio, talvez por culpa da minha reconhecida atividade de escritor ou por outros méritos que até hoje não entendo quais fossem. As previsões diziam que de Verona seríamos logo deslocados para a zona de operações, mas não na linha de frente, provavelmente em Valdastico perto de Arsiero, onde nos pareceu ter entendido que era mais requisitado o nosso trabalho a serviço de novos pontos da artilharia. Os mais velhos de nós, sobreviventes das carnificinas do Selz e do Monte San Michele ou do Monte Nero e do Monte Rosso, desejaram ardentemente que as coisas não fossem como da outra vez e que nos fosse permitido, talvez, assim que chegássemos, trabalhar, sim, mas o mais distante possível da linha de fogo. Naturalmente não foi assim, ainda que tenhamos conhecido o novo *front* gradualmente, enquanto a nossa repartição ia pouco a pouco aumentando, após ficar estacionada uma porção de dias em Verona, cidade plena de vida entre militares e civis, sulcada pelo Adige e rica em monumentos que eu não consegui, infelizmente, ver, à parte a célebre Arena. Bem ali perto, pareceu-me ter reconhecido, uma noite, na rua, ao lado da fábrica de alimentos Santa Marta, vestido de oficial, Cesare Battisti, pelo qual eu tinha, desde os tempos de São Paulo, uma espécie de veneração, porque ele sempre me pareceu aquele, entre os intervencionistas, que mais que qualquer outro sabia manter juntos os ideais socialistas e um profundo espírito patriótico. Dali tinha nascido, talvez, em agosto de 1914, a sua escolha de desertar para defender com ímpeto a causa da entrada italiana na guerra contra a Áustria. Como um adolescente, experimentei uma forte emoção, tanto que próximo a Porta Vescovo entrei logo, para me recompor, em uma taberna no Largo de Santa Toscana, com a intenção de beber um trago ou dois: um de vinho quadrado e um de vinho redondo, como diziam os veroneses. Era uma taberna com cozinha, essas chamadas "*dei Osei*"[35] de Veronetta, muito popular na cidade, especialmente pela festa que se fazia em meados de julho. Eu estava livre e pensei em parar um pouco mais do que deveria porque vi entrar ali, logo depois de mim, muitas moças

---

35. "Das aves." (N. T.)

jovens, com no máximo a minha idade, que não deixaram de chamar a minha atenção. Pareciam muito animadas, e eram, sem dúvida, muito tagarelas. Como eu estava sentado sozinho num canto, uma delas, pequenina e muito graciosa – descobri depois que se chamava Barbara Aldighieri –, veio até mim e, com um modo simpaticamente provocador, me disse: "*Ciò, bel soldà, e 'ndo eli i to compagni. Eli restà in caserma? El saria un pecà e pezo po' se i fusse alti e beli come te si tì*"[36]. Era mais do que um elogio, era um desafio simpático para começar uma conversa, e, certamente, eu não tentei escapar. A Barbara, que se apresentou, eu não disse o meu verdadeiro nome, usando o apelido de Cravinho e falando só por alto da minha proveniência brasileira. Entretanto, logo apareceu na conversa que ela e sua amiga Chiara Maggiolo, que era de Forlì, e também outras moças reunidas ali com elas, tinham parte de suas famílias no Rio Grande do Sul, no Paraná e algumas justamente em São Paulo.

Naquela taverna, elas tinham marcado um encontro naquela noite para se despedir em grupo de duas companheiras de Cremona, as primas Cristina e Francesca Mainardi, obrigadas a voltar para casa por terem sido demitidas pelo diretor do Lanifício Tiberghien, onde todas elas trabalhavam. A maior fábrica têxtil de Verona era de propriedade de uma sociedade francesa, portanto nossos aliados, mas prosperava com encomendas militares italianas de tecidos. As moças, porém, não estavam contentes

---

36. Em dialeto vêneto: "Olá, belo soldado, onde estão os seus companheiros, eles ficaram na caserna? Isso seria uma pena, se eles forem altos e bonitos como você". (N. T.)

com isso nem, claro, com o afastamento das duas Mainardis, e estavam ali justamente para pensar em como lutar para impedir que a demissão das cremonesas e das operárias de fora fosse só a primeira de uma série, visto que também corriam esse risco muitas moças do campo mais jovens e todas da província de Verona. A própria Barbara, aliás, era meio sindicalista, e quis me apresentar a todas as suas colegas, uma mais bonita que a outra. Erica e Mirella, Francesca e Rossella, Giorgia e Annamaria, Silvana e Ginella, Rosamaria e Valeria e outras mais, de quem não me lembro agora os nomes, ficaram em torno de mim, dizendo-me frases afetuosas, e quiseram que eu ficasse para o jantar, como se eu fosse, disseram, o mascote uniformizado delas. Se eu tivesse tempo de conhecê-las melhor e verificar também a disponibilidade de alguma daquelas belas mocinhas, que, aliás, lembravam tanto as costureiras não menos batalhadoras da Mariângela, em São Paulo, ou se pelo menos estivesse com um dos meus companheiros, sei lá, para que me desse uma ajuda, depois de ter visto o meu ídolo Battisti de perto e uma antologia de garotas suficiente para alegrar um regimento inteiro! Mas eu estava sozinho e me sentia alegremente atordoado.

Infelizmente, ao contrário do que normalmente acontecia, eu não estava com nenhum dos meus sapadores nem com aqueles do nosso grupo que eram irredentes. Eles poderiam ter contentado as garotas muito mais do que eu, e, sobretudo, reconhecido Battisti. Assim, quando no alojamento eu contei, todo excitado, do meu encontro com ele e com o grande grupo das operárias da Tiberghien, os companheiros que me escutavam

**Capítulo 7** *No Friuli e no Vêneto em direção aos planaltos* 133

desconfiados no fim fizeram troça, como se eu fosse um visionário, parando só quando Maurizio, que era de Verona mesmo, pôs fim à gozação, dizendo: "Chega! Cravinho bebeu demais, e o álcool lhe subiu à cabeça, e assim, coitado, confundiu algumas cadeiras com um grupinho de mulheres, mas, no fim das contas, ele é um patriota sincero e um verdadeiro homem, porque assim que mandou para baixo um copo de bom vinho conseguiu até sonhar com um tenentinho misturado com tantas belas garotas"[37].

Em Verona, experimentamos com prazer as delícias mais do que prováveis dessa outra sede recuada, até a de compartilhar com os seus habitantes, alguns deles nos disseram diretamente, o medo dos bombardeios. Poucos meses antes, a cidade tinha sido tomada por aviões austríacos que numa manhã de novembro massacraram civis em hora de feira, com cerca de quarenta mortos e dezenas de feridos perto da Piazza delle Erbe. Nós, porém, modestamente, já tínhamos visto coisa bem pior, e a ideia de permanecer à margem do Adige não nos desagradaria nem um pouco. Ali também, pelo pouco que se podia experimentar, não faltavam, à parte as moças bonitas, o bom vinho e uma cozinha original a preços acessíveis de molho picante *pearà*, *pastissade* e carne desfiada de cavalo (havia também suntuosos picadinhos de carne de asno, mas por solidariedade aos alpinos não nos atreveríamos a comer, senão escondidos).

---

37. Em dialeto vêneto no original: "Basta cosí. Cravinho el gà bevù e l'alcol l'ha ciapà ala testa siché, poarìn, l'ha scambià na scianta de careghe 'ude par un sciapo de done, ma l'è un patriota de soca e un omo vero parchè, apena parà zò un goto de quel bon, l'è riussio a insognarse parfin de un tenente smissià su con tante bele butelete!". (N. T.)

Não é que não gostássemos da comida dos sapadores, que era razoável, mas podíamos conseguir, mesmo com pouco dinheiro, alguma satisfação gastronômica regada com vinho Valpolicella. Em vez disso, tivemos que nos resignar a ficar ali somente quatro dias preparando-nos para ir embora. Eu, porém, por uma fatalidade ou um contratempo, tive de ir, encarregado pelos meus superiores, levar um pacote de papéis ao centro logístico de Verona, ignorando que ali eu teria mais uma experiência singular.

Finalmente eu tinha me afastado da pior zona de guerra e me aproximado das famosas paredes rochosas do Trentino que, naquele momento, por causa do inverno terrível que estava em curso, gélido e com muita neve, pareciam a todos mais tranquilas do que as do Isonzo e com menos oficiais invasores. Porém, naquele escritório para onde eu tinha sido enviado – somente, ao que parecia, para trazer uns documentos – aconteceu de me encontrar diante de um ajudante de major muito temido e enfurecido, chamado Vollaro. "O que quer mais esse desastrado, como você disse que ele se chama? Ricciardini?", gritou na minha cara (o nosso tenente, um intervencionista recém-formado na universidade, assim se chamava). "Não sabe, minha Nossa Senhora, vamos logo, que aqui tenho coisas muito mais importantes para fazer, não só a sua papelada!", papelada que, aliás, ele recebeu e, assinando-a, deu-me um recibo sem comentar.

Enquanto eu, impossibilitado de responder, esperava outras ordens, cada vez mais desorientado, o capitão Vollaro começou de novo a blasfemar até enfurecer-se porque tinham lhe tirado dois escriturários, dando em troca duas máquinas de escrever americanas que, porém, ninguém sabia como funcionavam. Assim se lamentava o bom homem desabafando com os próprios colaboradores mais próximos, um sargento barrigudo das Madonie, na Sicília, chamado Bono, e um marechal sardo já meio idoso, um tal Satta, que a cada blasfêmia ou vulgaridade de seu superior concordava expressando ele também uma única e monótona observação ("É mesmo, é uma merda!", dizia). Vollaro, que, ouvindo o que o outro dizia, pensava em voz alta, de repente acrescentou: "Claro que é uma merda, e pior do que de costume! Já faz três dias, puta merda, que fizemos circular por todas as companhias da brigada a notícia de que precisávamos imediatamente de um datilógrafo experiente. E não apareceu uma alma viva!".

Naquele ponto, tendo lançado um olhar sobre alguns equipamentos ainda embalados e reconhecido, pelas etiquetas, o modelo com o qual eu tinha certa familiaridade, não sei como me senti à vontade para também fazer um comentário à altura das ladainhas triviais deles, e deixei escapar: "É uma merda mesmo! E pensar, senhor capitão, que essas máquinas não seriam difíceis de manejar: onde eu trabalhava como civil havia muitas delas, e eu as conheço bem". Nisso o terrível Vollaro, curioso, quis saber mais: "E você, meu Deus, onde é que você trabalhava?". "Em São Paulo, no Brasil" – respondi – "em uma grande tipografia". "Muito bem" – rebateu ele ironicamente – "Um sapador tipógrafo e caído do céu, vindo do Brasil, além de tudo: deixe-me ver como você se vira com isso". E num instante pegou uma folha em branco e colocou, ele mesmo, na máquina, começando a ditar: "O portador desta, soldado XY, será, a partir de hoje, deslocado para este Comando de YX, com funções de datilógrafo à disposição, como solicitado por Sua Excelência o General Brusati, para instruir etc., etc.".

Passei na prova com ímpeto e sucesso. Em poucas horas, portanto, para me permitir realizar – provisoriamente, explicaram-me – as minhas novas funções de escriturário datilográfico de alta qualificação, forneceram-me a necessária baixa de passagem e me foi ordenado ir às pressas buscar as minhas coisas para me apresentar o quanto antes em outro escritório de alto comando que ficava em Vicenza, onde parecia haver ordens mais urgentes e mais numerosas para escrever à máquina e despachos para serem enviados rapidamente a outras repartições na linha de fogo dos planaltos.

Capítulo 8

## *Duas semanas em Vicenza: fevereiro de 1916*

⤳

Também Arsiero, tinha explicado por alto Vollaro, dependia de Vicenza; que eu ficasse tranquilo: teria chegado a minha vez, pois, segundo ele, não havia propriamente o risco de que fosse subtraído por muito tempo da minha companhia, visto que eu deveria somente treinar, em benefício do general, um punhado de colegas que não eram de todo ignorantes das práticas datilográficas. Antes do anoitecer, já estava bem arranjado em uma posição, pensando que todos me olhavam com indisfarçada inveja, e compreendi isso ainda apenas pelas provocações dos meus companheiros, os quais, quando eu estava de partida, me congratularam ironicamente pelo meu iminente ingresso, para eles, nas fileiras da Terrível. Na verdade, nunca tinha sido associado (individualmente nunca!) à Milícia Territorial dos "cachimbos vermelhos"[38], que eram uma coisa completamente diferente (e que também eles deveriam levar a guerra às vezes a sério). Não poderia ter feito parte dela, com os meus vinte e três anos, tendo quase

---

38. *Pipe rosse*, milícia composta por quem não podia ir para a trincheira, como estudantes, professores, seminaristas, inválidos não graves. Cf. Nicola D'Amigo. *Storia da formazione professionale in Italia*, Franco Angeli, 2015, n. 12, p. 290. (N. T.)

dez a menos do que a idade mínima prevista ou consentida para aquele tipo de serviço. Simplesmente tinha sido destacado "em empréstimo temporário" a um comando superior, e seria devido apenas à minha bravura se conseguisse permanecer, mas não estava nas minhas intenções, juro, ficar distante do *front*. Um *front* que estava próximo, não obstante nos encontrássemos às portas de Vicenza, cidade também de primeira retaguarda, antes uma "cidade dormitório" já abundantemente militarizada. Cheguei à noite e, tendo recebido as instruções, depois de ser devidamente examinado pelos *carabinieri* responsáveis pelos controles, instalei-me em um pequeno dormitório na mesma caserna do distrito de San Tommaso onde estavam os escritórios do comando do destacamento no qual deveria realizar minha tarefa de treinar, essencialmente para o uso das máquinas "*Made in USA*", os rapazes destinados a praticar seus toques com a minha ajuda. Havia, por acaso, dois tipos bacanas, altos e bem robustos, um de Todi e o outro de Barletta, que já tinham intuído a possibilidade de permanecerem alocados ali, ao largo da zona de operações, ainda que à inteira disposição e a serviço de um bando petulante de oficiais de alta patente, os quais, desde a manhã do dia seguinte, começaram a nos sobrecarregar de incumbências e a nos passar pacotes de cartas manuscritas com as diretivas detalhadas para as várias unidades regimentais, com o fim de operacionalizar as remoções e o deslocamento das tropas, as manobras estratégicas e os objetivos a serem alcançados na esteira dos planos elaborados pelo quartel general.

No início, a dificuldade maior não foi, por certo, ao menos para mim, explorar as modernas funções das máquinas de escrever americanas, mas sim outra: a de decifrar corretamente as diversas grafias dos oficiais e dos seus escrivães. Luciano Trizza e Enrico Ferranti, assim se chamavam os meus simpáticos alunos, em troca das indicações que eu lhes fornecia, no fim das contas modestas e em nada complicadas, deram-me uma mão providencial com a linguagem e os hieróglifos de muitos apontamentos que devíamos transformar de pronto em despachos de imediata legibilidade. Não foi nada fácil e, além disso, trabalhando por muitas horas seguidas, fosse em condições de relativo privilégio e até de certa comodidade, o tempo livre que nos restava era pouco, embora suficiente para realizar o reconhecimento, juntos, da cidade onde os dois também tinham acabado de chegar sem terem feito o curso de formação de oficiais, ainda que ambos tivessem sido estudantes de liceu.

Como o capitão Vollaro havia previsto, meu encargo não durou muito, e não fiz nada de especial, diversamente dos meus dois companheiros mais jovens, para permanecer naquele posto, ainda que Vicenza logo tivesse me conquistado. Na dúzia de dias ou pouco mais que ali fiquei, todavia, tive tempo de estreitar várias amizades preciosas e de gozar de uma espécie de adicional da breve licença friulana.

Vicenza era um pouco menos povoada que Udine, igualmente cheia de soldados e de automotores perenemente em movimento, mas muito mais ordenada, e menos iluminada (e luminosa) apenas do que Verona, com dois modestos rios que atravessavam preguiçosamente o centro. No entanto, não havia perdido totalmente seu ar pacífico e o verniz de cidade ativa, mesmo depois de os austríacos começarem a bombardeá-la pelo céu a partir de setembro do ano anterior, devastando nesse ínterim parte do seu cemitério monumental. Isso, porém, vim a saber apenas algum tempo depois ao ler as crônicas do *Popolo d'Italia* que o seu redator chefe, Arturo Rossato – chamado Arros, grande amigo de Mussolini e, na origem, subversivo do Cornoleo[39], bem como escritor proletário de bastante evidência na sua cidade – havia recolhido em um opúsculo intitulado "Pennacchi Rossi"[40], que teve algumas cópias doadas na caserna aos soldados amantes da leitura como eu.

Também outras localidades da província, como Schio e Thiene, recebiam repentinamente incursões aéreas de relevo da parte do inimigo por conta das muitas fábricas têxteis que ainda abrigavam. Vicenza, de todo modo, assemelhava-se ainda àquela cidade que seu escritor mais ilustre, Antonio Fogazzaro, falecido há cinco anos, havia retratado em um romance de sucesso, *Piccolo mondo moderno*, com o qual Silvia, que o havia lido, tinha ficado muito satisfeita a ponto de citar para mim, em São Paulo, algumas passagens que mencionei de memória a Luciano e Enrico, descobrindo que também eles já as conheciam. Para nós três, que a pudemos vasculhar porquanto era pequena, Vicenza parecia graciosa além das palavras para descrevê-la e mesmo para

---

39. Centro histórico de Vicenza. (N. T.)

40. "Penachos Vermelhos." (N. T.)

além das belezas arquitetônicas das quais os seus habitantes tanto se vangloriavam pomposamente.

Fui almoçar com Luciano e Enrico em um restaurante modesto na rua principal, All'Antica Bomba, que nos havia sido sugerido pelo sentinela de San Tommaso, Giobatta Fochesato Franzin, um territorial de quase quarenta anos e sobretudo oriundo da região (vinha do monte de Malo, entre Schio e Vicenza, onde de burguês que era passou a trabalhar como seleiro). Foi ele quem nos serviu de guia mais vezes. Não era culto, mas muito informado, se bem que naquele ponto também os soldados pertencentes às diversas tropas que passavam com mais frequência pela cidade tivessem feito por si só uma ideia bastante precisa daquilo que ela poderia reservar a jovens rapazes distantes das próprias famílias e necessitados, por assim dizer, de tudo.

Também desses conhecemos alguns bem atentos, aventurando-nos com eles por entre lojas e pequenos estabelecimentos em busca de sapateiros e alfaiates, de barbeiros e passadeiras, de lavadeiras e costureiras, ou, mais simplesmente, de quitandeiras, padeiros, confeiteiros, vendedores de vinho e assim por diante: juntamente a uma longa série de artesãos experientes e competentes (ourives, serralheiros, marceneiros, entalhadores, ceramistas, escultores em pedra sabão etc.), eles constituíam o grosso das classes trabalhadoras nas cidades, onde não faltavam nem mesmo, de outro lado, operários e operárias nas poucas fábricas que permaneciam em funcionamento, e todos, também elas, devidamente militarizados. Giorgio Pilastro – alpino e meu coetâneo, nascido em Cuneo, em uma família de emigrados vicentinos de Porta Santa Croce –, tão logo o conhecemos, levou-nos a ver, próximo dali, no horário de saída, as moças da fábrica Scroda antes de retomarmos o trajeto em comum na direção de San Tommaso. Ao som da "*cucca*" (uma sirene), perto de uma curva do rio Bacchiglione, as jovens deixavam em massa o estabelecimento, divertindo-se e cantando. Eram tantas e nos pareceram todas belas e cheias de vida, de modo que aquela vista nos arrebatou e nos detivemos talvez mais do que o devido. Ao novo amigo que nos exortava a nos colocarmos em marcha com ele, respondemos, ao menos duas ou três vezes, com uma genérica cantilena, dizendo "Sim, sim, logo vamos…", mas na verdade permanecemos não sei quanto tempo a olhá-las encantados como em um sonho, tanto que Pilastro, impacientemente e passada já uma dezena de minutos, teve de recorrer, para nos mover, a uma daquelas expressões que aprendemos que eram características do seu vocabulário misturado e bizarro: "Hóstia"[41] – explodiu – "você não vai me dizer que vocês também são iguais àqueles de Orbassano, que dizem sempre 'agora vamos, agora vamos', mas nunca vão!"[42]. Só então despertamos e retomamos o caminho da caserna onde Giorgio era escrivão; e nossa conversa, colocadas à parte e excetuadas as operárias, passou a versar sobre aqueles que, homens e em idade militar, em vez de se encontrarem no *front* trabalhavam na fábrica. Pilastro, brincando, disse que no fim das

---

41. Hóstia, como exclamação, é blasfêmia comum no Vêneto. (N. T.)

42. Em dialeto vêneto no original: "Ostia, non vorè mia dirme che sì anca voialtri come coj d'Orbassan, ch'a dijo sempre: 'Adess andoma, adess andoma', e mai a van!". (N. T.)

contas deveríamos ter considerado também ele um emboscado, e talvez ainda Luciano e Enrico, e que não era o caso, portanto, de se arrogar juízes intransigentes do nosso próximo. Ele era de família não só vicentina, mas ainda profundamente católica, e, seja como for, sua advertência bem-humorada tinha um sentido (reformado devido a uma grave doença hepática contraída em serviço, ele próprio morreu dois anos depois por culpa da guerra, como tantos outros que as estatísticas de costume não contam entre as vítimas dos conflitos armados). Segundo ele, era preciso olhar com muita atenção e um pouco mais de respeito a gente que tínhamos à nossa volta, a começar por aqueles "burgueses" que às vezes nos inspiravam ao mesmo tempo raiva e inveja.

Desfeitas as costumeiras reservas mentais que alguns de nossos combatentes tinham nos confrontos com os emboscados, dos quais, falando de operários, era fácil fazer um único feixe indistinto, tratava-se, com efeito, ao menos em Vicenza, de uma humanidade multiforme, em termos gerais muito paciente, humilde e gentil, aos quais mil comitês patrióticos (havia também um presidido por uma filha de Fogazzaro, pequena e feinha) e os inevitáveis padres, velhos párocos intransigentes e jovens modernistas prudentemente sonolentos, não se cansavam de rivalizar para fazer melhor figura ou apenas mostrar a popularidade das próprias iniciativas em prol da guerra nacional.

Esse dilema entre povo e nação se me apresentou diante dos olhos com clareza, concretamente quero dizer, justamente em Vicenza. Eu, que havia crescido no Brasil, em contato com tantas quimeras mazzinianas e garibaldinas, e, portanto, também com o mito do voluntarismo e da nação armada, não tinha ainda perdido totalmente a confiança na ideia interclassista de um povo em armas, guiado pela sua burguesia, mesmo ela em armas. Aqui, entretanto, tive a oportunidade, como nunca antes, de confrontar algumas almas tão inquietas quanto a minha a convicções abaladas pela vida na trincheira que a esse respeito pude maturar praticamente sozinho nos distantes bairros de São Paulo e através da leitura de poucos livros ou de muitos jornais repletos, também no exterior, de orgulhosos espíritos do *Risorgimento*. De ressurgimental a cidade possuía a marca desbotada dos padres liberais e vários fatos transcorridos, um realmente "glorioso", de 1848, e produzido no Monte Berico por uma encarniçada luta popular contra os austríacos de então. Ainda que usados sem parcimônia, não foram esses que me impressionaram, mas sim a paixão espontânea com que, sob a superfície retórica de tantos discursos, brotavam em Vicenza as mesmas contradições às quais eu, sempre cada vez mais, também estava preso.

Conheci gente modesta e diversos ambientes nos quais se misturavam, sem propriamente litigar entre si, laicos e católicos, socialistas e nacionalistas, democratas e liberais, os quais a política tinha aproximado do poder, na época de Giolitti, e imperando no Vêneto o bloquismo, até quase as vésperas do conflito. Dessa história recente da Itália eu sabia bem pouco. Paradoxalmente ela me foi apresentada de novo por um militar que nada tinha a ver com Vicenza, onde por muitos meses, porém, se encontrava a base do seu destacamento pelas bandas de Bertesinella. Ele se chamava Evaristo Vecchi, era três anos mais velho que eu e fazia o transporte entre a capital e os pequenos centros do Pedemonte junto ao Altiplano das Sete Comunas de Asiago ou à entrada do Vale do rio Astico para desenvolver ali, quase atrás das linhas em zonas de operações, a própria atividade de soldado telefonista, empregado na manutenção ou na restauração das instalações de trasmissão da maior importância.

Como os ambulantes e os vagabundos de tempos idos que perambulavam pelo campo, ele conseguia, por vezes, antecipar ou difundir notícias e conjecturas sobre os acontecimentos bélicos em curso, as quais depois, é claro, se revelavam infundadas, infladas por conta própria ao longo do caminho. Não era culpa dele, entende-se, mas, querendo ou não, também ele servia como portador de "telegramas de soldados de infantaria", tal como chamávamos os rumores e as vociferações sobre o andamento da guerra. Além de reparar instalações estragadas pelo uso ou, mais próximo ao *front*, pelo fogo inimigo, de Schio a Thiene, de Calvene a Caltrano, de Chiuppano a Piovene, de Cogollo a Arsiero, Vecchi, cujo apelido aldeão era Lumìna, mas que preferia ser chamado Emilio em lugar do nome de batismo Evaristo, proporcionou, tanto para mim quanto para meus companheiros de Todi e de Barletta, um monte de surpreendentes elucidações deduzidas das "fofocas" vicentinas, as quais variavam da logística da refeição e do descanso até as ambiguidades da luta política.

Praticamente nunca me havia ocorrido até então, com exceção apenas quando em Roma, de ouvir falar com conhecimento de causa da guerra italiana à luz das verdadeiras atitudes da gente do povo que, dizia Lumìna, também era nação. Emilio vinha do vilarejo de Bertoldo San Giovanni em Persiceto, Sanzvàn como ele entoava, às portas de Bolonha. Não era um lugar qualquer, visto que os campesinos de lá tinham abraçado em massa o socialismo, elegendo prefeito, desde 1913, Odoardo Lodi, um seu afeiçoado cliente, por quem Lumìna, barbeiro, inscrito no PSI e animador de grandes festas no Carnaval, tinha travado relações com os companheiros de Vicenza e de Schio desde os primeiros dias de sua chegada ao Vêneto. Foi por eles (Faccio, Fincato, Donadello, Giuriato, Maria Ferrari etc.) que conseguiu em poucos meses inserir-se em uma organização de populares cuja fé socialista e um pouco também, em alguns casos, certos ascendentes mazzinianos e garibaldinos tinham ditado a escolha "patriótica pela metade" que concordava quase à perfeição com o mote de Costantino Lazzari "nem aderir nem sabotar".

Eram, no fundo, todos do mesmo estofo, e não tanto pelo intervencionismo democrático de uns e pelo neutralismo em relação ao sofrimento dos outros, mas porque tinham sincera afeição pela Itália nascida no *Risorgimento* e acreditavam seriamente nela (no Estado liberal um pouco menos). Apenas alguns perceberam a virada feita pelo nacionalismo à velha maneira; outros, não. A distinção não era, em suma, pelo menos num primeiro momento, entre quem tinha e quem não tinha bens, mas entre quem agia movido apenas pelo sentimento e quem raciocinava um pouco demais. O próprio Lumìna não era um artesão pobretão, pelo contrário. Sem ser abastado, como burguês se virava com trabalhos eventuais, juntando a isso rendas regulares, pois fazia parte de uma das famílias mais antigas no comando das participações agrárias (em tempos imemoráveis, explicou-me, por uma doação medieval da abadia de Nonantola, os chefes de família, residentes em Sanzvàn há séculos, gozavam da rotação de terrenos e campos que podiam, a seu bel-prazer, cultivar ou arrendar para serem cultivados). Reivindicava conhecimentos importantes sobre o assunto e tinha assombrado muitos jovens oficiais recém-saídos da escola militar de Módena, como aquele grupinho de tenentes da Emilia, Romanha e Toscana, sendo amigo de alguns deles já antes da guerra, de modo que com frequência os nomeava tornando seus nomes familiares também para nós (Mario Albergoni, Pietro Arrivabene, Livio Livi etc., todos das turmas dos que nasceram entre 1889 e 1892).

No vilarejo, contudo, havia deixado uma menina de apenas dois anos, Ida, de quem falava muito frequentemente com grande entusiasmo. Era casado com uma coetânea minha, Bianca, a qual tinha também ela Vecchi como sobrenome (como, de resto, disse-me, seus padrinhos de casamento, tanto que na cerimônia na igreja o pároco havia exclamado: "Ban, cussela totta sta fciarì?", que queria dizer: "Bem, o que significa toda essa velharia?"[43]). De todo modo, era a pessoa certa para engajar negociações não destinadas a falhar depois de apenas duas piadas com os vicentinos progressistas, os quais viviam sempre às turras com católicos e clérigos de todo tipo, com frequência mesmo com os de grande retidão moral, profundamente contrários também eles à guerra e à violência.

---

43. "*Vecchi*" significa "velhos". (N. T.)

Mais raramente brigavam também com os maximalistas e com alguns sujeitos, digamos assim, mais radicais ou extremistas, anarquistas, sindicalistas revolucionários etc., que se colocavam à esquerda da esquerda do PSI. Nem mesmo em Sanzvàn, todavia, me fez notar Vecchi, faltavam cabeças quentes ou sujeitos mais radicais como Augusto Masetti, o internacionalista, seu companheiro da escola elementar que foi alçado à ribalta por todos os jornais do Reino ao ter recusado partir, em 1911, para a campanha na Líbia, não sem antes ter ferido no ombro, com um tiro de espingarda, o próprio coronel. Esse era Masetti, naqueles anos nos quais os movimentos pela paz e contra o militarismo estavam muito difundidos e tinham deitado raízes até no Vêneto, um homem a seu modo coerente que poderia desinteressar-se pela nação por tanto que não acreditasse, a princípio, nem mesmo no Estado.

As suas ideias e as palavras com que as tinha defendido, e pelas quais foi encarcerado e depois internado em um manicômio, agora se arriscavam, porém, a se revelar proféticas. Porventura não havia declarado "não conhecer a pátria" propriamente? A seu ver, a pátria era só um pretexto, e a guerra que a fizessem então aqueles que podiam ganhar dinheiro e tirar proveito dela, e não os proletários. "Ah! Se tivessem sido todos como eu!", dizia-se que tinha confessado a um membro do tribunal, evocando o próprio gesto na caserna Cialdini de Bologna. "Éramos seiscentos, e, se tivessem pensado todos como eu, teria ficado em casa o seis e teriam mandado a Trípoli os dois zeros."

Até em Vicenza, e ainda mais em Schio, sobreviviam vários de seus admiradores, mas isso não impediu que justamente as cartas do *front* de tantos proletários persicetanos e vicentinos (socialistas, católicos e democratas), os quais não tinham jamais pretendido baratear Masetti como um doido, testemunhassem a persistência de uma espécie de dupla lealdade ou de uma dupla fé, de um lado na nação, entendida como pátria comum, de outro nos valores da solidariedade, da paz e da igualdade. Se não, não teríamos visto passar diante dos nossos olhos – também Lumìna servia, como passatempo, de escrivão para camaradas e aldeões em dificuldade – tantas cartas de teor discordante, em si ou em relação às outras, não obstante estivessem a ditar o conteúdo indivíduos da mesma modesta extração social, campesinos de maior ou menor posse, pobres trabalhadores e operários, capazes de assinar com ênfase patriótica (mas não o tinha feito tantas vezes também eu?) as próprias correspondências desconsoladas. De um hospital de guerra, Luigi Bongiovanni saudava a esposa exclamando "Firmo-me seu único defensor e fiel à Pátria, Viva Trieste!"; e outro companheiro de escola de Masetti e de Vecchi, Emilio Bovina, ferido em Podgora em outubro de 1915 e precocemente reenviado ao vilarejo, tomava nesse ínterim apontamentos para escrever as suas amargas memórias de guerra registrando humores e opiniões em evidente contradição.

Se bem que a extraordinária maioria dos soldados não escondesse, como tentei contrariamente fazer, uma aversão crescente e compreensível em relação aos confrontos da guerra e aos seus horrores. Não eram, portanto, apenas os oficiais e os jovens tenentes intervencionistas que resistiam.

Como eu, todos saíam para o combate e tomavam parte, obedientes ou relutantes, na guerra guerreada, maldizendo-a somente no íntimo do coração, mas no fundo esperando também a vitória da Itália. Havia, assim, uma dupla opinião ou uma prova do fato de que a natureza humana tem sempre em si alguma coisa de irremediavelmente contraditória. Eu deveria elaborar uma razão para isso e dar-me paz, visto que a Paz não chegava e que Deus parecia ter se esquecido de nós.

Naturalmente isso era o que eu acreditava, mas havia tantíssimos soldados crescidos nos centros de recreação paroquiais e nos círculos católicos de todo o Vêneto que pensavam um pouco diversamente de mim, e costumavam derramar nas suas correspondências um verdadeiro florilégio de bons sentimentos, em que cada ânsia de paz quase se esfumava, confundindo-se com as certezas fornecidas pela fé ou sobretudo por uma resignação cristã que parecia e era também sinal de rendição passiva, sem reservas, às razões do patriotismo redescoberto. Passaram diante dos meus olhos várias daquelas cartas! Em uma, que havia escrito para a irmã de sua mãe no dia antes de morrer em batalha, Luigi Battistini, um carpinteiro da turma de 1888, me ocorreu, por exemplo, ler frases como estas:

> Caríssima tia, participando de minha boa saúde, espero que os meus genitores, esposa e todos vocês estejam a gozar de boa saúde. Cara tia, ontem, dia do S. Rosário, entre o rumor do canhão e o assobio dos fuzis, tive a graça de assistir à santa Missa e de receber a santa Comunhão, depois de ter comido e sem ter confessado, por graça do santo Padre Benedetto XV; com a graça de ser absolvido

de cada pecado, e de tudo. Oh! Que espetáculo, cara tia, em meio a estas falésias, milhares e milhares de oficiais e soldados devotos a receber a santa Comunhão, enquanto que todos, contentes, de um contentamento imenso, somos preparados para ir ao socorro dos nossos irmãos. Coragem, tia, que espero obter uma esplêndida vitória, e depois, contente de ter realizado o meu dever, possa ir a Vicenza, que verei em breve se tudo correr bem, e então poderemos nos abraçar ainda outra vez.

Não eram de teor ou de conteúdo muito diverso as cartas enviadas aos capelães militares pelos familiares mais íntimos dos soldados no *front*, os quais, fossem sacerdotes fardados como dom Giovanni Rossi, ou um padre do Primeiro Regimento Granadeiro, que também pude conhecer no Altiplano, no começo de maio de 1916, mandavam pedidos desesperados de informações sobre os próprios entes queridos, por cuja vida ou integridade se temia depois de períodos prolongados de silêncio. Certamente, aqui a tomar a palavra estavam as mães "com o coração estraçalhado pela dor", genitores anciãos tomados de angústia, zelosos amigos da família (e muitos outros padres). Essas pessoas, por exemplo, depois da carnificina do Monte Cengio, pediam notícias de filhos e irmãos como "uma caridade em nome de nosso Senhor Jesus Cristo".

Nós sabíamos que existiam escritórios do exército régio aos quais se podiam dirigir pedidos análogos, e de fato quem sabe quantos teriam chegado a Bolonha, onde funcionava, nos disse Lumìna, junto do centro de censura militar para o correio exterior, um centro de distribuição especial destinado a recebê-los e encarregado de preparar respostas burocraticamente bem impostadas (no responsável pelo exterior trabalhava um reservista ítalo-brasileiro, Dandolo Paolucci, já colaborador em São Paulo do *Fanfulla*, que ocasionalmente me dava, paradoxalmente, notícias), mas o espírito e a linguagem com que eram formuladas traíam algo a mais que a humana preocupação dos parentes ansiosos. Nas entrelinhas, de fato, podiam ser percebidos os sinais de um inteiro modo de pensar que era, pois, aquele de tantos militares "religiosos" da assim chamada baixa patente, bastante conscientes dos próprios deveres de soldados e de italianos a ponto de chorarem seus inimigos feridos doendo-se por eles e, todavia, permanecendo obstinadamente agarrados à fé para não serem tomados pelo desespero.

Também havia alguma correspondência entre padres e capelães militares, de acordo com o que li muitas vezes no *Fanfulla* ainda no Brasil. Dom Argilio Malatesta, vigário na Mooca, por exemplo, recebia as cartas patrióticas (assim as definia o jornal) enviadas por dom Domenico Raimondi, que tinha sido capelão em Bragança e ora servia na zona de operações como tenente do Piemonte Real. Em uma carta escrita por ele em junho de 1917 a fim de congratular o mais solerte arrecadador de fundos em São Paulo, um certo doutor Bertagna, lia-se a satisfação pelo "ótimo serviço" por ele prestado "à Pátria e pelo seu portfólio com pôsteres do Empréstimo Nacional: dez mil liras! Espanto-me ao pensar nisso" – comentava o remetente – "Feliz ele que paga com o bolso, nós, ao contrário, pagamos com o sangue...".

**Capítulo 8** *Duas semanas em Vicenza* 153

Se dirigidas aos sacerdotes com os quais em tempo de paz já tinham grande trato e familiaridade, quer tivessem permanecido no cuidado de almas no vilarejo, quer tivessem se tornado capelães militares, as expressões usadas pelos outros soldados católicos adquiriam força ainda maior, misturando de modo sistemático o patriotismo à fé e à esperança de voltar incólumes para casa, como aprendi percorrendo as poucas linhas enviadas a um desses padres em março de 1916 por um concidadão e quase coetâneo de Luigi Battistini, o soldado de infantaria Giuseppe Sartori, que escreveu:

> Revmo. Padre,
> Ao enviar estas linhas para informar vossa reverendíssima do ótimo estado de minha saúde, coisa que espero ocorra com o senhor e com todos os bons amigos do Patronato, informo-lhe que estou em um ponto muito avançado, mas sem medo, sempre avante pelo bem da Pátria. Implore, nesse ínterim, pela proteção de Nossa Senhora de Monte Berico. Da minha parte, rogo sempre e confio poder voltar para casa são e salvo. Saudações a todos os Superiores, ao Maestro da Banda e a seus membros, aos comediantes e a todos do Patronato.

Também aqui, deve-se dizer, existiam muitas coisas que não se encaixavam, e percebia-se isso espontaneamente ao se observar o que sucedia em Vicenza, onde havia matéria abundante para fazê-lo quem quisesse examinar apenas as formas mais elementares (ou supersticiosas?) da religiosidade local. Deixando de lado os nossos capelães fardados, os padres Semeria e dom Minozzi em viagem, o bispo da cidade e o da caserna ou do campo – que, frequentemente e de bom grado, compareciam todos na Casa do Soldado de Vicenza, uma das primeiras e maiores que já foram abertas na Itália, em um lugar que fervilhava, como este aos pés dos montes Berici, de irmãs, de padres e de fiéis seguidores –, o catolicismo se oferecia, mesmo a um olhar distraído e raso, como um banco de provas ideal para as famosas contradições, nossas e alheias.

Os vicentinos, e em geral os vênetos, por exemplo, eram, sim, gente devota, compreendidos ali muitos socialistas, e ainda reverentes à Igreja e ao clero, mas depois nos deixavam estarrecidos com seus comportamentos, pelo menos verbais, pois em nenhuma parte do mundo seriam encontrados, nem mesmo na Lunigiana, sujeitos mais propensos ou inclinados às blasfêmias. Nas aldeias, mas também nas cidades, os homens católicos blasfemavam com frequência; os outros, sempre. De modo que não causava espanto que tivessem florescido por conta deles e de tal hábito ou atitude "regional" anedotas saborosas que Vecchi nos repassou, deleitando-se primeiro ao narrar sobre um artesão de Breganze, o qual, indo para o céu por morte imprevista, descobriu com desânimo, por São Pedro, que, a despeito da vida modesta por ele conduzida e seguramente em (quase) tudo cristã, não poderia entrar no Paraíso, onde ele havia inopinadamente se apresentado. "E então, aonde é que eu deveria ir?"[44], perguntou ao porteiro celeste, o qual, consultando as listas, respondeu-lhe, lamentoso: "Ao Inferno, ora!", ouvindo nova pergunta: "Por quê, deus cão?"[45].

---

44. Em dialeto vêneto no original: "*E lora dove xè ca dovarìa nare?*". (N. T.)

45. Em dialeto vêneto no original: "*Parcossa, dio can?*". (N. T.)

**Capítulo 8** *Duas semanas em Vicenza* 155

Nós ríamos, impressionados pela genialidade da anedota nem tão inventada assim, que mesmo em zona de guerra e ainda nos momentos cruciais da batalha, junto com as preces, os cantos de igreja e as coreográficas consagrações ao Sagrado Coração de Jesus, devotos e capelães eram obrigados a escutar, assim como floresciam a cada passo do caminho, nos lábios dos militares, as imprecações blasfemas de tantos homens de comprovada fé católica que se batiam e morriam justamente nas montanhas de sua terra natal. De um deles, se não exatamente o mesmo, ao menos o homônimo de um oficial que eu teria conhecido mais tarde em Ortigara, contava-se a sorte cruel que o teria feito perecer durante um ataque sem lhe permitir recitar o salvífico ato de contrição, e muito menos algumas palavras da contrição *in extremis*. Tratava-se de um capitão de Schio de nome Busa, alpino duro e bom, religiosíssimo, que, em pé para o contra-ataque e atingido na cabeça, permaneceu ainda ereto e gigantesco, dizendo, sem gritar, ao cair: "*Porco Dio!*".

A fala, menos murmurada do que a do capitão Busa, seria divulgada aos quatro ventos, mas depois da Batalha do Caporetto (que em março de 1916 estava ainda por vir), por um voluntário fanfarrão do Prato passado também ele por alpino, grande criador de anedotas e de imagens irreverentes nas quais se condensava todo o sentido da desorientação ou, se se preferir, da ausência de sentido que afligia os soldados à mercê do acaso e de um destino maior que eles, e para eles sempre mais obscuro, mas também, com o andamento da guerra, privado de esperança. Nem estavam melhores, nas cidades vizinhas ao *front*, os burgueses, homens e mulheres, os quais tinham filhos, sobrinhos e irmãos ou maridos e namorados na linha de fogo.

Para que pudéssemos ter uma ideia da população civil de Vicenza, Lumìna nos acompanhou aos bairros e ao comércio num dia de feira, e em certas ocasiões nos encorajou a falar com algum operário e com algumas moças, que, em maio do ano passado, também tinham exaltado na praça a Itália e sua vitória: quitandeiras, por exemplo, como Lina Andolfato, em Porta Padova, e Adele Pierin, no Burgo S. Lúcia, ou homens de idade suspeitos de subversão anarquista, como Toni Benetti, o taberneiro, Giovanni Beordo, entalhador, Vasco Vezzana, gravador, e assim por diante, todos contrários à guerra ao lado de alguns socialistas do tipo de Emilio Marzetto, que tinha hospedado na Suíça, quando jovem, o exilado Benito Mussolini, ou de Domenico Gasparini, que, não obstante as suas precárias condições de saúde, prestava agora serviço justamente em San Tommaso: Gasparini, sindicalista revolucionário, bem antes de Mussolini, também tinha sido acolhido "exilado" em Trento, na redação do seu jornal, por Cesare Battisti.

Foi-nos apresentada também uma graciosa moça de dezoito anos, Teresina Casarotto, que sobre a bondade da guerra ainda não tinha mudado o parecer, se bem que a agradasse cada vez menos (e muito menos a agradou em agosto de 1917, quando o seu bravo namorado Bortolo Ceccon, um padeiro de Porta Santa Croce, morreu em batalha no Carso, e seu corpo jamais foi encontrado).

**Capítulo 8** *Duas semanas em Vicenza* 157

Seria preciso dizer, neste ponto, "que fique entre nós", mas Vecchi, que amava o vinho e os prazeres da carne, e não só da mesa, além de ter iniciado Trizza e Ferranti nas atribulações da política local, iniciou-os também nos prostíbulos militares vicentinos, como mais tarde me confidenciaram os dois, zombando amavelmente um do outro sobre isso. Lumìna os acompanhou uma vez a um cassino do bairro de San Marco, contra cuja abertura em vão tinham lutado, por meses, o pároco e até o monsenhor Rodolfi, o diocesano que tinha tomado o posto ocupado por um tempo pelo bispo de Piacenza, Scalabrini, na obra de assistência aos emigrantes, aos operários e agora também aos soldados. Em relação a mim, a quem se sujeitava não sei por que mesmo sendo mais velho, Vecchi ficou contente em licenciar-se (não sem ter prometido ficar em contato por carta, se assim o permitisse a senhora Anastasia – como ele, como bom bolonhês, chamava a censura) em levar-me para farrear em uma taberna chamada *Sete Belas* porque a gerenciavam, em Porta Padova, sete irmãs, uma mais atraente e desenvolta que a outra. Embora não tivesse tempo de me ocupar a fundo de certas tarefas, um tempo que viria só dali a vários meses, com o fim do verão, a sua mediação me valeu, em todo caso, a frutífera amizade com duas moças, uma de Barbarano, bela e pensativa, chamada Tiziana (um nome raro nas terras béricas próximas de Noventa, onde ela habitava), e a outra, citadina, de formas mais generosas e de cabelo vermelho fogo, chamada Nina. Esta mal havia começado a trabalhar de vigilante ou bedel nas novas escolas elementares de Porta Padova quando também foram transformadas em um dos tantos hospitais militares de

Vicenza, e Nina teve de se reconverter em assistente de enfermagem. Da primeira, que me recordava nos traços do rosto a minha Silvia, fiquei enamorado graciosamente; já com a segunda, que vinha da Ilha da Scala, em Veronese, desenvolvi, muito mais distante, uma história fugaz, mas, em justa medida, alegre e passageira. Tiziana, para dizer a verdade, tornou-se também a minha madrinha de guerra; pois, sendo eu um reservista vindo como voluntário do Brasil, não tinha na Itália, ao menos oficialmente, nenhuma pessoa próxima que pudesse me acudir. Ela fez esse papel, e por muitos meses tornou-se para mim o protótipo daquele gênero de instituição feminina sobre o qual os jornais locais escreviam: "As madrinhas de guerra são aquelas senhoras ou senhoritas que, tendo obtido o endereço de um soldado pobre ou sem família, o adotam como filho, escrevem-lhe com frequência, mandam-lhe de quando em quando roupas de lã, cigarros etc."

Tiziana sabia que às vezes eu conseguia obter os cigarros de *verdadeira* marca paulista, diretamente do Brasil, e não ignorava que eu possuía um amor complicado lá (e mesmo muitas amigas), mas suportava com resignação a minha conduta imprudente, talvez pensando, como de resto faziam um pouco todas as madrinhas, que aos potenciais moribundos muito devesse ser perdoado. Nina, por sua vez, não era certamente menos generosa comigo e tinha também ela irmãs e primos em San Pietro de Legnago que conheciam bem o Trivellato, mas entre os quais havia, em especial, aquele Giuseppe Maestrello, que (parece inacreditável dizer de um campesino) tinha um acurado diário das suas travessias na zona de operações.

Na verdade não eram poucos os sujeitos como ele, que em posse apenas de noções elementares de escrita davam-se ao trabalho de anotar quase dia a dia aquilo que viam ou o que lhes estava ocorrendo. Uns faziam isso escondido, fingindo escrever cartas para casa, outros não se preocupavam em ter reservas sobre esse hábito, e Maestrello, quando saía de licença, estava assim em condições de ler aos irmãos menores – tinha uma dezena deles – muitos trechos dessas suas precoces memórias de guerra.

Antes de abandonar Vicenza para ir ao Valdastico, no fim de fevereiro daquele ano bissexto, encontrei, não importa como, o modo de agradecer ao menos a Vecchi. Com ele nos encontraríamos novamente várias vezes, porque era realmente um tipo simpático e muito bacana, mas nesse ínterim fiquei feliz por ajudá-lo a resolver um problema que tinha sido levantado por sua mulher. Bianca lhe havia escrito para saber como deveria se comportar com uma velha amiga de infância que, também ela por carta, lhe havia pedido conselho do Brasil. Essa Irene lá vivia há alguns anos com o marido Arturo, um mantuano com pouco mais de trinta anos, convencido já há algum tempo a transferir-se para a América por um diplomata seu concidadão, o cavalheiro Domenico Nuvolari, que em veste de cônsul régio estava na Legação Italiana do Rio de Janeiro de 1909. Tendo entrado então a seu serviço, Irene e Arturo tiveram um filho em 1912 que, para comprazer o ilustre patrão, tinham chamado Virgilio, como prova de um amor pela pequena pátria que talvez fosse mais do provedor do trabalho do que de seus dependentes. No Brasil, eles não se encontravam nada mal, exceto que por meses o medo de não poderem mais retornar a Mântua havia agitado Arturo, que decidira não dar ouvido às sugestões do próprio patrão, contrário ao seu repatriamento, enfiando na própria cabeça a ideia de voltar à Itália para alistar-se. Ingenuamente eu disse a Vecchi o que pensava disso, e, não obstante os mil elogios gastos em favor do Rio, causei involuntariamente o retorno de outro emigrante por motivos de guerra, tendo-me escapado dizer que também eu, apesar de tudo, tinha escolhido partir no devido tempo pelo temor de não poder mais ver um vilarejo pelo qual me sentia de todo modo atraído, e ao qual me parecia ser como que misteriosamente ligado. Tinha comigo uma cópia estropiada do *Fanfulla* de uns meses atrás, e fiz com que Lumìna lesse o artigo com a carta de um sargento de infantaria, um tal Alessandro Salerno, que mais retórica não poderia ser, mas na qual o remetente, nascido como eu em São Paulo, declarava ter sempre julgado "letra morta" o patriotismo até maio de 1915, quando havia eclodido a guerra. Só então, escrevia esse voluntário, "senti-me tomado por um sentimento que não saberia definir", ou seja, pelo desejo de opor-se à "invasão inimiga" daquela que tinha sido a terra dos seus genitores. Não sei como, acrescentava, "mas parti, parti para oferecer o meu braço e a minha honra à Itália".

Vecchi prestou bastante atenção em toda a coisa, advogando, na incerteza, a causa de uma conduta prudente de espera, e, todavia, adentrando incautamente, como depois me contou, em raciocínios tortuosos condimentados, ai de mim, pela pior das informações que eu mesmo lhe havia fornecido pinçando aqui e ali dos jornais em língua italiana. Como quase todos no

**Capítulo 8** *Duas semanas em Vicenza* 161

Brasil, eles pintavam o conflito ao modo de uma defesa sacrossanta de valores que se estava fazendo como legítima realização das teses ressurgimentais para obter a independência da Itália e pela qual os nossos avós já haviam lutado. Moral: passadas umas poucas semanas, Arturo embarcou para Gênova com a família inteirinha, sendo ferido praticamente de imediato justo nas montanhas do Altiplano para as quais estávamos nos dirigindo agora. Era de imaginar que isso pudesse ocorrer, mas o fato de, depois de quase um ano de guerra, ainda existirem (fosse, pois, a conta-gotas) emigrantes ou ítalo-descendentes dispostos a vir da América "em defesa dos direitos sacrossantos da Itália" me fez pensar no motivo pelo qual, próximo ao fim de 1916, o fluxo dos italianos e dos ítalo-descendentes capazes de voltar à pátria de além-oceano para realizar as obrigações do serviço militar (ou melhor, para vir combater correndo o risco de ter uma morte violenta) – servindo sob as armas o vilarejo dos seus antepassados –, de considerável que tinha sido no início, havia pouco a pouco reduzido e diluído. Chegavam, de quando em quando, do Brasil somente retardatários esporádicos que respondiam, além disso, à chamada da sua turma, como Liberale Carraro, que partiu no navio *Cordova* em agosto justamente de 1916, ou mais tarde, em janeiro de 1917, personagens de relevo como o major Alfieri, o policial de São Paulo que havia participado da repressão dos visionários campesinos na guerra de Canudos.

No princípio de março, tendo me despedido calorosamente de Vecchi, Trizza e Ferranti, havia chegado o momento de me reunir com o destacamento que esperava a construção de alguns acampamentos mais além de Arsiero, ao longo do Astico, entre Seghe di Velo e os Schiri, a minúscula localidade onde então operava o 5º Regimento de Artilharia de campo proveniente de Schio e comandado pelo coronel Carlo Cantoni. Junto de uma das duas baterias que compunham o grupo havia os sapadores que davam uma mão no grosso das escavações. Outra seção, porém, foi tomar posição no Spitz de Tonezza, onde havia necessidade de mão de obra de reforço. Subiu comigo, quase arrastado e um pouco a contragosto, também Bressan, um novo companheiro que tinha um nome estranho, talvez eslavo. Chamava-se Mirco, mas era praticamente daquelas bandas, porque vinha de Monte de Malo. Quando chegamos ao cume, como que para se apresentar, disse-me, irônico: "Está contente, Cravinho? Viu a que lugares bonitos eu te levo?"[46]. Foi aí que fui em primeira instância reconhecido pelo nosso destacamento e que tive o batismo, não de fogo, mas de neve.

---

46. Em dialeto: "*Sito contento Cravinho? Gheto visto in che bei posti che te porto?*". (N. T.)

Capítulo 9

## *Do Valdastico ao Asiago: março-abril de 1916*

∽

Os meses de março e abril em Valdastico, no Altiplano de Tonezza e no de Asiago, foram, também pelo que disseram os moradores da montanha e dos vales, dos mais duros e cheios de neve já vistos desde o início do século. Para mim, contudo, que absolutamente não conhecia a montanha, foram meses de contínuas revelações. Ainda que bem agasalhado – naturalmente, visto que era um viajante prevenido chegado lá dos trópicos via Friuli –, experimentei atônito o extremo rigor do inverno subalpino, com o termômetro sendo capaz de descer implacavelmente abaixo de zero (até quase vinte graus às vezes). Todavia, os cenários das montanhas e as próprias tempestades de neve às quais tive de me acostumar rapidamente me pareceram uma coisa maravilhosa.

Por ainda não serem zona de enfrentamento direto, aqueles lugares, uma vez equipados, ofereciam uma boa proteção e eram menos expostos do que outros aos riscos e às incertezas da guerra. Em contrapartida, a elevada altitude, eu bem o sabia mesmo sem nunca ter estado lá, tornava o gelo e as baixas temperaturas terríveis e inconvenientes, capazes de piorar a dificuldade de qualquer combate, caso da cadeia montanhosa das Dolomitas. No entanto, aqui, provisoriamente, não havia grandes traços de verdadeiros combates. Em troca, tudo era dominado por uma natureza de cuja beleza não se podia fugir. Admito ter ficado encantado diante das paisagens inacreditáveis que podiam ser avistadas, com o céu claro, no cume do Spitz de Tonezza onde os nossos artilheiros dialogavam a tiros de canhão com os austríacos. A seção da quarta bateria implantada lá em cima deveria ajustar as contas com os postos mais avançados do inimigo, abrigado do outro lado, na direção da Folgaria e de Lavarone, e em condições de atingir, de quando em quando, do Forte Belvedere e de Luserna, o vilarejo dos últimos "címbrios", até o fundo vale onde estava alocado, ao longo do Astico, o grosso do grupo regimental com a nossa companhia. Permaneci ali aqueles poucos dias, o necessário para realizar o meu encargo. Só quando tornei a descer ao Schiri soube que em maio de 1915, durante o primeiro efêmero avanço das nossas tropas, teria bastado muito pouco para neutralizar ao menos aquele terrível forte de Luserna, ou o próprio Belvedere, que, por uma fatal conformação da montanha, projetava-se sobre o Valdastico e há meses era inexpugnável. Nem mesmo nos Schiri nem em Arsiero detivemo-nos muito tempo, ainda que justamente ali eu tenha dado os primeiros passos para um ambiente alpino completamente novo para mim, com o qual teria convivido por mais de um ano e meio. Novo, diria, não só de um ponto de vista geográfico ou por armamentos e funções, no caso entre plataformas giratórias, artilheiros e ajudantes de artilharia, mas também porque ali eram mais numerosos os cadetes que tinham necessidade, tanto quanto e mais do que eu, de praticar a artilharia e a guerra na montanha, mas que não se recusavam, de modo algum, a jogar conversa fora com os soldados.

A prover-me as elucidações principais na matéria, porém, quis o acaso que houvesse, também ali, um daqueles personagens menores, em sentido estrito, de quem ocasionalmente a imprensa falava com admiração ao elencar uma discreta galeria de voluntários de todas as idades: ex-garibaldinos da campanha na França, se não em Bezzecca, homens de veneranda idade dos 50 aos 75 anos, como o genovês Emilio Massardo, um reservista de São Paulo morto aos 52 anos em batalha, ou mesmo afligidos por graves deformações físicas como depois Enrico Toti, mas, sobretudo, meninos e ternos adolescentes com menos de 16 anos. Por vezes, algum desses era arrolado, não às ocultas, mas sim com o consenso e mesmo na companhia do próprio genitor, como havia sucedido a uma estranha dupla, um convocado e o outro voluntário, pai e filho de sobrenome Gavazzi juntos na companhia justamente do Brasil; ou como tinham feito aos 17 anos Pietro Cestonaro, da turma de 1899, e seu pai Fabio, um territorial bassanês da turma de 1872, chegando bem mais próximo, mas com grande ímpeto, ao Altiplano em 1916 também para satisfazer uma paixão que ambos partilhavam pela montanha.

Outras vezes, e com mais frequência, os rapazes se apresentavam aos destacamentos, escolhidos de costume ao acaso, iludindo a vigilância dos próprios familiares, sendo incorporados sem pestanejar ao nosso exército, fascinados ou atraídos pela guerra e pelas memórias do *Risorgimento*: entre eles também um italiano vindo da América Latina, como Vittorio Montiglio, nascido em 1903 em Valparaiso e filho de um cônsul do Reino no Chile, que, embarcando clandestinamente, atravessou o Atlântico em 1917 e com documentos falsos fingiu ser um rapaz nascido em 1899, chegando a se tornar artilheiro, soldado da infantaria alpina e, por fim, tenente.

O meu imberbe informante era, em vez disso, um adolescente, não obstante em verde oliva regulamentar, que vinha de Schio e era considerado uma mascote da quarta bateria porque trabalhava a seu serviço já há meses. Havia um grande número deles ao longo de todo o nosso *front*, orgulhosos de usar a farda com uma faixa no braço; como aquele de 15 anos, oriundo de Pozzuolo do Friuli, Enrico D'Antoni, que eu havia encontrado seguindo seu tio para Monfalcone e que tinha ido trabalhar com ele em um destacamento dos sapadores para construir barracas, plataformas e passarelas em zona de operações portando orgulhosamente a insígnia militar.

O pequeno vêneto também tinha 14 anos recém-completados, e com o beneplácito do coronel Cantoni tinha sido completamente inserido no regimento, primeiro como lavador de pratos e ajudante de cantina, depois como aprendiz às vezes autorizado a participar nos trabalhos e outras atividades de preparação dos combates. Chamava-se Igino Piva e já tinha nas costas dois anos de fábrica como reparador de fios no estabelecimento têxtil dos Rossis em Pievebelvicino, aonde, não tendo ainda onze anos, chegava a pé saindo de casa de madrugada, por volta das seis horas, trabalhando na tecelagem das sete da manhã às cinco e meia da tarde e indo três vezes por semana à noite completar a quinta série elementar. Órfão, e ademais vítima de um incidente no trabalho poucas semanas antes da eclosão da guerra, havia procurado e encontrado emprego nas cozinhas da 5ª Artilharia hospedada naquele período nas instalações do Teatro Social de Schio. E desde então a sua vida transcorreu toda ao lado dos soldados, ou melhor, dos aspirantes e cadetes que tinham feito dele o próprio benjamin, sendo chamado por todos, obviamente, *Schio*. Comigo o rapaz foi pródigo de indiscrições obtidas na cantina, mas não diria que se assemelhasse ao clichê do "pequeno militar" ou do "pequeno alpino" esporadicamente divulgado pela imprensa patriótica e que não correspondia em nada à dura realidade dos muitos milhares de adolescentes submetidos – de resto, como as moças – a tantos trabalhos manuais, compreendidos aqueles mais pesados, até dentro das zonas de operações, para satisfazer as mais variadas exigências do exército. *Schio* era, quando muito, o protótipo desses últimos sujeitos como tantos que eu também havia visto no *front* do Isonzo, mas na sua candura adolescente exibia certo entusiasmo pela guerra que começava a esmaecer e a vacilar justamente nos dias em que o conheci, e justo quando veio a mim aconselhar-se a propósito de certas conversas que pôde escutar ao servir a mesa dos cadetes. Entre eles, todos estudantes de engenharia ou geômetras em boa parte provenientes da Emília e da Romanha, Igino tinha feito amigos, mas ficara desagradavelmente surpreso com a linguagem de alguns deles, antes críticos aos confrontos do conflito. Na sua inocência juvenil – confidenciou-me –, pensava que todos os oficiais, apenas pelo fato de vestirem as listras na farda, deveriam estar prontos a serem estripados a qualquer momento, acrescentando: "depois do jantar, enquanto faço a limpeza, escuto, ao contrário, com crescente estupor, e me escandalizo, as suas discussões nem sempre patrióticas, ainda que só dois deles, ambos bolonheses, se distinguam no repudiar a guerra abertamente e sem reservas. Eu os ouço falar de interesses e imperialismo, de classes sociais e proletariado, de um lugar na Suíça chamado Kienthal onde deveria ocorrer um dia uma conferência socialista, ou melhor, um misterioso confronto: mas daqueles dois, sobretudo, aprendi que, tonto como sou, estou trabalhando na prática por nada, quase de graça, isto é, sem um verdadeiro salário. De verdade, não sei mais o que pensar".

Com efeito, tantos outros seus coetâneos tiveram, economicamente falando, muito melhor sorte, tanto que abertamente se atormentavam as autoridades (juízes e magistrados, na maioria das vezes) e os inevitáveis bem pensantes, os quais eram da opinião de que também o trabalho dos rapazes no exército constituísse um potencial perigo para a moral e para a ordem pública, ajudando a engrossar as filas, já saturadas, da pequena delinquência juvenil e dos muitos adolescentes com dinheiro no bolso, mas dedicados, nas retaguardas, a rixas, brutalidades e pequenos crimes. Não era certamente esse o caso do pequeno Piva que, quando muito, pelo que me havia confiado em seu desabafo, corria agora o risco de ficar sugestionado pelos inusuais disparates antimilitares de um par de oficiais, ainda que de grau inferior, mas, no íntimo, subversivos e socialistas como sempre foram, muito provavelmente, já em tempos de paz.

Não recordo exatamente o que disse em resposta ao seu pedido de ajuda, talvez porque também eu ruminasse um pouco aquelas coisas que eram objeto das conversações desinibidas e esboçadas de maneira um pouco imprudente pelos jovens aspirantes. Das dúvidas e das interrogações que ali tornavam a se associar, porém, não me escapavam nem as razões nem o significado. Provavelmente não estava em condições de dizer ou aconselhar nada ao pobre rapaz, e foi melhor assim também porque o tempo, e o mau tempo, não obstante estivesse já próximo da metade de março, urgia. Não suspeitava, porém, que estivesse à espreita, muitíssimo próximo de nós, outro tipo de incidente, que mudaria de novo o rumo das coisas, ao menos para o nosso destacamento. Muitos fatos concretos, por deslizamentos de terra e avalanches, se verificavam desde o início de março no Altiplano e em Val Terragnolo, em Val Cismon e em Valsugana, no Col Santo e na passagem de Borcola, de modo que, alarmados e pressionados pela frequência, pelo número das vítimas que ficaram sepultadas sob a neve, e não só obviamente pela necessidade de prover com rapidez à reconstrução dos acampamentos danificados, os comandos superiores nos alertaram, ordenando, por fim, outra transferência. E assim, um pouco contra a nossa vontade, fomos obrigados a deixar a zona de Arsiero e dos Schiri, onde estávamos começando a nos ambientar, para seguirmos rapidamente mais para o alto, entre os bosques da montanha, para fincar as tendas nas imediações de Asiago.

Não vi mais Piva, e com frequência me pergunto que fim teve (ou teria), inteligente e orgulhoso, mas também combativo e curioso como era (ele, sempre presente quando se disparava, havia aprendido tão bem os dados de pontaria das armas que estaria apto a substituir tranquilamente qualquer um dos nossos especialistas operadores de canhões).

Quem sabe tenha voltado à guerra!

A nossa nova guerra no Altiplano, por sua vez, começou pouco depois, mas se resolveu por conta de uns vinte dias bons, e consistiu principalmente no remover a neve, no retirar os cadáveres e no dar uma mão na reconstrução dos abrigos destruídos pelas avalanches. Entre os 44 mortos ou desaparecidos do primeiro desastre a que acorremos, todos lapidadores, pedreiros construtores e peões de obra, descobrimos com certa surpresa, tão logo chegamos, que existiam vários meridionais, calabreses para ser preciso. Com efeito, aqueles, no total sessenta, que na noite de sábado e domingo, onze e doze de março, tinham ficado sepultados nas ruínas dos acampamentos de Köbele, davam a ideia, por sua proveniência, de quanto não só no *front* e nas trincheiras os italianos estavam se misturando, se não, pois, se amalgamando. Na localidade de Pusterle, sob os rochedos de Verena, no confim dos bosques entre Rotzo e Roana, onde trabalhavam os operários militarizados da empresa Dal Maso, cerca de quarenta operadores eram mais ou menos do lugar, porque unidos pela vertente marosticana bassanesa do Altiplano (de Conco e de Crosara, de San Luca e de Vallonara), mas os outros vinte vinham todos da Calábria e queriam quatorze automóveis para carregar os corpos dos defuntos para Camporovere, para onde, três dias depois da desgraça, seguiram os funerais que, por motivos diversos, nos comoveram e nos causaram estupor.

**Capítulo 9** *Do Valdastico ao Asiago* 171

Na igreja lotada de gente daquela aldeia que ficava a um tiro de rifle de Asiago, na estrada por Ghertele rumo a Vezzena – enquanto em Campiluzzi e Valbona outro acampamento havia sido arrastado, destruindo um pelotão de mineiros e alpinos e fazendo uma dezena de novas vítimas e muitos feridos –, um padre, dom Carollo, acompanhou no órgão as preces do rito. O pequeno edifício sagrado era um completo catafalco, e em dado momento, secundados pelas notas graves do instrumento, soldados e fiéis entoaram um motivo cuja ária e palavras ignoravam, mas que me pareceu imitar muitos discursos da propaganda católica nacionalista. Não obstante, prodigiosa era a força que emanava daquele canto em coro, cuja solenidade chegou a fazer ribombar as paredes da igrejinha sacudindo seus alicerces. Na ária de um antigo hino pontifício, muito caro a todos os clérigos intransigentes, o refrão dizia agora: "Bendiz, oh, mãe, a itálica virtude. Faze com que triunfem as nossas esquadras pelo nome santo do teu Jesus"[47].

Não circulavam palavras muito semelhantes, para além da ocasião de luto na qual as ouvi ressoar pela primeira vez, nas letras das canções que, a sós ou em coro, amávamos entoar geralmente em marcha, nas noites dormidas ao relento, nos alojamentos e, raras vezes, nas tabernas dos lugares por onde passávamos ou onde conseguíamos parar. E isto também porque, se não faltavam as palavras patrióticas ou de inspiração estritamente militar, como o velho *Testamento del maresciallo* (transformado em capitão e seccionado, depois de morto, em cinco pedaços dos quais

---

47. Em dialeto: "*Deh, benedici o madre, L'italica virtù. Fa che trionfin le nostre squadre Nel nome santo del tuo Gesù*". (N. T.)

não digo qual coube à sua bela), dificilmente as ressurgimentais (o *Hino de Garibaldi*, *L'addio del volontario* ou *La bella Gigogin*, e assim por diante) ou as que exprimiam um forte espírito de corpo – como muitos cantos dos alpinos, dos atiradores e, mais tarde, dos *arditi*[48] dos batalhões de assalto – conseguiam comover os soldados. Eles preferiam mil vezes retomar, e quando muito adaptar às circunstâncias de guerra, uma miríade de motivos que extraíam da bagagem inexaurível das suas tradições aldeãs, nas quais tinham primazia sempre as histórias de amor, fadiga e trabalho.

Naturalmente cada um tinha as suas, e assim quem tivesse sido talvez mineiro e tivesse aprendido dos mais velhos uma canção que remontasse às explosões das cargas usadas para o túnel do são Gottardo – ouvindo chegar antes o estampido da bala disparada pelo Mannlicher M95, a *gewehr* atribuída aos austríacos, e só depois o rumor da detonação – recordava instintivamente o *ta-pum*[49] do tema e o adequava ao novo contexto. A Celestina que, em um delicado contraste, difundida desde tempos imemoriais no repertório rural – vêneto, mas também de outras partes da

---

48. *Arditi* (literalmente, "ousados") eram soldados de unidades de elite de assalto do exército italiano durante a Primeira Guerra Mundial, geralmente voluntários. Sua função consistia em executar missões de risco, como invadir trincheiras adversárias, e seu armamento típico se resumia a uma granada de mão e um punhal. Após a guerra, formaram a Associazione Nazionale Arditi d'Italia (Associação Nacional dos Arditi da Itália), que seria a base da formação de dois grupos paramilitares importantes na história italiana: os Fasci italiani di combatimento (*Fasci* italianos de combate), em 1919, de extrema direita, que, em 1921, se tornariam o Partido Nacional Fascista; e os Arditi del Popolo (*Arditi* do povo), a primeira organização de defesa proletária de combate às ações paramilitares fascistas. (N. E.)

49. *Ta-pum* é o nome da canção e também seu "refrão". (N. T.)

Itália –, vinha avisada da chegada do seu namorado e era convidada a descer, tornando-se a moça do doce diálogo com um soldado, aqui antes um alpino veterano do Ortigara, que lhe havia "mudado as cores". Entre violetas que iam e maços de flores (ou maços de correntes a acorrentar o coração) que vinham, entre cabelos bem arranjados de belas loiras e mamilos tocados sem o conhecimento do papai da amada, não se contavam, juntamente com essas situações, os exemplos dos diversos gêneros musicais mais em voga. E não só daqueles tornados populares pelos gramofones (ou, no cinema, pelas músicas de fundo dos filmes, de apelo feminino, como também se dizia). Junto dos ecos de tantas versões popularescas de histórias fascinantes ou tenebrosas sobre mulheres lombardas, maldições da mãe, naufrágios e afundamentos de navios que a mim (especialmente estes últimos) causavam certo frêmito, e que frequentemente se cantavam em dialetos dos quais era inevitável aprender as cadências e os vocábulos bastante abstrusos (entre os mais sugestivos, mas difíceis de decifrar, aqueles em friulano e piemontês), havia lugar tanto para velhas romanças quanto para coros ou peças de óperas famosas. Havia também, além disso, para muitas árias de *café chantant*, para muitas canções à moda (de *Fili d'oro* até, em 1917, a estrepitosa *Reginella*) e, enfim, para uma verdadeira avalanche de *canzonette* divertidas ou de *canzonacce*[50], na verdade, apenas canções bem-humoradas, ainda que recheadas de duplos sentidos que a mim agrada-

---

50. *Canzonette* eram cantigas, *canzonacce* eram canções obscenas. (N. T.)

vam um pouco menos. Algumas gozavam de uma popularidade bastante recente, de 1915, mas imensa e indiscutível, como *O surdato 'nnammurato*, que era napolitana e que serviu também de base, até certo ponto, para uma sátira pouco misericordiosa dos emboscados; outras, como *Monte rosso e Monte nero*, falavam mais diretamente da nossa guerra, deixando escapar, mas escondido dos oficiais, certas inevitáveis invectivas canoras que ora eram trazidas de casa quando a visitavam nas licenças, ora nasciam já nas trincheiras ou nas retaguardas. Justamente nas retaguardas e nos alojamentos menos precários era fácil que fossem tocados, quem os tivesse consigo, até violões e bandolins (foi assim que encontramos na obra vizinha a Gallio e depois também em Caltrano aquele Vincenzo Chiaro, meio cantor, meio camorrista e ora artilheiro, que esteve conosco em Piacenza). Mas ainda com mais frequência ocorria que as canções fossem executadas sem acompanhamentos instrumentais em coros improvisados.

Como faziam os soldados de cada armada para ensiná-las e aprendê-las entre si não era um mistério nem mesmo uma coisa tão difícil de entender. Talvez alguém chegasse a perguntar onde era a "escola de canto", mas logo compreendia que era na estrada, nos cortiços e nas tabernas da terra natal antes que na guerra. Os soldados, também ali no *front*, aprendiam a cantar como sempre tinham feito e como sempre era aprendido: de ouvido e por imitação. Quem tinha a graça da voz ficava ao centro, e os outros, atrás; quem tinha o dom da harmonia inventava o contracanto e também encontrava seguidores; alguns dos mais velhos, por complacência, acrescentavam por fim um grunhido de baixo. E eis que um coro a três vozes era feito. Quanta paciência e que paixão nos infundiam! Parecia mesmo que, enquanto italianos – de todas as regiões, note-se –, os soldados não pudessem fazer menos do que cantar. As letras eram copiadas de joelhos, nas tabuinhas no dormitório, de modo oculto para que não se descobrisse a presença proibida do frasco de tinta no colchão de palha. Eram passadas como uma carta de namorada.

Eu, que dos meus colóquios privados com as moças era antes ciumento, não costumava (ou não ousava?) colocar meus companheiros a par deles: ficava por isso um pouco mais na minha. Mesmo não podendo ensinar a ninguém aquilo que amava cantar no Brasil, eu também participava e me adaptava sem dificuldade e com ímpeto, em parte justamente por aprender com os outros, em parte graças às minhas origens, repassando velhas canções infantis vênetas que ouvia da minha avó Rita quando era menino, sobre a *fameia do Gobòn* ou sobre o galo de *Me compare Jiacometto*. Eu também, em suma, fazia bonito, e em boa sintonia também com o grosso dos repertórios alpinos que então causavam furor. Especialmente na montanha, mas também em Carnia e no Isonzo, os motivos mais recorrentes eram principalmente vênetos ou friulanos, como friulanos e vênetos eram de resto a maior parte dos combatentes, a começar, é óbvio, pelos alpinos, visto que a região à qual pertenciam (o Vêneto, que desde 1866 englobava Udine com a sua extensa circunscrição) provia sozinha o mais alto contingente de soldados ao exército italiano inteiro, de que, por exemplo, se dizia, e talvez fosse verdade, que no fim da fila se encontrava a Sicília. Uma diferença não dissímile, mas invertida, saltava aos olhos mesmo em outras gradações que se desejassem esboçar, ou ao menos percebíamos assim a coisa, pensando nos lugares dos quais se via de pronto que chegavam, o mais das vezes, os nossos oficiais: os vênetos e os outros militares do Centro-Norte, com suas ombreiras, mobilizados e, sobretudo, empenhados no *front*, dentro dessa outra classificação especial, retrocediam muito, ficando na última posição se confrontados com o grosso dos meridionais, reforçados naturalmente pelos romanos. E houve ainda quem brigasse para realizar tais medições, como aquele tenente da Escola Militar de Módena, Livio Livi, de quem havia falado uma vez Emilio Vecchi, que, mesmo enredado em uma história amorosa um tanto complicada – que me recordava muito aquela minha com Silvia por conta da oposição dos genitores da moça –, achou tempo para documentar, enquanto a guerra estava em curso, diferenças que já tínhamos notado, sem tê-las estudado, à primeira vista. Para falar de modo claro, o Vêneto tinha menos oficiais do que quantos o Sul produzisse, ao passo que os militares simples que ele provia ao exército, em proporção, eram mais numerosos do que os meridionais (de resto, o Vêneto detinha certo primado, em cifras absolutas, entre os desertores e os renitentes, estando atrás, em percentual, só da Campania, da Lucânia e do Lácio, e ainda sem contar aqueles muitíssimos emigrantes em idade de serviço militar que não eram repatriados). E como cantar no próprio dialeto era prática principalmente dos soldados daqui, bem se explica a propagação tanto na linha de frente quanto nas primeiras retaguardas de cantos campestres e montanheses dos vênetos. Que isso fosse resultado do fato de que a guerra estava se desenvolvendo justamente no Vêneto era demasiado evidente, e, de todo modo, o desejo de exprimir e compartilhar pelo canto os próprios sentimentos de amor e dor, medo e alegria, cólera e desconforto, desejo e raiva, era geral e partilhado praticamente por todos os combatentes, de qualquer parte da Itália de que fossem provenientes.

Depois de uma jornada de explosões e bombardeios era possível entender que ao cair da noite, quando finalmente tudo se aquietava, as tropas que retornassem aos próprios abrigos fossem acolhidas por um coro calmo e prudente que parecia sair das vísceras da montanha, até ali alvo dos tiros austríacos, como em um sutil sussurro cadenciado e feito de vozes lentas e melancólicas sob os acordes de um bandolim. No fundo de uma caverna, das muitas escavadas na rocha no Altiplano, à luz de uma lâmpada fraca, estava um grupo de soldados escondidos para servirem de apoio. Eram mais frequentemente alpinos, mas por vezes também combatentes de diversas armadas como, certa vez, aqueles artilheiros genoveses que pareciam ter se trancado em uma gruta para cantar, não ouvidos por ninguém, suas canções litorâneas, ou como, outra vez, aqueles soldados de infantaria da Brigata Ivrea que em Millegrobbe, tão logo tinham escapado dos tiros da artilharia austríaca, entoavam motivos de terras valdeses e canavesanas sobre noivas infiéis e esposas forçadas, sobre a pastora e o lobo ou sobre belas vestes de *Girometta della montagna*. Em marcha, pois, os soldados, mesmo a cantar, repetiam cem vezes a mesma ladainha! Por mais cansadas e sobrecarregadas que estivessem as costas, bastava que em um ponto qualquer da fila insurgisse a chamada da bela voz da vez para ver os amantes do canto correrem apressadamente para alcançá-la, dançando com a mochila nas costas suadas!

Nem mesmo tinha passado metade de março – enquanto eram retomados os confrontos no Isonzo e verdadeiras batalhas desencadeavam-se nas alturas do Adamello ao Col di Lana –, o tempo, entendido em sentido atmosférico, não deu sinal de melhora, de modo que houve como cantar por muitos dias praticamente apenas dentro das barracas, pensando, com um misto de piedade e egoísta satisfação, naqueles que estavam arriscando a pele nos *fronts* distantes do nosso.

Com a aproximação da primavera, aquele ano a situação climática não havia melhorado, e prosseguiram, portanto, os turnos e trabalhos nas trincheiras, somente um pouco menos tétricos e monótonos do que aqueles que nos ocorreram no Friuli. Para muitos dos meus companheiros, ademais, esses turnos e trabalhos não eram, apesar de tudo, muito piores do que aqueles que faziam, na vida cotidiana dos tempos normais, como operários nas fábricas e principalmente como mineradores no coração da terra, em viagens pela Europa e até na América. De quando em quando alguém se feria, raramente alguém morria, e, seja como for, nós, soldados engenheiros, não tivemos nenhuma baixa. Excepcionalmente, a explosão de um canhão de grosso calibre ou de uma bombarda da trincheira provocava uma catástrofe tal como uma explosão de gás em uma mina. E a vida continuava sempre igual. Trincheira, repouso em um quilômetro, trincheira.

O frio, a neve, o gelo e as avalanches aos quais praticamente apenas eu não estava habituado não tornavam a guerra mais dura para homens valentes como os meus companheiros. Eram elementos naturais que eles, em muitos casos montanheses, já conheciam bem em tempos de paz. Para a infantaria, a guerra, como se dizia, é o assalto. Sem o assalto, havia trabalho duro, não guerra.

Nos deslocamentos que nosso destacamento teve de fazer aqui e ali de Gallio para Foza e para Marcesina, ora com ordem de trabalhar, ora em linha de frente, com alguns tiroteios esporádicos e ações de patrulha, fomos perturbados, em suma, mais pelo mau tempo do que pelo inimigo. Um inimigo que estava então se preparando, mas nós não sabíamos nem podíamos ainda imaginar que a ira de deus seria desencadeada, aquela ofensiva de primavera em grande estilo à qual não foi possível dar início, por culpa da chuva e da neve, antes da metade de maio.

Também no Friuli não se estava melhor com o tempo. Escrevendo para casa (depois da metade de abril) sobre aquelas "terras loucas", um alpino lígure íntimo do nosso soldado engenheiro, Gibelli de Finalborgo, havia dito, consternado: "não parece possível que em 18 de abril se veja nevar e, no entanto, justamente hoje neva pesadamente". Foi só próximo do fim desse mês que, no Altiplano, até entre os soldados (mas muitos oficiais e o próprio general Brusati já tinham consciência disso), difundiram-se as vozes de um próximo possível ataque em peso dos austríacos. Não obstante, no nosso alojamento esperávamos confiantes a verdadeira mudança de repouso que deveria chegar, ainda que ao fim de um período de relativa inércia ou de calma levemente agitada, dali a pouco. Como estávamos reduzidos à partida do Friuli, o nosso destacamento foi reconstituído e reforçado pelo aumento no número dos efetivos. Substituindo muitos dos companheiros mortos ou perdidos pelo caminho, quer feridos, quer desaparecidos, quer feitos prisioneiros, outros entraram e, em contato com os sobreviventes de Piacenza e do Isonzo, tinham se ambientado bem rapidamente, agrupando-se conosco. Agora, somente quatro ou cinco eram trentinos, compreendido um terceiro sargento, Michele Toss, um sargento, Quinto Rasera, e um aspirante, Fabrizio Antonelli; os demais, com as exceções que direi, quase todos vênetos. Logo se criou entre nós um entendimento que resultou em amizades destinadas a durar e a serem somadas, por mim, àquelas que estava estreitando, especialmente por carta, com aqueles poucos "brasileiros" de outros destacamentos em que me encontrei ou dos quais cheguei a ter notícia e endereço regimental.

De modo particular, liguei-me a muitos dos novos e a alguns oficiais por aquela atmosfera de pequena pátria de trincheira ou da comunidade de batalhão que desculpava também o surgimento, em muitos de nós, de um espírito de corpo sempre mais acentuado e às vezes quase épico, ao qual, de resto, os eventos sucessivos teriam se encarregado de assegurar uma notável duração. Fizemos uma vez o balanço das nossas proveniências, e, além dos vênetos, lombardos e irredentes, contamos vários toscanos, alguns romanholos, um pequeno punhado de úmbrios e marchigianos e uma representação bem mais restrita de meridionais, especialmente sardos e puglieses (mas havia ainda um messinês "toscanizado", de nome Angelo Bucciuni: um dos soldados mais irônicos e imperturbáveis que eu já tinha encontrado). No grupeto mais contido dos lombardos havia alguns brescianos e um milanês, Marino Galbusera, que antes da guerra tinha estado com frequência, por motivos de trabalho (traficava grãos), em Trento, onde havia também conhecido pessoalmente não Battisti, mas o chefe dos católicos, Alcide De Gasperi, por uma amiga de lá, Anna Menestrina, que escrevia no jornal das pias mulheres locais. A mim foram logo simpáticos, entre os novos, os dois lígures, Aristide Gibelli e Augusto Molinari, mas sobretudo os toscanos Angelo Forconi, de Carrara, um cavouqueiro anárquico, e Manlio Mirri, de Montevarchi, um mecânico nacionalista e conservador que, junto com o carroceiro de Amiata, Davide Mariotti, de San Quirico d'Orcia, fazia não por acaso conchavos com mais frequência, à base de piadas afiadas com o maladense Mirco Bressan ou com Paolo Maistro e Primo Pignattari, que eram um vêneto do Alto Vicentino e o outro emiliano (respectivamente da Isola Vicentina e de Módena).

Os toscanos gozavam da simpatia de Ricciardini, mas a presença deles ao lado dos vênetos (e aquela de poucos meridionais) não era, pois, tão infrequente nas fileiras do nosso exército. Domenico Busato, por exemplo, um soldado engenheiro sapador agregado aos granadeiros da Sardenha que tínhamos conhecido no Altiplano, dava-nos sempre o exemplo seu e de seu primo Giuseppe, ambos de Brendola: ele terminou entre os habitantes da ilha, e o outro, lotado no Regimento de Infantaria dos Lobos da Toscana.

Mirco, de quem já recordei o quanto era espirituoso, carregava nos ombros, como o seu nome de resto indicava, toda uma história curiosa de emigração que tivera início no fim do outro século em Vallarsa. A rigor, deveria ser, portanto, um irredente. Antes de ele nascer, seu pai Severino foi trabalhar na Hungria e na Croácia, onde fez sociedade e também amizade com um carpinteiro do lugar, Mirko Marcovic, solteiro incorrigível, e com um carpinteiro seu compatriota, Francesco Broz, o qual havia se casado com uma mulher eslovena, decidindo viver e ter filhos lá. Severino, por sua vez, havia se casado com Chiara, uma moça de Pergine Valsugana com a qual foi depois viver, em 1890, próximo a Schio. Tendo decidido acabar com a vida de emigrante, fixou-se estavelmente na Itália, não recordo o porquê, em Monte de Malo, onde teve dela duas criaturas, entre as quais o primogênito, este Mirco, chamado assim em memória de um dos amigos mais caros a seu pai. A história da sua família me foi contada obviamente pelo próprio Mirco, que, ainda rapaz, havia feito também ele no exterior, em Buenos Aires e em Rosário, Santa Fé, mil ofícios como pintor, pedreiro, viveirista, e que na Argentina tinha se tornado um bom tocador de acordeão. Muito empreendedor, uma vez de volta à Itália não esperou os vinte anos para contrair matrimônio e colocar no mundo alguns filhos, mas teve de suportar, quase que até o fim, a campanha da Líbia, sendo dispensado apenas no fim de 1913. Um ano mais tarde, foi convocado, e ora estava aqui a fazer a guerra conosco como veterano, como militar, ainda que fosse apenas de 1892.

**Capítulo 9** *Do Valdastico ao Asiago* 183

Paolo, nosso coetâneo, tocava também ele instrumentos de sopro, como o pífaro e a ocarina, os quais trazia sempre consigo. Era o único que nunca havia emigrado, porque na sua casa era, desde pequeno, agricultor e criava animais de pequeno porte, os quais, chegado o momento, fossem frangos e faisões para o Natal, fossem cordeiros e cabritos para a Páscoa, matava e colocava na mesa sem pensar muito.

Primo tinha até mesmo passado alguns anos cortando cana-de-açúcar na Austrália, em Queensland. Lorenzino Fava também tinha sido emigrante, tendo voltado à Basilicata vindo das fábricas e mineradoras do Norte da França onde havia achado emprego por algum tempo em Lorena, e onde havia começado a perder os cabelos. Todos zombavam dele, afavelmente, porque mesmo sem nem ter chegado aos trinta anos já estava se tornando calvo. Pela precoce calvície, propus chamá-lo, à brasileira, de "careca". A alcunha agradou, de modo que ele a manteve mesmo quando teve uma perna ferida e foi enviado ao hospital militar de Pádua, do qual saiu para ser restituído de modo definitivo e sem graves danos à família, junto à qual o esperava, entre outros, um filho recém-nascido e que ainda não tinha visto. Quase todos casados e com prole, portanto, ou mais velhos do que eu – alguns andavam já pelos quarenta –, eles poderiam muito bem ter transitado na milícia territorial. Mas todos se mantinham firmes, mesmo depois de terem permanecido por meses na linha de frente, enquanto talvez os seus coetâneos, com os cachimbos vermelhos, como dizia acidamente um fulano, ameaçavam as mulheres nos vilarejos vênetos alegres de vinho. Eles amavam tocar e cantar, e, naturalmente, o vinho também lhes agradava muitíssimo. Não era vício nem virtude, mas talvez herança familiar e aldeã e, de todo modo, do mesmo molde pareciam os montanheses locais, como Rodolfo e Paoletto Costa, dois primos de Canove, ou Aristide Gianesini, pastor como passatempo nas Melette de Gallio. Montanaro era também o nosso único piemontês, Tommaso Bussi, um astigiano de Vesime que em uma carta à esposa havia escrito, contente: "posso de fato lhe dizer que se encontram aqui companheiros que são ainda melhores que aqueles do vilarejo".

Eu também era dessa opinião, pensando em como a nossa equipe era bastante afinada e fazendo uma sondagem parcial de alguns outros membros, como os paduanos Sergio Vicari e Roberto Simioni, os vicentinos da cidade Ermenegildo Pinton, Leone Pellizzaro e Roberto Ogniben, os bassaneses Mauro Pozzato e Paolo Passarin, o bergamasco Enrico Isnenghi e o forlivês Italo Fantoni, o trevisano Marco Vanzetto, os dois Maurizi veroneses, Miele e Zangarini, Adelchi Corazzol, feltrino de Pedavena, Eleuterio Monicelli, que era de Ostiglia, o mantuano Manuele Guidorizzi, o hebreu romano Riccardo Astrologo, que seria logo morto, em junho, atingido por um projétil austríaco, ou Carmine Savastano de Salerno, que não se sabia o que fazia ali como meridional, embora com alguns outros *terroni*[51], no nosso destacamento de sapadores, quase todo nortista, visto que era enfermeiro como civil, e teria desejado até estudar para ser médico.

---

51. Termo pejorativo usado pelos nortistas para designar os sulistas. (N. T.)

**Capítulo 9** *Do Valdastico ao Asiago* 185

A propósito dos médicos, havia dois entre nós, também eles da planície vêneta. Tinham o mesmo nome, sendo um de Verona e o outro de Vicenza, e faziam a corte a duas moças de Foza, Luciana e Ivette. Sempre que tinham tempo livre, iam encontrá-las naquele vilarejo não distante de Enego e abaixo de Valsugana, condição facilitada pela patente de oficiais. Nasciam disso narrativas aventureiras e pequenas estocadas de inveja de quem não tinha, isto é, quase todos, tais oportunidades. Eram os dois Carlo Maria, um de sobrenome Chiamenti, e o outro, Basso, doutores jovens, mas já experientes, nos quais confiávamos cegamente, mesmo porque eram capazes de tratar soldados como nós até de olho fechado, frente à modesta consistência das razões que induziam alguém a marcar a consulta. Logo, logo, ademais, entendeu-se que eles também nutriam fortes perplexidades nos confrontos da guerra acerca de como tinha sido feita, sobretudo no Carso ou ao longo do Isonzo, onde estavam ambos em 1915. No entanto, um deles, Chiamenti, não conseguiu levar de volta para casa a própria pele, no Planalto, durante o primeiro ataque dos austríacos na primavera. Morreu atingido pela explosão de uma bomba inimiga no forte Campomolon, para onde tinha sido chamado com urgência na noite de 14 de maio. O seu colega Basso, que o tinha substituído para a ocasião, ficara tão destroçado por essa perda que só se recuperou muitíssimos meses depois.

Também com alguns dos outros oficiais chegamos a ter boas relações: com Luigi Faccini, por exemplo, um milanês jovial que sabia tudo do arroz e dos risotos, que morreu logo, por certo com nosso florentino de Bagno a Ripoli, Ernesto Ricciardini, um homem verdadeiramente de caráter, um pouco nervoso, mas de grande coração, com o qual já nos entendíamos logo. Nesse ínterim, tivemos a possibilidade tanto de ganhar experiência com a complexa geografia do Altiplano quanto até mesmo de extrair alguma satisfação da banal normalidade, como a de ir jantar na taberna da Pina, em Asiago, a cidadezinha que tínhamos acabado de intuir a localização depois de termos chegado perto, vindos, não a pé ou de caminhão, como de costume, mas de Piovene Rocchette com o trem da montanha, junto a um carregamento das nossas ferramentas de ofício. De toda a zona do Altiplano, esse era certamente o centro mais importante e populoso. Estando longe, desci na pequena estação ferroviária de Campiello, onde vai terminando o Val Canaglia. Nós a tínhamos visto pela primeira vez inclinando-nos do alto, entre Treschè Conca e Cesuna, como assentada no coração da mais vasta extensão de planícies verdejantes de que ela era, na prática, a principal cidade. Não nos pareciam reais todos aqueles prados, aqueles bosques e aquele ar puro, assim como as rechonchudas nuvens brancas que pendiam sobre a nossa cabeça, depois das poucas semanas transcorridas em Valdastico, mas sobretudo depois do deserto cársico e da lama do Isonzo, que nos tinham oprimido por meses sob um céu medianamente lívido, ameaçador e iminente, sempre entrecortado por silvos e explosões. Seja como for, alguns aldeões do Altiplano eram bem pobres e habituados à vida de pastores e campesinos, sempre trabalhando em seus minúsculos campos avaros de frutos ou com os animais para cuidar, ademais pouco numerosos mesmo contando as mulas, as ovelhas e as cabras. Sentia-se que a pobreza deles era antiga e digna. A fadiga, como em tantas outras partes da Itália, era grande, mas não fazíamos caso, porque fatigávamos também nós, e a nossa pequena miragem em relação a Gallio, onde tínhamos a certo ponto ido parar, permanecia sempre Asiago, onde alguém já havia realizado visitas acompanhando em missão Ricciardini e contado, no retorno, maravilhas. Dizia-se também que de lá, no ano precedente, depois de serem inquiridos e presos, foram afastados com os mais brutos modos vários aldeões e não poucos sacerdotes, velhos padres ou jovens capelães, suspeitos de *austriacantismo*[52] e até de espionagem em favor do inimigo. A internação deles tinha se transformado, para alguns, como o pároco de Cesuna, dom Andrea Grandotto, em um prolongado período de confinamento em remotas regiões do Sul, mas, quando chegamos, a situação parecia ter se tornado um pouco menos pesada para o clero em cura de almas, embora ainda não tivesse sido totalmente normalizada.

Praticamente todos nós pudemos ver Asiago na Páscoa, enfeitada, com seus estabelecimentos abertos, convidativa e com aquela parte de mundo que mais nos faltava. Os meninos e os rapazes, mas, principalmente, as mulheres. Isso era escondido por ser embaraçoso, mas também era um problema. Não para mim, talvez, que estava me recuperando e aproveitava para escrever para casa, sem poder dizer onde estava, quase ignorando os devaneios de muitos companheiros, os quais inventavam histórias uns para os outros sobre as moças que, em Asiago, dizia um,

---

52. Favorecimento aos austríacos. (N. T.)

teriam segurado os homens como um sedento segura um copo de água. Disso, é claro, nunca teria falado para minha mãe, a quem preferia reservar somente sinais tranquilizadores e dar pequenas provas do meu valor como soldado. "Caríssima mamãe" – eu lhe escrevia – "não pode imaginar que alegria senti hoje ao receber uma carta sua com a data de 27/3/1916, especialmente por ter lido que goza de ótima saúde". E continuei:

> Cara mãe, a senhora me diz que retornam muitos soldados de repente, mas não posso entender como tenham feito para retornar, ou antes, temo que tenham desertado. Eu, cara mãe, não posso retornar se a guerra não acabar, e esperamos que deus queira que acabe logo, assim poderei voltar para junto da senhora e tornar a abraçá-la depois de tantos meses distante, pois jamais desertarei. Trair a Itália como têm feito vários soldados é para os covardes. Eu, ao contrário, não, melhor morrer e não trair as três cores. Portanto, cara mãe, tenha coragem, pois a senhora tem um filho que está defendendo os direitos e a liberdade dos seus irmãos que se encontram sob o jugo estrangeiro. Fale-me de Santina a fazer amor com outro, isto me deixa contente, bem me conhece, cara mãe. Se fiz amor, não só com ela, foi sempre para me divertir, e não porque quisesse casar; aliás, o meu pensamento, enquanto não chego aos 40 anos, é de que não me casarei. E também fiz amor com outras moças daqui, mas já as deixei. (...). Outro dia recebi também uma carta de Santina na qual desfizemos a nossa relação, assim espero que agora a senhora e os meus irmãos fiquem contentes: como escrevi também à minha irmã e à minha cunhada, em Santina não penso mais, e se tiver a felicidade de voltar para São Paulo não me custará nada encontrar não uma só, mas uma meia dúzia de moças (...). Quanto aos jornais, recebi apenas um, e não lhe posso dizer nada sobre como tantos soldados fazem para retornar para São Paulo enquanto

eu, sem dúvida, voltarei quando a guerra acabar, com a vitória, pois sou obrigado a fazer o meu dever de soldado, sou da turma de 1892, primeira categoria, e se a guerra acabar talvez deva cumprir outros dois anos de serviço militar.

Como se percebe, não era tudo verdade aquilo que escrevia, o que poderia ser intuído apenas por aquilo que, algum tempo mais tarde, confiaria mais espontaneamente ao meu irmão mais novo, Tonino, com quem, antes de falar de guerra, de deveres militares e de combates, divagava de propósito, dedicando uma carta inteira que lhe havia endereçado ao comentário de frivolidades nostálgicas, com apenas um aceno orgulhoso ao meu ofício de soldado. Eu o felicitava especialmente depois de ter sabido que tinha se tornado, como Luigi, um dançarino de primeira grandeza do bairro da Barra Funda, e porque havia encontrado, feliz dele, uma namorada como se deve, ou seja, como poderia ter sido Silvia para mim, em quem, em compensação, mesmo lhe escrevendo poucas vezes, pensava sempre, dia e noite. Quando muito, lamentava-me só pelo fato de, depois de nove meses de abstinência, ter desaprendido a dançar, e quando Mirco, com um dos seus provérbios, me convidava, embravecido, a considerar que "bailar é meio transar"[53], eu acrescentava em tom sem dúvida nostálgico:

> Que saudade de dançar uma valsa no Mascagni. Espero um dia, se deus quiser, colocar novamente os pés no salão de baile Italo Fausta. A namorada fixa agora não a tenho mais, e faço amor

---

53. Em dialeto: *"el balar l'è mezo ciavar"*. (N. T.)

com quem me quer muito bem. Sabe quem é? É a carabina que não me abandona nunca. Justamente hoje encontrei aqui outro paulista, que se chama Modesto Finelli, era barbeiro na rua do Seminário, ele é da 21ª Infantaria, nós dois fomos sócios fundadores da Excelsior, também ele saúda Rolando Avanzi, amigo meu e dele. Aquele outro meu amigo Demétrio, que se encontra na 73ª Infantaria, me escreve todos os dias (...). Deve saber que a grande quantidade de amigos meus que se encontram aqui na guerra sabe o meu endereço: todos me escrevem e eu respondo sempre. É raro que passe um dia sem receber quatro ou cinco cartas desses amigos de São Paulo, que por sorte estão todos bem de saúde. E não há dia em que não escreva também eu outro tanto, pois a todos respondo. Cuidado com o bicho do cachorro e também me escreva sempre. Adeus e até breve, mas tome um gole de pinga com limão à minha saúde na rua Barão de Itapetininga.

Capítulo 10

# "Gott strafe das treulose Italien":
## *a expedição punitiva austríaca de maio-julho de 1916*

~

No começo de maio, embora tivéssemos sido avisados de que o nosso período de descanso não seria mais integral mas de apenas uma semana – o que indicava claramente que o temor de que acontecesse alguma coisa ruim pairava no ar –, descemos para Caltrano, onde encontrei Lumìna, que também me confirmou a gravidade da situação, sobre a qual, como muitos outros, ele tinha ouvido falar insistentemente em Vicenza e em Verona.

Ele veio para aquele vilarejo, sede de um importante comando logístico de frente do exército, porque havia necessidade de reparar algumas instalações e, uma vez que se encontrava ali, achou oportuno levar umas coisas para um oficial bolonhês, o capitão Belluzzi, de passagem pelo lugar, onde funcionava também um pequeno hospital de primeiros socorros, que tinha uma área anexa para convalescentes.

Em relação aos boatos sobre a instabilidade da conjuntura, que poderia se transformar em operações de grande porte por parte do inimigo, Lumìna me disse tudo o que sabia e já era muita coisa. De fato, para suspeitar disso, não precisava ser um engenheiro militar conhecedor de informações secretas, como o major Marchetti. Bastava ser um sapador experiente do corpo de engenharia militar para entender que os austríacos estavam se preparando para atacar, mas onde e como, com precisão de detalhes, ainda não era possível perceber. Há várias semanas eles tinham concentrado tropas, inclusive de elite, desviadas em grande parte da Frente Oriental. Além disso, sabia-se, por notícias trazidas por diversos desertores deles, que em Trento e na Valsugana, estava afluindo, ininterruptamente, uma enorme quantidade de provisões, com longas colunas de caminhões e caravanas, artilharias pesadas e armas de todo tipo.

Nos dias que precederam a ofensiva austríaca, que depois chegou pontualmente, o cura de um vilarejo nos arredores de Schio, Pievebelvicino, chegou até a afixar nos portões da igreja e da casa paroquial duas placas com as escritas "*Bitte, schonet das Gotteshaus*" ("Por favor, respeitem a casa de Deus") e "*Bitte, hier ist das Pfarrhaus. Achtung und Schutz*" ("Por favor, esta é a casa de Deus. Respeito e Proteção").

Também em Caltrano, aliás, lá embaixo do desfiladeiro do Monte Paù, havia uma grande movimentação de meios de transporte e de soldados. Embora fosse um vilarejo bem pequeno, era um lugar cheio de lojas de todo tipo, mas extremamente caras, talvez porque agora davam emprego à população, privada pela guerra dos recursos que no passado eram oferecidos pelos estabelecimentos fabris dos Rossis, como a fiação de Rocchette ou a algodoaria de Chiuppano, local para onde havia pouco tempo tinha se transferido também a maior empresa de Caltrano, a Crauti Zuccato. Rodolfo Costa foi o mais sortudo de todos, pois tinha por aquelas bandas uma namorada, uma bela morena de nome Maria Francesca, da qual justamente se vangloriava como um pavão.

Nós também, de todo modo, passamos em Caltrano momentos despreocupados, como observou o padre Giulio Manete, um dos tantos capelães no *front* que deveria cuidar do nosso bem-estar espiritual, e que foi o primeiro a prognosticar para nós alguns dias a serem transcorridos, como dizia ele, em um clima de "júbilo normal". Fomos também agraciados, surpreendentemente, pela presença fortuita, em Thiene, uma cidade próxima, de artistas, atores de teatro e cantores, que justamente ali estavam se preparando para uma pequena turnê para militares, atravessando as principais cidades da retaguarda. Aproveitamos a situação e fomos à cidade, acompanhados pelos nossos oficiais, que tinham organizado o passeio, numa tarde de sábado, ansiosos para assistir aos ensaios gerais de um espetáculo que, no dia seguinte, estrearia no teatro da Casa do Soldado em Vicenza, e depois também em Pádua.

O costume de colocar à disposição dos militares, até nas cercanias do *front*, além das santas missas – o que era óbvio –, também algum entretenimento teatral e outras "diversões honestas" ao ar livre, como as definia o padre, estava se difundindo naquele período no nosso exército, ainda que de forma rudimentar. Corridas de sacos, cabo de guerra e competições com pernas de pau constituíam as principais atrações que nos permitia aquele chato do general Cadorna, junto com os fantoches de Campogalliani, os prediletos dos soldados meridionais, e com as exibições circenses de malabaristas e mágicos, que praticamente todos adoravam. Muito comuns, e começando a ter sucesso, eram também representações de comédias e de atos únicos de autores secundários ou pouco conhecidos: *O pequeno parisiense*, *A cesta do pai Martin*, *O rapto das sabinas*, *O bom pastor*, *Papai Cocarda*, e assim por diante. Essas eram obras de jornalistas ou dramaturgos locais, de Ambrosi a Berton, de Piovesan a Cenzato, e se apoiavam em roteiros publicados em Vicenza pelo livreiro católico Giovanni Galla, porém havia muitas que eram também de autores mais conhecidos, como Annie Vivante, cuja peça de três atos, *O invasor*, girava havia mais de um ano, representada ao ar livre pela Companhia Talli-Melato, com Maria Melato, Vera Vergani e Febo Mari.

Em Thiene, de todas essas peças, assistimos somente a um par de cenas extraídas de *A herdade da velha* e de um clássico no dialeto de Veneza, de Giacinto Gallina, intitulado, se não me engano, *A família do padrinho*. Ambas alcançaram, como também suas ótimas intérpretes (Federica Mogavero, acima de todas), um bom sucesso, não comparável, contudo, ao quase plebiscitário obtido pela apresentação de duas cantoras italianas da moda, Liana Turri e Sabrina Bonfrisco. Esta última, particularmente, com uma divertida *performance* que retomava cantos militares e de caserna de duplo sentido, suavizados apenas pelo seu charme de moça de cabaré, fascinante e experiente, as outras duas propondo suas melhores interpretações e conseguindo que até os soldados as cantassem em coro. Uma batalha inofensiva, que pescava no que havia de melhor no repertório italiano, ou, seria melhor dizer, napolitano, dos últimos vinte anos, de *'O sole mio* a *Lilì Kangy*, de *La spagnola* a *Fili d'oro*.

As moças, por causa também de seus vestidos vaporosos e decotados, impressionaram a plateia de rapazes em uniforme, que não pouparam comentários e cumprimentos. Paolo Maistro, por exemplo, comendo com os olhos Bonfrisco, exclamou com certa galanteria: "não sei o que daria para levá-la para jantar comigo esta noite!", e Mirco, que estava sentado ali perto, acrescentou, mais prático e meio distraído: "e eu, para levá-la para a cama!".

Vincenzo Chiaro, que reencontramos no meio de um grupo agitado de artilheiros, de tanto ouvir as suas melodias prediletas, as mesmas que, mais ou menos, tinha cantado para nós com o seu violão em Piacenza, perdeu a cabeça de tanta satisfação, e continuou a lembrar por meses a fio o acontecimento que certamente também nos havia agradado muito, embora tenha recordado a muitos, especialmente aos soldados "citadinos" e aos oficiais mais jovens, os dias tranquilos e felizes passados nos vários cafés cantantes e nos teatros dos belos tempos de paz. Os tenentinhos aproveitaram para declamar seus poeminhas nascidos nas mesas de refeitório, mas também entre os sacos e lâminas de zinco que blindavam as trincheiras, repetindo-os para posar de artista, com aqueles versos de café cantante: "A patrulha é aquela coisa/ que vai à procura do inimigo/ quase sempre pega um figo/ quase nunca volta de mãos vazias".

Os praças da infantaria se contentavam em pedir bis de algumas canções napolitanas que mais dificilmente podiam entoar em coro, pois precisavam do auxílio de um instrumento de cordas. Não era nada fácil tocar os instrumentos que muitos levavam consigo, nem na terceira linha, pelos motivos explicados por um camarada nosso de Romano d'Ezzelino, que escreveu para a família: "trouxe aqui o bandolim, mas nem o toquei. Estou muito abatido e triste. Parece que estou com setenta anos. Quando vai acabar esta guerra?".

De todo modo, as novas músicas eram conhecidas também por aqueles soldados camponeses que não desconheciam o gramofone e que havia anos frequentavam, de passagem nos centros de seus vilarejos, os pequenos cinemas itinerantes onde se projetavam os filmes mudos, com músicas de fundo ordinárias.

De volta a Caltrano, queríamos nos lavar e recuperar um pouco a saúde mental, graças à ajuda desse tipo de entretenimento e, sobretudo, à ausência dos atiradores de elite austríacos. Mas o que estava amadurecendo, como nos demos conta em poucos dias, era algo imenso e extraordinário, ou seja, uma tentativa massiva de ruptura do *front* pré-alpino italiano entre as montanhas do Pasubio e o rio Brenta, no eixo central do Valdastico, investindo no Planalto dos Sete Municípios. Enfim, um exemplo nunca visto de guerra de montanha entre dois grandes exércitos, com imensas dificuldades de abastecimento.

Havia muito tempo que os nossos inimigos ameaçavam, um dia sim, e o outro também, ataques terrificantes contra um exército que eles definiam como traidores, com uma punição à altura da "traição" italiana de maio de 1915. Algumas vitórias no *front* balcânico os tinham animado, e, após a entrada da Bulgária no conflito ao lado dos impérios, veio a terrível derrota do exército sérvio, cujos restos, podíamos ler nos jornais, haviam sido salvos por um triz pelas tropas do Corpo de Expedição Italiano de Durazzo e pelos nossos navios ancorados nas costas albanesas até a metade de 1916.

Tempos atrás, quando ficamos na linha do *front* do Isonzo, alguns soldados julianos que serviam no exército do imperador previram para nós como iminente a dura lição que nos esperava e que eles até tinham musicado trocando as palavras de uma famosa canção napolitana do século XIX: com palavras, entende-se, italianas. Uma paródia bem feita era entregue em uns folhetos propagandísticos que às vezes acabavam em nossas mãos, mas o fato é que haviam pensado em divulgá-la justamente aqueles irmãos pouco irredentes e muito mal-intencionados que, imitando a tradicional canção napolitana "Santa Lucia", se divertiam muito ao zombar de todos, dizendo:

| | |
|---|---|
| I Serbi fuggono | Os sérvios fogem |
| Su tutto il fronte | Em toda a frente |
| I nostri avanzano | Os nossos avançam |
| Oltre il gran monte | Além do monte |
| La man ci stringe la Bulgaria | A nossa mão aperta a Bulgária |
| Santa Lucia, Santa Lucia | Santa Luzia, Santa Luzia. |

| | |
|---|---|
| Passar l'Isonzo | Passar o Isonzo |
| È un osso duro | É osso duro |
| Su le montagne ci vedo scuro | Ali nas montanhas só vejo o escuro |
| Mai più in Austria | Nunca mais na Áustria |
| Né in Ungheria | Nem na Hungria |
| Santa Lucia, Santa Lucia | Santa Luzia, Santa Luzia |
| | |
| Arrivederci | Até breve, |
| Dunque italiani | Então, italianos, |
| Forse a Milano | Talvez em Milão |
| | |
| Oggi o dimani | Hoje ou amanhã |
| Verremo a prendere | Iremos tomar |
| La Lombardia | a Lombardia |
| Santa Lucia, Santa Lucia | Santa Luzia, Santa Luzia |

O amanhã havia se tornado o hoje, e o objetivo não era mais a Lombardia, mas o coração do Vêneto, para ir, como diziam eles, comer aspargos em Bassano e tomar café em Veneza.

No dia 8 de maio, enquanto voltávamos a subir o planalto, no mesmo dia em que Cadorna demitiria o general Brusati, culpado de escassa capacidade de premonição e de alarmismo covarde, substituindo-o no comando da I Armada por um protegido seu, o conde Pecori Giraldi, aquela que mais tarde seria chamada de Expedição Punitiva estava se delineando não mais no leste, mas onde estávamos naquele exato momento. As águas, enfim, não estavam nada calmas lá em cima, e quem sabe se, passando por Cesuna naquele mesmo dia, teríamos encontrado, talvez na rua ou perto de um lugar para postar correspondências, o anônimo autor – quase certamente um soldado – da carta confusa, dirigida a ninguém menos que o rei da Itália, contra a guerra, por como ela havia sido pensada e conduzida por ele até o momento. Muito mais que as músicas irônicas do cantor romano Sor Capanna ("O general Cadorna/ escreveu para a rainha/ se a senhora quiser ver Trieste/ só posso lhe enviar um postal/ Bim, bom, bom, ao rumor de um canhão"), diziam que havia muitas cartas desse tipo, provenientes de todos os cantos da Itália, quase todas semelhantes. De algumas existiam até excertos ou cópias feitas à mão. Esta, escrita em Asiago, continha frases de uma brutal sinceridade, das quais, com poucos outros, eu também tomei conhecimento, e achei que tinham sido escritas num estilo popular que me parecia familiar, mas que, dessa vez, nem eu, como escritor, teria conseguido suavizar ou amenizar.

Ilustre e Sagrada Majestade.
Asiago, 8/5/16

Vendo estas guerras infames, nunca teria acreditado que sua ilustre pessoa chegasse a tamanha baixeza de conceder todo um povo com mãos e pés atados aos soberbos caprichos de um Cadorna, aquele velho e desumano general que não sente nem amor nem compaixão, bastando-lhe conseguir a sua intenção de ser famoso com Trento e Trieste, mesmo que isso custasse a vida de todos os seus homens e soldados da Itália. Para ele nada interessa, não nos deixa a vida, não sente dores nem sofrimentos como os sentem três terços dos italianos meio mortos e arruinados, e no luto aquelas duas províncias de Trento e Trieste hoje são uma traição só, uma armadilha, um embuste para matar os italianos, nunca na Itália houve uma guerra parecida. Observe quase um milhão de soldados italianos mortos e destruídos e ainda não sente vergonha e terror da sua imensa empresa, quer talvez todos nós mortos antes de tudo, esta não é mais a sua tarefa, observe que vossa majestade é o culpado de todas aquelas vítimas e das que ainda fará, e disso deve dar conta no dia de Vossa Morte, pense que seu nome será sempre maldito pelos pais, esposas e órfãos da nação, que todos por sua causa sofrem paixão e dores, quantos sofrimentos, quanta pobreza e miséria pela única causa de seu ligeiríssimo consenso, quem devolverá a paz, o amor, o bem-estar às famílias? Ora, talvez aqueles que quiseram a guerra e que gozam dela, talvez aqueles para os quais ela é um bom caminho para enriquecer, talvez aqueles que deram os milhões para receber os juros, eis quem goza desta situação! Não aqueles que perdem na guerra a vida, o marido, os filhos, mas sim aqueles que querem seu bem-estar e enriquecer (os desumanos). Sim, vossa majestade e vosso governo pecaram por injustiça, e por isso são altamente culpados, porque não enviaram antes a morrer na guerra quem a guerra quis e nela votou, sendo que nosso dever é somente o de defender a pátria, e não de irmos ser massacrados para engrandecê-la como pensam.

Pode parecer estranho, mas até o último momento outros temores e outras preocupações ganhavam importância na iminência e nas vésperas do ataque austríaco. Em Asiago, por exemplo, chegou, quase ao mesmo tempo que nós, a nova quinzena de desventuradas meninas colocadas à disposição dos combatentes e destinadas a se alternar (como nós, elas também faziam os turnos, coitadinhas), numa grande mansão pouco distante do povoado, emprestada para funcionar como prostíbulo militar. Os padres, indignados e preocupados com esse fluxo frequente, fizeram protestos mais veementes contra "a chegada legal das prostitutas", lamentando a passagem delas "com exibida ostentação demoníaca" pelas ruas da cidade. O vicário paroquial foi mais adiante, e na missa vespertina do dia 14 de maio, na Sé de São Mateus cheia de fiéis, concluiu o seu sermão, todo dedicado a estigmatizar o acontecimento, com a história de Lot e dos dez justos, referindo-se à recente memória de alguns bombardeios aéreos: "se o fogo haverá de descer novamente do céu, meu desejo é que nem eu nem vocês precisemos rezar o *mea culpa*!".

Com esses e outros anátemas do mesmo sinistro teor, sobre os quais se dizia que o bispo de Pádua, Luigi Pellizzo, tinha informado até o papa Benedetto XV, a profecia pretendia ameaçar os tarados por sexo e os pecadores em uniforme verde-acinzentado com imensas desgraças por punição divina. Esta mal tinha sido formulada quando, às sete horas em ponto da manhã seguinte, uma segunda-feira, precedida pelo voo de avião de reconhecimento, caiu em Asiago a primeira bomba disparada por um canhão daqueles que se usava na marinha e que o inimigo havia implantado não se sabia onde.

Soube-se depois que os austríacos o tinham posicionado em Calceranica, perto do lago de Caldonazzo, do outro lado das montanhas, mas esse só foi o começo de um fogo destrutivo provocado pelos obuses Skoda de 380 mm, que foi desencadeado sobre as posições italianas a partir dos Planaltos dos Fiorentini e de Folgaria, do Val Terragnolo e do Vallarsa, abrindo o caminho para o avanço da infantaria austríaca, que, por cinco dias seguidos, não parou de penetrar no território controlado pelos nossos soldados, ainda dispostos em projeção ofensiva. E foi esse também, desgraçadamente, somente o prenúncio de uma manobra estratégica mais ampla, absolutamente ambiciosa, que, se tivesse alcançado sucesso, teria vetado aos italianos qualquer possibilidade de retirada em direção ao rio Adige e ao Pó, engarrafando o grosso do nosso exército e atacando-o pelas costas, partindo do Cadore e do Isonzo.

Fazer a crônica do andamento de uma batalha tão gigante que se desenvolveu por quase dois meses em cada ponto do *front* de montanha entre os rios Adige e Brenta, que, no seu clímax, nos primeiros dias de junho, chegou a envolver cerca de um milhão de combatentes dos dois lados, quase igualmente divididos, não vem ao caso, sobretudo para quem, como eu, vivenciou-a pessoalmente, entre o Cengio, o Sisemol, o monte Interrotto e a Valbella, durante muitas jornadas dramáticas e uma infinidade de dolorosos fragmentos.

Depostas as enxadas e as picaretas e embraçados os fuzis, também os soldados da segunda companhia de sapadores do 29º Regimento foram lançados com os tubos de gelatina na mão para as contínuas refregas que se desenvolveram ferozes dia e noite desde as escarpas dos planaltos até o começo da planície. Muitos deles perderam a vida na flor da idade. Entre os nossos, Vicari e Pellizzaro, Fantoni e Zangarini, Astrologo e também o pobre Ermenegildo Pinton, membro da Sociedade Católica Operária e aluno modelo do Patronato murialdense de Vicenza, que tinha se tornado havia pouco tempo terceiro sargento, e de quem muitas vezes, por causa do seu desconcertante fervor religioso, tínhamos zombado cruelmente. O fim deles, inclusive o de Gildo, que expirou, como ele teria certamente dito, aceitando seu destino com edificante resignação cristã depois de uma breve agonia (justamente entre os braços de um capelão militar), provocou imensa dor, deixando-nos por muito tempo perdidos e consternados. Mais uma vez, eu fui sortudo, porque até nos momentos mais duros não tive senão um ou outro arranhão, mas a angústia, esta sim, foi grande; para controlá-la, amparei-me na ideia de estar combatendo de verdade, se não por uma causa justa, pelo menos para salvar uma terra ameaçada que merecia ser defendida até o fim.

Os austríacos inicialmente exploraram ao máximo a superioridade de suas artilharias e a oportunidade de bombardear, do alto, cidades importantes como Thiene e Schio, propagando as suas tropas até Arsiero e Seghe di Velo, ou desde a Bórcola até lá embaixo, no Vale Posina, apossando-se também de muitos picos estratégicos. Asiago foi praticamente destruída por um bombardeio cujas explosões foram vistas e acompanhadas num estado de profunda apreensão pela própria população de Vicenza, onde Cadorna e Pecori Giraldi, no entanto, haviam movido o quartel geral e altos comandos: os vicentinos, disse-me Lumìna, subiam em massa, durante a noite, ao Monte Berico para ver de longe a linha contínua de fogo com seus impressionantes clarões, e o mesmo faziam de suas pastagens sobre Grappa os pastores alpinos feltrinos de Seren, como o pequeno Felice Rech, que contaria que "as granadas austríacas caíam na vizinhança de Enego e se viam os estouros: nossas mães, irmãos e irmãs choravam e viam e ouviam tudo da batalha, dizendo 'estará lá também meu marido?', e outra 'meu filho!', e outro 'meu irmão!', porque todos sabiam suas zonas de guerra".

Os austríacos se aproximaram da planície vêneta e a enxergaram a olho nu mais de uma vez lá pelo lado de Foza, desde o monte Fior – onde foram depois barrados pelos regimentos alpinos piemonteses (Argentera, Val Maira, Morbegno e outros) e pelos soldados da infantaria sardos da brigada Sassari –, ou pelo lado de Tonezza do monte Cimone e do Val Canaglia, desde o monte Cengio, em vertical sobre Cogollo, onde os granadeiros da Sardenha tentaram em vão interromper a marcha, que, perdido também o Forte Corbin, parecia irrefreável. Foi nessa batalha que faleceu, no dia de seu vigésimo aniversário, o nosso pobre amigo Domenico Busato, recém-transferido para ali da frente do Carso.

Os austro-húngaros chegaram perto da vitória completa entre os dias 23 e 28 de maio, após terem conquistado o pico Portule e, sobretudo, Bocchetta, de grande importância estratégica para nós, porque ali desembocava a estrada de Zebio, com a possibilidade de cercear as defesas do Forte Interrotto e onde os nossos inimigos montaram, nos dias seguintes, depósitos preciosos de água potável. A sua ação contínua e disruptiva lhes possibilitou entrar em Roana, em Canove, em Camporvere e, finalmente, também em Asiago, todas já esvaziadas de seus habitantes. Deixando as casas fumegantes, eles as haviam abandonado *in extremis*, transformando-se, assim, em dezenas de milhares, junto com os de Arsiero, do Médio Astico, do Val Posina e de Tonezza, os primeiros refugiados italianos do grande conflito (pois somente poucos os haviam precedido, sempre das mesmas zonas, na tardia primavera de 1915). Muitos deles, como nos contaram aqueles que conseguiram voltar ao Planalto muitos meses depois, foram ao encontro de um destino ainda mais triste e desafortunado, quando, uma vez impedidos de se instalar na planície vêneta por causa do afluxo incessante de tropas auxiliares vindas de Isonzo ou do Carso e inviabilizados por motivos de natureza logística, foram obrigados a se dispersar também fora da região e a se estabelecer de forma precária em lugares onde certamente não receberam uma acolhida festiva nem tão cordial.

Um novo grande exército, o quinto, foi improvisado pelas autoridades militares italianas em vista da possível ruptura do *front*, com tropas convocadas da frente do Isonzo, a partir dos dias 4 e 5 de junho, com reforços destinados a alimentar noite e dia a batalha decisiva de bloqueio, que se concluiu, na sua primeira fase, exatamente um mês após o começo daquela tragédia.

A partir do dia 18 de maio, chegaram em nosso socorro tropas provenientes de todos os cantos do país. Brigadas inteiras e mais de cem batalhões já empenhados na frente do Isonzo foram movidos às pressas com uma complexa operação logística que, pelo bem e pelo mal, alcançou seu objetivo. Do lado de Thiene, pela via de Tresché Conca e por Cesuna, e do lado do Valstagna e do canal do Brenta, pela via de Enego e Foza, vários soldados de infantaria autotransportados subiram como formigas as estradas militares. No dia anterior puseram-se a caminho para poder cobrir os 250 quilômetros entre a região do Friuli e o Planalto, como aconteceu, só para dar um exemplo do qual soube pouco tempo depois, ao batalhão de alpinos Monte Argentera. Este também vinha do Carso e já bastante enfraquecido desde a partida daquela frente. Através de Cividale, Udine, Treviso e Bassano, chegou ao Valstagna na manhã do dia 27 de maio, com suas companhias disciplinadas, porém dizimadas, guiadas por um comandante provisório e quase improvisado, o capitão Ersilio Michel. No dia seguinte prosseguiu para Foza, destinado a completar a constituição do homônimo Grupo Alpino e, no dia 29, ultrapassado Monte Fior e Monte Castelgomberto, juntou-se, em Melette di Gallio, aos batalhões Monviso e Val Maira, movendo-se depois para o monte Fiara. Perdida essa posição e estacionado com outras tropas como o Morbegno na linha Monte Fior-Monte Castelgomberto, já na manhã do dia 30, para opor resistência às infantarias adversárias que os pressionavam, o Argentera se reposicionava novamente, continuando o combate na cota 1653 do Monte Spil no último dia do mês, às vésperas de um ataque a ser realizado ao monte Ortigara, e que depois não aconteceu, enquanto a brigada Sassari se preparava para fazer o mesmo nas encostas do monte Zebio.

E termino aqui a crônica de um dos tantos conflitos que, até o fim do verão, ocorreram paralelamente aos nossos, que iam dos arredores de Gallio até o monte Mosciagh e o monte Interrotto, onde também fomos, com frequência, integrados pelos "complementares", ou seja, por soldados e oficiais que chegavam quase continuamente em nosso socorro e dos quais não sabíamos nada, a ponto de enterrarmos muitos deles sem sequer conhecer ou poder lembrar seus nomes.

Quase contemporaneamente foram organizadas algumas divisões de reserva, entre as quais uma chegou até a ser composta por soldados que estavam em serviço na Albânia e na Líbia. Porém, daqueles dias do fim de maio, a imagem que mais se fixou na memória dos que assistiram, como nós, à chegada dos reforços retirados do *front* oriental do Vêneto, foi a da fila interminável de carros e caminhões. Aproximavam-se às centenas das encostas pré-alpinas, criando um longo rastro de poeira e produzindo um barulho quase ensurdecedor. Como alguém observou, dos caminhões não desciam homens, mas moleiros, de tanta poeira branca que os cobria. Estavam todos acabados, quebrados da viagem e consumidos pela sede que os torturava e que mal conseguiam aplacar, socorridos pelas pessoas do lugar, antes de partirem novamente, depois de consumir uma ração fria de alimentos de reserva, ao longo da áspera subida em direção às montanhas.

Ali, sem trégua, eram jogados todos, soldados e oficiais, na fornalha da primeira linha, sobre um terreno desconhecido, em condições deploráveis, inconscientes de quais objetivos deveriam alcançar e sem o mínimo preparo psicológico, enquanto um turbilhão de fonogramas e de mensagens trocados com o heliógrafo entre oficiais e comandos procurava, de algum modo, dirigir e orientar a sua ação ou movimentos. Juntando-se a nós, foram esses, contudo, os protagonistas da prolongada batalha de bloqueio que se estendeu até a segunda metade de junho com um prolongamento não menos importante, que durou todo o mês seguinte. Entre eles havia também, vindo de Oslavia com seu regimento de granadeiros, Bepi Maestrello, de Legnago, que, graças aos apontamentos de seu diário, conservou uma memória muito precisa de todas as fases e de todas a emoções daqueles dias, de 20 de maio a 9 de junho. Antes a viagem de trem de Udine para Vicenza, passando por Conegliano, depois a chegada e a parada, depois de Bassano ("bela cidadezinha"), em Marostica, com a confusão incrível das tropas isontinas de partida para as montanhas ("... dizem que mais de oitocentos caminhões fazem o transporte das tropas para o alto das montanhas em direção ao *front*"), a subida de caminhão para o Planalto "correndo" de Thiene a Asiago (sessenta quilômetros percorridos com dificuldade "no meio de uma fumaça de poeira, levantada pela contínua passagem que nos pintou todos de branco, enquanto, levados a certa altitude, podíamos ver todos os pitorescos vilarejos na planície, dourados pelo sol nascente") e, finalmente, as primeiras boas-vindas em Asiago dadas pela artilharia inimiga, que, perto da estação, massacrou um grupo de bersaglieri ciclistas.

Até os primeiros dias de junho, Maestrello contava os dias de chuva e de batalha com todos os detalhes. A fuga precipitada dos últimos civis obrigados "a fazer suas malas e a fugir para a planície, deixando vinho, queijo e outro capital", as trincheiras improvisadas nos bosques pelos sapadores do seu regimento, que depois "foram todos feitos prisioneiros", o frio intenso das noites ao relento, os ataques contínuos e os bombardeios dos austríacos. Após uma série ininterrupta de combates ao longo de uma quinzena de dias, lembrava da retirada para Campiello – onde até o deputado socialista Leonida Bissolati empunhara um fuzil –, da cansativa descida a pé em direção à planície, e, por fim, da trégua sob as barracas e o merecido sono até o amanhecer, antes de nos dirigirmos ao ponto de concentração de Fara Vicentino, onde vimos que o regimento inteiro tinha metade da sua força, entre mortos, feridos e dispersos.

Também em todos os vilarejos do vale, que ficavam nos pés das montanhas, os efeitos da batalha eram evidentes. Em Pievebelvicino, aquele pároco que havia colocado as placas em alemão, dom Girolamo Bettanin, viu chegar, veteranos da retirada do Val d'Astico e da resistência que opuseram em monte Ciove, muitos alpinos vindos para serem restituídos a tropas frescas e, sobretudo, para gozar de um pouco de repouso. Afinal de contas, chegou a anotar, pertencentes a vários regimentos, mais de onze mil soldados, que fizeram surgir nos arredores uma espécie de novo vilarejo, três vezes maior do que o seu. Adegas e lojas foram tomadas de assalto, porque os alimentos eram escassos, e muitos militares andavam de casa em casa para encontrar qualquer coisa que pudesse integrar as refeições. Ocorreram pequenos roubos pela mesma razão, e alguém roubou do padre uns quarenta frangos e galinhas, mas ele não deu muita importância ao fato, comovido com as penosas condições dos soldados, quero dizer, aqueles que se salvaram dos pelotões que haviam sido dizimados pelo inimigo. No 69º Regimento de infantaria, que ali chegou da linha de combate, entre mortos e aprisionados, faltava à chamada em Pievebelvecino, ainda contando os feridos, algo em torno de 3.200 homens dos 3.800 que havia na origem.

Batalhões inteiros perderam quase completamente seus efetivos. Algumas brigadas, como a Salerno e a Lambro, foram praticamente anuladas em todos os seus quadros; outras, como a Ivrea, quase completamente destruídas. A primeira, para dizer a verdade, dizimada inclusive pelas nossas artilharias e pelos fuzilamentos de supostos desertores ordenados pelo coronel

Attilio Thermes; a segunda também foi mais do que dizimada, incluindo entre as vítimas uns vinte soldados da infantaria "fugitivos" e fuzilados na hora pela ordem do general Vittorio Fioroni: todos eles soldados italianos mortos não somente pelos austríacos.

Os da brigada Alessandria, levados à noite para as trincheiras por uma maciça fileira de veículos que subiam a uma boa velocidade para ganhar tempo, após uma viagem de quarenta horas, não tiveram melhor sorte, e com frequência o mesmo caminhão que os havia levado até ali tinha de transportá-los lá para baixo, na planície, feridos ou moribundos, poucas horas depois de sua chegada.

Não faltaram gestos indubitáveis de heroísmo, rendições previsíveis ou por necessidade, fuzilamentos sumários de espiões e desertores, supostos ou verdadeiros, dispersões, como aquela que custou ao 14º Bersaglieri uma dura repressão no campo de batalha e o fuzilamento de soldados e militares de todas as patentes, assim como não foi possível evitar a captura de muitos milhares de homens, levados pelo inimigo para campos de prisioneiros de guerra onde não teriam encontrado condições melhores do que nas trincheiras, e de onde muitos, abandonados pelo governo e pelos altos comandos, não teriam mais voltado, morrendo ali de fome e de doenças.

No fim de julho, o balanço que foi possível fazer, e sobre o qual algum número chegou à imprensa até no Brasil, foi de cerca de 150 mil baixas, das quais um terço era constituído por prisioneiros. Comparados com os números dos ataques em massa na frente do Isonzo, e com as perdas certamente menores dos austríacos, as vítimas dessa contabilidade macabra poderiam até não parecer tantas assim. O exército real, ainda considerando os rios de sangue derramado e os muitos danos sofridos, considerou o resultado positivo. Mas essa consideração só poderia ser feita por quem não tivesse passado por aquele acúmulo de sofrimentos e de horrores e não tivesse sofrido na própria pele esse massacre. Muito se discutiu, entre os oficiais de alto escalão, até com reticências e embaraço, sobre um providencial fator externo que desde o início de junho teria concorrido para contrastar a ameaça maior, induzindo o inimigo a interromper a sua tentativa de avanço. De fato, a frente estabilizou do dia 16 de junho em diante, ao longo de uma linha menos favorável para o nosso exército, porém mais defensável, que ia do Pasubio ao Val Posina, do Cimone ao Val d'Astico, do Val d'Assa (até Roana) ao Mosciagh e ao Zebio e, finalmente, até Colombara e o monte Ortigara.

O pior, ou seja, o perigo de uma invasão, havia passado, mas não foi fácil. Assim, também entre nós se difundiu com compreensível satisfação a notícia daquele tal fator externo, de que, no dia quatro de junho, as tropas do czar, lideradas pelo general Brusilov (quase o equivalente de Cadorna, que, aliás, parecia que lhe havia solicitado isso), haviam desencadeado contra os austríacos uma grande ofensiva da Bielorússia à Bucovina, num arco de cerca de quinhentos quilômetros. Até na frente de Gorizia, sobre o monte San Michele, o inimigo ficou perplexo, sem entender, e atirou com os canhões quando gritos de hurras acolheram a notícia da iniciativa russa que se espalhou feito rastro de pólvora entre as nossas trincheiras, assim como acontecia nos torneios de futebol de várzea, quando se espalhava a notícia de que no campo vizinho um time concorrente ou estava perdendo ou passava por apuros. Querendo ou não, os austríacos se encontravam na absoluta necessidade de convocar e retirar da frente italiana divisões inteiras, sofrendo ali no leste, apesar disso, a mais destruidora de suas derrotas, com mais de um milhão de mortos, feridos ou dispersos, e cerca de quatrocentos mil soldados e oficiais prisioneiros. Entre eles, não foram poucos os trentinos, arrolados como Kaiserjäger ou Landesschützen nos exércitos austro-húngaros, e sobre os quais, dali a pouco, ou seja, passado o verão, teríamos oportunidade de recolher notícias curiosas e singulares.

No momento, porém, a notícia que deixou a muitos sem fôlego, e a mim em particular, foi a da captura, no dia 10 de julho, no monte Corno em Vallarsa, de Cesare Battisti e, dois dias depois, de seu enforcamento e o de Fabio Filzi no fosso do castelo do Buonconsiglio, em Trento. Soubemos disso pelos telegramas da infantaria e pela imprensa, ou melhor, por uma gravura de Beltrame e pelos artigos da Domenica del Corriere. Foi um golpe duríssimo para quem, como eu, admirava esse homem excepcional, não podendo considerá-lo – como faziam legitimamente, do seu ponto de vista, os austríacos – um desertor, mas sim o campeão do nosso irredentismo. Battisti, como aprendi pelo Fanfulla, era refugiado na Itália desde 1914, e foi vigorosamente a favor da intervenção italiana na guerra, mas às palavras ele fez seguir os atos, alistando-se como voluntário nos alpinos do batalhão Edolo e depois do Vicenza, do qual liderava a segunda companhia, quando foi capturado pelos austríacos e quase imediatamente reconhecido por um alferes trentino, Alfio Franceschini. Sua condenação ao enforcamento e sua morte corajosa foram logo apresentadas pela imprensa, mas também lamentadas por muitos, como prova de um martírio que talvez ele mesmo quisesse que assim o fosse. De qualquer forma, magoaram profundamente os admiradores com que Battisti contava na nossa pequena unidade.

A ideia de que os austríacos não estivessem completamente errados em julgar Battisti um renegado e, pior ainda, um traidor circulou de forma nem tão esporádica entre as fileiras italianas, e entrou mais tarde no conjunto de acusações que, para alguns, significou anos e anos de prisão militar.

Diga-se de passagem: os austríacos, e até os nossos aliados ingleses e franceses, fuzilavam sem arrependimentos, com o objetivo de dar um exemplo ou de preservar a disciplina, mas muito menos do que nós. Contudo, em relação à questão de Battisti "traído" por um trentino, como o alferes que o havia denunciado e que foi considerado pelos italianos um renegado, o nosso debate permaneceu mais do que aberto. Procuramos em vão que Zadra e Antonelli, eles que eram de Rovereto e até tinham estudado, nos dessem alguma explicação sobre o porquê de ter sido justamente um da sua própria terra a entregar o pobre Battisti.

Nasceu uma longa discussão a respeito, durante a qual focamos apenas alguns aspectos de um problema intrigante e que poderíamos ter resolvido rapidamente ao resumir em números o total de soldados italianos irredentos em serviço. Desses, menos de mil haviam optado pelo alistamento no exército italiano, tornando-se desertores para o império, enquanto a grande maioria, mais de cinquenta mil, foi combater, às vezes a contragosto, nas fileiras do exército austro-húngaro na Galícia e nos montes Cárpatos. Entre estes, a maior parte camponeses, era normal que prevalecesse uma profunda estranheza e até certa hostilidade em relação ao serviço militar e à guerra. Contra a conscrição, há décadas giravam no Trentino cançonetas do tipo daquela tão divertida, pelos jogos de palavras sobre a "guerra" e as "transas" diversas que esperavam homens e mulheres, que o sargento Rasera e Michele Toss cantaram em coro para nós, contra "o porco daquele médico" que foi a "ruína" do pobre conscrito trentino que ele considerou "taublich", ou seja, hábil e alistável.

Era um fato que entre a população rural houvesse, aqui e ali, já durante o tempo de paz, humores anti-italianos e distanciamento dos senhores das cidades, sobretudo de Riva, Rovereto e Trento, os quais, ao contrário, se sentiam plenamente italianos no coração, não somente pela língua e pela cultura. Mas era um fato não imputável somente ao austrismo dos católicos, que viviam em massa nas áreas rurais, ou eram simpatizantes do partido popular de De Gasperi, mas era um fato "natural", porque excluía, na verdade, um amor de pátria espontaneamente austríaco. E, de fato, a fidelidade ao velho imperador, nem sempre firme e segura, mas ao mesmo tempo difusa, não bastava para substituir a ausência daquele patriotismo.

No exterior, inclusive no Brasil, as proporções e preocupações eram quase as mesmas, embora eu tivesse a impressão de que entre os imigrantes trentinos em São Paulo prevalecessem os austristas.

Quando a guerra tinha acabado de estourar e os nossos haviam ocupado Storo ou Cortina d'Ampezzo, assim como diversos vilarejos do Friuli, de Grado a Cervignano, encontraram poucas pessoas dispostas a festejá-los ou a pelo menos cumprimentá-los, ao ponto de uma parte da população, como alguns padres, ter sido internada em outros lugares, e não poucos foram os que sofreram violências e vexações por parte dos "libertadores". Talvez só no interior das casas eles se perguntassem o que mais poderia acontecer à ordem garantida até pouco tempo atrás pelo velho imperador e destruída agora pela guerra. Do exterior, alguém que talvez não representasse a maioria dos imigrantes trentinos, mas que, contudo, ali vivia, podia até ousar escrever, como o fez, em junho de 1915, Floriano Angeli (nascido em 1883), do Idaho ou do Wyoming, recomendando aos parentes que ficaram em Cloz, no Val di Non: "Ouvi dizer que até aquela nojenta da Itália vai fazer guerra, o que eu já sabia até demais, mas, se os italianos forem para essas bandas, vendam tudo e fujam para a Suíça". Em meados de março de 1915, o seu irmão Beniamino, nascido em 1888, havia se queixado porque, devido à guerra, na América chegavam "somente os alimentos mais caros", acrescentando logo em seguida: "mas estamos melhor aqui, trabalhando pouco, do que naqueles sujos países a se matar uns aos outros". O terceiro irmão, Giuseppe, nascido em 1890, teve um destino diferente, completamente oposto: ele foi o único da família que manifestou uma adesão explícita à causa da Áustria. Alistado há muito tempo e egresso de duros combates onde já havia sido ferido, no dia 6 de novembro de 1916, antes de voltar para o *front* na Rússia, assim escrevia aos pais:

> Caríssimos,
>
> Venho por meio desta informar-lhes que hoje é o dia da minha partida para a Rússia, e isso não me causa sofrimento algum, pois me confessei e me coloquei nas mãos de Nossa Senhora, como todos os outros recebi as bençãos do Bispo (...) Sim, é verdade que eu vou, mas espera-se obter a vitória (...) e se acontecer de morrer, morreremos para a pátria no meio das bandeiras austríacas, e nós combateremos até o último sangue. Por ora, deixo-os, mas não com o coração, e ao mesmo tempo espero que vocês também assim me deixem.

Não foram raros os casos como o da família Angeli, em que um irmão foi combater para a Áustria, um para a Itália, e um terceiro, tempos depois, para os Estados Unidos, todos alistados à força, enquanto outro irmão ainda se recusou a voltar, ficando na América. Ao contrário, houve também quem, como aconteceu com Alessio Menapace, de Tuenno, ao voltar para a terra natal no verão de 1914 a fim de visitar os parentes, completamente ignaro do que acontecia, teria sido alistado no exército imperial e jogado aqui e ali, da Galícia à frente italiana, e novamente para a oriental, recebendo em troca muita coisa para contar. Por outro lado, precisamos considerar, como Antonelli e Zadra nos fizeram notar, que a maior parte daqueles que no dia 7 de agosto de 1914 pegaram o caminho de trem para a frente galiciana, deixando a sua "bela Trento", não parecia muito entusiasta da Áustria, e menos ainda da guerra, limitando-se a afirmar, na ocasião, sua identidade de montanheses. Marino Galbusera, que foi ao Trentino para adquirir grãos, por uma fatalidade estava presente naquele dia na estação, na companhia de Anna Menestrina, confirmou tudo e aumentou a dose. A cidade inteira estava lá, disse, na presença do príncipe bispo, do comandante do distrito militar, do conselho do governo completo, e não para experimentar emoções particulares ou, pior, por uma curiosidade mórbida, mas sim para se despedir de coração dos "valorosos filhos dos nossos Alpes". E os que estavam partindo, por sua vez, enquanto a banda municipal tocava e tocava mais o hino de Trento do que o hino popular do imperador, despediram-se entoando, sobretudo, os cantos dos conscritos da época do *Risorgimento*, em italiano, como "L'addio del volontario" ou "Il fischio del vapore", que Antonelli cantou para nós, para termos uma ideia.

| | |
|---|---|
| Addio mia bella addio | Adeus, minha bela, adeus |
| Il cuore mio lascio a te | Meu coração deixo a você |
| Per la mia patria vado a pugnare | Por minha pátria vou combater |
| Son militare servo il re | Sou militar e sirvo o rei |

ou

| | |
|---|---|
| Al fischio del vapore | No assobio do vapor |
| La partenza del mio amore | A partida do meu amor |
| Addio bela addio cara | Adeus bela, adeus querida |
| E io adesso devo partir. | Agora eu devo partir. |

Segundo o que me contou Bagatta, o mesmo que havia se alistado por sofrimentos de amor, até no Brasil a confusão linguística e musical ia na mesma direção, e como não haviam faltado no passado os cantos antigaribaldinos sobre árias do *Risorgimento* entre os trentinos de Piracicaba, a guerra havia suscitado uns novos, como o "Golpe de Canhão" (em dialeto, "El colp de canòn"), seguindo as melodias dos nossos *bombacé*, onde se misturavam as ameaças à Itália com invectivas e zombarias.

| | |
|---|---|
| Fora fora, talianóti | Fora fora, italianotos |
| Paura non abiamo | Medo nós não temos |
| Co la forza del cortelo | Com a força da faca |
| La pace noi faciamo | A paz nós fazemos |
| | |
| Bim, bom, bom | Bim, bom, bom, |
| El colp de canòn | O golpe de canhão |
| | |
| Garibaldi l'è n'inferno | Garibaldi está no inferno |
| Vitorio ancor pu fondo | Vitório mais no fundo |
| Francesco per el mondo | Francisco para o mundo |
| El faremo encoronar | Nós faremos coroar |
| | |
| La nostra è giala e nera | A nossa amarela e negra |
| Austriaca bandiera | Austríaca bandeira |
| Austriaca bandiera | Austríaca bandeira |
| Faremo ventolare. | Faremos brandir. |

Era muito complicado entender, portanto, qual era a pátria e quem eram os patrícios. Se, desse modo, uma confusão reinava na nossa cabeça, tenham pena de nós. Porém, é preciso reconhecer que esse era talvez o espelho de uma realidade sobre a qual a guerra havia chegado como um terremoto, gerando e dispersando, compondo e decompondo uma miríade de comportamentos e reações diferentes, que em boa parte fugiam das lógicas rígidas da propaganda e das convicções amadurecidas por cada um com o passar do tempo. E nas noites em que falávamos disso, não conhecíamos senão uma parte pequena daquela realidade. Ela se tornava visível de forma retumbante quando nas trincheiras se travavam diálogos surpreendentes e até surreais entre os combatentes de vilarejos limítrofes, alistados sob diversas e opostas bandeiras, tornando-os novamente "amigos ao invés de inimigos", como aconteceu ao pedreiro trentino do Val di Fiemme, Eugenio Mich, que entre a Marmolada e o Vernel, chegado a uma distância de poucos passos dos inimigos, ouviu um deles perguntar-lhe de onde era, logo respondendo "então somos quase do mesmo vilarejo, pois eu sou de Cencenighe". Outro, Albino Soratroi, feito prisioneiro pelos nossos no passo Bois em outubro de 1916 e inquirido pelo tenente, confessava ser originário de Livinallongo, de modo a despertar certa confusão entre os alpinos presentes; alguém disse: "veja só, eu sou de Laste", e outro, "eu sou da Rocia", porque realmente eram todos de vilarejos próximos uns dos outros, porém divididos por uma barreira natural, o riacho Cordevole.

De todo modo, essas poderiam parecer a qualquer um situações excepcionais em relação àquelas em que a barreira era um credo político ou a voz da consciência, a tutela dos próprios interesses ou algum outro impedimento, mais ou menos grave. Se, por exemplo, viemos em tão poucos do Brasil para nos alistar no exército real, cerca de quinze mil de centenas de milhares de italianos e ítalo-descendentes em idade para serem convocados, o que eu deveria ter pensado? O que aconteceu alguns meses depois dos enforcamentos no Castelo do Buonconsiglio ao irmão de Fabio Filzi, Fausto, nos iluminaria ou nos confundiria mais ainda?

Fausto, nascido em Capodistria em 1891 e levado para Rovereto no ano seguinte pela família, quando a guerra estourou se encontrava na Argentina havia uns poucos anos, trabalhando em uma importante casa comercial, a Facchinetti. Tinha migrado ao Prata para fugir das consequências de um duelo em que, parece, havia ferido um guarda austríaco, talvez rival no amor, mas nem havia sonhado em partir de lá, como fizeram quase quinze mil imigrantes italianos ou ítalo-descendentes, entre os quais os irmãos Peretti, com quem de vez em quando ainda me correspondia e que seguiram a sua história de perto, para depois contá-la a mim também, porque o haviam conhecido pessoalmente em Buenos Aires, na empresa do pai.

Fausto era um jovem alegre e extrovertido, amante das mulheres e da música, mas o fato de ser indubitavelmente um *bon vivant* ou que tocasse muito bem o violão não deveria ter impedido ao seu espírito rebelde de se manifestar no momento certo através do patriotismo. Além de Fabio, Fausto tinha mais dois irmãos, ambos servindo no exército, mas, ainda que forçosamente, no lado dos austríacos: Mario, o mais velho, que havia sido professor em Kufstein e em Pola, partiu com 31 anos, em 1914, para a frente russa, e Ezio, de 1888, alistado ele também na artilharia e enviado a combater na frente trentina. Sem dúvida, como ele mesmo escreveu aos amigos durante a travessia de navio, Fausto era animado por sentimentos patrióticos, mas, sobretudo, pelo desejo mais do que compreensível de vingar o irmão morto pelos austríacos. Era por isso que resolveu partir "atrasado" de Buenos Aires, onde vivia muito bem. Não tendo conseguido entrar no corpo dos alpinos, tornou-se assim artilheiro e foi logo promovido a subtenente: morreu no dia 8 de junho de 1917, nos bosques do monte Zebio, desintegrado pela explosão de uma granada que nem permitiu recuperar os seus pobres restos.

Menos famosos do que ele, houve outros que se alistaram como voluntários por vingança familiar ou represália privada, indo da América para a Itália sem sequer deixar rastros na história menor da Grande Guerra, como foi o caso do reservista Bramante Antonetti, que decidiu deixar São Paulo somente após a morte do seu irmão Busiride na batalha pela tomada de Gorizia. Já esses nomes tão bizarros seriam suficientes para garantir a ambos um lugar de renome no futuro mausoléu italiano do Araçá!

Capítulo 11

## *Da tomada de Gorizia a setembro de 1916*

⌒

O entrincheiramento dos austríacos ao longo de uma linha mais favorável desde meados de junho, apesar do nosso contra-ataque bem-sucedido, e a estabilização da situação na frente dos Planaltos puseram um fim, em julho, à tentativa austríaca de fazer com a Itália o que havia conseguido com a Sérvia. Em alto verão, o nosso exército tentou obter, sob a liderança de Cadorna, uma vistosa revanche e assumir a iniciativa, conquistando, nos primeiros dias de agosto, a simbólica cidade de Gorizia. Naturalmente, nós acompanhamos de longe a batalha na frente oriental do Friuli, que levou pela primeira vez o exército italiano e seus aliados a uma vitória indubitável, mas a vitória, como sempre, foi cara, pois em uma semana, como soubemos pela imprensa, custou a vida de cerca de vinte mil soldados nossos (e nove mil austríacos), com uma baixa total, entre mortos, feridos, dispersos e prisioneiros, de quase cem mil homens de ambos os lados. Ali perdeu a vida um ítalo-descendente de Campinas, Nazzareno Passerini, que eu havia conhecido no navio exatamente um ano antes. Pelos jornais, soubemos juntos, e com certo arrepio, o que havia acontecido já no fim de junho em alguns lugares onde também a nossa unidade havia sido empregada. Talvez mais do que a tomada de Gorizia, impressionou-nos na época a estreia de uma nova técnica supermoderna de combate, o uso dos gases asfixiantes, mas também de um espantoso conjunto de armas quase medievais, como as tremendas clavas, entre San Martino e o monte San Michele, cujas encostas muitos de nós haviam subido e das quais bem nos lembrávamos.

Na espera de obter o turno completo de descanso depois de três meses passados inteiramente na linha de frente e que, considerando os parênteses da semana transcorrida em Caltrano, já haviam se tornado cinco, retomei com força e mais regularidade a escrita, recomeçando a enviar aos correspondentes de sempre, na Itália e no Brasil, longas cartas que foram recebidas em poucas semanas. Dava-me prazer e serenidade poder continuar o meu diálogo a distância com os familiares e com as moças, mas também com os amigos e os camaradas, eles também tomados pelo conflito. Parentes e conhecidos que eu tinha no Brasil substituíam, vez ou outra, com suas narrativas epistolares os jornais que não chegavam e que, segundo minha mãe, me eram enviados com regularidade. Quem sabe a censura não funcionasse ao inverso, vendo quantas vezes, especialmente no *Fanfulla*, apareciam matérias que incorporavam cartas do *front* em que os remetentes abusavam dos sentimentos patrióticos, mas às vezes com pontas de tímido ceticismo, o que me fez pensar que talvez se soubesse mais da guerra no Brasil do que na Itália e no setor de operação militar. Mas isso talvez fosse verdadeiro só em linhas gerais, e não no que se referia às condições reais de quem estava sustentando todo o peso e todos os horrores da guerra. Enquanto aos patrícios imigrados essa imprensa dava, tirando-as dos diários italianos, uma infinidade de indicações sobre atos de coragem, sobre a mobilização civil, sobre a solidariedade dos italianos no exterior, ou, coisa que nós não poderíamos saber, sobre as estratégias dos países e exércitos envolvidos na guerra (que o *Fanfulla* pinçava das reportagens dos jornais estrangeiros, sobretudo ingleses e franceses, mas também alemães), ela era pródiga de notícias sobre a minha São Paulo, da qual me chegavam ecos desfocados e cada vez mais distantes. Quanta saudade!

Às vezes eram fatos do dia a dia, eles também de certa forma ligados à guerra: o pequeno jornaleiro agredido na rua por ter anunciado alguma vitória italiana, os embates entre brasileiros, italianos e russos com os teuto-brasileiros nas praças das cidades de Santa Catarina e do Rio Grande do Sul, as inflamadas polêmicas com os jornais alemães, como o *Diario Alemão*, ou contra os frades pró-alemães do *La Squilla*, e assim por diante. Porém, mais frequentemente, tratava-se de acontecimentos menores, que, para mim, de qualquer forma, eram muito interessantes.

Num certo momento, apesar da fragmentariedade e descontinuidade com as quais estava sendo servido, sabia, porém, quase tudo dos comitês Pró-Pátria e das iniciativas de boicote por parte da Câmara Italiana de Comércio de São Paulo das empresas austríacas e alemãs, da coleta de fundos para comprar os fogareiros e roupas de lã destinados para o nosso exército, das atividades da Cruz Vermelha e das contribuições regulares que até os operários do conde Matarazzo eram obrigados a fazer.

Mas, acima de tudo, podia ter uma ideia da vida cotidiana, de como ela continuava a se desenvolver do outro lado do Atlântico. Lendo dos sucessos do Palestra Italia no campeonato paulista contra o Mackenzie ou contra o Ypiranga, quase chegava a chorar de comoção, mas procurava informar-me também do andamento da guerra do Contestado (que, de fato, chegou a uma conclusão, depois de quatro anos de batalhas, em agosto, mas que havia rumores de que, ao final, os alemães de Santa Catarina tinham dado armas aos jagunços e caboclos) ou, por fim, como ia, infelizmente, se agravando a crise econômica, cada vez mais inquietante.

Tanto as cartas quanto os jornais ítalo-brasileiros permitiam que eu me atualizasse, ainda que com muitas lacunas e atrasos. Foi assim que soube, somente três meses depois, que em março, talvez nos mesmos dias em que eu também havia passado por lá, tinha ido a Verona um dos pioneiros da emigração italiana ao Brasil, o industrial da massa Enrico Secchi.

Deixando o Brás, ele foi até lá para visitar em Campofiore um dos irmãos, Roberto, e os sobrinhos, esperando encontrar pelo menos um deles. O irmão estava ali, mas gravemente enfermo, moribundo, enquanto os filhos estavam em Turim, frequentando o curso de oficiais. Outro italiano com passado paulista que de boa vontade teria hospedado Secchi em Verona e que tinha uma postura muito patriótica, Pietro Dall'Acqua, faltou ao encontro com o amigo, porque ele também se encontrava no *front*, e mais tarde se queixou por carta de não ter conseguido receber diretamente de Secchi "o beijo" da sua "bela, grande e sempre querida pauliceia, da qual" – dizia – "sentiria saudade se não soubesse que estava aqui para cumprir o maior e mais santo dos deveres para com a nossa Pátria".

Quando, ainda emocionado, eu dizia aos meus camaradas coisas desse tipo, eles me olhavam como se olha para um louco, e Mirco me chamava até de *mona* (idiota), mas naquele caso do Secchi eu os fiz mudar de opinião, contando-lhes a história inteira e realmente aventurosa desse homem que era tudo, menos ordinário. Em uma das noites de calmaria, em vez de jogar baralho ou morra, como era de costume, aproveitando que Mirco havia consertado uma velha sanfona recuperada sei lá de onde e começado a tocá-la, esforcei-me para montar essa história, à moda dos repentistas, com o fundo musical que ele fez para mim.

Em 1873, Enrico Secchi era professor primário em Concordia sulla Secchia, na província de Módena, e foi assim agregado a uma das primeiras emigrações de camponeses do vale do rio Pó para o Brasil por uma cantora lírica sua conterrânea, que no Rio de Janeiro havia se tornado amiga pessoal da imperatriz e do marido, Dom Pedro II. Chamava-se Clementina Tavernari, de Concordia, viúva do famoso musicista Malavasi, e que, farejando negócios, havia voltado à Itália no fim de 1874 e conseguido recrutar uma centena de famílias de lavradores emilianos, vênetos e mantuanos, explorando as primeiras leis brasileiras sobre a colonização agrária, para ganhar um bom dinheiro com a comissão. Havia escolhido como secretário o jovem Secchi, na época ainda com menos de vinte anos, convencendo-o a embarcar no veleiro que nos primeiros dias de janeiro de 1875 zarpou de Gênova para a América; ali chegando, os emigrantes não encontraram mais a promotora da iniciativa, que tinha morrido de febre amarela um dia depois de desembarcar do navio a vapor que os precedeu. Sem referências, esses coitados, que deveriam se dirigir ao sul do país, tiveram a sorte de serem socorridos pelos dois soberanos, que convidaram à corte, no palácio de Petrópolis, o jovem professor, encarregando-o de continuar a desenvolver sua atividade de faz-tudo dessa migração. Dom Pedro assegurou logo para os imigrantes o estabelecimento na colônia do governo em Porto Real, entre Rezende e Volta Redonda, no vale do Paraíba, quase na divisa entre as províncias do Rio e de São Paulo. Tornando-se íntimo de suas majestades, Enrico, após ter se casado com uma das duas órfãs de Tavernari, iniciou uma carreira brilhante de administrador, ligado à embaixada italiana em Petrópolis. Em meados dos anos 1880, despediu-se de seus conterrâneos e começou a se dedicar à gestão por conta de terceiros de algumas fazendas em Minas, e, de lá, dez anos depois, mudou-se para São Paulo a fim de abrir uma firma própria de produção de massas, que se tornou logo uma das maiores do Brasil. Há alguns anos havia deixado a direção da fábrica e das lojas aos filhos e viajava com frequência entre a Itália e o Brasil, sendo agora – eu enfatizei na minha narrativa – muito rico.

Todos gostaram da história, e a noitada continuou com as músicas que, dessa vez, felizmente, não se referiam somente a cenários ou contextos amorosos e de guerra, mas justamente às vicissitudes da imigração, que muitos ali conheciam pessoalmente, e que eu achei bonito evocar. Davide Mariotti e Manlio Mirri aproveitaram o acompanhamento de Mirco para cantar uma can-

**Capítulo 11** *Da tomada de Gorizia a setembro de 1916* **229**

ção toscana que vinte anos antes circulava pelos campos de Stia e do Casentino:

| | |
|---|---|
| Italia bella, mostrati gentile | Itália bela, mostra-te gentil |
| e i figli tuoi non li abbandonare, | Os filhos teus não abandones, |
| sennò ne vanno tutti ni' Brasile | Senão irão todos para o Brasil |
| e 'un si ricordon più di ritornare | E não se lembrarão mais de voltar |
| | |
| Ancor qua ci sarebbe da lavorà, | Aqui ainda haveria onde trabalhar |
| senza stà in America a emigrà. | Sem precisar para a América emigrar. |
| | |
| Il secolo presente qui ci lascia, | O século presente aqui nos deixa |
| i' millenovecento s'avvicina; | O século XX se aproxima |
| la fame ci han dipinto sulla faccia | A fome foi estampada na nossa cara, |
| e per guarilla 'un c'è la medicina. | E para curá-la não há remédio |
| | |
| Ogni po' noi si sente dire: I vo | Continuamente ouvimos dizer: eu |
| là dov'è la raccolta del caffè | vou lá aonde há a colheita do café. |

Alguém, embora não fosse exatamente o meu caso, lembrou de voltar para a Itália, mas quantos ítalo-brasileiros sofriam agora de saudade do Brasil, assim como eu?

Veio então o tempo do revezamento, e o mês de descanso que nos esperava começou no fim de agosto, quando descemos finalmente para a planície e fomos todos com satisfação para Vicenza, onde alguns da nossa companhia que eram daquela província ou até daquela cidade poderiam aproveitar a proximidade de parentes e familiares. Para eles, tratava-se, no mínimo, de uma conquista mais importante que a de Gorizia.

Achei Vicenza ainda meio de ponta-cabeça, ligeiramente modificada pelos acontecimentos dramáticos que, de maio a julho, a transformaram em uma das capitais da guerra italiana, com Cadorna e Pecori Giraldi instalados em Monte Berico, o primeiro na luxuosa mansão Villa Camerini, com um séquito notável de militares de alta patente (ou de luxo). A avenida Príncipe Umberto havia se transformado num bivaque; a piscina municipal de Ponte Pusterla, em um grande balneário público para a tropa; o Campo Marzo, como já era antigamente na época da república de Veneza, em uma praça de armas; e todos os subúrbios, em quartéis, sendo que o nosso ficou fora de Porta San Bortolo.

Trizza e Ferranti, que foram meus alunos de datilografia, tiveram sorte e trabalhavam agora sob as ordens de Pecori Giraldi, e mais ainda às dependências do futuro comandante da VI Armada, o general Ettore Mambretti, bom estrategista, o qual os soldados diziam dar azar, ao ponto de tocarem as partes íntimas para espantar o mau olhado quando o viam passar. Ambos se alegraram ao me ver, e só faltava ali o Emilio Vecchi, que nesse tempo havia obtido para si uma licença daquelas longas, que transcorria em Sanzván. Disseram que em quinze dias o teria reencontrado voltando de casa, talvez trazendo consigo muitas delícias da sua terra que a mulher Bianca sabia cozinhar, o que tantas vezes ele havia elogiado na nossa frente.

Falando de licenças e das tragédias que até nos momentos de maior tranquilidade a guerra e em geral o serviço militar podem causar, é preciso dizer que o meu período de repouso em Vicenza não começou da maneira mais feliz e, pelo contrário, foi atropelado por uma desgraça paradoxal. É verdade que fui promovido exatamente naquela época, passando para a patente de terceiro sargento, mas é também verdade que não perdi tempo, indo visitar, antes de tudo, Ninetta, de Porta Padova, que me acolheu muito bem, desde que eu também lhe retribuísse a entusiástica acolhida, como Mirco havia dito. Ele, casado e com dois filhos pequenos, era da opinião de que deveria ficar bem atento, porque bastava pouco para ela ficar grávida, e tinha razão, visto que só em Vicenza, lá pelo fim de 1918, alguém fez a conta das crianças ditas ilegítimas, nascidas fora do casamento, cujo número em menos de quatro anos teria triplicado. Nina, porém, tinha suas precauções, e não era somente uma bela moça, mas uma jovem muito inteligente, com ideias próprias. Havia tentado se tornar professora primária, mas, sendo de família muito pobre, foi obrigada a interromper os estudos e passou a ser inspetora de escola, continuando, porém, a ler livros e jornais por conta própria. Além da indiscutível beleza, o que me fascinava era o que dizia e o que pensava. Autodidata, era uma mulher informada e profundamente católica, ou seja, disposta a tomar para si algumas liberdades das quais depois, catolicamente, poderia se arrepender, confessando-se na igreja. Contudo, teria encontrado muito mais dificuldade em obter a absolvição do padre por outras estranhezas do seu comportamento, como a ajuda que dava, dentro do limite de sua disponibilidade, na minúscula redação familiar da religiosíssima e beata Elisa Salerno. Essa senhorinha há diversos anos publicava e dirigia uma revista distribuída em toda a Itália do norte, *La donna e il lavoro* (*A mulher e o trabalho*), que era, sim, de inspiração católica, porém concebida como instrumento de uma luta singular de emancipação feminina e contra a misoginia da Igreja.

No ano seguinte, diretora e jornal foram banidos pela imprensa católica e, aliás, excomungados pelo bispo, certamente não por causa de um escasso patriotismo. Mas tudo isso não teria abalado de forma alguma o entusiasmo para outras batalhas, diferentes das nossas de soldados, e, porém, importantes, nas quais Nina havia embarcado e das quais me falava com fervor. Era realmente estranho aquele mundo católico atravessado, até em tempos de guerra, por inquietudes e tensões que certas vezes eu tinha dificuldade de entender. De qualquer forma, muito mais do que as quimeras do feminismo cristão, foram outros os acontecimentos que marcaram o período de repouso que havia apenas iniciado, com o risco de destruir a serenidade, modesta e provisória, que aparentemente estava ao alcance na intimidade.

Estávamos no começo da vindima, em setembro, que em qualquer parte da Itália é um dos meses mais belos. Também em Vicenza, setembro havia começado bem, se não fosse por causa da vindima, que era iminente também na região das Marcas. Era de lá que vinham Bartolucci e Cingolani, este um novo oficial aspirante, originário de Cingoli, na província de Macerata. Bartolucci, um camponês ruivo, introvertido e de poucas palavras, estava longe de casa desde que se alistara, havia mais de um ano. Sequer havia obtido uma licença que fosse, e estava agitado há algumas semanas para obter agora uma de longa duração, para socorrer os pais nos trabalhos agrícolas. O pai, meeiro idoso, tinha uns lotes nas colinas perto de Jesi, que cultivava com a ajuda daquele único filho, enquanto a mãe, gravemente doente, estava impossibilitada. O período da vindima estava chegando novamente naqueles campos que asseguravam para a sua família, junto com a produção de um pouco de azeite, a principal fonte de renda. Bartolucci havia apresentado o pedido de licença diversas vezes, antes com a ajuda de dois *bersaglieri* conterrâneos, Sergio Martellini e Amoreno Bugiardini, e depois pedindo diretamente a minha ajuda, que, pela minha função de furriel, me empenhei muito com os superiores para lhe fazer obter essa bendita licença especial de vinte dias. Ao ver que a tão esperada licença para os trabalhos agrícolas nunca chegava, ficou deprimido e começava a enlouquecer, assinalando o seu desespero com comportamentos que preocuparam e inquietaram a todos nós. Alguns *bersaglieri* da companhia de comando com os quais compartilhávamos os alojamentos no quartel de Vicenza cuidaram particularmente dele e do seu caso. Eram dois sardos, Spano e Nieddu, e um pulhês de 27 anos, Carmine Lorusso, que havia voltado da Suíça para participar da guerra, e ali deixado pelos pais, na cidade de Basileia. Com a ajuda deles, falando entre dentes ao Ricciardini, tínhamos conseguido evitar que fossem designadas a Bartolucci tarefas extras, pesadas demais, poupando-o das corveias e especialmente das guardas. Ricciardini nos escutou porque era um oficial bom, daqueles que sabiam ganhar a confiança dos homens sob o seu comando. Sem paternalismo e até dissolvendo a camaradagem dos soldados, ele representava, de certa forma, o elo entre eles e os altos e misteriosos comandos e, às vezes, a própria população civil. Mas o destino quis que, em uma noite de agosto, difícil de esquecer, o novo tenente, ele também das Marcas, o tal Cingolani, de Cingoli, entrasse no lugar de Ricciardini na função de oficial de piquete e ordenasse a Bertolucci que montasse a guarda. O que ele fez, obedecendo, taciturno e, aliás, mais silencioso do que de hábito, embora eu e seus amigos tivéssemos sinalizado e até levantado a voz para convencer o oficial a exonerá-lo desse tipo de serviço. Cingolani, o exato contrário de Ricciardini, era o verdadeiro tipo desdenhoso e, no fundo, carrasco.

– Senhor tenente – eu disse –, desculpe se ouso, mas, em nome de toda a nossa equipe, gostaria de fazer-lhe notar que já faz duas semanas que seu colega Ricciardini dispôs-se a ficar de olho em Bartolucci e não mandá-lo fazer a guarda. Ele não está nada bem, quero dizer, não está bem da cabeça, por causa daquela licença que não lhe concedem, e temos medo de que possa cometer algum ato despropositado.

A sua resposta não me deixou alternativas.

– Você, Cravinho – disse gélido, olhando-me atravessado –, trate somente de fazer bem seu trabalho de furriel e nunca mais ouse dirigir-me a palavra de modo tão inconveniente. Caso contrário, vai ficar ruim para você, aliás, está indo muito mal.

– Às ordens, senhor tenente, não está mais aqui quem falou – respondi, enquanto, de voz baixa e zangadíssimos os que haviam assistido ao bate boca de um lugar não muito distante, comentavam entre si e depois comigo o acontecido.

– Bigodinho, *dio can*, seria o caso de matá-lo! – disse Mirco em dialeto vêneto, usando a alcunha que havíamos dado a Cingolani, sempre inutilmente bem arrumado, com aquele par de bigodinhos pretensiosos que acariciava continuamente, como se fossem o símbolo de sua obtusidade.

– *Madonna 'hanne* – acrescentou irado Forconi, no seu dialeto toscano –, seria o caso de pendurá-lo pelos colhões!

Seguiu um coro de injúrias, que não levaram a nada, como antes, aliás, as minhas desafortunadas perorações. Cingolani, obtuso e teimoso como poucos, ameaçou denunciar todos nós por insubordinação ou coisa pior, ficando firme em sua decisão. Assim, no meio da noite, enquanto dormíamos profundamente nos nossos beliches, muitos atordoados pelos porres daquele sábado à noite durante as horas livres, Bartolucci abandonou o seu plantão e, completamente armado, subiu aos alojamentos brandindo o fuzil modelo 91. A minha sorte foi que ele pegou antes a fileira do corredor esquerdo, onde dormiam os *bersaglieri*, enquanto eu estava no começo da que ficava em frente, no lado oposto, junto com os sapadores. Bartolucci então tirou a trava e começou a disparar contra os primeiros da fileira, que eram, aliás, talvez não por acaso, Lorusso, Nieddu e Spano, matando na hora os primeiros dois e sendo parado pelo terceiro, que, embora ferido no fêmur e na bacia, conseguiu tirar a arma de sua mão após um breve combate.

Tive dificuldade para acordar porque havia caído profundamente, como morto, em um sono duro e pesado, do qual saí somente quando os gritos e o cheiro de sangue, que conhecia muito bem, fizeram abrir meus olhos grudados. Não era eu que havia morrido, mas Nieddu e Lorusso, com a cabeça esmagada pelas balas. A cena não era diferente de outras mil que vimos em batalha e que nós mesmos já havíamos provocado em mais de um assalto, mas nesse caso o mundo estava de ponta-cabeça, e aquelas mortes, que poderiam ter sido evitadas, tiveram um efeito terrível.

Enquanto isso, Bartolucci havia desaparecido, sem recuperar o fuzil caído no chão. Evidentemente aproveitou a confusão para fugir. Para onde, descobrimos, com verdadeiro espanto, somente uma hora depois de inúteis buscas. Em vez de se afastar do quartel, ele havia se enfiado sozinho na solitária onde prendiam os soldados que esperavam julgamento, e, ao fazer isso, interrompera o sono de Sante Piromalli, um artilheiro de Gioia Tauro, simpático, mas briguento incorrigível, que na noite anterior provocara uma pequena rixa, batendo em dois sapadores. Era um homenzarrão, no fundo bom e generoso, mas também muito violento e frequentemente irresponsável. Por um triz, Piromalli não agrediu aquele perturbador mal-educado, não se dando conta de que, embora sem fuzil, ele ainda estava com a baioneta. Quando contamos a ele o que Bartolucci havia feito, ficou pálido.

Escondeu-se a notícia do que havia acontecido, e os jornais não falaram a respeito; de todo modo, como circulou entre os soldados por sua gravidade, o fato contribuiu para aumentar o ressentimento pela maneira como as licenças eram concedidas, aleatoriamente, por negligência, com má vontade, negadas até em situações em que o simples bom senso teria sugerido geri-las de maneira completamente diferente. Cingolani, que teve uma crise de nervos e que, a esse ponto, não raciocinava mais, foi levado para a enfermaria e mais tarde removido do cargo, assim como Cadorna fazia com os generais e oficiais de alta patente. Do seu destino não soubemos mais nada, apenas que havia sido enviado para a frente do Carso, enquanto Bartolucci foi internado por algumas semanas em um hospício perto de Ferrara e depois diretamente em Montelupo Fiorentino, fazendo companhia para o persicetano Augusto Masetti. Em Ferrara, a Villa del Seminario era, na verdade, mais uma clínica para "mutilados na alma", como diziam seus médicos, do que uma casa para loucos e alienados mentais, pois ali iam para se resguardar oficiais e personagens famosos, como jornalistas, pintores e escritores, todos afetados por neuroses e esgotamentos nervosos, que pareciam ser um luxo ou uma prerrogativa fora do alcance dos populares. Para Bartolucci, ao contrário, sendo ele um soldado simples e, sobretudo, um camponês, agora apático, inexpressivo e caído em uma profunda dimensão sem tempo, ainda que idiotizado e abalado por recorrentes crises de agitação, só lhe tocava o manicômio judiciário.

Spano, que havia salvado a vida de muitos de nós, inclusive a minha, recebeu um mísero encômio e foi levado ao hospital militar de Pádua, onde fui visitá-lo algum tempo depois, enquanto acompanhava Ricciardini depois de sua segunda cirurgia. Spano nos acolheu com uma jovialidade imprevista, que no começo nos desconcertou, mas que tinha uma razão de ser. Um dos médicos havia lhe assegurado que naquelas condições nunca mais voltaria ao combate, e que, após receber alta, o mandariam de volta para casa por ser um grande inválido. Talvez até com uma pequena aposentadoria como ressarcimento das feridas que o teriam afinal transformado em aleijado e manco pelo resto da vida. E isso lhe bastava para ser feliz e estar ao ponto de desculpar o comportamento de Cingolani.

Quando voltamos para a linha de frente, ainda faltavam uns dez dias para o fim do turno de repouso em Vicenza, e, para não perdê-los, um dia fui visitar Tiziana em Barbarano, que soube me consolar com palavras que só ela era capaz de encontrar para mim. Diversamente de Nina, Tiziana teve mais sorte, conseguindo se tornar professora, um trabalho que tanto amava, em algumas pequenas escolas rurais em Longare e Castegnero, lá onde começa a Riviera Berica. Não fizemos amor daquela vez, mas em compensação ela levantou meu moral e me perguntei se eu não estava procurando (ou encontrando) ali uma outra Silvia, mas o destino, infelizmente, não quis assim.

As minhas duas namoradas, apesar de não se conhecerem, tinham alguma coisa em comum. Tiziana também estava entre as poucas moças que, na cidade, simpatizavam com Elisa Salerno, no mínimo como leitora, visto que era assinante de *La donna e il lavoro*, talvez mais por causa das ideias de emancipação feminina e pelas reivindicações sociais que aquele jornal propugnava do que, assim me pareceu, pelo seu catolicismo de parte e de batalha. Tiziana tinha a paciência de falar disso tudo para mim assim como se faz com uma criança ou um estudante primário, especialmente quando abordávamos a questão da guerra, da qual, por minha vez, não lhe escondia a realidade mais crua, dando até exemplos revoltantes e brutais, e o efeito que provocava em mim e nas minhas certezas patrióticas, cada vez mais vacilantes, sobretudo depois do fato ocorrido no quartel alguns dias antes.

Ela também teve algumas perplexidades. Contudo, exortava-me a aguentar firme e a me concentrar, como amava repetir, naquele pouco de bem que era sempre possível fazer. Por isso, encorajou-me, como uma boa professorinha, a perseverar na atividade de escritor que eu fazia para o bem dos meus camaradas. Foi assim que também na Casa do Soldado de Vicenza aceitei ajudar, uma vez ou outra, vários soldados desconhecidos a escrever suas cartas para a família. Nas minhas, contudo, fiquei bem atento para não reportar muitas notícias "verdadeiras" nem qualquer sinal do trágico acontecimento envolvendo Bartolucci, sobre o qual silenciei, também porque poderia custar a minha vida no quartel. Pensava, cada vez com mais frequência, que mais cedo ou mais tarde algum problema sério poderia também acontecer comigo.

A volta de Lumìna para Vicenza ocorreu em concomitância quase perfeita, nos primeiros dias de outubro, com a nossa partida para Asiago. Tivemos tempo somente de nos despedirmos, mas ele, que havia chegado da Emília carregado, como previsto, de delícias de todo tipo, queixou-se muito da desafortunada coincidência, e nos prometeu que, no fim do ano ou o quanto antes, caso nos concedessem um novo turno de repouso, daria um jeito de remediar.

Capítulo 12

## *Mais um inverno nas trincheiras*

∽

A guerra recomeçava para nós nas trincheiras entre os bosques e, assim como no ano passado, reiniciava mais forte ainda na frente do Isonzo para os nossos camaradas que ali estavam, com três ataques frontais inúteis entre setembro e novembro, onde perdeu a vida, no dia 10 do último mês, Giovanbattista Giannoni, colono de Cravinhos, meu amigo de infância, que cresceu comigo na fazenda Água Branca, e onde também foi ferido Giannetto Gasparelli, um sócio do clube Esperia, funcionário do Salão Líbano, que frequentemente me escrevia do Carso.

Nesse mesmo período, começando um trabalho que seria mais sistemático na primavera seguinte, a nossa unidade foi acionada, sobretudo no Sisemol, que seguramos até dezembro de 1917 (quando o perdemos de vez), mas de onde éramos sempre retirados, caso necessário, para outros combates. Houve muitos embates relevantes em outubro e novembro de 1916, especialmente depois da reconquista do monte Cimone pelos austríacos graças a uma mina usada para explodir, no fim de setembro, o topo da montanha, que sepultou, sob seus escombros, toda a guarnição italiana.

Os perigos, com exceção da novidade apavorante das minas, eram sempre os mesmos, tendo a morte como cenário.

Contudo, nós, sapadores, assistimos de longe aos acontecimentos mais importantes que ocorreram na frente do Pasubio naquele período.

Os assaltos das tropas comandadas pelo general Andrea Graziani partiram-se contra a robusta resistência oposta pelos *Kaiserjäger*, e já por volta do fim de outubro qualquer operação foi interrompida principalmente por causa da chegada do inverno, com suas nevascas abundantes. De qualquer forma, a nossa maior atividade continuou, e foi realizada alhures por vários meses, assim como era imposto pelas grandes obras de fortificação e de abrigo no setor da I Armada, exatamente entre o Pasubio e o Cengio e, obviamente, no Planalto todo e em direção à Valsugana: zonas, estas últimas, destinadas a se tornarem, junto com o maciço do Grappa, de competência de uma nova armada, a VI, formada em dezembro de 1916. Logo constituída, teria passado às ordens de Mambretti, o general que se acredita dar muito azar, que havia fixado *o próprio quartel geral na mansão Villa Scaroni, em Breganze, não muito distante de Bassano.*

E, portanto, nós também mantivemos contato com Bassano, Schio e Vicenza para a entrega de materiais e seu envio para a montanha, de modo que me aconteceu de ter de ir àquelas cidades, sozinho ou com o sargento Rasera, para realizar práticas burocráticas, batalhando com as famosas papeladas que só eram menos complicadas do que aquelas que tocavam aos responsáveis do provisionamento, em geral oficiais de patente mais alta.

Encontrávamo-nos em Schio para tais incumbências, nos primeiros dias de novembro, quando perto da bateria de Magrè

**Capítulo 12** *Mais um inverno nas trincheiras* 243

aconteceu um episódio muito doloroso, mas, infelizmente, não tão raro, de justiça sumária (como eu insisto em chamá-la) contra alguns artilheiros. Na noite do dia 4, dois dias antes da nossa chegada à cidade, cinco deles, que estavam de licença temporária de algumas horas, com permissão assinada regularmente pelo tenente de sua unidade, começaram a divergir com um oficial aspirante de Pádua – me parece que se chamava Gallo –, que pretendia que voltassem aos seus alojamentos. Os artilheiros festejavam na taverna a volta da licença de um camarada que, segundo os costumes militares, havia voltado com um pouco de comida do seu vilarejo. No começo, os cinco, embora de má vontade, obedeceram à injunção, mas entraram numa outra taberna não muito distante, que tinham acabado de encontrar, e depois de meia hora foram descobertos pelo tenentinho, que logo ficou furioso. Num crescendo de ameaças e insultos, tirou a pistola e a apontou para o peito do único graduado do grupo, um sargento napolitano de nome Alberto Bonomo, sendo, porém, desarmado por outro artilheiro, Antonio Bianchi, lombardo de Gallarate. Alguém correu para alertar o comandante da bateria, que imediatamente chegou para aplacar os ânimos, restituindo ao aspirante a sua arma e dizendo-lhe que ele mesmo, que era o tenente deles, teria resolvido a questão, punindo-os com uma reprimenda, mas também pedindo para o oficial que não apresentasse nenhum relatório. O que, ao contrário, ele fez, enviando-o ao general Graziani, cuja merecida fama de intransigente e de fuzilador já havia se tornado proverbial. O oficial de alta patente, o mesmo que em várias ocasiões teria se mostrado um modelo insuperável de comandante homicida, capaz de mandar ao paredão, a seu gosto, por um nada, qualquer um que lhe parecesse culpado de insubordinação, não perdeu tempo. Convocou para o dia 7 de novembro uma corte marcial, presenciando pessoalmente o breve processo que terminou com a pena de morte para Bianchi e Bonomo e 29 anos de cadeia para outro artilheiro. A notícia se difundiu rapidamente em Magrè, onde floresciam, antes da guerra, diversos círculos operários e onde as mulheres do vilarejo, quebrado o cordão dos *carabinieri*, chorando e gritando, invocaram em vão misericórdia para os condenados. Foi tudo inútil, e a sentença foi executada com o fuzilamento pelas costas dos dois pobres soldados em um prado próximo do círculo católico, deixando petrificados os que, como Rasera e eu, foram obrigados a assisti-lo. Por sorte não fomos ordenados a fazer parte do pelotão de execução, o que teria sido possível.

A triste carreira de Graziani, mais rígido e obtuso do que o general Giacinto Ferrero, também pouco amado por seus soldados, chegou ao seu máximo nos dias seguintes à derrota de Caporetto, quando, com a força de um mandato oficial de Cadorna, circulava pelas vias da retirada tumultuada dos nossos com uma caminhonete na qual estavam alguns "aeroplanos" ou "lonas", como eram chamados os reais *carabinieri*, fazendo executar na hora uma série de fuzilamentos, muitas vezes arbitrários ou totalmente ilegítimos.

Com esse peso de estupor e indignação, subimos novamente para o Planalto, onde nos esperavam nossos camaradas, aos quais não podíamos deixar de contar o que havia acontecido em Magrè. Entre nós discutimos com amargura sobre uma situação que se repetia e que, infelizmente, era já conhecida e tristemente familiar.

No final, para amenizar a tristeza, vênetos e toscanos do esquadrão começaram a brincar com os nomes, pois, interrogado por Paulo, Forconi havia declarado que certo dia ele teria honrado o seu nome, Angelo Vendicatore, o vingador. E assim soubemos que em Carrara, terra de anarquistas, todas as pessoas da sua família tinham dois nomes ou apenas um, mas abreviado, todos de inspiração libertária e, portanto, bastante estranhos. No começo não entendemos nada, mas Forconi elencou os nomes e tudo ficou mais claro. Sua mãe, por exemplo, era chamada de Vanda, mas porque era a abreviação do nome Vandala. Cecchino, seu tio, altíssimo, tinha o apelido de Narchino, ou seja, ironicamente, o pequeno anarquista. Um irmão mais velho era Ribello, o rebelde, e um primo, Guerradio, o "guerra a deus", e assim por diante. Até que Forconi, inquirido por Mirco se faltava mais alguém no elenco, disse: "Mas, claro, quase estava esquecendo, tem a minha avó, Dina!". Ao que Mirco, aliviado, suspirou: "Hóstia! Até que enfim uma mulher com um nome cristão!". "Mas o que é que você entendeu? Dina é para encurtar, pois o nome dela, como o da minha mãe, é uma abreviação. O nome inteiro é Dinamite". Imaginem as risadas, até de Mirri, que, como bom católico nacionalista, embora conterrâneo de Forconi, tinha muitas reservas de tipo ideológico. Demorou um pouco para que a conversa fosse retomada normalmente, durante a qual Forconi e Mirri me convidaram a visitá-los na Toscana, caso houvesse a oportunidade de uma licença para todos nós, e ali poderia entender melhor o que se passava entre os anarquistas como Angelo e os patriotas como Manlio.

Capítulo 13

# *O ano terrível:*
# *1917, de janeiro a março*

Eram breves os momentos em que, como se pode perceber, alegria e desconcerto, dor e raiva, se alternavam, misturando-se, finalmente, mas não havia muito o que fazer. Tínhamos à disposição não muito mais que isso. Precisávamos de um pouco de bom humor e até de raiva para suportar o peso do cansaço que, na falta provisória de atividades na linha de fogo, tínhamos que enfrentar, dessa vez manuseando pás, picaretas e outros instrumentos de pedreiro, empenhados em um desafio como sempre fora do comum.

Galerias, cavernas, estradas, barracas e fortificações eram nossas atividades cotidianas, sem que fôssemos completamente dispensados dos outros serviços obrigatórios e, se necessário, do combate. Por outro lado, era preciso fornecer meios e tornar habitáveis, em segurança, territórios inteiros de montanha, vastos e impérvios, destinados a hospedar, no total, pelo menos 150 mil soldados.

Asiago e todos os vilarejos do vale estavam destruídos, e vê-los reduzidos assim, sobretudo para quem os havia conhecido, dava um aperto no coração, de tão deformadas e monstruosas que eram suas ruínas. Em compensação, entre o outono de 1916 e a primavera do ano seguinte, foi como se surgissem, graças ao nosso trabalho, verdadeiras cidades "verdes-cinzentas" sobre as montanhas, no meio das florestas, nos lugares mais escondidos ou menos expostos à ação do inimigo. Utilizamos diversos materiais numa quantidade extraordinária, como chapas, cimento, papelão com alcatrão, vigas, tábuas e tapume, bem feitos e caprichados, de modo a oferecer reparo e um mínimo de conforto para quem deveria usá-los para se abrigar: essa também foi uma bela empresa.

Algumas vezes, íamos até tarde da noite, exauridos pelo cansaço e também pelo frio, porque desde o fim de outubro o novo inverno já se apresentava, como eu dizia, com uma face muito pouco benigna e não menos nevoento do que o do ano anterior, com temperaturas arrepiantes que tocavam abismos de gelo no planalto de Marcesina, onde não ocorreram avalanches, mas para onde fomos enviados com o objetivo de realizar algumas obras de fortificação. Muito frequentemente, todavia, tivemos de acorrer alhures, aqui e ali, até o fim de abril, para socorrer as unidades que haviam ficado sepultadas ou presas, como no ano anterior, sob avalanches de enormes proporções, com dezenas de alpinos mortos ou feridos e numerosos casos de congelamento, especialmente no Valdastico e no Pasubio, onde o estrato de neve alcançou três metros.

De Marcesina, com suas paisagens alpinas fascinantes em tempos de paz, podíamos ver, distantes, muitos picos das

Dolomitas e a maravilhosa cadeia do Lagorai. Era uma vista que deixava sem palavras, inimaginável para quem, como eu, vivera nos trópicos. Podia-se experimentar uma alegria próxima da felicidade naquele cenário tão diferente da árida tristeza do Carso. Quando o canhão não trovejava, tínhamos a ilusão de estar numa calma total. Ali no Carso, aqueles montes feios pareciam feitos de propósito para a guerra, e tudo em volta dava essa sensação. Aqui era o contrário, era uma paisagem de paz, e não de guerra, e se intuía que os canhões, que também se ouviam ao longe, eram algo estranho, que destoava e que logo poderiam ser esquecidos quando não levantavam a sua voz, que nesse vale ressoava até mais profunda. Eu fiquei quase enfeitiçado pelas montanhas, e escrevi muitas vezes sobre elas para a minha mãe e meus irmãos, mas também a todos os amigos que tinha em São Paulo e aos ítalo-brasileiros que estavam no *front* e que quase nunca deixavam de me responder.

Houve dias mais calmos, quando a neve e o tempo ruim impunham pausas forçadas às obras, em que, trancado nos alojamentos, conseguia escrever muitas cartas, fazendo assim algo bom, como quando aconselhei meu irmão Luigi a tranquilizar a nossa amiga Nenè. "Fale para ela" – escrevi – "que o seu antigo namorado, Demetrio, não morreu, ao contrário do que todos acreditam em São Paulo, mas que goza de boa saúde e me escreve todos os dias. Foi uma mentira que alguém inventou de que ele tinha morrido em combate."

Em uma ou outra carta para a minha irmã Diana e para a minha cunhada Eliane, não poupava expressões bélicas, porém mais para mascarar um estado de coisas de que talvez elas também começavam a perceber o sentido e o peso negativo. O mesmo, e até mais, fazia com minha mãe, para a qual cheguei a dizer: "Espero que Deus faça terminar esta guerra lá pelo fim do ano, assim pelo menos poderei encontrar todos vocês por volta da Páscoa. Agora, porém, já não me impressiona mais continuar esta vida sem prazer, ao contrário do que era em São Paulo. Vivo na trincheira, nas montanhas pedregosas, durmo ao ar livre quando não neva ou não chove, caso contrário, em cavernas; por colchão temos aqui a palha, ou deitamos no chão frio ou nas pedras. Nós, soldados, nos acostumamos com tudo, e se a guerra tivesse que durar outros três ou quatro anos, resistiríamos até o fim sem queixas. A comida, tudo bem, não falta nada".

Falando das proezas de bailarino do meu irmão Luigi, de quem havia recebido uma bela foto no Jardim da Luz, onde o havia visto pela última vez antes de partir para a Itália (sem ele saber), fiquei comovido e deixei escapar uma ou outra frase menos tranquilizadora: "Se eu morrer" – escrevi para a minha mãe – "pelo menos terei o seu olhar que me acompanhará ao túmulo sagrado dos heróis da pátria!". Nós trocávamos muitas fotografias, e não sei o que daria para ter uma imagem de Silvia, a quem, é verdade, escrevia raramente, mas também muito mais raramente ela me respondia. As fotos que eu enviava eram jocosas e serviam também para acalmar os ânimos. Após ter tirado algumas mais ou menos, adverti: "Na foto com o grupo de camaradas, eu sou aquele sem o vermelho e o negro do regimento no chapéu e com a manta nos ombros, porque sentia frio. Aquela de *bersagliere*, ao contrário, foi tirada de pândega com o chapéu de *bersagliere*, mas com o uniforme da infantaria. Na outra mexi os olhos, por isso saiu um pouco mau. Espero, cara mãe, que, de qualquer forma, você a possa emoldurar com papelão para pendurá-la".

Repensando em tudo isso agora, alternava a explicitação de emoções sistematicamente em contraste entre si. Algumas vezes, ficava feliz pelos cigarros brasileiros que recebia e assinalava com orgulho ter sido promovido a terceiro sargento, ganhando três soldos a mais por dia e estando no comando de um esquadrão de dezoito homens, entre os quais os meus camaradas de confiança, como Mirco, Paolo, Primo e Lorenzino. Outras vezes, no período do Natal, desculpava-me porque, coisa que nunca havia acontecido, não escrevera por mais de dez dias, por causa da neve e do frio que impediam de segurar a caneta. E ainda, dirigindo-me ao meu irmão Tonino, vangloriava-me dizendo que estava me divertindo à custa dos austríacos "com diversões brutais, ou seja, com a carabina e com a baioneta", escrevendo logo em seguida que, na verdade, estava cheio de tudo aquilo, pois para mim também era "excessivo".

Com Luigi me expressava mais, e o aconselhava de forma meio confusa: "saia sempre com belas moças, pois você tem todo o direito por ser irmão de uma pessoa que tem a honra de usar uma medalha no peito e de dispor voluntariamente da vida para conquistar mais honra para a família e defender a liberdade de toda a raça italiana". Porém, com frequência era possível entender, pelas repetições, com quais dilemas eu estava me debatendo. Ao parabenizá-lo pelo sucesso que fazia entre as meninas, não só como professor de dança de salão, reservei com ele (a quem eu mesmo havia ensinado a bailar) algumas aulas de valsa e de novos ritmos, como o samba, que emergia então após o sucesso obtido com a música carioca "Pelo telefone", de Donga. "*Caspita!*" – eu lhe escrevia – "Você se tornou um sedutor melhor do que eu, com todas essas namoradas; olhe, se eu não morrer, reserve uma para mim. Como gostaria de estar em São Paulo agora, mas espero que logo vocês possam ler nos jornais das grandes vitórias que estamos preparando. Dessa vez temos que acabar com todos esses bárbaros austríacos, assim espero voltar logo para São Paulo, se nada me acontecer, como tem sido até agora, se Deus quiser".

Também para a minha irmã Diana reservava mensagens confusas e contraditórias, esperando poder contar um dia toda a minha história:

> Imagine o quanto estou feliz de que você tenha recebido minha fotografia. É verdade que estou mais magro, como diz a mamãe, mas é preciso ter paciência: é o efeito da guerra que continua há muito tempo. Espero que Deus me conceda sempre a sorte de viver, como o fez até hoje, para um dia poder contar a minha história, pois já estive em muitos combates. Quem já escapou tantas vezes da morte acredita que chegará logo também o seu fim. Eu espero que não, e, se for assim, paciência. Como já matei muitos inimigos, poderão me matar eles também, mas ficarei o mais atento que puder, para sair incólume desta horrível catástrofe. O pensamento que mais me faz sofrer é o medo de morrer sem poder abraçar a nossa pobre mãe, que sofre muito por mim. Não estou mais contente e alegre como no começo da minha aventura, porque estou tão distante de vocês todos que desejo muito rever. Fico feliz somente quando estou em companhia de um amigo meu de São Paulo, que conheci

aqui, e falamos em brasileiro. Ele se chama Florindo, como o nosso pobre pai, de sobrenome Guidotti; trabalhava na Santa Casa de Misericórdia distribuindo os cartões de visita dos médicos. Mostrei a ele a sua fotografia e ele logo a reconheceu, porque já a tinha visto várias vezes, quando você ia à Santa Casa para se tratar. Falando de doenças, soube que Luigi adoeceu de Pucha-Pucha, que em São Paulo chegou depois da Urucubaca[54], mas, acredite, aqui também tem muitas doenças. Espero um dia poder contar tudo o que passei, e você ficará espantada. Esta noite, mas não fale para ele, depois de tantos meses sonhei com Luigi. Estávamos juntos na guerra, e ele também era terceiro sargento, como eu. No sonho, eu lhe perguntava: "Por que você está aqui?". E ele me explicava que havia sido alistado em outro regimento, ferido e tratado no hospital. Depois pediu para entrar no meu regimento, na mesma companhia. Ao acordar, vi que havia sido só um sonho, mas fiquei contente, e mais ainda sabendo que ele está bem em São Paulo, trabalhando, fora de perigo, como me encontro eu já há muito tempo.

Nos primeiros dias de fevereiro de 1917, enquanto esperava ardentemente por uma licença que parecia nunca chegar, voltamos a descansar na planície, onde meus amigos me aguardavam. Mirri e Mariotti, os dois toscanos que, como eu, esperavam para voltar um pouco para casa, reiteraram a oferta de me hospedar caso a licença chegasse. Bellucci, completamente curado, escreveu-me dizendo que, talvez em março, seria a sua vez de tirar licença, estava quase certo, e me propôs, caso a minha também fosse aceita a tempo, de passar um período com ele em Roma, onde moravam seus tios. Obviamente aceitei, cruzando os dedos.

---

54. Em São Paulo, no ano de 1916, houve um surto de dengue, que foi popularmente apelidada de "Puxa-Puxa" e de "Urucubaca". (N. E.)

Estava bem contente com tamanha solidariedade da parte dos meus amigos e camaradas, e fiquei satisfeito de ir a Vicenza, onde, para comemorar adequadamente a minha volta, foi organizado rapidamente um jantar. Vieram de Villa Scaroni, justamente para isso, Trizza e Ferranti, cada vez mais preocupados em ter que ficar com Mambretti, em Breganze. Cúmplice do jantar e muito interessada, veio também Nina. Ela colocou à disposição o pequeno apartamento onde estava morando havia pouco tempo em um dos prédios populares construídos pela prefeitura entre San Felice e Porta Nuova, no centro de um bairro novinho em folha.

Vecchi também, recém-chegado de Bolonha, juntou-se dessa vez ao grupo. Foi Nina quem cozinhou e, imaginando que estávamos cansados de macarrão, o que era verdade, fez um espetacular risoto à moda isolana, um prato que desconhecia completamente, acompanhado pelos salames e pela carne que Lumìna havia trazido de Sanzvàn dois dias antes, junto com o vinho Lambrusco, os torresmos e o queijo *Crescentina*, que também não conhecia. Vecchi saiu de sua casa cheio de presentes, vinho e doces (*raviole* e *brazadele* que comi à beça), mas também de livros, que em parte doou inclusive para mim. Realmente, havia meses que não tinha em mãos esse tipo de impresso, contentando-me com algumas revistas e jornais que conseguia encontrar. Lumìna, em Bolonha, era assinante da biblioteca circulante de G. Brugnoli e Figli, e trouxera uma série de livretos, dos quais me deu uns poucos para eu dar uma olhada, com a solene promessa de restituição quando conseguisse voltar para Calvene ou Caltrano.

Um desses livros era um romance de Guido de Verona, que achei interessante; o outro, do qual não gostei muito, era uma espécie de diário de guerra do jornalista em uniforme Roberto Cantalupo, *Dalle retrovie alle trincee* (*Das retaguardas às trincheiras*). Poderia fazer coisa melhor, pensei depois de ler o livro, se tivesse contado de dentro os aspectos ruins e bons (mas será que havia bons?) de uma experiência que, para nós, soldados, não era certamente desconhecida.

Contudo, havia outros aspectos da guerra, como a prisão dos que caíam em mãos inimigas, sobre os quais sabíamos bem pouco, com exceção, inevitavelmente, das notícias que a imprensa militar repassava e alguma carta que escapasse da censura, em que os maus-tratos sofridos por nossos camaradas capturados nunca faltavam aqui e ali. Alguma coisa a mais perpassava os relatos dos oficiais e dos médicos militares que, de vez em quando, eram repatriados graças à troca de prisioneiros, algo, porém, que nunca incluía os praças, e que saía dos acordos tomados nas negociações entre os altos comandos.

Às vezes, até no Brasil acontecia de chegarem por acaso mensagens desse teor dos campos de detenção austríacos. Considerado disperso em junho de 1916, um coetâneo meu, Guglielmo Borghetti, que também veio à Itália a bordo do Tomaso di Savoia, havia reaparecido depois de meses de silêncio, dizendo que era prisioneiro em Sigmundsherberg, em condições penosas. Conhecia Borghetti, que em São Paulo morava com a família no Cambuci, onde era sapateiro. O cunhado, marido de sua irmã Inês, minha companheira de dança no clube Esperia, também estava no *front*. O mesmo aconteceu com um jovem desenhista litógrafo, Lamberto Campanelli, muito conhecido na colônia de São Paulo, cuja oficina na Rua Álvares Penteado eu visitava com frequência para adquirir chapas e tipos de chumbos. Lamberto partiu antes para a guerra, em meados de junho de 1915, viajando no Regina Elena, e foi ferido poucos meses depois e capturado no dia 6 de agosto de 1916, durante a grande batalha para a tomada de Gorizia. O *Fanfulla* havia inclusive publicado algumas de suas cartas, enviadas à mãe do campo de concentração austríaco antes de ser repatriado para a Itália, em uma dessas trocas de prisioneiros.

As notícias sobre o cativeiro não chegavam para nós com todos os detalhes de sua gravidade. De todo modo, não tínhamos nem como fazer comparações com o destino reservado aos nossos inimigos internados na Itália, nos campos perto de Novara, em Malalbergo, na província de Bolonha, nos arredores de Cosenza, em Avezzano ou até na ilha Asinara, sobre os quais só raramente chegavam algumas notícias pelos camaradas daquelas regiões, que as recebiam pelos parentes e amigos.

De resto, só uma grande escuridão. Para dizer a verdade, nem nos interrogávamos a respeito. Se, contudo, eu soubesse o rumo que, logo após o jantar, a nossa conversa teria tomado por causa das novidades que o inexaurível Vecchi havia decidido compartilhar conosco, teria convidado ao apartamento de Nina, no lugar de Mirco, aquela noite, pelo menos um dos nossos irredentos, porque o assunto introduzido por Lumìna tinha a ver com eles.

É preciso saber, antes de tudo, que o nosso amigo, além do que já foi dito, era o segundo de três irmãos de uma família de trabalhadores, com muitos sobrinhos, netos e primos, todos musicistas e migrantes. O seu irmão mais novo, aliás, desde os doze anos de idade já havia decidido andar mundo afora, transferindo-se para a França, para a Inglaterra e, por fim, para a Alemanha, a fim de fazer todo tipo de ofício, entre restaurantes, pousadas e hotéis de luxo. Chamava-se Giuseppe e era meu coetâneo. Foi sobre ele e suas cartas da Rússia que Lumìna, concluindo nosso pequeno banquete para colocar a guerra em um parêntese de duas horas, quis falar, permanecendo, como ele disse, no tema.

Giuseppe, portanto, chegou a cumprir todas as etapas da carreira clássica de muitos donos de restaurantes italianos no exterior. Logo fiquei atento, pois eu era sensível a qualquer história de vida que de algum modo pudesse se parecer com a minha. Partiu como ajudante de cozinha para descascar batatas em Nice, em Aix-les-Bains e, finalmente, em Paris; em 1906, foi contratado em Londres por um conterrâneo que tinha dado certo ali, um tal Branchini, para trabalhar no Hotel Claridge's. Era um jovem de valor e muito generoso, que tinha uma única fraqueza: a paixão por mulheres bonitas. Desejoso de conhecer os métodos de trabalho dos restaurantes alemães, entre 1911 e 1914 foi trabalhar no famoso Kaiserhof de Berlim, mas logo depois, aceitando convites insistentes e cargos cada vez mais prestigiosos, foi para a Rússia, em São Petersburgo, até se tornar, ali, o diretor do Hotel Astoria. Esse grande hotel era o ponto de encontro obrigatório de diplomatas de todos os países europeus e grão-duques, mas, sobretudo, grã-duquesas próximas à czarina, ao ponto de obrigar Giuseppe a realizar jantares e encontros reservados somente a elas, em um dos quais havia até participado o sinistro e misterioso Rasputin, cujos modos bestiais o haviam desgostado profundamente. Passando em poucos anos de garçom a *maître*, e de ajudante de cozinha a grande *chef* por sua própria capacidade, Giuseppe havia alcançado com pouco mais de vinte anos o ápice do sucesso. Mas aquele fim de maio de 1915, também para ele e para seus subordinados da equipe do Astoria, significou a tomada de decisões imprevistas, irrompendo a surpresa naquela tranquila existência que todos eles conduziam em um hotel que era inclusive a meta habitual do embaixador do Reino de Itália, príncipe Giovanni Alliata de Montereale. Quando a notícia da entrada da Itália na guerra ao lado dos aliados se difundiu, Giuseppe e seus colaboradores italianos se reuniram para decidir o que fazer, e juntos resolveram antecipar a inevitável convocação pelo exército, apresentando-se como voluntários na embaixada. Não tinham dúvida alguma de que o gesto seria apreciado e de que o pedido para serem alistados seria acolhido. Porém, não foram os funcionários que os esperaram no local, mas sim o embaixador, que, previamente advertido, reconheceu todos, cumprimentando-os cordialmente e chamando cada um pelo nome, maravilhado com aquela cena em que, além de Giuseppe Vecchi, o *staff* inteiro de garçons, mestres de sala e cozinheiros do Hotel Astoria desfilou à sua frente, animado por intenções tão patrióticas. Entre piadas maliciosas e exortações à calma, Alliata de Montereale, desfazendo as expectativas e o entusiasmo dos seus patrícios, reunidos ali em uma atípica delegação, convidou-os a voltar para o hotel, onde, disse ele, poderiam, sem sombra de dúvida, servir melhor à pátria, ou seja, ele e seus amigos diplomatas, preparando-lhes almoços e jantares de alto nível.

Giuseppe havia ilustrado aos seus parentes na Itália o êxito daquela tentativa que ele lamentava. Somente em novembro de 1917, como chegamos a saber por Lumìna, ele teria retornado à Itália, e não por causa da derrota de Caporetto, mas, de modo muito mais prosaico, por culpa dos bolcheviques e da revolução que o reduziu quase ao nível da pobreza, obrigando-o a fugir da Rússia sem sequer um rublo nos bolsos. Em compensação, era casado com uma jovem, Nardina, ou Nadia Verdou, e, sobretudo, continuava fazendo, com as suas cartas, a crônica briosa do que lhe havia acontecido depois de sua chegada em Kiev, na Ucrânia.

Naquela cidade de extraordinária e bizarra beleza, que, segundo um velho ditado russo, quem não a visitasse não podia dizer que conhecia a Rússia, Giuseppe havia assumido a direção e se tornado co-proprietário do maior hotel da cidade. No Grand Hotel de Kiev, assim como em São Petersburgo, eram da casa políticos, diplomatas e, sobretudo, militares, ou seja, as altas patentes do exército czarista, que tinham ali perto seu quartel general e os principais comandos da frente sudoeste, que ia da Bucovina à Galícia. Giuseppe conseguiu assistir à chegada do czar e de sua esposa, em visita patriótica e coreográfica a Kiev ao longo da sua avenida mais importante, Khreshchatyk, ficando maravilhado com o grande entusiasmo que a passagem deles suscitava no povo ucraniano, que provavelmente expressava mais fidelidade aos soberanos do que à pátria russa. Com a partida dos czares, em novembro, Giuseppe ouviu dizer que, nos arredores da cidade, em Darnitsa, havia um campo de concentração, onde languiam soldados austríacos aprisionados após as vitórias do general Brusilov. Muitos dos prisioneiros de guerra eram triestinos e trentinos. Assim, ao saber desse aspecto particular, Giuseppe fez uma rápida indagação para entender se poderia visitá-los e, tendo costas quentes por conhecer altos graus do exército czarista, obteve a permissão.

Por várias semanas, foi regularmente ao campo, levando consigo sanduíches, outros gêneros alimentícios e cigarros para aqueles coitados, que ficaram obviamente muito felizes. Eles, notava o irmão de Lumìna, tinham uma alma italiana e tentavam descrever serenamente, como se fosse uma coisa normal, a vida que conduziam ali cotidianamente, mas era claro quão grandes eram as suas privações, embora todos insistissem em minimizar os seus efeitos.

A condição da prisão, por si só, era tudo menos prazerosa. Havia também as péssimas condições ambientais, com fossas infestadas por ratazanas imensas e famintas que não tinham medo de nada e que os atormentavam continuamente, devorando tudo que lhes aparecesse ao alcance. Para encontrar aqueles prisioneiros, a viagem de ida e volta durava uma hora e meia de carroça, mas para Giuseppe aquilo havia se tornado um hábito prazeroso, considerando o modo como os soldados italianos do imperador o acolhiam.

Ansioso por fazer algo que pudesse tornar menos infelizes aqueles patrícios, começou a pensar na possibilidade de fazê-los sair provisória e excepcionalmente do campo para acolhê-los por algumas horas no seu restaurante. Pediu então conselho e ajuda ao seu sócio Yaroskinsky, perguntando-lhe se, para ele, isso seria possível, talvez até por um dia inteiro.

– Não vejo por que não – respondeu o russo, após ter ouvido o plano. – Afinal de contas, eles tomaram partido dos aliados, e se você, Giuseppe, for capaz de gerir o trabalho extra do pessoal, terá com certeza todo o meu apoio. Enfim, quantas pessoas gostaria de convidar?

– Acho que cerca de duzentas pessoas – respondeu Giuseppe.

– Então vá em frente, mas como você pensa em obter as permissões necessárias?

– É também por isso que estou lhe consultando – foi a réplica de Giuseppe, a quem, após uma breve pausa de reflexão, Yaroskinsky sugeriu que conversasse com o prefeito de Kiev, que era um assíduo frequentador do hotel, mas, sobretudo, uma pessoa de bom senso que responderia positiva ou negativamente de forma sincera.

O encontro com o prefeito foi muito bom, acima das expectativas, e as autoridades militares solicitadas também deram o seu consentimento, de modo que o jovem hoteleiro italiano entrou de cabeça nos preparativos, montando uma apresentação daquelas que só ele sabia fazer e um *buffet* gigante, repleto de comidas que os pobres prisioneiros não comiam há sei lá quanto tempo. Foram providenciados cigarros e bebidas de todo tipo, e uma pequena orquestra foi chamada como acompanhamento para alegrar as pausas do incrível banquete. Tudo isso, disse Lumìna, o irmão havia realizado pensando também em como ele teria reagido caso se encontrasse numa situação parecida à daqueles prisioneiros, e assim, quando tudo ficou pronto, ele pessoalmente esperou nos subúrbios de Kiev o grupo que chegava do campo, marchando, com os seus oficiais dos dois lados, escoltados pelos guardas russos e pela polícia municipal.

Nem preciso dizer o quanto estavam felizes aqueles soldados trentinos e julianos por estarem vivendo aquela ocasião extraordinária. Como crianças extasiadas, alcançaram a Rua Khreshchatyk e a percorreram com passo militar até o Grand Hotel, acompanhados, com a típica benevolência russa, pelos olhares e comentários em voz baixa da multidão que, embora perplexa, era ao mesmo tempo piedosa, parecendo compartilhar as razões do gesto humanitário. A carta de Giuseppe contina uma descrição minuciosa de como se desenrolou o almoço, e depois o entretenimento acompanhado pela música, de que os prisioneiros gostaram tanto quanto da farta comida. Os artistas deram o melhor de si, e, seguindo uma precisa indicação do hoteleiro, executaram até algumas músicas italianas, leves ou patrióticas, que os convidados acolheram com alegria, cantando em coro mais de uma canção.

Quando a festa acabou, por volta das cinco da tarde, e chegou o momento de voltar para a duríssima realidade da detenção, antes de partir, disciplinadamente enfileirados como haviam chegado, quiseram todos agradecer com um aperto de mão Giuseppe, que, muito comovido, se despediu pessoalmente de cada um, prometendo que continuaria a visitá-los regularmente.

Assim Lumìna, visto que arregalávamos os olhos e que manifestávamos certa incredulidade, tirou do bolso as cartas que havia usado para a sua narração e as mostrou. Enquanto isso, comecei a lançar mensagens inimagináveis à dona da casa, também porque todos nós tínhamos uma hora exata para voltar à caserna. O nosso pequeno grupo se dissolveu, e eu, com uma desculpa, permaneci um pouco mais. Os amigos, caridosos, não me esperaram lá fora; somente Mirco, preocupado com a chamada e pronto para me alertar se eu tivesse, como ele dizia, "tardado", ficou esperando pouco distante da moradia de Nina, que, aliás, não ficava muito longe da caserna.

Capítulo 14

## *O ano terrível:*
## *1917, de abril a dezembro*

◆

Março chegou e foi embora rapidamente, sem que minha licença fosse outorgada. Na nossa frente, não houve sequer sinais de uma retomada das hostilidades. O inverno também, dizíamos no nosso jargão, quis se alargar, e a neve continuou a aparecer até meados de abril.

Bellucci, em compensação, me escreveu de Roma dizendo para não me preocupar, pois seus tios me hospedariam de qualquer maneira, mesmo sem a presença do sobrinho querido. Não tendo filhos, eles imaginavam que Renato pudesse fazer esse papel, e que os amigos menos sortudos, como eu, que estavam em guerra sem ter parentes por perto também tinham direito a umas migalhas de afeto e de conforto. Considerei isso como um sinal ou pelo menos um auspício para aqueles vinte dias de viagem que, mais cedo ou mais tarde, teria a possibilidade de desfrutar em liberdade, talvez até passando antes para cumprimentar outros conhecidos ou parentes adquiridos que tinha agora em várias partes da Itália.

Até que enfim o momento chegou nos fins de abril, enquanto os Estados Unidos há vinte dias tinham declarado guerra à Alemanha e, na frente do Isonzo, se aproximava o décimo ataque italiano para avançar no planalto da Bainsizza e conquistar o Hermada. Eu, porém, assim como havia programado, empreendi minha peregrinação privada por um país entristecido e abalado – não era o único na Europa – por várias manifestações de rua e frequentes protestos populares, sobretudo femininos, contra o prolongamento do conflito. Até em Campiglia dei Berici, escreveu-me Tiziana no começo de maio, ocorreram tumultos por parte das mulheres do lugar para pedir o aumento dos subsídios. Nos arrozais e nos campos, mas também nas fábricas, não eram mais surpresa as iniciativas de quem encontrava a coragem de desafiar a lei marcial imposta aos civis pelos altos comandos militares, desencadeando greves, organizando marchas e ocupações das terras.

Parecia realmente que ninguém mais gostava da nossa guerra, nem muitos tenentes, embora vários continuassem a pintá-la em suas conversações como ruim, mas necessária. Nem faltavam aqueles que, sobretudo entre os oficiais, continuavam, ao contrário, a elogiá-la com as justificativas patrióticas de sempre. Dessas, porém, não havia rastro nas muitas cartas dos combatentes, até dos mais disciplinados, os quais não podiam certamente agarrar-se à memória do *Risorgimento* para dar-se coragem, pois estavam preocupados somente, ou sobretudo, com os afetos e as coisas das famílias, cada vez mais abaladas pela guerra. Nina também me fez refletir sobre isso nesse período. Uma amiga dela,

**Capítulo 14** *O ano terrível* **267**

Toscana Zambonini, de Isola della Scala, filha de um feitor dos condes Guarienti, tinha o marido no *front*, Benedetto Tambara, ele também entre os sapadores, que, só para dar um pequeno exemplo, lhe havia escrito em San Pietro di Morubio, onde os dois moravam em tempos de paz, acima de Gorizia:

Castagnevizza 3/3/'917

Querida esposa,
Mando-lhe as minhas boas notícias e espero o mesmo de você e de todos. Como já deve saber, recebi o vale de vinte liras, mas eu queria que você segurasse para si uma metade, ou pelo menos cinco liras. Sobre isso não quero lhe dar bronca; aliás, conheço o seu cuidado, mas daqui em diante peço que faça como digo: agora no bolso tenho 33 liras, e durante a licença, que durará um mês, terei ainda dezesseis liras, pois, como você sabe, agora que sou sapador efetivo, recebo 55 centavos por dia. Portanto, todo esse dinheiro durante a licença não terei como gastá-lo, porque, como disse, tenho receio de gastá-lo muito mal, sendo que tudo custa demais. Da sua carta enviada no dia 24/2 entendi também que as coisas estão indo cada vez piores também para os civis, disse-me que o açúcar é difícil de encontrar, acredito nisso, todos aqueles que voltam da licença e que estão na cidade dizem que não podem mais viver, essas coisas fazem mal, e talvez será bom porque a guerra poderá terminar antes. Sinto muito, porque sei que você gosta de leite, e é a bebida do café da manhã, e Franceschino, coitadinho, que gosta tanto de doce. O dinheiro que terá por sua conta não quero que o mantenha guardado no armário, mas sim que o gaste para os dois, e assim poderá comprar umas bolachas que custem quarenta centavos o pacote e são tão gostosas no leite e no vinho, e depois compre o que quiser, por favor (...) com a ajuda de Deus estaremos ainda os três, todos sãos, pelo menos espero. Se continuarem assim, nos aproximaremos

do fim desta vida miséravel. E da sua dor de dentes não me diz mais nada? Voltou? Ou você faz assim para que eu não saiba? Diz que me enviará um pacote de coisas para comer; quanto a isso, faça como quiser, certa de que me deixará feliz, mas quero que o que fizer, o divida e comam vocês também, caso contrário me deixará triste. Quando Luigi for de licença, se quiser ir uma vez a Tarmassia, verá que ele o fará de boa vontade e a levará ali com a égua, e não tenha medo de pedir isso a ele. Penso sempre em vocês durante os afazeres no campo, porque este ano será uma grande confusão, e você faça o que puder e em acordo com Angelina para encontrar pelo menos umas mulheres para trabalhar. Não digo mais nada, nós nos entendemos, só lhe mando muitos beijos, os quais você repassará ao nosso querido menino. Tenha paciência para ler, acredite, eu escrevi sobre os joelhos, sentado no chão.

Afetuosas saudações, teu afetuosíssimo Marido Benedetto, *ciao*.

Havia pouco do que ficar surpreso quando em 1917 começaram a chover entre os civis e os soldados queixas e recriminações que tinham, quase sempre, motivações nas preocupações materiais, e que às vezes desembocavam em invectivas contra o rei, os generais e os ministros, especialmente pelos soldados meridionais. Um desses, napolitano, assim se dirigira a Vittorio Emanuele III, intimando-o a pôr fim ao conflito: "Caríssimo nojento. Você é um cabeçudo e um sacana, por que não acaba com esta guerra? Que burro! Nós temos que espalhar o sangue, e você vai ficar com as terras? Você é um nojento, e isso é o soldado Materazzo Ciro quem lhe diz. Vá se foder, você e sua mulher, que dá para todos!".

E dava para entender que as coisas fossem assim, visto que os lutos nas famílias aumentavam, o rancor dos mais pobres crescia, e as restrições, não somente as alimentares, se intensificavam a cada dia, obrigando as pessoas, mesmo as que viviam longe das áreas de operação militar, a solicitar um passaporte interno para se locomover fora de sua cidade.

O fato é que, ao longo daquele ano todo, ocorreram muitos casos clamorosos de derrotismo, que depois de outubro de 1917 tornou-se um crime gravíssimo, do qual qualquer um poderia ser acusado com determinação impiedosa. Os episódios desse tipo, mas também de indisciplina, autolesão, deserção, foram assim se multiplicando durante a primavera, repetindo-se ao longo do verão, provocando também tentativas isoladas de revolta no exército, como aconteceu em julho em Redipuglia entre os soldados da brigada Catanzaro, dos quais cerca de trinta pagaram com a vida a rebelião. Porém, não ocorreram motins generalizados como na França, embora os nossos motins no *front* parecessem o termômetro de um mal-estar crescente e difuso no país inteiro, governado agora por uma espécie de ditadura militar. Surgiram numerosos processos contra os opositores verdadeiros ou supostos, sobretudo anarquistas e socialistas, como aquele que, com o objetivo de criar um cordão sanitário preventivo contra os subversivos em Pradamano, em julho, foi realizado contra diversos soldados vênetos e sicilianos acusados de tentar difundir os manifestos de Zimmerwald e Kienthal[55].

---

55. Zimmerwald e Kienthal são localidades na Suíça onde foram realizadas conferências socialistas durante a Primeira Guerra Mundial, em setembro de 1915 e em abril de 1916, respectivamente. (N. E.)

Na verdade, o mal-estar que se manifestava nas fileiras das tropas combatentes não dependia da propaganda ideológica nem de particulares conspirações políticas. Nas mesmas colunas em marcha para a linha de frente se levantavam, aqui e ali, gritos que incitavam a insubordinação e a revolta.

"Esses covardes querem nos matar. Eu não vou andar mais. Tente o senhor tenente me obrigar a dar mais um passo à frente", dizia um, enquanto outro, encarregado com os camaradas da sua unidade de transportar alguns cavalos de frisa, pedia, acabado, uns minutos de descanso, infelizmente com palavras ofensivas e de ira: "Não vou continuar porque não aguento mais, não vou continuar, oficial aspirante *del cazzo*!". E o aspirante o matou na hora com um tiro de revólver.

Outros também reivindicavam o direito ao descanso com frases até mais nítidas e ameaçadoras, como "Capitão, o senhor é um covarde: melhor conceder a licença a seus soldados, porque, caso nos leve de novo para a trincheira, sou eu quem vai matá-lo".

Bom, eu consegui a licença graças ao apoio do nosso novo capitão, Giacinto Lunardon, um cinquentão de Treviso muito experiente, que na vida civil trabalhava no cartório de imóveis e havia substituído Gioachino Fonato, morto há certo tempo no monte Colombara. Ele e Ricciardini continuaram a apoiar o meu direito, e afinal deu certo, porque, passado já mais de um ano, consegui me afastar de verdade do *front* e da guerra, como logo escrevi à minha mãe.

## Capítulo 14 *O ano terrível* 271

> Faz agora um ano e dois meses que vivo no meio do fogo dos canhões, fuzis, metralhadoras, bombas e tantas outras armas de fogo. Por isso, cara mãe, quero passar estes vinte dias de descanso em outro lugar e passar um tempo tranquilo, o que todos os soldados esperam. Quando chega a permissão da licença parece que ganharam cem contos na loteria, e assim será para seu filho. Os tios de Bellucci me disseram que estão prontos para me receber na sua casa de Roma, mas antes quero visitar os amigos de nossos primos de Portogruaro, que tem aqui perto, num lugar chamado Legnago, um sítio de sua propriedade. Eles insistiram para que os visitasse, e eu, que só os conheço por carta, vou dar uma passada ali, sem dúvida. O importante, porém, nestes vinte dias de boa vida na Itália, será descansar sem o trovejar assustador dos canhões ou o barulho das avalanches. Será bom também fugir do frio, que aqui continua e está se tornando demasiado incômodo, sendo que estamos perto de maio, que na Itália seria já primavera avançada.

A minha primeira meta foi, portanto, Legnago. Estava a caminho de Verona, mas também logo depois de Vicenza, onde fiz uma parada no primeiro dia para visitar Nina, antes de retomar o caminho, no dia seguinte, através da Riviera Berica, obviamente para encontrar Tiziana, que achei tensa e mais pensativa do que de costume. Estava refletindo sobre escolhas de vida importantes, mas não quis me contar do que se tratava. Menos mau, pensei, e, desejoso de chegar ao meu destino sem muita demora, retomei o caminho em direção à região veronesa, a partir de Barbarano. De lá, atravessadas as colinas e passando ao lado de Lonigo, apontei para Legnago, de onde teria alcançado facilmente Rovigo, e ali pegaria um trem para Roma. Na verdade, tinha pressa de voltar para a capital que tanto me havia fascinado, embora os tios de

Bellucci tivessem marcado o nosso encontro em Santa Marinella, um lugar do litoral próximo de Civitavecchia. Ali, diziam, poderia ficar com eles, como se estivesse de férias, por alguns dias. Era uma perspectiva imprevista, mas não desagradável. De qualquer forma, na noite em que cheguei a Legnago, uma cidade que mais parecia um grande vilarejo rural, distante de Verona cerca de quarenta quilômetros, pensei a respeito do convite, reformulando o percurso da minha viagem.

Os Trivellatos, que visitaria agora, e com os quais me correspondia havia meses, me deixaram à vontade, fazendo-me esquecer daquele estranho detalhe de Santa Marinella. Cunegonda, chamada de Gonda, começou a falar só em português. Mas isso não me incomodava, sobretudo porque, para ela, pelo que me disse, era como se tivesse voltado para casa o filho Ernesto, um rapaz nascido em 1899 e que naquele momento estava na frente do Carso. Todos foram muito atenciosos comigo, e fiquei sabendo por Gonda de algumas novidades do Brasil, de onde o irmão Ferdinando Meneghello continuava a lhe escrever.

Esse pedreiro de Casa Branca, agora sexagenário, de sobrenome Meneghello, escrevia cartas incrivelmente compridas. Mostraram algumas dessas cartas para mim, as quais me impressionaram porque nelas também se juntavam estados de espírito muito contrastantes. Diferentemente, porém, daquelas publicadas pelos jornais italianos de São Paulo, davam a ideia do que estava fervilhando ali e, sobretudo, do que se passava realmente na cabeça dos tantos meus duplos concidadãos, que, sem ter renunciado ao patriotismo, viam as questões da guerra talvez com mais lucidez.

Ferdinando tinha três filhos, sendo que o mais velho já o havia presenteado com três netos. Chamava-se Sperandio e era, escrevia Meneghello, um homem sério, de poucas palavras, mas de muito bom senso: "ele fala e escreve em italiano e fala o brasileiro melhor do que os brasileiros, eu" – acrescentava para dar uma ideia da sua convicta italianidade – "não falo o brasileiro, e nunca o falarei nesta vida".

Nessa carta, chegada havia pouco, escrita no começo de fevereiro, havia uma demonização do imperador Francisco José, destinado, segundo o remetente, a queimar eternamente no inferno. Mais ainda, havia quase um tratado de *irredentismo* trentino e juliano, no qual Meneghello, grande admirador do "heroico e valoroso deputado de Trento, o advogado Cesare Battisti", despejava uma enxurrada de orações do *Risorgimento* e de reivindicações territoriais, incluindo Ístria, Dalmácia e Fiume, o que, sinceramente, poderia surpreender pelo grau escolar de um pedreiro que, na Itália, no máximo havia chegado ao terceiro ano do ensino primário. Eram talvez o eco daqueles estudos, passados cinquenta anos, a reverência e a admiração por "aqueles mortos valorosos que gritam vingança das tumbas sagradas dos Mártires de Belfiore[56] enforcados em Mântua", e depois para os irmãos Cairolis, de Villa Glori, para os irmãos Bandieras, para Ober-

---

56. Membros de uma conjuração mantuana fracassada condenados à morte por enforcamento, em 1855, pelas autoridades que governavam o Reino Lombardo-Vêneto, então parte do Império Austro-Húngaro. A conjuração visava ao estabelecimento de uma república na região e contrários ao domínio estrangeiro, alinhados ao mazzinianismo, portanto desejosos de uma então futura unificação da península Itálica em uma única república. (N. E.)

dan, até chegar a Battisti. Dirigindo-se ao velho pai, Meneghello perguntava:

> Como o senhor imagina que terminará essa maldita guerra? Eu acho que vocês ali não têm muita noção, diversamente de nós aqui na América, onde temos imprensa independente e não há censura que a obrigue a passar pelas mãos do procurador do Rei. A república é liberdade individual: terra livre, terra grande, terra longa e terra profunda; aqui não temos que falar baixo como na Itália e em todos os outros estados monárquicos, de rei ou imperadores que sejam; somos aqui livres Cidadãos, honestos, Operários e Artistas e Industriais; somos todos trabalhadores iguais, pelo respeito, pela humanidade e por tudo; fazer o bem e não ser bêbado ou vadio. E os *bresilieri*, ou portugueses, ou espanhóis, ou alemães, russos e turcos, chineses, franceses, todos lhe respeitam e lhe permitem trabalhar, à noite se divertem todos juntos em companhia, e jogam baralho conosco, *tressette* e *briscola...*

Porém, havia também o outro lado da moeda:

> Sabe o senhor o que é a riqueza da América? É saúde e trabalho, nada mais. Agora explico: esta terra é uma terra de brutalidade, de desonra; chifrudos e putas em grande quantidade, ladrões, assassinos, falsários, vadios; e essas pessoas são os Honrados, os sábios, os valorosos, e detêm os principais cargos das Administrações Americanas; das Fazendas e de Campos e estabelecimentos etc., etc. O querido Pai entendeu quem são aqueles que fazem dinheiro, e se o senhor não acredita em mim, pode perguntar para Gonda, que com oito anos de América do Brasil sabe muito bem o que é esta terra.

Após ter reivindicado para si e para os seus parentes uma patente de pobreza honesta e laboriosa, Ferdinando começava uma longa análise do conflito em curso, lamentando a entrada, mais que provável, dos Estados Unidos nesse vórtice. Havia o risco, que ele temia, de que isso significasse em breve "a aliança de todas as Repúblicas das duas Américas; do Norte e do Sul, que somos nós", obrigados, dizia, "a se aprontar para a guerra em favor dos seus Aliados da Europa; assim, se antes estávamos mal, estaremos pior, porque o preço da comida continua subindo; da Europa não chega mais a farinha para fazer o pão, o azeite, os queijos etc., etc., e também das Américas não podem enviar mais o café; tudo vai paralisar, todos os tráficos etc. Veremos onde isso vai parar". Vinha depois uma série de saudações à família estendida, com várias noras mantuanas ou do Polesine, e uma enxurrada de desejos de vitória na grande guerra italiana, desde que se limitasse a ser uma guerra de libertação do Trentino, de Trieste e do litoral adriático, as nossas "terras Redimidas", como as definia ele, sobre as quais (e para as quais, eu teria acrescentado) muito "sangue inocente" havia sido derramado.

Havia muita coisa para ficar impressionado, e não escondi isso de Gonda, a quem pedi para ser informado futuramente das novas cartas do irmão, porque me parecia que explicasse melhor o sentido do que se pensava e se dizia entre as pessoas comuns no Brasil, especialmente do interior paulista.

Quase todo dia chegavam aqui dos colonos e operários imigrados cartas como a de Ferdinando, ou como esta enviada para um vizinho dos Trivellatos, Giuseppe Gaburro, que acabou de receber do irmão Pietro, residente há muitos anos em São

Paulo, e que a leu também a Gonda. Depois das usuais saudações cruzadas, dizia assim:

> Fico contente de saber que estão todos bem de saúde, especialmente o sobrinho Gabriel, que está naquela guerra feia, que nunca termina. Porém, confiamos em Deus que tenha a sorte de voltar bem de saúde, e rezaremos a Deus para que termine logo, mas me parece que há pouca pressa em terminá-la. Agora as coisas vão mal, muito mal: os preços dos bens estão exagerados, cresceram mais da metade, seja a comida, seja a roupa, pior do que isso não poderia ser; a cidade de São Paulo está toda em revolução pela miséria... basta que termine esta guerra.

De um certo ponto de vista, essas mensagens desenhavam o quadro de uma situação enlouquecida e fora de controle também nas Américas, por causa da guerra que ali também estava gerando miséria e fome havia pelo menos dois anos. Isso não elimina o fato de que as notícias das últimas semanas, entre março e abril, divulgadas pelos jornais, fossem cada vez mais alarmantes e mal mascaradas pela difusão de uma versão local do patriotismo, ou melhor, do nacionalismo brasileiro, intensificado pela situação em Santa Catarina e no Rio Grande do Sul, com repetidos assaltos a firmas germânicas e revoltas antialemãs. O líder dos nacionalistas, o velho senador baiano Ruy Barbosa, havia lançado chamados incendiários de que os italianos e a Liga Pró-Aliados gostaram muito, pois estavam a favor de um envolvimento mais ativo do Brasil no conflito, que, porém, só aconteceu em outubro, com a declaração da guerra contra a Alemanha.

Eu também deveria ficar contente com tudo isso, mas não tive vontade alguma. Em abril, havia confiado à minha mãe: "nos jornais leio sempre sobre as manifestações que acontecem em São Paulo e no Rio de Janeiro por ter o Brasil rompido relações com a Alemanha. Aqui na Itália espera-se que em breve os Estados Unidos também participem do conflito, mas eu espero que isso não aconteça com o Brasil".

Após ter agradecido a meus hóspedes, deixei Legnago, porém mais pensativo do que quando havia chegado. Demorei para chegar em Civitavecchia: descidos os Apeninos, cheguei em Grosseto e passei a Maremma de norte a sul. Antes, enquanto estava passando pelas províncias de Arezzo e de Siena, fiquei tentado a ir à casa de Mirri ou de Mariotti, e a fazer uma surpresa aos dois, sobretudo ao Mariotti, que estava convalescente. Sabendo, porém, que os tios de Renato estavam me esperando ansiosos, preferi não desviar o caminho, e finalmente, após ter perdido mais tempo do que o previsto, me apresentei na sua pequena casa de praia de Santa Marinella.

O quarto para mim já estava pronto, e a acolhida foi mais do que afetuosa, embora eu estivesse impaciente e envergonhado porque não sabia como perguntar quando iríamos para Roma. Pelos elogios que os dois velhinhos faziam ao lugar onde estávamos e às cidadezinhas "etruscas" dos arredores – Tarquínia, Cerveteri, os montes da Tolfa –, entendi que eles preferiam ficar ali até o fim do verão, quando meu período de licença já teria acabado há muito tempo.

Naquele momento, decidi descansar, deixando entender que apreciava seus cuidados e as soluções que me propunham para passar o tempo. Não era o que eu tinha em mente, mas me adaptei porque, de qualquer forma, a guerra parecia mais distante, e o mundo normal, tão estranho. A distância entre a vida das trincheiras e a da chamada frente interna, tanto das cidades como dos vilarejos, era imensa. Houve, sim, protestos aqui também por causa do aumento dos preços e para pedir o fim do conflito, mas não parecia que tivessem constituído um problema, pelo menos até que, em julho, quando eu já havia deixado a região há mais de dois meses, não estourassem em Allumiere motins liderados por mulheres com a ocupação das terras, porque os latifundiários estabeleciam uma quota de colheita dos meeiros que era o dobro em relação ao período anterior à guerra.

Contudo, eu havia chegado a Santa Marinella de muito bom humor.

Passei assim algum dia na praia, embora não soubesse nadar, além do que a água ainda estava muito fria. No dia da minha chegada me levaram imediatamente, sem que pudesse nem mesmo trocar de roupa, para passear justamente em Allumiere, para experimentar pizza com vinho *zibibbo*. Foi uma moça linda, de cabelos compridos e olhos intrigantes, chamada Annarita, quem nos serviu à mesa, e tentei até cortejá-la, pois de certa forma ela pareceu gostar de mim. Mas deixei de lado, contentando-me em ouvi-la enquanto cantava, com uma belíssima voz, as melodias do lugar, aplaudida pelos comensais. Naquelas bandas, era costume que os frequentadores das tavernas, camponeses ou artesãos, competissem horas a fio inventando e declamando poesias em oitavas. Em certo momento, naquela taberna, enquanto Annarita cantava, entraram dois jovens maltrapilhos, com roupagem que lembrava vagamente a dos *briganti*[57], bandidos que até no Brasil havia visto em alguma imagem. Pediram algo para beber, olhando em volta circunspectos, e somente quando, assim que entraram, todos ficaram em silêncio é que os jovens se deram conta de que havia também algum estranho, ou seja, eu. Então, pegaram um embrulho do dono e se afastaram rapidamente sem pagar, até porque ninguém lhes apresentou a conta. Fiquei surpreso, mas, mesmo sem conseguir entender, não me atrevi a pedir explicações aos aldeões da Lumiera.

Pouco distante do local, onde tudo, piadas, conversas e canções, havia retomado normalmente o seu curso, as trilhas conduziam em breve para a mata de Palano, uma espécie de pequena floresta que me lembrou, pelo tipo de vegetação, as do Brasil. Não as amazônicas, claro, que, aliás, só conhecia por relatos fabulosos, mas sim aquelas da serra do mar, embora aqui, além das plantas, a fauna fosse completamente diferente e, disseram-me, tão rica que representava um paraíso para os caçadores. Era de fato uma zona bastante selvagem, e ouvi dizer, de passagem, por outros comensais, que um tempo se escondiam ali os *briganti*, enquanto agora dava abrigo a muitos soldados em fuga da guerra. Essa também

---

57. Bandoleiros, mais comuns na parte meridional da Itália, cujas práticas, tidas como criminosas, eram um misto de assaltos à propriedade, justiçamento social e resistência política. São, para a cultura italiana, *grosso modo*, um fenômeno similar aos cangaceiros brasileiros. (N. E.)

era uma novidade que não teria conhecido se não estivesse ali naquele período e naquelas localidades onde, ao contrário, era conhecida e permitida pela colaboração e silêncio cúmplice do povo que não falava muito disso com os estranhos. Imaginem então com um soldado em uniforme como eu, apesar de estar de licença.

No Planalto, já tinha ouvido falar de desertores, mas onde se escondiam nunca havia conseguido entender. A esse tipo de rebelião individual, não poucos combatentes e infantes corajosos eram induzidos sem dúvida pelo profundo cansaço da guerra, pelo sentido de justiça ofendido e pelo desespero. Vários soldados fugidos do *front*, quando eram presos e perdiam a esperança de evitar o destino de morte que os esperava, desabafavam livremente a própria raiva com frases inequivocáveis.

"À trincheira deveriam enviar todas as pessoas que querem a continuação da guerra", alguém começou a dizer, e outros, que haviam se afastado da sua unidade sabendo que no dia seguinte voltariam novamente à linha de frente, haviam acrescentado: "Façam como nós, desertem!". Essa frase, dirigida a camaradas encontrados ao longo do caminho, custou a prisão e depois a morte por fuzilamento a quem, desesperado, a pronunciara com voz mais alta. Muitos, porém, conseguiam realmente fugir ou se esconder em muitas regiões, particularmente no Sul e na Sicília, mas estava descobrindo agora que ali também havia muitos fugitivos, dispostos a ficar escondidos na mata para sempre, desde que não voltassem para a trincheira, inclusive pelo terror das penas terríveis às quais seriam submetidos se fossem encontrados. A possibilidade de ficarem foragidos por longo tempo dependia quase sempre da ajuda da população. Os rurais passavam informações sobre os movimentos dos *carabinieri* e animavam os de passagem, indicando os caminhos mais seguros para evitar as patrulhas. Também no Vêneto, ou ao menos no Polesine, os "aeroplanos" tiveram que enfrentar essa realidade, jogando a culpa dos insucessos das operações de patrulhamento "ao território, hostil à obra dos *carabinieri*".

A proteção aos desertores não se limitava à hospedagem, mas se estendia à ajuda concreta, caso houvesse sérios riscos de captura: uma ajuda fornecida usualmente por mulheres e rapazes que tumultuavam, lançando pedras e outras coisas piores contra os *carabinieri*. Entre os fatos mais graves desse tipo, em 1917 houve o de Stienta, um vilarejo de quatro mil habitantes onde duzentas pessoas (das quais 150 eram mulheres), como nos contou um *bersagliere* de Rovigo, haviam se oposto à captura de alguns soldados fugitivos, agredindo dois *carabinieri* que foram jogados num canal, onde um deles se afogou.

Às vezes, empurrados pela necessidade, grupos de desertores se organizavam em bandos devotados a roubos e assaltos com ações de represália contra os *carabinieri* e as autoridades municipais, que, segundo eles, apoiavam muitos prefeitos e secretários. Em Negrar, não muito distante de Verona, aconteceu na Páscoa que alguns desertores tomassem como alvo a casa do secretário municipal, lançando um rojão e deixando no local um cartaz ameaçador: "Viemos para desejar boa Páscoa. Fique atento e se comporte melhor no futuro. Este é o aviso, e em breve terminará o seu prazo. Até".

Uma vez presos, nem todos os desertores pagaram o preço da própria fuga, como experimentou, por sorte, um alpino do batalhão Bassano, Giuseppe Lunardi, que foi condenado a penas leves após ser capturado. Mas outros desertaram de uma forma bem mais radical da vida, não só da militar, suicidando-se, como fez Marco Zuliani, um sapador que se afogou no rio Adige. Sabíamos desses casos graças às vozes que percorriam as trincheiras, embora tivéssemos que ficar muito atentos e selecioná-las, pois muitas pareciam mentiras descaradas, ou no mínimo boatos inventados de propósito para impressionar ou amedrontar. Essas faziam par com uma infinidade de aparições de santos e nossas senhoras, às quais se atribuíam poderes quase mágicos e consoladores, profecias sobre a conclusão iminente do conflito, especialmente depois que o pontífice Bento XV enviou aos chefes dos "povos beligerantes", no começo de agosto, uma mensagem com a qual convidava todos a terminar esse "massacre inútil" dos assaltos, das batalhas e dos combates. A quantidade desses sinais visíveis de desespero e ao mesmo tempo de esperança aumentou com o tempo, enquanto se aproximava o início do quarto ano de guerra. Muitos fatos interligados aconteceram de qualquer forma após a minha volta ao Planalto, enquanto ali em Santa Marinella, pelo menos, eu só precisava me preocupar em descansar e escrever cartas para casa.

Quando, passados alguns dias, compreendi que não haveria como tirar os velhos Belluccis daquele seu bom retiro, resignei-me, e, com uma desculpa qualquer e tentando não ofendê-los, tomei a decisão de ir embora, dirigindo-me novamente para o norte, aproveitando para visitar em Montevarchi ou em Sanzván amigos que contavam com a minha passagem. Quem sabe se algum dia voltaria para Roma?

Na Toscana, região de passagem para quem se dirigia ao Sul e onde agora me encontrava na casa de Manlio Mirri, as pessoas ofereciam de bom grado hospitalidade e proteção a quem desertava. Foi uma das primeiras coisas que aprendi chegando a Montevarchi, pois nas cercanias, em Pratomagno e de Terranova para cima, parecia que isso havia se tornado um fenômeno coletivo pela densa rede de solidariedade e de cumplicidade que existia pela grande presença de fugitivos. Quando toquei no assunto, Mirri não vacilou, e, embora fosse, dos nossos sapadores, aquele que, mais do que todos, conservasse intacto um espírito de robusto patriotismo popular, exortou-me a não dar muita importância, e, aliás, a apiedar-me daqueles coitados que, terminada a guerra, talvez uma anistia geral salvasse. Quanto a ele, teria voltado à linha de frente, porque achava que era o seu dever e acreditava na vitória da Itália.

Entre um prato e outro de *ribollita* – a cozinha da casa era simples, mas nada desprezível –, as irmãs de Manlio, Mila e Bettina, nos acudiam felizes, enquanto ele explicava seu ponto de vista a respeito de uma questão que, de outro modo e em outro mundo, estava se apresentando para os milhares de emigrantes, que poderiam ser definidos legalmente desertores. Lembrei, então, de ter lido em um número do *Fanfulla* de fevereiro uma matéria que aprovava a severidade do governo italiano contra os desertores, sem fazer exceções àqueles que, na América, não respondiam ao chamado da pátria ou, seria melhor dizer, à convocação no exército. Deixando de lado o fato de que esses eram a maioria dos italianos em idade militar no exterior, o jornal ítalo-paulista considerava monstruosa a possibilidade de uma anistia, que seria, a seu ver, nada mais do que um prêmio para os covardes e maus italianos e, ao mesmo tempo, uma ofensa aos pobres mortos e feridos em batalha.

Todos sabiam que o governo italiano, e particularmente os altos comandos e Cadorna, era severo, tanto que um grande comerciante de São Paulo, que tinha um filho voluntário que depois desertou, uma vez na Itália a negócios foi impedido de retornar, sendo obrigado a permanecer sob vigilância em sua cidade natal. O *Fanfulla* só posteriormente revisaria suas posições, modificando-as radicalmente em 1918, por causa também das polêmicas a respeito na imprensa brasileira. Entretanto, as questões referentes aos "renitentes americanos", que tecnicamente eram todos desertores, ou à "absurda esperança" de uma anistia feita só para eles quando chegassem os tempos de paz eram criticadas nos jornais ítalo-paulistas. Como escreveu para mim, totalmente pasmo, meu irmão Tonino, essa imprensa fazia de tudo para explicar, em vão, com motivos ideológicos ou de "egoísmo baixo", o fim do apoio que até lá os operários, agora cada vez mais exasperados e continuamente em agitação nas fábricas, haviam dado para o financiamento dos vários comitês surgidos em São Paulo em suporte ao conflito e para ajudar economicamente as famílias de imigrados com os filhos no *front*.

No verão de 1917, essa espécie de marcha a ré ocorreu nos mais diversos estabelecimentos industriais, onde os trabalhadores entravam em greve um dia sim, e outro, também. Essa ação de repulsa havia desmascarado um dos mecanismos mais sutis em cujas engrenagens eu também havia sido preso. Os empresários italianos, do grande Francisco Matarazzo (nomeado conde pelo rei justamente naquele período) até os pequenos, como o chapeleiro socialista moderado Dante Ramenzoni, eram aqueles que mais haviam insistido para que fosse realizada uma espécie de retirada de parte do salário dos operários italianos a cada mês para assegurar a sobrevivência das organizações de suporte patriótico da mais importante cidade industrial do Brasil. Mas o avanço da crise e as lutas engajadas pelas primeiras organizações sindicais operárias haviam levado, depois de dois anos de sacrifícios, à recusa, por parte dos trabalhadores de quase todas as firmas paulistas, a submeter-se a essa espécie de extorsão, ou seja, a continuar a depositar mensalmente valores preestabelecidos em favor do comitê central Pró-Pátria. Nas reivindicações, aliás, os sindicatos chegaram a incluir justamente esse item entre as condições irrenunciáveis para a retomada do trabalho. E ganharam.

Da Toscana, para a minha mãe, que havia me relatado essa situação, e que soubera do patrão da tipografia onde eu trabalhava também outras notícias, como, por exemplo, a de que eu queria combater por no máximo dois anos, escrevi, lamentando não ter previsto que a guerra duraria tanto:

> É verdade, querida mãe, que estou impaciente por causa
> da longa distância, sem conforto neste momento que trata da vida
> ou da morte: eu quis partir voluntariamente, não deveria lamentar,
> mas a senhora deve entender que eu era um rapaz, que não sabia
> o que estava fazendo, agora que sou um homem, entendo bem a
> aventura em que me enfiei, fiz muito mal de ter sacrificado vocês
> todos, que sem a minha ajuda estão sofrendo, mas fazer o quê? Espe-
> ro sempre que Deus ajude a senhora, porque deverá reconhecer que
> sacrifiquei a família pelo direito e pela civilização e para que um dia o
> mundo inteiro possa viver bem, assim o Senhor deverá me perdoar.
> Ai, querida mãe, é inútil esse documento do cônsul de que a senho-
> ra fala, para me tornar reservista e chamar-me de volta. A senhora
> pode dizer que precisa de mim, mas se a guerra não termina nin-
> guém poderá colocar-me na reserva, nem sua majestade, o rei, pode-
> rá me mandar de volta para casa, pois sou filho de italiano e tenho o
> mesmo dever de quem nasceu na Itália de prestar o serviço militar...
> Portanto, querida mãe, tome coragem, pois somente Deus poderá
> fazer o milagre de abraçar a senhora de novo um dia para sempre e
> de fazer terminar esta guerra que faz sofrer todas essas mães.

Fiquei em Montevarchi até o dia 13 de maio, quando a notícia de que havia começado mais uma batalha na frente do Isonzo me lembrou de que havia chegado a hora de voltar. Peguei um trem em Arezzo, mas não renunciei, uma vez em Bolonha, a verificar se Emilio Vecchi estava na sua cidade, aproveitando o convite que ele me fizera tempos atrás. Em Sanzvàn, por sorte, o Lumìna estava mesmo ali, graças a uma licença de cinco dias que venceria no dia dezessete, quase coincidindo com a minha, e assim, por três dias, aproveitando da sua hospitalidade, consegui vê-lo com a mão na massa em seu ambiente natural. Conheci pessoalmente a sua mulher Bianca, sua filha Ida e sua sobrinha Irene, das quais havia ouvido falar tantas vezes, mas também a sua irmã Mercede e seus velhos pais.

Nunziata, sua mãe, e Carlo, seu pai, eram dois velhos que já tinham ultrapassado os cinquenta anos havia um bom tempo, mas ainda estavam bem firmes. O pai, aliás, foi quem fez funcionar a barbearia, que tempos atrás era de sua propriedade. Mas foi Emilio que, visto o estado penoso do meu rosto e dos meus cabelos, colocou o jaleco e, empunhando a tesoura e a navalha, quis dar uma ajeitada no meu rosto, talvez para me demonstrar o quanto era bom no seu ofício, cortando a barba e deixando só os bigodes, dos quais eu tinha tanto orgulho.

Passei dois dias serenos naquela casa. Ela ficava quase no centro do vilarejo, não era tão pouco decorada como a de Mirri, mas ao mesmo tempo conservava as características de uma residência camponesa, com uma cozinha espaçosa onde se erguia, imponente, a antiga fogueira que foi acesa, apesar da estação, para cozinhar no espeto a caça com a qual quiseram festejar antes da nossa partida, na grande sala que dava para a rua principal de San Giovanni in Persiceto.

Pena que a festa verdadeira, a licença, chegava agora ao seu término, pois junto com Lumìna logo tive que pegar o trem para Verona, de onde ambos chegamos pouco depois a Vicenza. Ali Vecchi parou; eu, porém, não tinha essa possibilidade, pois já era quase meio-dia, e no dia seguinte, mais ou menos nesse mesmo horário, deveria me apresentar à minha unidade antes do vencimento da licença. Para evitar qualquer atraso, tentei pegar uma carona com um dos caminhões que faziam viagens de ida e volta entre a planície e o Planalto, e que subiriam naquela mesma tarde até Gallio, ao lado de Conco. Encontrei um desses piedosos, que, na parte da tarde, tinha de recolher perto de Marostica alguns da brigada Sassari que voltavam de um período de descanso em Vallonara.

Fiz a viagem com eles, que exaltaram as virtudes e a extrema cordialidade das pessoas e das moças daquele pequeno vilarejo, onde os infantes da Sassari haviam se recuperado e que consideravam quase um lugar de férias, onde lhes foi concedido improvisar um jogo de futebol. Eu não falei do meu passado de goleiro ou da recente vitória de 3 a 0 do Palestra Itália contra o Corinthians, campeão paulista, cuja torcida por isso ficou de luto. Também entre os simpatizantes do Corinthians, quatro anos mais velho do que o Palestra, havia muitos italianos, inclusive alguns anarquistas, mas nós torcíamos patrioticamente para o segundo. Havia diversos jogos de futebol no *front*, sobretudo durante aquele verão de 1917, quando, como meu irmão Luigi assinalou em uma carta, até a imprensa de São Paulo havia feito a narração de um *match* entre bombardeiros italianos e artilheiros ingleses que terminou num empate.

De todo modo, cheguei a Gallio na hora, aliás, adiantado, visto que o sol havia acabado de se pôr. Logo no dia seguinte, então, retomei a minha vida de furriel, embora dali a pouco a guerra voltaria, implacável, a me apresentar a conta.

Entre os dias 10 e 25 de junho, também nós, sapadores, fomos lançados à linha de frente e obrigados a tomar parte na violenta batalha que estourou para conquistar o monte Ortigara, tomado e perdido, onde experimentamos novamente a amargura dos combates e a dureza dos assaltos sem produzir bons resultados, com mortos e feridos em grande quantidade, como já havia acontecido um ano antes, e também agora com os de Sassari, enfileirados e atacando os austríacos no Zebio. Num primeiro momento, eu também consegui fazer uma dezena de prisioneiros, ajudado por ter acreditado que eles haviam levantado os braços para se render de propósito, para finalmente pôr um fim à sua guerra. Os austríacos, contudo, reagiram com violência e conseguiram voltar para as posições de onde tínhamos a ilusão de tê-los expulsado. Foi um despertar trágico, com muitas vítimas entre os soldados da infantaria e os sapadores, também porque, embora não de modo muito grave, no dia 22 de junho eu também fui ferido e, novamente sem merecê-la, ganhei mais uma medalha, de prata dessa vez, que me qualificava soldado modelo, mas no fundo do meu coração não me sentia muito feliz nem satisfeito. Fui atingido na perna e pensei que, pelo menos nisso, havia conseguido me assemelhar a Garibaldi, como sonhava no passado, entrando assim na lista de honra que um reservista brasileiro começou a solicitar, escrevendo ao seu antigo professor primário de São Paulo. Sobre o feito, o *Fanfulla* até escreveu um dos muitos artigos patrióticos, intitulado "Garibaldi rivive nei giovani soldati d'Italia". Infelizmente, além de ter afetado a panturrilha e o osso do pé direito, arranhado por uma bala, sofri a fratura do maléolo, da tíbia e da fíbula, por ter caído ao correr. Fiquei no chão por um tempo brevíssimo, atordoado, quase perdendo os sentidos pela dor, mas fui salvo por Paolo e por Mirco, que me levaram para dentro de uma de nossas trincheiras e logo voltaram ao combate, enquanto recebi os primeiros cuidados na terceira linha de retaguarda do nosso tenente médico Carlo Basso. Porém, logo depois tive de ser transportado rapidamente para Bassano a fim de passar por uma intervenção cirúrgica obrigatória. O hospital estava tão cheio de feridos que se passaram dois dias até que alguém se desse conta do meu caso, como já havia acontecido também a tantos outros: quando Deus quis, fui operado, mas nas noites seguintes só sonhei com refeições de linguiças, regadas a vinho *prosecco*, ou, alternadamente, com feijoadas regadas a cachaça, que pouco tinham a ver com a guerra e com Bassano, onde, por fim, tive de ficar por mais de dois meses.

Fiquei em Bassano até o fim de agosto, convalescente, e sobre a guerra só consegui recolher informações de segunda mão ou tiradas dos jornais, que os soldados consideravam pouco confiáveis. Também em Bassano tinham inaugurado, havia pouco tempo, a Casa do Soldado, para onde os militares que podiam, de algum modo, ser deslocados eram acompanhados uma vez por semana para assistir a filmes ou a peças, felizmente não só de temas bélicos ou patrióticos.

Atuava ali, líder do comitê local de assistência cívica, uma senhora, entusiasta e muito influente, que, embora tivesse uma queda para a brigada Sassari, se desdobrava para criar iniciativas de apoio a todos os soldados de passagem e, sobretudo, para aqueles como eu, obrigados a permanecer na cama por uma inatividade forçosa. Ela se chamava Maria Teresa Guerrato e havia casado com um Nardini, uma família abastada e muito conhecida na cidade. Era uma mulher de ideias conservadoras, mas com um grande coração, e, tendo frequentado também um curso para enfermeiras, além de fazer a madrinha de guerra para vários oficiais, tinha acesso ao hospital militar, que havia começado a frequentar regularmente desde junho de 1916, quando se ocupou dos primeiros soldados da Sardenha feridos no monte Fior e em Castelgomberto. Foi graças a ela, praticamente, que fui deslocado para um pequeno edifício que dependia do hospital de Bassano, em vez de ser enviado em um trem-hospital para Pádua ou até mais longe, para Milão ou Turim. Ao saber que eu era um italiano do Brasil, voluntário, a senhora Guerrato se interessou muito pelo meu caso, e havia conseguido para mim a melhor solução. A sua figura, também por isso, ficou impressa na minha mente, assim como a da senhorita Elisabetta Berti, natural de Montorio Bolognese, que estava de serviço no hospital menor de Caltrano para onde fui deslocado, no fim de setembro – enquanto amadureciam eventos novos e terríveis –, para o programa de reabilitação física e também para ficar mais próximo da minha unidade.

Assim, *às vezes* alguns velhos camaradas vinham me visitar, e eu lhes contava brevemente as minhas experiências hospitalares. Na verdade, poderia ter escrito um belo livro sobre as enfermeiras, os enfermeiros e os médicos, mas, sobretudo, sobre os doentes e os feridos de todo tipo gerados pela guerra que passaram na minha frente. Feridos mais ou menos graves, mancos, cegos e mutilados formavam o compêndio de uma humanidade sofrida e necessitada. As enfermeiras da Cruz Vermelha, os médicos, os enfermeiros e até os capelães militares faziam o que podiam naquelas condições de emergência. "Cê viu em quais lugares feios você teria ido parar se eu não tivesse trazido você pra cá?", disse Mirco quando chegou de visita. Soube dele, que por sua vez o soubera do seu compadre de Malo, Giuseppe Snichelotto, que em San Vito de Leguzzano, não muito distante dali, fuzilaram por insubordinação, no começo de setembro, sete soldados alistados após terem sido inicialmente descartados por inaptidão física e enviados ao *front* depois de um período de convalescência nos hospitais militares. "Estamos indo bem, hein?", pensei, considerando a minha situação.

Em meados de agosto, há muito tempo sem notícias do Brasil, enviei de Bassano uma carta desconsolada para a minha irmã Diana, assinalando as melhoras da minha saúde, mas expressando também algumas perplexidades:

> Irmã adorada, não pode imaginar como estou triste de não receber notícias de São Paulo há tanto tempo; já faz dois longos meses que não recebo nem um postal, penso até que todos se esqueceram de mim ou que acham que não existo mais. Ao contrário, graças a Deus, ainda estou vivo após ter passado tantos perigos de morte. Ah!... Quando vai chegar o dia feliz em que voltarei a obter a minha liberdade para gozar da minha juventude, para não sofrer mais e não precisar de ninguém? Sempre tenho este sonho feliz, quando será? Não sei, ainda será longo o tempo de estar sozinho no mundo, isolado da família. Escreva-me, sem pestanejar, assim meu coração ficará contente, para não esquecer nunca e continuar escrevendo como no passado. Espero minuto após minuto as suas notícias. Acredito, cara irmã, que você se esqueceu do seu pobre irmão tão distante, sem conforto algum, e espero com esta carta despertar a sua compaixão. Escreva-me mais.
>
> Pedi para lhe contarem que eu tinha uma história com uma moça de quem eu gostava tanto, mas este amor libertino durou

pouco, e assim, dias atrás, decidi deixá-lo de lado e não me apaixonar nunca mais, porque meu coração se rebelou, não quero me casar na Itália, mas onde nasci, no Brasil, próximo dos meus caros, como fez nosso irmão mais velho. Espero ter a sorte de voltar e fazer um bom casamento em São Paulo. Saudades de todos e beijos do seu querido irmão, que nunca se esquece de você.

Infelizmente logo descobri as razões de um silêncio tão longo. No mesmo período em que fui ferido e levado ao hospital, minha mãe adoeceu. Foi diagnosticado um tumor, e os médicos lhe deram poucas esperanças, dizendo que era incurável. Desde então, ela estava internada em uma pequena clínica, cada vez mais debilitada e sem forças até para escrever, embora tivesse recomendado aos meus irmãos fazê-lo. Eles não tiveram coragem, incapazes de encontrar as palavras certas para informar a mim, que imaginavam já bastante abatido em outra cama de hospital, do outro lado do oceano.

Foi assim que, várias semanas depois do meu apelo para Diana, recebi, quase no fim de setembro, a mais triste das notícias. Minha mãe havia falecido no dia 18 de agosto e sido sepultada no grande cemitério do Araçá. Também por causa do atraso e do modo pelo qual recebi a notícia, a sua morte me lançou em um desespero profundo, incrementando a dor que já provava pela distância, e, além disso, por não ter tido a possibilidade de participar do seu funeral.

Demorei muito para me recuperar do sofrimento que um evento como esse havia provocado e me consolei pensando que agora, pelo menos, não deveria mais me preocupar com a dor que ela provaria se eu morresse antes. Aos poucos, meio internado em Caltrano e depois restituído por breve tempo à vida civil para completar a convalescência, procurei me conformar com a morte da mulher que mais havia amado.

No entanto, continuavam a chegar também outras notícias, e não somente de combates, mas também de imponentes manifestações de rua, como em agosto em Turim, e, mais tarde e mais longe, de uma verdadeira revolução prestes a explodir na Rússia.

Foi por causa da minha forçosa imobilidade e por ter que passar parte da convalescência em uma residência civil situada em algum lugar não muito próximo do *front*, após ter recebido alta em Caltrano, que soube da derrota desastrosa de Caporetto, para a qual a II Armada havia levado o nosso exército e a Itália toda à beira do abismo. No começo fiquei chocado e escrevi para São Paulo, minimizando a dimensão do acidente – assim eu chamava o episódio –, que tinha tirado de combate apenas a mim. A rota de Caporetto, ainda que não tenha sido resultado de uma greve militar, e menos ainda consequência de uma suposta covardia dos nossos soldados da qual falou ao acaso Cadorna, foi de qualquer forma uma derrota militar de enormes proporções. Aliás, acontecera também por culpa do comandante supremo, e tinham razão os soldados ao cantar: "O general Cadorna se queimou/ em menos de três dias meia Itália perdeu/ Bim, bom, bom, ao rumor do canhão".

Substituído Cadorna por Diaz, conseguimos resistir na nova linha do rio Piave e ao longo de todos os picos do Planalto ao Grappa, que logo se tornaram, assim, com aquele rio, montes "sagrados para a Pátria". No começo foi quase impossível, apesar da ajuda dos aliados ingleses e franceses, que socorreram o nosso exército com armas a canhões para substituir as imensas perdas das nossas artilharias caídas nas mãos do inimigo, porém sem arriscar suas infantarias, posicionadas atrás do rio Mincio.

Repito: havia assistido a tudo isso de muito longe, chegando a conhecer casualmente diversos detalhes daquele período entre 1917 e janeiro de 1918. Por sorte, em vez de ir ao encontro daqueles primos de Portogruaro, havia aproveitado novamente da hospitalidade que me foi oferecida pelos amigos de Legnago, os Trivellatos, que me acolheram de novo na sua casa por quase dois meses, até que fosse possível me juntar à minha unidade, que, no entanto, havia sido transferida para o Montello.

Fui poupado, assim, da experiência, que teria sido tristíssima se vivenciada pessoalmente, da ocupação inimiga para lá da margem esquerda do Piave, e, particularmente em Portogruaro, da vergonha pelo que fizeram e escreveram alguns cidadãos pró-austríacos, encabeçados pelo bispo de Concordia e por um sobrinho seu (os monsenhores Francesco e Isaia Isola), ajudando, sem serem solicitados, os invasores, como meus primos me contaram uma vez chegados no lado ainda italiano do Vêneto, junto com todos os outros refugiados em massa que vinham do Friuli, da província de Treviso, de Belluno, dos arredores de Feltre e de outras regiões. A tragédia dessa enorme massa de coitados obrigados a deixarem suas casas se prolongou por meses e foi dificilmente contida nas suas maiores consequências pelo governo, e talvez tenham ajudado mais as coletas realizadas para esse propósito no exterior, como aconteceu também no Brasil, onde foram numerosas as subscrições a favor dos "refugiados vênetos".

Certamente foi um período de desventuras que durou até abril de 1918, do qual conservo recordações incertas, imprecisas ou desfocadas, talvez porque coincidiram com os fatos que não me foram concedidos viver diretamente, e dos quais apenas ouvi falar ou li nos jornais. Os correspondentes de guerra, até os mais famosos do *Corriere della Sera*, haviam começado a criticar um ao outro o abuso contraproducente e exagerado da retórica e da propaganda que todos haviam usado nas suas narrativas sobre a guerra, silenciando sobre o que havia acontecido em Caporetto e sobre uma miríade de outros episódios considerados desagradáveis. Para preencher as páginas dos jornais diários ou alimentar as discussões das pessoas bastavam, contudo, as referências a outros acontecimentos ligados ao andamento do conflito, mas menos constrangedoras e sem riscos.

Das tantas desse tipo que foram descritas em algumas cartas ou contadas por Mirco e por Paulo, relembro, ao acaso, a terrível explosão que ocorreu em dezembro no paiol de Tavernelle, perto de Vicenza, e a chegada dos primeiros *arditi* do segundo batalhão de assalto com base em Longara e em Debba, na Riviera Berica, que cheguei depois a conhecer em ação. Não se pode afirmar que fossem todos uns tipos marginais, mas certamente, pelos comportamentos usuais e pelas técnicas impiedosas de combate, com seus punhais e inseparáveis granadas de mão, se pareciam mais com capatazes. As unidades Fiamme Nere (Chamas Negras), como eram chamados os *arditi*, por causa dos distintivos pretos no colete do uniforme, não eram todas compostas por refugos das unidades disciplinares ou da sociedade, homens bestiais, carniceiros e ao mesmo tempo carne de canhão, como muitos os representavam, mas também não eram nada fáceis. Em batalha, indubitavelmente, sabiam como mover-se, e de suas músicas, do tipo *bombacé*, mas com o refrão modificado, dava para entender as suas características e seu espírito de combate: "Os Arditi antes estavam/ em Sdricca de Manzano/ E agora estão em Longara/ frente ao Planalto/ Granadas de mão e golpe de punhal!".

Em Debba se divertiam, empanturravam-se nas salas do Bar Mão Amiga e depois de apenas um mês de treinamento partiram arrogantes para Lusiana e Fontanelle del Conco em cima de uns sessenta caminhões que os levariam ao Planalto. Ali, no fim de janeiro de 1918, junto aos soldados da Brigada Sassari e de outras unidades de infantaria, engajaram-se rapidamente na batalha dos Tre Monti, que possibilitou a reconquista do Val Bella, de Col del Rosso e de Col d'Echele, onde, perto de Sasso de Asiago, morreu com dezessete anos o cabo do 6º Regimento de alpinos, Roberto Sarfatti, filho de uma escritora famosa, Margherita.

Capítulo 15

## *1918: O ano da minha morte*

A nova condução do general Armando Diaz havia começado a mostrar a sua face entre dezembro e janeiro, com algumas inovações, que não eram nada fantasiosas, propostas inclusive por alguns colaboradores, como o próprio Pecori Giraldi, confirmado no posto apesar do afastamento de Cadorna, seu mentor. Na pequena cidade de Schio, e depois em Vicenza, por exemplo, os altos comandos, de acordo com as autoridades civis, organizaram momentos de encontro entre a população civil e as tropas vitoriosas dos combates nos montes. Quando desciam para os vales e a planície, marchando em fileiras flanqueadas pelo povo em festa, passaram pelas ruas centrais das duas cidades enfeitadas com a bandeira tricolor, concretizando as palavras da proclamação de Peschiera, lançada pelo rei depois de Caporetto para exortar os cidadãos e os soldados a fundirem-se num "único exército". Li essa notícia no *Fanfulla*, que descreveu os soldados da Sassari como "aclamados pela multidão em Vicenza".

No que se referia aos espetáculos montados para conceder alguma diversão aos combatentes, foi estudada uma programação de melhor qualidade, alternando, nos palcos improvisados ao ar livre nos vilarejos da retaguarda, representações confiadas a comediantes e cantores de renome. Foram procuradas companhias teatrais de bom nível, dirigidas por dramaturgos de profissão, que às vezes estavam prestando o serviço militar, como o subtenente da infantaria Renato Simoni, que escolheu bons comediantes (Falcini e De Sanctis, por exemplo) e atrizes e atores já conhecidos, como Pina Allegri e Tina Di Lorenzo. Esse também era, no fundo, o sinal de um tipo diferente de mobilização nacional, que poderia contar com a disponibilidade do povo vêneto, já experimentada pelos soldados, afastando um pouco a sombra do dissenso e dos protestos populares. A tudo isso o general Diaz, muito menos centralizador do que Cadorna, acrescentou um verdadeiro serviço de propaganda patriótica, confiado a jovens oficiais formados de grande competência cultural, que vinha acompanhado não só das evidentes aberturas no plano do entretenimento militar, como também de uma série de iniciativas, dando também novo impulso às escolas de regimento para os soldados analfabetos, que deviam aprender a ler talvez para poderem melhor obedecer. Inspirados em critérios de vigilância e assistência, com a "superior autorização" dos comandos, particularmente o do I Exército, começou a sair do forno, com certa frequência, uma série de panfletos, livrinhos e jornaizinhos de trincheira (*La Trincea, La Tradotta, La Ghirba, La Marmitta, La Giberna, La Voce del Piave*, entre outros), todos expressamente destinados aos soldados, embora muitos, para dizer a verdade, não os levassem muito a sério. Houve, aliás, quem dissesse que, vista a penúria de papel bom para escrever as cartas, mercadoria preciosa demais para nós, as páginas dessas publicações seriam mais apropriadas para usos mais banais e materiais, por exemplo, higiênicos.

Capitães e tenentes, até aqueles que gostavam de nós e desejavam manter relações cordiais com a tropa, muitas vezes se queixavam da brutalidade de certos comportamentos, generalizando e banalizando juízos que das latrinas eram estendidos a todo o universo militar, obrigado a se virar no *front* como podia e sabia. Admitiam que as nossas infantarias eram boas, mas não era raro que logo depois algum deles deprecasse a índole preguiçosa do combatente médio, sobretudo se meridional, observando como geralmente era, como o inimigo, "sujinho", um pouco por necessidade, mas muito mais por incúria. Um desses oficiais, que tínhamos visto trabalhando em junho de 1916 em Magnaboschi, comentou que o soldado italiano "faz suas necessidades corporais nas proximidades das trincheiras, enchendo de merda todo o chão em volta: não se preocupa em criar uma única latrina, mas transforma a trincheira toda em uma privada só; não cuida do fuzil, que deixa sujo e às vezes enferrujado; dispersa os instrumentos de sapador ("quanto trabalho para juntar depois pás e picaretas!", pensei eu); cochila durante o dia, enquanto poderia reforçar a linha de defesa; em compensação, porém, é paciente, sóbrio, generoso, bondoso, solidário, corajoso e impetuoso no assalto".

Ainda bem que no final fechou com adjetivos lisonjeiros!

De certo ponto de vista, os jornais de trincheira que começaram a se tornar numerosos no começo de 1918 e que deveriam desenvolver funções educativas continham também muitos elogios como esses, mas não podiam aumentar muito mais o espírito, já satisfatório, dos soldados, alternando, no máximo, uma enxurrada de invenções retóricas com simples sugestões de comportamento e higiene na trincheira. De resto, não eram muito animadores, e o destino de suas páginas já estava decidido. Um ou outro desses jornais, que tive a oportunidade de ler, era bem feito, e assim teve uma vida mais longa e feliz, como *L'Astico*, por exemplo, publicado em Piovene para os "seus" alpinos pelo tenente Jahier.

A minha companhia, para a qual em breve eu voltaria definitivamente, havia sido transferida, desde março de 1918, para Giavera del Montello, nas dependências da VIII Armada, do general Pennella, após uma parada de uma semana em Bassano para descansar. Eu, que estava ali de passagem, aproveitei para ver meus antigos camaradas e esperava também poder saudar, eu, humilde terceiro sargento premiado com duas medalhas, a senhora Guerrato, que, porém, *não encontrei porque já* estava fora da cidade de Bassano, não sei por qual motivo, havia mais de três meses.

Bassano e seu hospital me pareceram bem diferentes de poucos meses antes. A aglomeração de militares havia se tornado mais impressionante, talvez porque, convencidos de que a Itália, após Caporetto, não teria repetido o experimento revolucionário da Rússia bolchevique, que acabou saindo do conflito, nossos amigos ingleses e franceses haviam começado a enviar tropas frescas à frente italiana; uma parte delas chegando ao que ainda sobrava da Marca Trevigiana italiana e nos campos de Bassano. Vários fizeram questão de enfatizar, orgulhosamente, que a Itália teria conseguido sozinha revidar qualquer novo ataque do inimigo, resistindo nas margens do Piave e nas montanhas do Grappa, mas, em todo caso, a presença dos aliados se fazia sentir e nos alegrava. Pelas ruas e nos pontos de concentração podíamos ver, cada vez com mais frequência, uniformes e bandeiras estrangeiros. De repente, apareceram até os estadunidenses da Cruz Vermelha e da Ambulance Service Company, muitos com um uniforme esportivo de pilotos, guiando ambulâncias ultramodernas, bem diferentes dos nossos meios de transporte puxados por cavalos e até dos nossos melhores caminhões da FIAT. À noite, esses jovens estrangeiros, ingleses e franceses, mas principalmente os norte-americanos, se espalhavam pelos bairros e pelas adegas de Ca' Erizzo até Asolo para beber e passear, como havia pouco tempo já vinham fazendo em seu quartel general entre Villafranca e Valleggio outros poucos norte-americanos enviados para a Itália, dando a ideia de estarem pouco e casualmente interessados na guerra.

Em poucos meses, aliás, mais de cem mil italianos, sobretudo meridionais que residiam nos Estados Unidos, haviam sido enviados à Frente Ocidental, na França. Quase nenhum deles foi empregado na Itália, embora o generalíssimo Diaz tivesse declarado, desde dezembro de 1917, que não considerava um erro o alistamento desses italianos, desde que fossem combater no teatro de guerra da sua pátria de origem. Não foi assim. A maior parte dos militares aliados, que foram combater na frente italiana, era, sobretudo, formada por franceses ou súditos de sua majestade britânica, provenientes de todas as regiões do Reino Unido, incluindo escoceses que, por causa de seu famoso uniforme com saia, despertaram a curiosidade e a fantasia dos meninos da região, particularmente de Vicenza e Treviso, onde esses soldados atuaram no controle e regulamentação da mobilidade e do transporte, com uma fraterna tirania, fria, mas educada. Parecia que, com aquela estranha sainha colorida – sem nada embaixo, fofocavam as pessoas –, eles estivessem fazendo a guerra de brincadeira. Mas a fizeram de verdade, especialmente no Planalto e no Montello, deixando feridos e muitos cemitérios. Esses soldados rudes e fortes da Força Expedicionária Britânica, assim como outros militares estrangeiros, acharam muito mais fascinantes os panoramas e os ambientes do Vêneto do que os campos cinzentos das Flandres, que talvez tenham deixado com um pouco de alívio, assim como ocorreu conosco quando fomos transferidos para Asiago, depois das alturas depressivas do Carso e das obscuras trincheiras do Isonzo.

Além dos cemitérios, começavam a aparecer, aqui e ali, pequenos monumentos, em cujas lápides eram esculpidos os nomes dos que comumente e inapropriadamente eram chamados os *caduti* (caídos), mortos em batalha. Já começava, enquanto a guerra nem dava sinais de acabar, uma espécie de transformação dos mortos em santos e heróis, sem muita atenção com o como, onde e, sobretudo, por que eles morreram. Certamente, não era essa a intenção, à parte um óbvio espírito de piedade religiosa e de solidariedade humana dos sobreviventes, camaradas ou comandantes das vítimas, que precisavam de lugares da memória para elaborar o luto e de um discurso em torno da morte que pudesse torná-la minimamente aceitável.

Assim, eu também, como a maior parte dos meus camaradas, pensava em mim mesmo e na possibilidade de ter que fazer companhia aos mortos, beatificado ou santificado que fosse. Já havia escrito sobre isso nas minhas cartas, nem sei mais quantas vezes, para afastar a má sorte, que essa morte me parecia uma coisa normal, com exceção daqueles casos que me desconcertavam, como foi o fim do pobre subtenente Mario Bergamini. Esse irredentista de Trieste, que eu havia reencontrado uma única vez depois de dois anos, transferido rapidamente ele também do Carso, em junho de 1916, após ter sido morto em combate longe do seu belo Mar Adriático, foi sepultado em um pequeno cemitério de montanha, feito às pressas, e que os austríacos haviam bombardeado sucessivamente, ao ponto de destruí-lo por completo. Assim, seus restos destruídos e dispersos foram recolhidos tempos depois e misturados a outros, sem possibilidade alguma de dar-lhe um nome ou uma identidade qualquer.

Para dar uma ideia de quanto fosse já difusa a exigência de celebrar como herói da pátria e santos da nação tantos soldados mortos em combate, sobretudo praças (que se sabia, dessa vez, quem eram e que morreram combatendo), basta pensar que também no Brasil o *Fanfulla* havia apoiado, desde setembro de 1916, o nascimento de uma comissão especial para a construção, como de fato aconteceu, de uma capela-mausoléu no cemitério do Araçá para todos os alistados de São Paulo mortos em combate, convidando as famílias a enviar para o jornal os dados biográficos necessários para poder esculpir com destaque seus nomes e sobrenomes na lápide que adornaria o monumento fúnebre.

Umberto Serpieri, na verdade, que havia substituído recentemente Giovannetti na direção do diário, promovera, junto a alguns colaboradores do jornal, outras iniciativas de mesmo teor patriótico. Com exceção de uma subscrição para que se pintasse em São Paulo o retrato de Cadorna, a ser enviado depois para ele – a verba foi recolhida por Antonio Piccarolo, um socialista meia boca –, e de outra coleta para readquirir a sua casa de família perdida, houve a ideia, imaginada por Tito Martelloni, de fazer um grande livro, ou melhor, um álbum suntuoso da "colônia italiana no Brasil" em memória a Cesare Battisti. A viúva do mártir, Ernesta Bittanti, agradeceu o presente enviando ao *Fanfulla* diversas cartas, que o jornal em parte publicou, expressando ao mesmo tempo o seu ponto de vista particular sobre a guerra, que na Itália poderia destoar ou criar polêmicas.

São Paulo, de qualquer forma, estava sempre no meu coração. Enquanto estava ainda em Legnago, na casa dos Trivellatos, sem conseguir escrever uma linha sequer aos meus irmãos depois da morte de nossa mãe, mas querendo me manter informado sobre o que acontecia no Brasil, limitei-me a ler o que Ferdinando Meneghello escrevia sobre a situação brasileira, dessa vez de Pirassununga, para onde havia se mudado. Entre o início do ano e a Páscoa, ele enviou a Gonda pelo menos um par daquelas suas grandes cartas cheias de detalhes e de reflexões desordenadas, mas não todas desprezíveis. A primeira começava assim:

> Em primeiro lugar, desejamos a vocês todos um bom começo de ano de 1918, esperando que termine essa maldita guerra, que tantos desastres provoca ao mundo. Vocês na Itália estão em

lágrimas e suspirando, e nós aqui estamos em condições tristíssimas porque todos os mantimentos vêm pela Europa e o preço cresce extraordinariamente. O trabalho diminui, não se consegue nada, e assim estamos pior que vocês na guerra. Tenho o consolo de que pelo menos não preciso ver os meus três filhos morrerem em batalha. Por que o verdadeiro Deus não envia um castigo para destruir aquelas pestes da Alemanha, Áustria, Turquia e Bulgária? Será que o Deus dos cristãos se rebelou contra seus filhos que adoram a doutrina de Cristo, a liberdade e a igualdade para todos os povos civis? Ou talvez tenha se aliado àqueles cães para proteger os descendentes de Átila *flagelum Dei*, descendentes de Caim, usurpadores, traidores, bárbaros, das antigas descendências dos Hunos de Frederico Barba Ruiva, descidos dos Alpes para usurpar o Sagrado Território Itálico.

Lemos com a sua irmã essas palavras, que a qualquer um teriam parecido entrelaçadas de um modo grotesco e aproximativo, mais ou menos nos mesmos dias de abril, quando o jornal *Arena di Verona*, que havia se transformado numa espécie de boletim do comando supremo italiano, publicava o artigo confuso de um tal Moccheggiani, intitulado "Jesus Cristo foi crucificado pelos alemães", onde literalmente se afirmava:

A centúria de pretorianos a serviço do Sinédrio de Jerusalém e a guarda pessoal do pró-cônsul Pôncio Pilatos eram ambas compostas por soldados bávaros. E isso se explica perfeitamente, porque os estudos mais recentes descobriram que também Pilatos era bávaro. Isto é, que ele nasceu na Baviera e foi educado na Itália – talvez em Roma –, onde ficou tanto tempo a ponto de perder o sotaque teutônico, chegando a falar com puro sotaque latino, como se tivesse nascido no Lácio ou no Sâmnio. O alemão Pôncio Pilatos, portanto, representava Roma em Jerusalém, cercado por agentes alemães. A sua educação era romana, mas a sua alma era sempre, nostalgicamente, alemã.

Sobre esse último ponto até poderia concordar com esse jornalista maluco, não por causa de sua ridícula hipótese, evidentemente fundada sobre o nada, mas pela reflexão a respeito das duplas identidades, visto que eu também havia recebido uma educação substancialmente italiana, enquanto a minha alma era, cada vez mais, nostalgicamente brasileira.

Podíamos talvez ficar escandalizados com o pobre Meneghello, mas sem ficarmos muito bravos, uma vez que seus panoramas históricos, que realmente faziam rir ou ficar surpresos, eram ultrapassados nas páginas de um diário de renome, dirigido por um escritor profissional como Giovanni Cenzato, que, porém, não se importava de dar espaço a bobagens de tamanha grandeza. Na sua escrita cheia de erros, por exemplo, Meneghello dialogava com o pai octogenário sobre o que estava "escrito nas histórias" até o fim do século XIX, ligando a guerra ao avanço da modernidade tecnológica. Ferdinando repetia as reflexões de pessoas que não conhecia, mas que já antes da guerra, como Ricciardini havia me contado, desejavam para a Itália uma "vinificação vermelha". Acrescentava apreciações ingênuas sobre os "italianos da nossa raça" contrapostos tanto aos "mouros" como aos alemães bárbaros, em nome da própria italianidade indômita e afirmando que teria voltado a viver e morrer no seu país de nascimento.

A esperança de voltar atrás, em uma Itália "vitoriosa e libertada", não era um desejo compartilhado por todos no Brasil, e, aliás, havia quem esperava do fim do conflito uma retomada benéfica da imigração. Contudo, não eram desse tipo os meus pensamentos quando chegou a hora de voltar para o serviço na minha unidade alocada no Montello e um pouco antes, nos primeiros dias de maio, tive que ir para a última consulta em um dos três hospitais de Treviso, uma cidade fantasma esvaziada dos seus habitantes. Havia, porém, muitos soldados britânicos, e quase toda noite os bombardeios aéreos do inimigo não davam sossego aos militares e aos poucos trevisanos que acabaram ficando na capital da Marca, tão feliz num passado recente.

Nos dias anteriores, vindo de Legnago, havia passado por Vicenza, onde agora os militares franceses eram mais numerosos, um pouco escandalizados pelo clericalismo da cidade, mas que estreitaram boas relações com as pessoas do lugar e menos com os soldados italianos. Eu fui ali para cumprimentar, sem saber que esta seria a última vez, os amigos e amigas que ainda tinha na cidade. Infelizmente, não encontrei Trizza e Ferranti, porque, alocados a serviço daquele general paternalista que era Giardino, o novo comandante da IV Armada, foram transferidos estavelmente para Galliera, no caminho para Bassano, que estava para se tornar, na sua função de cidade guarnição, nas encostas do monte Grappa, o baluarte da resistência italiana.

Até Lumìna estava esperando ser transferido para a linha do Piave, perto da ilhota Grave di Papadopoli, e assim nos despedimos, desejando boa sorte um ao outro, convencidos de que, mais cedo ou mais tarde, nos reencontraríamos por aquelas bandas.

Nina, que após ter deixado a enfermaria de Porta Pádua trabalhava regularmente como funcionária, e com espírito de sufragista, em um dos muitos postos de apoio para o exército da Cruz Vermelha, ao lado de damas e senhoritas de boa família da região, encontrou com dificuldade umas duas horas para falar comigo. Tiziana, ao contrário, já havia me informado, semanas antes, que teria casado em junho com um burguês muito mais velho do que ela, e não tive coragem de me alongar até Barbarano para poder falar disso com ela cara a cara, embora a minha surpresa e a minha contrariedade ainda fossem grandes. Continuaria sendo o homem da sua vida, havia escrito para mim; pena que eu não era o seu homem. Nem posso dizer que estava errada, depois de tudo o que lhe havia contado de Silvia e das outras. Assim, havia me resignado que ela continuasse a ser somente a minha madrinha de guerra. Era algo, afinal, mas me dei conta logo de que sentiria a sua falta como verdadeira amiga de coração, especialmente naquele turbilhão de mudanças que se seguiram à minha ausência prolongada da unidade.

Não foi certamente a única novidade com a qual fui obrigado a me confrontar. Na minha companhia, alocada agora em Giavera del Montello, não havia mais muitos dos meus antigos camaradas. Alguns morreram, outros foram transferidos para outros pontos da nova frente. Para substituí-los, haviam chegado então outros tantos jovens da última leva, dos nascidos em 1899, e Mirco fez para mim uma rápida e espirituosa relação deles, embora logo tivesse a oportunidade de observá-los em ação. No lugar daquele estúpido carrasco de Cingolani, o seu posto, há muito tempo vago, foi outorgado a um jovem oficial aspirante, um tal Franco Zampieri, que preferia a marinha, mas teve que aceitar em troca um cargo entre os sapadores. Era de Mestre e, embora mais rígido do que Ricciardini, não parecia má pessoa.

Entre os novos sapadores, havia um jovem destemido de Sanzvàn, Roberto Melò, que estranhamente não conhecia Lumìna. No setor de logística, veio trabalhar comigo um coetâneo de Schio, Ugo Lanaro, muito inteligente, mas não muito adequado para aquele tipo de incumbências, e sempre excessivamente preocupado com o seu estado de saúde. Era reservado e reflexivo, com uma vaga tendência para a depressão. Porém amava ler e até escrever – cartas não, mas sim, escondido, poesias e romances –, o que o tornou muito simpático para mim, também porque, quando relaxava, se permitia piadas e considerações irônicas sobre o nosso destino comum. Até ali ele não tinha experiência alguma de trincheiras e assaltos, então ignorava quase completamente o ABC, ou seja, a face mais atroz da guerra. Vai saber se resistiria, pensei, quando necessário, uma vez que iria ao combate vindo de um tranquilo escritório de Mântua, onde esteve empregado, sorte sua, desde 1916.

Igualmente mantuano, mas de San Benedetto Po, com raízes em Verona, onde trabalhava como corista e como figurante fantasiado nos espetáculos líricos na Arena, era o Minimo Zanca, sobrinho de um reservista, Angelo Franchini, que em São Paulo era decorador e na frente, bombardeiro. Originários de Gênova eram Federico Caffarena e Fabio Croci, dois mestres de estaleiro, mais velhos do que nós e que tinham sido derrotados em Caporetto, e por fim três vênetos, Luciano Sberze, Luca Zanonato e Gianni Bassanese, de incerta, mas análoga profissão; resumidamente, eram vendedores ambulantes e contadores de histórias nos vilarejos. Contudo, faltou-me tempo para conhecê-los melhor. De um lado, porque Lanaro e eu erámos obrigados a ir e vir de Treviso para resolver várias tarefas pelo menos duas vezes por semana ou a percorrer uns vinte quilômetros entre os vilarejos de Salettuol, Maserada e Visnadello, e de outro porque em meados de junho os austríacos tiveram a bela ideia de lançar um novo e formidável ataque. Esse, nos seus planos, deveria ser decisivo, e de repente lá fomos nós novamente ao combate, até Ugo foi para a linha de frente, assim como os nossos camaradas e os ingleses que ficavam no Planalto, por vários dias de luta violenta. Dessa vez não foi mal, e somente alguns dos nossos sapadores morreram, saindo feridos apenas Gibelli, Savastano e Zanonato.

Entre Giavera e Nervesa, dos dias 15 a 21 de junho, tomamos parte, então, da primeira fase, talvez a mais dura e sangrenta, daquela que depois foi chamada a batalha do solstício ou Segunda Batalha do Grappa e do Piave, durante a qual perdeu a vida o famoso aviador Francesco Baracca. A batalha foi seguida por um contraste mais vigoroso da parte italiana, que foi muito bem, e que, em julho, nos levou de novo a ritmos e condições de vida, não somente militares, de maior tranquilidade, deixando-nos a chorar os nossos falecidos, velhos ou novos (Sberze, Pellizzaro, Bassanese, Guidorizzi, Monicellie e outros), mortos em combate ou no hospital por causa dos ferimentos.

Afinal, até os nossos aliados tiveram de admitir que, ao conter e ao contra-atacar o exército austríaco, nós, italianos, havíamos dado prova de grande valor, substancialmente sozinhos, enquanto no Planalto, que já havíamos deixado há um tempo, e do qual tínhamos um pouco de saudade, foram os franceses e, sobretudo, os ingleses, como já disse, junto com os alpinos, a serem determinantes.

Provavelmente, jogaram a nosso favor a diminuição dos protestos populares e algumas promessas aos praças, que eram quase todos camponeses. Até em Pádua, agora a nova capital da guerra italiana, e na província homônima, cujas partes ao sul sempre foram, por tradição, turbulentas e propensas à subversão, não havia mais traços de um mal-estar que, porém, continuava aceso sob as cinzas alhures; em Schio, por exemplo, ouviram Rosa e Capovin, dois anarquistas em uniforme, dizer: "Depois da guerra, cortaremos a cabeça dos senhores". A qualquer momento, esse fogo poderia se reacender, caso se fortalecesse o caso de amor de muitos trabalhadores com a Rússia bolchevique. Os do campo, especialmente quando estavam na linha de frente, consideravam verdadeiras as promessas do governo e das autoridades militares de um ressarcimento concreto reservado, em caso de vitória, aos soldados camponeses. Era consentido falar abertamente disso, e mais claramente por parte de alguns líderes socialistas moderados a favor da guerra, como Bonomi e Bissolati, acompanhados, em uma babel de linguagens dissonantes, em que começaram a fazer desordem também outros personagens, nacionalistas, católicos ou sindicalistas revolucionários, como Federzoni, Mussolini e De Ambris, que se tornaram familiares para os militares de origem rural, porque da palavra de ordem "terra aos camponeses" estava se passando, graças a eles, àquela de "terra aos combatentes". O resultado foi que, entre o verão e o outono de 1918, para cada praça da infantaria de origem camponesa pareceu possível ter um crédito a ser apresentado ao Estado no momento oportuno, que poderia até ser depois do fim da guerra. Não é que os soldados tivessem parado de resmungar e de protestar de vários modos contra o prolongamento de uma matança que parecia não ter fim, mas, chegados a esse ponto, até eu entendi que havia infinitas maneiras, mais ou menos tantas quantos éramos nós, de reagir ou, mais frequentemente, de se resignar, com ou sem promessas, a um destino aparentemente inelutável. Cada um fez a sua guerra pessoal, segundo suas condições, a idade, as tantas coisas que teve de deixar, a maturidade ou os seus conhecimentos, mas o fio condutor foi comum.

Se alguém me perguntasse o que isso significava, poderia dar uma única resposta, ou seja, que, como os outros, vivi aquele tempo não exatamente como um tempo de guerra, também porque, como se viu, eu era totalmente o oposto de um herói. Vivi-o, ao contrário, como a obscura e indecifrável aventura que me foi dada a viver em comum com um imenso conjunto de homens como eu, incluindo, obviamente, os ditos inimigos. Acredito que foi dessa experiência compartilhada que derivaram, para a maioria, as capacidades formidáveis de adaptação e as mais diversas formas de se virar para sobreviver, sabendo que poderiam morrer de um momento para outro.

Até os mais rebeldes, que às vezes haviam pensado em se infligir ferimentos ou em gestos clamorosos e ousados como o de desertar ou de se deixar aprisionar pelo inimigo, começaram a diminuir. Em parte porque o general Diaz havia começado realmente a modificar muita coisa, mas também porque agora eram os austríacos que se entregavam em nossas mãos, cada vez com mais frequência, por fome ou medo.

Muitos tenentes e capitães, e também muitos suboficiais, que souberam ganhar a confiança e a estima dos seus comandados, e mais os padres soldados, os capelães, as famílias, as esposas e as namoradas colaboraram para dissuadir o povo das trincheiras de planejar fugas ou saídas individuais daquele emaranhado de medos e impedimentos que se entrelaçavam em suas mentes e seus corações.

Um terceiro sargento genovês, que, entre outras coisas, estava chateado com os próprios superiores, aos quais reprovava por tê-los feito sonhar em vão por um ano com a perspectiva de uma promoção a sargento nunca concretizada, havia explicado, desabafando com a noiva que nem a ideia de fingir-se de louco, por ele acalentada inicialmente, poderia mais funcionar, tanto é que lhe escrevia, *grosso modo*, assim:

> Com relação a não bancar o doido, você também tem razão, mas até agora banquei o bom e valoroso e tomei no cu, agora experimento um pouco bancar o doido para ver se as coisas mudam. Porém, escrevo-lhe, mas não banco o doido porque estou bem informado pelo meu confessor, e ele me aconselhou a ter paciência e estar sempre na graça de Deus, pois ao bancar o doido posso perder sua graça e perder a alma, e perdida uma vez a alma, não se a adquire mais, e por esse conselho lhe prometo que bancarei sempre o bom, e se não nos virmos mais neste mundo, nos veremos no paraíso.

Os oficiais de patente inferior não eram menos valorosos e cooperavam, ainda quando eles mesmos nutriam as primeiras dúvidas sobre o andamento do conflito, para a obra de normalização e contenção das tentações que muito frequentemente se esgueiravam entre os próprios soldados. Porém, quase todos eles tinham nas costas uma bela bagagem de motivações e de ideias passadas substancialmente indeléveis através das provas de vida na linha de frente, e talvez tivesse bastado ler sem preconceitos os desabafos privados para entender quanta distância havia entre as condições deles e aquelas dos soldados de infantaria campesinos. A minha, naturalmente, era somente uma conjectura, pois de fato não poderia saber aquilo que os tenentinhos escreviam ou diziam. Existiram, todavia, momentos nos quais me ocorria intuir o que pudesse estar por trás de suas decisões à primeira vista contraditórias. Não só os frutos de uma propaganda que já agastava mais a eles do que a nós, mas provavelmente um tipo de mentalidade e de relações que escapavam completamente da vida anterior à guerra. Em Vicenza e Verona, por exemplo, alguns dos nossos companheiros que tinham conseguido ajudá-lo ocasionalmente, no verão anterior, para um deslocamento de livros, nos tinham falado com admiração de um professor originário dali, mas que ensinava havia muitos anos em Nápoles, na Escola Militar Nunziatella, que, parece, colecionava cartas expedidas de todos os pontos do *front* por seus ex-estudantes de liceu, e todas transpirando patriótica confiança. Gioacchino Brognoligo, assim se chamava esse literato, tinha orgulho de poder observar, e não o escondia, o grande êxito das suas lições, que evidentemente não tinham sido apenas de história e gramática, visto que os seus alunos, sem minimizar os aspectos mais duros ou desumanos do conflito, relacionavam sua justificativa àquilo que justamente com ele tinham aprendido ainda adolescentes.

Até certo ponto, era como se eu pudesse ter escrito ao professor Basile a impressão que estava provocando em mim aquela barafunda bélica praticamente como se fosse um aspirante ou um jovem oficial daqueles que mantinham estreitas relações com os próprios professores de alguns anos antes. Um deles, Silvio Negro, da turma de 1897, que tivera como docente nas escolas superiores Adolfo Crosara, seguidor na sua época da democracia cristã de Murri (isso, porém, tinha sido contado pelo pintor Ubaldo Oppi que, por sua vez, tinha sido aluno dele em Vicenza, e que tínhamos conhecido em Redipuglia), em junho de 1918 estava residindo no Altiplano, mais ou menos nos lugares onde tínhamos passado tantas vezes entre Val d'Assa e Col del Rosso, e "com afeto e gratidão de filho" se lhe dirigia do *front* assim: "Meu bom professor" – dizia (e ninguém me pergunte, a essa altura, como cheguei a saber disso) – "estou ainda aqui em cima, próximo das minhas velhas posições de alguns meses atrás, em ótima posição e com uma saúde de ferro. O que posso desejar mais? Se não fosse o pensamento da família e dos amigos, e as preocupações dos anos que passam sem significado para os estudos e para a minha carreira, eu poderia me dizer plenamente contente. Creia, porém, que sempre tenho ocasião de voltar sobre aquelas ideias de regeneração moral e civil pelas quais o senhor luta...".

Sem mestres daquele tipo, não creio que tantos jovens oficiais, destinados a formar a espinha dorsal do nosso exército, poderiam ter se reconhecido em uma tradição e em um patrimônio de valores que bem ou mal tinham vindo com o *Risorgimento*. Contava muito certamente também a diferença da idade, geralmente modesta e nunca acima de vinte anos, que tornava os mais bravos daqueles professores modelos de mérito a serem seguidos, tal como teria ocorrido depois, de outro modo, e em outro contexto completamente diferente, para tantos tenentinhos, aos olhos dos seus soldados. Não só eram homens respeitáveis, vários anos mais velhos, coisa que na estação juvenil pesa sempre bastante, mas representavam espécies de apóstolos nos quais espontaneamente se confiava.

Das periferias da guerra guerreada, por sua vez, continuavam a nos chegar, embora esporadicamente, sinais indiretos, mas em clara contratendência, sobre o estado de espírito da gente do campo, o que foi confirmado por Minimo Zanca, ao voltar de sua casa no início de agosto, com uma narrativa praticamente inverossímil. Zanca, durante sua breve licença, pôde reunir na família e na sua aldeia uma grande quantidade de indiscrições sobre um processo julgado próximo ao fim do mês precedente em Mântua, capital de uma zona notoriamente socialista. O acontecimento se arrastava desde outubro de 1917, e havia nascido da iniciativa tomada contra alguns dos próprios alunos do quinto ano de Giuseppina Da Ponte, mestra nas escolas elementares de San Benedetto Po, que havia entrado em confronto com catorze rapazes de uma de suas classes masculinas por causa do comportamento antipatriótico deles. Em seu depoimento perante o juiz, a jovem professora de dezenove anos havia declarado que eles, todos entre 11 e 14 anos, nas ruas da aldeia ou pelos corredores da escola, haviam gritado "abaixo a guerra, a guerra deve ser feita por aqueles que a pregam e pelos ricos que concedem o empréstimo". Uma vez na sala de aula, tendo sido repreendidos por isso, os "pequenos exaltados" a teriam então ameaçado com uma cinta de couro, retirada das calças, isto, dizia a mestra, somente porque, obedecendo a uma diretiva do superintendente, ela havia mantido com eles uma pequena conversa de encorajamento à resistência e à confiança em tempos melhores, augurando a vitória próxima dos exércitos italianos. À parte o fato de que tudo isso ocorria nas cercanias de Caporetto, Da Ponte parecia ter precisado que os alunos haviam mentido aos próprios familiares, dizendo que tinham sido convidados a gritar viva a guerra, o que talvez não fosse verdade. Convencida, todavia, de que se tratasse mesmo de um ato derrotista, conduta condenável então como grave delito, a mestra não hesitou em fazer a denúncia aos *carabinieri*, revivendo uma trama já encenada em várias outras partes da Itália rural onde não faltavam os embates e os dissensos entre professores, mestres e familiares de rapazes com pais, tios ou irmãos no *front*. Zanca, que na narração não regateava nem os hábitos clássicos do seu ofício de ator, nem uma mal disfarçada proximidade às razões dos rapazinhos, lia trechos extraídos dos depoimentos dos protagonistas como se fossem textos de teatro, e que, seja como for, haviam chegado às mãos de muitos dos seus compatriotas frequentemente aparentados a eles. No discurso da mestra, por exemplo, está escrito com alguns erros nas concordâncias:

> Jovenzinhos que se encontram hoje aqui reunidos não para a costumeira lição diária, mas por um fim igualmente bom e igualmente digno como o de escutar as palavras de verdade, fraternidade e amor à pátria que saem sinceras e ardentes dos lábios de quem busca conduzi-los e alçá-los sobre o caminho áspero, mas eleito, do dever: queiram antes de tudo saudar a pátria. Esta pátria santificada pelo sangue de infinitos mártires é digna de todo o nosso afeto. Hoje o inimigo, com enganações e traições, com os mais detestáveis meios como o gás asfixiante, as contínuas incursões aéreas sobre as nossas cidades indefesas, chegou a pisar novamente um rebordo da pátria. Avante até o último fio de vontade e força! Avante até podermos partir o coração dos nossos indignos inimigos! Mas a obra dos nossos irmãos no *front* não basta: requer também a obra individual de cada um de nós. Vocês, meninos, que sendo ainda jovens não podem correr para longe de seus irmãos, de seus pais e brandir a espada ao hino de Mameli, busquem ao menos se tornarem úteis a ela nas pequenas coisas da escola, e busquem aprender pelos heróis hoje aquilo que todo bom cidadão deve fazer para realizar plenamente o próprio dever.

A reação suscitada nos alunos por essas exortações às quais se unia ainda a recomendação de entregar as próprias pequenas economias às instituições de apoio aos combatentes havia sido certamente vivaz porque provinham quase todos de famílias pobres e com ao menos um integrante na guerra. Quando os *carabinieri* chegaram à escola, porém, muitos deles ficaram assustados, e nos dias sucessivos também se resignaram a endereçar cartas de desculpas à mestra, todas escritas por algum adulto de boa cultura, como teria feito, com toda probabilidade, também o único deles que não se dobrou, o menino Anacleto Moretti, de onze anos, de quem Zanca nos leu um trecho significativo de sua corajosa reivindicação.

Um inspetor escolar encarregado de fazer uma indagação para a superintendência tentou descaracterizar as manifestações dos rapazes definindo-as como um ato de antipatia em relação à mestra, mais do que a expressão "pensada e consciente" de uma vontade firme de depreciar o espírito público e "diminuir a resistência da aldeia". Pecado no qual em um momento sucessivo, em maio de 1918, incorreu justamente um dos quatorze alunos incriminados, Ilario Manfredini, que, ao desenvolver um tema assinalado à classe pela mesma professora e por ela intitulado "Para que a Itália vença é necessário resistir até o fim", tinha simulado escrever uma carta ao tio que estava no *front*, na qual censurava que "aqueles que dão as ordens ainda não se cansaram de matar tanta gente pobre que não tem culpa", e sugeria: "para fazer a guerra justa seria necessário fazer assim: 1. Mandar para o combate todos aqueles que querem a guerra, porque já que a querem devem fazê-la; 2. Enviar na frente os ricos que dão fundos ao empréstimo nacional para a guerra; 3. Mandar de volta os pobres, e assim seria a guerra justa! Então talvez fosse melhor".

A mestra Da Ponte havia comentado indignada com palavras abrasadas essas propostas, e tinha assinalado ao rapaz um belo quatro, que, dado por ela, não parecia muito baixo como nota. E algo semelhante fizeram ainda os juízes, os quais absolveram onze dos quatorze rapazes, infligindo a Manfredini e a Moretti três dias de reclusão no cárcere correcional, e a um terceiro, réprobo, com o nome prefigurativo de Ateo Prandi, seis dias e sessenta liras de multa. Coisas inacreditáveis, mas que ocorriam naqueles dias por trás dos cenários da guerra e que eram conhecidas por poucos.

Eu, na verdade, agora acreditava pouco não só na guerra, mas também nas tiradas nacionalistas, que me pareciam distorcer o espírito ressurgimental do patriotismo, se bem que, note-se, até do Brasil continuassem a chegar até mim resumos justamente naquele sentido agressivo. Eles eram reunidos e relançados pela costumeira imprensa progressista que oferecia espaço a De Ambris e a outros socialistas como Angelo Scala, dando muito destaque às suas "impressões de subversivos combatentes", de modo que eu estava sempre cada vez mais fechado em mim mesmo, como que restrito a lamber as feridas da alma às vezes muito mais dolorosas do que aquelas do corpo. Havia ficado um pouco contagiado, devo dizer, pelo ceticismo radical de Ugo, com o qual me peguei a recolher materiais e a fazer cartazes algumas vezes em Pádua, mas com mais frequência, como dizia, em Treviso. Ali havíamos descoberto que podíamos nos revigorar gratuitamente com o ótimo café de Porta Mazzini de uma excêntrica milionária ítalo-americana, Lucrezia Camera, que, andando sempre com um grande cão a segui-la e presenteando os soldados com pacotes inteiros de cigarros ingleses, geria ali o melhor entreposto de toda a cidade, onde, aliás, já parecia que ali estivessem, como no Montello, mais ingleses que italianos.

Aprendemos com os *tommies* britânicos, que eram, se isso era possível, ainda mais numerosos, próximos do nosso alojamento de Giavera, se não outra coisa, algumas canções muito belas e muito vivazes do tipo da onipresente *Tipperary* e também o endereço de alguns lugarejos onde poderiam ser encontradas moças, como se dizia, complacentes. Vários deles estavam ali desde dezembro do ano anterior, e estavam informados de mil coisas das quais nós, embora italianos, poderíamos talvez, a princípio, fugir. Daquele pouco que se extraía de suas falas traduzidas facilmente por quem tinha um verniz do inglês, eles não resultavam menos fanfarrões do que os nossos soldados, e de fato seu principal argumento de conversação era sempre o sexo, ao qual os Dom Juans das diversas companhias dedicavam grande espaço talvez porque encorajados pelo vinho local e pelas abundantes rações do seu rancho. Também o nosso parecia agora ótimo e abundante, a ponto de nos tornar mais alegres, e Mirco comentava: "Claro: neste mundo não se goza senão daquilo que vai para baixo e daquilo que vai para cima". Não poderiam certamente dizer o mesmo os austríacos, dos quais todos sabiam que, pobres cristos, já estavam reduzidos à fome mais negra, e que por isso sempre com mais frequência vinham espontaneamente entregar-se como prisioneiros, mas nenhum de nós deixou em suspenso a questão das moças desenvoltas, ou melhor, de costumes fáceis por evidente necessidade.

Sem mais notícias de Demetrio Garbin e de Renato Bellucci, escrevia cada vez menos também a São Paulo, enquanto nos encaminhávamos para o final do verão de 1918. Eu estava quase caindo em depressão, repassando na memória as mulheres que tinha amado, ou com as quais tinha ao menos me divertido, mas que agora não existiam mais, quando me ocorreu uma daquelas aventuras que de qualquer modo marcam a vida. Não era assunto de carta para casa, e menos ainda para confiar às irmãs e cunhadas. Há meses não tinha sinal de vida de Silvia, tinha perdido Elisa de vista, e outras, como Nina e Tiziana, eu as tinha perdido inteiramente, mas aquilo que me ocorreu do final de agosto em diante no Montello me ressarciu de uma solidão que tinha se tornado preocupante.

Diversamente daquilo que se pensava na cidade, ou que se lia nos jornais, mesmo nas proximidades do *front* os camponeses não tinham ido inteiramente embora, e muitos deles tinham permanecido arraigados às próprias terras e aos seus animais, com a tácita anuência das autoridades militares, como se podia ver melhor em certos pontos dos quais se conseguiam perceber, não distantes, os campos e as ondulações espalhadas entre Vidor e Moriago. Muitos casebres espalhados no entorno eram habitados somente de dia, e se limitavam a funcionar como base de apoio para os trabalhadores agrícolas, mas alguns deles tiveram subitamente imprevistas transformações, porque os próprios proprietários providenciaram sua reconversão em atípicas casas de prazer rurais, considerada também a penúria de ocasiões para os muitos soldados e a grande distância dos bordéis militares de Pádua e Treviso. Essas casas trabalhavam naturalmente a todo vapor entre o fim da tarde e as primeiras horas da noite. Uma delas ficava praticamente atrás das linhas de frente, ainda que em local bem apartado, a um quilômetro e meio do nosso alojamento, e era de propriedade de um certo Zanini. Esse engenhoso agricultor tinha um par de irmãs bonitas e uma encantadora sobrinha mais jovem do que elas, mas hospedava em sua casa ainda outras duas primas, ambas da região; todas se prestavam, é a palavra, a satisfazer as exigências dos soldados cujo fluxo era de fato regular e constante, também no sentido que custava (pouco, aliás). Zanini tinha organizado a casa segundo critérios solidamente comerciais, a julgar ao menos pelos relatos espalhados aos quatro ventos pelos ingleses com incauta riqueza de detalhes. As moças ganhavam seguramente muito mais com essa atividade do que trabalhando duramente nos campos ou talhando pedras nas estradas por conta do governo. Este último trabalho deixavam de bom grado aos sapadores, e eles, em compensação, passaram a frequentá-las com regularidade, mas também com as devidas precauções, convencidos de que elas unissem o útil ao agradável enquanto seus maridos e noivos se batiam, como nós, pela pátria. Ainda que eu fosse já veterano entre os sapadores, não era do mesmo parecer nem do daqueles que ansiavam por ir-lhes ao encontro.

Foi uma delas, de nome Martina e filha de uma meia-irmã do empreendedor Zanini, que veio um dia me encontrar porque me havia visto ali próximo totalmente desinteressado de seu ofício. Ficou curiosa, me disse mais tarde, pelo meu comportamento, com efeito bastante incomum. Era muitíssimo jovem, talvez com apenas dezoito anos, e um tanto graciosa, sem as posturas e os excessos das duas irmãs Zaninis, ou das outras prósperas colegas. Tinha uma pele de seda bastante delicada, o corpo sinuoso e seios que me recordavam o de Santina, mas de resto não se assemelhava a nenhuma das minhas namoradas precedentes.

Quando soube depois que eu era "brasileiro", foi tomada de um interesse ulterior por mim, pois também tinha uns poucos parentes maternos que haviam emigrado para o Espírito Santo, para Muniz Freire, *grosso modo*, no mesmo período que os meus genitores. Seu avô, Giuseppe Sartori, era campesino, e com a mulher e os filhos pequenos tinha feito uma travessia terrível antes de desembarcar em Vitória e se arranjar na fazenda Desengano, de propriedade de um homem rico, o senhor Bernardo Vieira Machado, junto de quem estavam todos empregados como arrendatários. Nos relatos de uma tia dela que ficou na Itália, os acontecimentos pelos quais haviam passado também aqueles italianos, assim como ela me contou, se assemelhavam muito àqueles nossos na plantação de Água Branca, em Cravinhos. Não haviam voltado à Itália somente por medo de terem de repetir a terrível experiência da viagem por mar, e parece que no início sua avó, que era muito religiosa, costumava acusar o marido (ou à má sorte deles) de todas essas dificuldades, usando como pretexto a mandioca, e imprecando: "*Porco Dio*! Fugimos da Itália apenas para vir comer raízes e pó de serra". A avó, aliás, se chamava Italia Libera Fortunato, que me parecia um belíssimo nome, e que agradava muito também a Martina, a quem, em contrapartida, visivelmente não agradava muito "trabalhar" para Zanini.

Por muitos dias no início da tarde, quando tinha um tempo livre no escritório da companhia, encontrei-me a conversar com ela, ficando depois a escutá-la, sem dizer nada daquele seu embaraçoso ofício. Era Martina, porém, quem vinha propositadamente fazê-lo, creio que para me ver e cultivar assim uma paixão que estava escondendo no peito. Enamorou-se, em poucas palavras, deste pobre terceiro-sargento tão alto e tão distante de casa, até que, enternecido pelo seu afeto, também ele cedeu. E foi assim que comecei a dar-lhe atenção. Sem perceber, eu também estava me apaixonando por ela, e cheguei a contar as horas quando as outras atividades me mantinham distante do casebre Zanini, a ponto de praticamente ter esquecido a imagem remota de Silvia, que em todos esses anos angustiantes tinha protegido meu coração, no fim das contas romântico, atenuando o alcance das mais insidiosas tentações. Antes, a sua missão muito provável até ali, pois compreendi que os sonhos românticos entretecidos em torno da sua imagem não se tornariam jamais verdadeiros e estavam se desvanecendo sozinhos. Mas, como nos dias felizes de Giavera, aquela quimera corria o risco de se desfazer. Meu coração estava cumulado de desejo, e não tanto daquele tipo puramente carnal que de costume obsedava todos os soldados. Não obstante há meses eu não tocasse uma mulher, mais ou menos antes de ser ferido, não quis terminar no seu leito de trabalho, mas nos aposentos que ela ocupava no chão da fábrica, aos quais se tinha acesso pelos fundos. Mantive oculta de todos a natureza daquela relação a seu modo clandestina, e também, sempre a seu modo, um pouco divertida, porque teria suscitado quiçá quais invejas ou maldades. Ela, no entanto, eu soube somente mais tarde, parou repentinamente de se prostituir e passou, mas sem me dizer, a ir trabalhar para outros campesinos não distantes dali para pagar o aluguel de seu quarto e poder manter-se sozinha, emancipando-se de seu tio. Com óbvio desapontamento,

Zanini primeiro a aceitou, pedindo-lhe que pagasse um aluguel, mas depois mudou de ideia, porque conseguiu substituí-la por duas friulanas tetudas recém-chegadas a Giavera, desprovidas de tudo, exceto dos próprios vinte anos.

Também por isso Martina não pensava nem ao menos em fazer-se pagar como tinha sempre pretendido dos outros. Para mim, de todo modo, tinha colocado desde o início como única condição para fazer amor somente que não chegasse com a barba muito eriçada ou não raspada, e que quando nos despíssemos me recordasse de tirar do pescoço a corrente com a placa de identificação, a cujo metal ela era absolutamente alérgica. Tratava-se de sacrifícios de pouca conta, e não me cansava contentá-la sem aperceber-me da mudança que nela e na sua vida se estava operando.

A nossa história me ajudou a esquecer que se estava, ainda e sempre, muitíssimo próximo da linha de fogo. Quase não percebia, e talvez sem realmente estar enamorado dela, mas sobretudo adequando-me com doçura ao seu amor curioso e adolescente, transcorria, sem pensar em outra coisa, um outono belíssimo, fingindo não ver os preparativos da guerra sempre mais frenéticos que deixavam pressagiar como iminente, no nosso *front*, um ataque italiano para ultrapassar o Piave. Nas vezes em que a encontrei, devia ficar atento para não ser visto pelos clientes que em pencas ou em grupinhos esperavam na frente o ingresso do outro, ainda que eu, não visto, no velho casebre entrasse pelos fundos. Martina então tocava o céu com um dedo, e eu, mais modestamente, a tocava com todo o resto, ficando ao final na cama saciado e serenado. Não falava disso com ninguém, apenas com Ugo, a quem tive de confiar logo tudo, para ter ao menos um ponto de referência no escritório da companhia no caso de ter, ou para evitar, imprevistos. Dele recebi um irônico encorajamento, mas também uma cúmplice benção que me tranquilizou um pouco.

Para Martina, que me perguntava sobre minha vida, eu contava, entretanto, como tinha feito com as outras, de São Paulo, da minha fazenda de café e dos homens negros, da fruta tropical e dos costumes daqueles lugares onde tinha vivido muito tempo quando menino e depois quando moço. E vez ou outra me resignava ainda a falar em português, ou a cantarolar, na mesma língua, as canções que não me haviam saído ainda da mente e do coração. Como narrador, eu não era tão genial ao representar com palavras ambientes ou paisagens, mas a descrição que fazia de tantos lugares exóticos, compreendidos aqueles que tinha visitado somente de relance, como a sedutora Rio de Janeiro, com suas montanhas enterradas na água e suas grandes praias, agradava muitíssimo a moça, e no fundo gratificava um pouco também a mim, que já tinha praticamente renunciado aos meus contatos com São Paulo, contentando-me em ler somente os jornais que de lá me chegavam agora com regularidade paradoxalmente maior do que no passado.

Estava a par, por exemplo, do fato de que em outubro havia eclodido também ali uma terrível epidemia de gripe chamada por todos de espanhola. A cidade se encontrava em plena emergência sanitária, e até a sociedade desportiva encabeçada pelo Palestra Itália precisou transformar as próprias instalações em um hospital. Alguns dos meus irmãos a pegaram, e a minha cunhada Eliane escapou por um triz, indo refugiar-se distante da metrópole e nas clareiras no entorno de Cravinhos. Muitos certamente morreram ou tiveram uma complicação cerebral que os transformou em vegetais ou em mortos-vivos. Parecia um flagelo de Deus destinado a durar quem sabe quanto, ao menos assim davam a pensar as últimas notícias que recebi com relação à sua incessante difusão na metade de outubro.

Fiquei desgostoso, mas eu na Itália já estava agindo de modo diverso, talvez imprevisto também para mim por causa daquele pequeno, último amor, inflamado de maneira inesperada pela chegada (depois de três anos!) de uma foto que Silvia me mandou, acompanhada de umas poucas palavras misteriosas. Tinha sido tirada no Jardim da Luz, vizinha da estação homônima, entre as plantas daquilo que tinha sido um grande jardim botânico. No retrato sorria, e na dedicatória escrita sobre a imagem aludia ao seu antigo amor por mim. Coloquei a foto em um estojo transparente e a guardei no bolso de trás da calça, de onde a tirava para vê-la somente de vez em quando.

Nas noites no quartel (um quartel do Piave!), soldado de um exército que há três anos era o meu, mas de uma pátria em relação à qual não sabia mais se deveria manter-me ligado, salvo pela obstinada coerência, buscava mascarar com os outros o meu verdadeiro estado de espírito, e participava, um pouco contra a vontade, dos ritos das conversações de dormitório, apreciando praticamente apenas as músicas que Mirco e Paolo improvisavam, ou repetindo, em coro com todos, os cantos dos soldados que mais me agradavam. Com exceção somente daquelas que agradavam especialmente a Falconi e a Mariotti, este último tendo voltado de Amiata com um carregamento de baladas decididamente subversivas. Sem pestanejar, era-lhes permitido, bondade nossa, entoá-las às vezes, ainda que fossem visivelmente, sem fingimentos, isto é, com uma sobrecarga de inaudita violência verbal, quase que todas contra a guerra e contra os militares de alta patente. Uma delas, em particular, pelos protestos que continha e dos quais fazia o compêndio, desprendia uma força e um poder que deixavam sem palavras. As palavras colocadas na boca de uma mulher imaginária com o marido no *front* diziam literalmente:

| | |
|---|---|
| *E anche al mi' marito tocca andare*<br>*a fa' barriera contro l'invasore,*<br>*ma se va a fa' la guerra e po' ci more*<br>*rimango sola 'hon quattro creature.* | E também ao meu marido toca ir<br>fazer barricada contra o invasor,<br>vai fazer a guerra, e se para sempre<br>se for fico sozinha com quatro filhos<br>para criar. |
| *E avevano ragione i socialisti*<br>*ne more tanti e 'un semo ancora lesti;*<br>*ma s'anco 'r prete dice che dovresti,*<br>*a morì te 'un ci vai, 'un ci hanno cristi.* | E tinham razão os socialistas:<br>morrem tantos e ainda não estamos<br>prontos; e embora o padre lhe diga<br>que deve ir, você não vai morrer, não<br>tem jeito. |
| *E a te, Cadorna, 'un mancan l'accidenti,*<br>*ché a Caporetto n'hai mazzati tanti;*<br>*noi si patisce tutti questi pianti*<br>*e te, nato d'un cane, non li senti.* | E a ti, Cadorna, não faltam os acidentes,<br>porque em Caporetto mataste tantos;<br>nós sofremos todos esses prantos<br>e tu, nascido de um cão, não os ouves. |

> *E 'un me ne 'mporta della tu' vittoria,*
> *perché ci sputo sopra alla bandiera;*
> *e sputo sopra Italia tutta 'ntera*
> *e vado 'n culo al re con la su' boria.*

> E não me importa da tua vitória,
> porque cuspo sobre a bandeira;
> e cuspo sobre a Itália inteira
> e mando à merda o rei com a sua soberba.

> *E quando si farà rivoluzione*
> *ti voglio ammazzà io, nato d'un cane,*
> *e a' generali figli di puttane*
> *gli voglio sparà a tutti cor cannone.*

> E quando se fizer a revolução
> quero te matar, filho de um cão,
> e os generais filhos da puta
> quero lacerar a todos com o canhão.

A propósito das canções: no início de outubro, passaram próximos de nós alguns soldados de artilharia, entre os quais estava alistado Vicenzino Chiaro. De seu amigo artilheiro, Raffaele Gottardo, nome artístico, como cantor, de Enrico Demma, recém-chegado de Nápoles, ele nos disse ter aprendido a cantiga de um compositor cujo nome não me recordo bem se era Mario ou Gaeta. Ele quis que fosse ouvida porque já tinha estreado com grande sucesso um mês e meio antes, em 20 de agosto, no teatro Rossini da sua cidade. Falava do Piave e era muito curta, mas com uma melodia envolvente e completamente diversa daquela que do outro lado do rio por algum tempo tínhamos ouvido soar e ressoar por uma banda regimental húngara, sonora e vivaz, como se fosse um trecho da opereta de Lehar. A napolitana, ao contrário, tinha movimentos musicais e palavras muito menos marciais do que a entoada pelos húngaros; no início, também um pouco infladas, se se quiser, visto que evocavam somente a passagem dos soldados de infantaria italianos em 24 de maio de quatro anos antes, através das ondas então tranquilas do Piave. Ainda que os definisse como um exército compacto em marcha para alcançar a fronteira e "fazer contra o inimigo uma barreira", que me parecia entre outras coisas algo forçado ou exagerado, eram protagonistas justamente os nossos soldados de infantaria, e o motivo possuía um fascínio fora do comum. Vincenzo me presenteou com uma pequena partitura, e antes de dormir me divertia ao tentar memorizá-la, a fim de repeti-la a Martina. Contudo, o texto inteiro parecia deter-se depois de três estrofes apenas, interrompendo assim uma narração à qual via-se que faltava algo. Provavelmente o final, ou melhor, a vitória italiana.

Na noite em que cheguei a recitá-la à minha garota, encontrei-a estranhamente inamistosa e pouco interessada nessa canção do Piave, até que acabou dizendo que sua menstruação estava atrasada, de modo que temia estar grávida. Dado o seu ofício, eram poucas as chances de saber quem era o pai, mas ela me jurou que eu tinha sido o único a tocá-la desde que, um mês antes, a nossa relação tinha se consolidado e ela tinha deixado a prostituição. Foi então que me disse também que ocultamente tinha começado a trabalhar, já há vinte dias, no campo por alguns poucos soldos, mas suficientes para manter-se, e me pediu chorando que tivesse compaixão por seu estado. Naturalmente fiquei surpreso e bastante perturbado. Tentava imaginar-me nas vestes de um genitor, e justamente ali, naquelas condições e com a guerra em andamento. O prazer e a satisfação, porém, prevaleceram, e por dias e dias não fiz outra coisa senão pensar nisso, senão estar a discutir com Martina que nome poderíamos dar a uma criatura que, eu pensava, teria sido da turma de 1919, e, portanto, não deveria certamente ir à guerra. Depois do massacre contínuo que de 1914, e, para a Itália, de 1915 havia se prolongado até aquele ponto, não era nem mesmo o caso de acreditar que nos próximos cem anos pudesse eclodir novamente um conflito armado entre as nações, e ademais em escala mundial. Era um fim demasiado fácil de prever. O nome do menino, ao contrário, nos deu um pouco mais de aborrecimento. Martina gostaria de chamá-lo Italo, como seu pai, e, se fosse uma menina, Italia, como sua avó brasileira. Eu, em vez disso, depois de ruminar por várias noites, estava incerto entre Florindo e Ugo, se menino, e Silvia e Diomira, com uma ponta de hesitação que Martina deixou escapar para o primeiro nome, se menina. E já sonhava tê-lo sobre os meus joelhos (se fossem dois gêmeos, também teria sido possível) porque, em todo caso, com eles, a minha vida no mundo teria continuado. Sobre o nome masculino, Martina quis que renunciasse a Florindo, que não lhe soava bem, mas em troca quis seguramente Italia para a menina. Tendo optado por Ugo e Italia, decidimos colocar em ambos, para quando chegasse o momento, também um segundo nome mais tendencioso, que conclamasse a libertação da necessidade e (por que não?) da guerra. Libero, portanto, se fosse menino, e Libera se fosse menina, com a evidente ênfase que neste último caso seria derivada de uma Itália livre, a qual, seja como for, naquele momento, ambos augurávamos pudesse de fato ser aquela a vir por muitos decênios.

Como isso aconteceu depois eu não o soube, pois vieram as últimas semanas de outubro a condenar à morte muitas quimeras minhas, e talvez também daquela doce moça que teria se tornado, fosse como fosse, a mãe do meu filho. Dia após dia, novos destacamentos estavam se unindo aos nossos e aos dos ingleses. Junto a nós, deslocou-se, por exemplo, um inteiro esquadrão de pontoneiros, com alguns dos quais trocamos as mais aflitas impressões. "Basta que acabe", disse um deles decididamente do ofício, um ferrarense de nome Lazzaro Scacerni que não via a hora de voltar para casa, próxima ao Pó, e que do Piave, assim cheio pelas chuvas de outono, nos disse que lhe dava medo a corrente, e que dificilmente, portanto, seria possível passar. Choveu por dias e dias, e somente na noite de 22 pareceu que pudesse voltar a serenar. De longe, no Monte Cavallo, escorria a neve, e também as notícias que vinham se encavalando: talvez houvesse, dizia-se, um ataque ao monte Grappa e, logo depois, a nós. Em Mogliano, o coronel Ercole Smaniotto, aquele de *La Tradotta*, um verdadeiro figurão da III Armada, estava no fim da vida devido à gripe espanhola, e a fanfarra da 2ª Artilharia circundava tocando árias napolitanas e um hino dele recém-composto sobre ninhos de metralhadoras para preparar os ânimos para novas empresas.

Na noite daquele dia, no entanto, os austríacos lançaram sobre Treviso uma carga abundante de bombas (mais de uma centena), e assim, intuindo já próximo o momento de nosso avançar entre Vidor e Fontigo, do qual nem confusamente se vociferava agora entre as linhas de frente, na manhã sucessiva quando chegaram em boa hora muitos reforços não solicitados de chocolate e licor, decidi que deveria ir a todo custo para o casebre Zanini. Estavam em vista ataques e assaltos que poderiam arriscar, mais uma vez, a minha incolumidade, e devendo me preparar para o combate, esperando que fosse o último, me fiz cobrir por Ugo e Mirco, o qual eu tinha, por fim, colocado a par da minha situação.

    No final da tarde de 23 de maio, uma quarta-feira ainda nebulosa, com o rio próximo sempre cheio, fui, portanto, visitar Martina, apenas para tranquilizá-la e para que não ficasse com medo se logo uma grande batalha começasse. Quando disse isso, ela se pôs a soluçar, e implorou que fizéssemos amor ali, em pé, algo de que eu, francamente, não tinha uma grande vontade. Depois, porém, como é fácil entender, ambientei-me e provei o costumeiro grande prazer. Tinha chegado do alojamento com a minha capa de soldado, e tirei, além dela, o casaco do uniforme e as calças, e, como de costume, a bendita placa de identificação, prevenindo e declarando que seria, fosse por prudência ou pelo horário, um pouco ligeiro. Tínhamos apenas começado as nossas contendas quando, do outro lado do *front*, os austríacos, talvez para fazer prova de ajuste de tiro, colocaram em ação algumas de suas baterias, tomando como mira justamente o casebre Zanini, sobre o qual começaram a chover granadas e bombas de médio calibre. Foi um momento terrível, e assim como estávamos, apanhando eu apenas as calças com a capa, e ela a saia, saímos fugindo em grande carreira rumo à salvação. Enquanto corríamos lado a lado, pelo assobio e pelo rumor percebi que estava caindo sobre nós uma granada, e derrubei Martina, cobrindo-a pela última vez com meu corpo. Foi o destino que assim a salvou, enquanto o deslocamento de ar me afastou dela e uma maldita lasca de madeira atingiu minhas costas. Recordo somente de ter chegado a gritar-lhe que corresse: "Foge, foge, Martina, salve-se, corra o mais que puder", disse-lhe, e virando o rosto para cima vi que ela havia me obedecido e que se afastava com passos velozes pelos campos para o outro casebre onde trabalhava. Quanto a mim, senti no início uma dor física violenta, que, porém, logo se atenuou, quase desaparecendo, enquanto percebia estupefato que a lasca de madeira, talvez fincada na minha espinha dorsal e sem me fazer sangrar muito, me havia paralisado, tolhendo-me toda possibilidade de movimento tanto dos braços quanto das pernas. Não conseguia nem mesmo, talvez por isso, articular uma palavra, e podia ver com dificuldade, assim embotado, o que sucedia ao meu redor. Uma correria geral, e depois nada de coisa nenhuma. Nesse meio-tempo, era chegada a noite, e o exército italiano se preparava realmente para atacar. Às sete da noite, vinte minutos depois daquele bombardeio repentino e totalmente imprevisível, também para Ricciardini e para nosso destacamento deveria ter chegado a ordem de alerta máximo, de modo que nem Mirco nem Ugo, que sabiam onde eu tinha me enfiado uma hora antes, puderam evidentemente distanciar-se para vir ver o que tinha acontecido comigo, já que eu não voltava mais. Nem puderam fazê-lo na manhã seguinte, porque entre as três e as sete da manhã irrompeu o primeiro assalto italiano ao qual assisti, estertorando e no fim da vida, depois de dez horas de agonia, preso ao chão na mais absoluta imobilidade e com uma sede atroz que me queimava a garganta, entrevendo as nossas vanguardas, talvez soldados da infantaria ou talvez artilheiros, projetarem-se adiante para Soligo.

Era o alvorecer de 24 de outubro de 1918, e eu esperava consciente uma morte que parecia não querer chegar nunca, mas fui condenado a isso ainda por horas até que, perto de mim, passaram os primeiros padioleiros encarregados de recolher mortos e feridos. Não repararam no fato de que, mesmo de modo imperceptível, eu ainda respirava e invocava com os olhos arregalados o fim, mas as palavras do diálogo entre eles foram as últimas que me foram dadas a escutar no mundo. Eram vênetos, talvez paduanos ou trevisanos, e um deles, avistando-me, exclamou:

– Eis outro, misericórdia! Mas olha que roupa. Tem só a capa! Seria um desertor?

E o segundo (estavam de fato em dois), entabulando uma conversação da qual não cheguei a ouvir a conclusão, respondeu:

– Não, preste atenção. Está muito próximo da linha de frente e bastante distante daquela dos *crucchi*. Vê-se apenas que tinha uma grande pressa para escapar, e morreu assim como os outros que tinham ido ao casebre Zanini. Certamente me parece distante do resto da sua companhia.

– Ah, bravíssimo! E qual seria então a companhia dele? A do bordel? Hóstia, que roupa pavorosa! Que tipo de soldado é esse se nem o casaco do uniforme tem mais! *Bersagliere* ele não pode ser, a julgar pelas calças. Olha ali, embaixo lhe falta até a camiseta, e onde estaria a placa de identificação? Não há nada nem ali nem aqui em volta.

– Tudo bem, mas já que estamos aqui vamos dar uma olhada nos bolsos das calças: vê se não tem consigo a carteira ou os documentos.

– Hóstia! Aqui não tem nada de nada. Não, espera, há a fotografia de uma moça no meio de muitas árvores estranhas.

– Ah, também quero ver!

– Então, está vendo? Tem até uma dedicatória que diz "De Silvia, com antigo amor".

– Ah! Tudo bem, a dedicatória, mas continuamos na mesma: nem mesmo um nome qualquer, e assim voltamos à estaca zero.

– Quem sabe com que sonhava essa moça desafortunada. Rápido, vamos logo ao cemitério, Alessi, pois já é tarde. Não gostaria que os *crucchi* tivessem a ideia de bombardear de novo. Jogue-o sobre estes dois, assim com os outros, e que descanse em paz, pobre cão! Mais um desgraçado que ninguém conhece e que será sepultado sem nome.

De repente para mim desceu a obscuridade, mas logo depois veio uma grande luz de onde, em um lampejo, revi toda a minha vida que até aqui quis eu mesmo contar. E, mais tarde, encontrei-me para sempre nesse lugar feito de nada, apenas com o nome de Soldado Desconhecido.

Vicenza, 22 de março – 16 de maio de 2014

## *A última viagem do herói desconhecido*

Capítulo 16

# *Um, nenhum, seiscentos mil – Posfácio*

Quando a Grande Guerra acabou, foram contabilizadas as vítimas (sem considerar os feridos e civis mortos) resultantes dessa empreitada nas fileiras dos exércitos beligerantes. Percebeu-se então que eram ao todo quase 10 milhões. Naturalmente, já se sabia isso, *grosso modo*, enquanto os combates ainda estavam acontecendo, e, todavia, esse número pareceu imponente e inesperado.

A Itália contribuiu para os números dessas estatísticas de morte coletiva com seus cerca de 600 mil soldados (mas hoje achamos que deveriam ser somadas a esse número mais 80 mil pessoas): praticamente mais de 3% da população masculina entre 1915 e 1918.

Alguns desses soldados, e não somente os mais famosos, como Cesare Battisti ou Francesco Baracca, haviam começado a ser objeto de culto já durante o conflito, quando os necrológios e os discursos de condolências, as lápides e os pequenos monumentos começaram a aparecer em várias partes da península para honrar a sua memória[58].

---

58. L. Bregantin, *Per non morire mai. La percezione della morte in guerra e il culto dei caduti nel primo conflitto mondiale.* Pádua, Il Poligrafo, 2010. Cf. da mesma autora *Caduti*

A elaboração do luto de um povo inteiro, por meio das comemorações ou da criação de espaços sagrados e de túmulos decorados com estátuas evocativas do sacrifício cumprido por aqueles que se decidiu chamar "os falecidos da Pátria", não era, entendamos, uma novidade absoluta. Aliás, fincava raízes na sua estrutura em épocas antigas muito remotas[59]. Era nova, todavia, a intenção de ir além da homenagem prestada no passado aos heróis guerreiros e aos méritos dos combatentes excepcionais. Inclusive, frente ao risco de que uma quantidade tão grande de sangue derramado e um número tão alto de vidas humanas truncadas pudessem confirmar o válido argumento a favor das ideias pacifistas e em detrimento de uma valorização política da vitória, era preciso inventar um sujeito que fosse capaz de resumir em si mesmo, "homem ordinário entre milhões de homens ordinários", as virtudes dos soldados preferidas pelas classes no poder, não somente as militares, como a obediência e a resignação[60].

Para desativar e até virar de ponta-cabeça o sentido e os efeitos da guerra de massa, era necessário, em outras pala-

---

*nell'oblio. I soldati di Pontelongo scomparsi nella Grande Guerra*, prefácio de M. Isenghi, Nuova Dimensione – Portogruaro, Ediciclo Editore, 2003.

59. O. Janz e L. Klinkhammer (org.), *La morte per la patria. La celebrazione dei caduti dal Risorgimento alla Repubblica*, Roma, Donzelli, 2006.

60. Esses foram os sentimentos amplamente majoritários entre os soldados e, sobretudo, entre os infantes camponeses, ainda que isso não impedisse que eles, na sua intimidade e em muitas correspondências privadas, manifestassem convicções em contradição com os comportamentos, ou seja, no mínimo contrárias à violência e à guerra. Cf. V. Wilcox, "'Weeping tears of blood': Exploring Italian soldiers' emotions in the First World War", in *Modern Italy*, XVII, 2012, p. 171-84.

vras, combinar a *pietas* e o tributo de reconhecimento devido a todos os que morreram com um processo de sublimação que, afinal, teria conduzido, por etapas, "dos pobres mortos e dos heróis mencionados por sua extraordinária coragem ou por uma origem social prestigiosa, ao herói-massa" e, ao mesmo tempo, "à massa dos heróis celebrados, sobretudo, nos grandes sacrários"[61].

As consequências de uma operação desse tipo entraram quase necessariamente na vivência de muitas gerações sucessivas e seria errado ignorar o significado que, para elas, acabaram tendo e mantendo até, pode-se dizer, os nossos dias. A memória pública e as lembranças da tragédia montadas coreograficamente e postas como pano de fundo das identidades nacionais em formação ou em crescimento impetuoso não foram descobertas agora[62] e ultrapassam, sem dúvida, o âmbito italiano[63]. Uma vasta literatura historiográfica atesta isso e estuda suas características há muito tempo[64]. Todavia, concordamos usualmente sobre o fato de que o primeiro conflito mundial tenha representado o vértice e ao mesmo tempo o começo de uma tradição moderna

---

61. P. Del Negro, "I militari veneti morti nella grande guerra: dal mito alla storia", in *Archivio veneto*, 1998, 186, p. 215.

62. M. Rampazi e A. L. Tota (org.), *Il linguaggio del passato. Memoria collettiva, mass media e discorso pubblico*, Roma, Carocci, 2005 e Ead., *La memoria pubblica. Trauma culturale, nuovi confini e identità nazionale*, Turim, Utet, 2007.

63. G. L. Mosse, *Le guerre mondiali: dalla tragedia al mito dei caduti*, Roma-Bari, Laterza, 2007 [1990] e S. *Audoin-Rouzeau;* A. Becker, *La violenza, la crociata, il lutto. La Grande Guerra e la storia del Novecento*, Turim, Einaudi, 2002.

64. N. Labanca (org.), "Commemorare la Grande Guerra. Francia, Germania, Gran Bretagna, Italia", in *Quaderni Forum*, 2000, 3-4, p. 7-100.

que culminou, não por acaso, nas práticas de recuperação e inumação póstuma de um soldado desconhecido[65].

Na Itália, a ideia de homenagear os restos de um soldado desconhecido, transformado em símbolo da nação armada, remonta ao ano de 1920, quando esse rito já havia sido experimentado com resultados previsíveis na França e no Reino Unido, onde os restos mortais de um combatente privado de sua identidade foram sepultados com cerimônias de fortíssimo impacto emotivo, sob o Arco de Triunfo e na Abadia de Westminster. Aprovada uma lei *ad hoc*, na Itália também, onde a mesma ideia havia sido promovida há tempos pelo coronel Giulio Douhet e pelo padre Agostino Gemelli, o ministro da guerra, Luigi Gasparotto, voluntário na guerra em 1915 aos 42 anos e condecorado, encarregou, em 1921, para uma comissão especial a tarefa de explorar todos os lugares de combate, do monte Adamello aos Planaltos, do Carso ao Isonzo, do Montello à foz do rio Piave. Foi assim identificado um corpo sem nome para cada zona do *front* italiano. Os onze escolhidos, dos quais um só seria sepultado em Roma no Vittoriano, foram abrigados, num primeiro momento, em Gorizia, de onde foram transportados para a basílica de Aquileia no dia 28 de outubro de 1921. Ali foi realizada a escolha final, confiada a uma mulher do povo de Trieste, Maria Bergamas, cujo filho Antonio havia desertado do exército austro-húngaro para se alistar nas tropas italianas, sendo morto em combate sem

---

65. V. Labita, "Dalle trincee all'Altare della pátria", in S. Bertelli e C. Grottanelli (org.), *Gli occhi di Alessandro. Potere sovrano e sacralità del corpo da Alessandro Magno a Ceausescu*, Florença, Ponte alle Grazie, 1990, p. 120-53.

que o seu corpo pudesse ser identificado. O féretro escolhido foi posto sobre a base de um canhão e, acompanhado por veteranos condecorados e feridos repetidamente, foi colocado em um comboio ferroviário preparado para a ocasião. Os dez corpos que permaneceram em Aquileia foram sepultados em um cemitério de guerra, um dos tantos que foram construídos, alguns na forma vistosa de imensos ossários (Monte Pasubio, Leiten de Asiago, Redipuglia).

A viagem percorreu a linha Aquileia-Veneza-Bolonha--Florença-Roma, em velocidade moderadíssima, de modo que em todas as estações de passagem a população tivesse a oportunidade de se ajoelhar e homenagear o falecido escolhido para representar todos os mortos da guerra.

A cerimônia teve seu epílogo no dia 4 de novembro de 1921, na capital, onde o soldado desconhecido foi deposto em um ponto do Altar da Pátria, que se tornou dali em diante lugar simbólico e distintivo do monumento[66].

Ao defunto desconhecido foi concedida a medalha de ouro com esta motivação: "Digno filho de uma estirpe corajosa e de uma civilização milenária, resistiu inflexível nas trincheiras mais disputadas, prodigalizou a sua coragem nas batalhas mais cruentas e morreu combatendo sem esperar outro prêmio que não fossem a vitória e a grandeza da pátria". Contudo, ninguém saberia dizer com certeza, por motivos óbvios, qual era o real

---

66. B. Tobia, *L'Altare della Patria*, il Mulino, Bolonha, 1998, e C. Brice, *Il Vittoriano. Monumentalità pubblica e politica a Roma*, Roma, Archivio Izzi, 2005.

perfil do soldado desconhecido, ou seja, se realmente havia sido valoroso, se havia morrido em batalha, se tinha desejado a grandeza da pátria, e assim por diante.

Qualquer um que tenha assistido ao documentário da viagem através da Itália do féretro que continha seus restos mortais não pode não ter provado uma intensa e sincera comoção ao ver como foi compreendido aquele transporte e como foi interpretado aquele rito pelos homens e pelas mulheres de então, embora, desde o começo, não tenham faltado dúvidas e preocupações por quem temia os contragolpes políticos de uma iniciativa, fúnebre e litúrgica, gerida como a mais imponente e bem-sucedida alegoria nacionalista de todos os tempos[67]. Houve reações, sim, e foram para além do imaginável, por causa da apropriação imediata do soldado desconhecido e do mito da Grande Guerra por Mussolini[68] e do fascismo[69]. Sobre esse tema, sabemos que existem bibliotecas inteiras de estudos, embora não venha ao caso lembrá-los aqui, a não ser em linhas gerais[70], porque o historiador, que

---

67. Só para dar um único exemplo de área, cito a definição da imponente cerimônia do dia 4 de novembro de 1921 ("uma confusão escandalosa") dada pelo advogado de Belluno Giuseppe Andrich, diretor do jornal socialista *El Visentin*, depois de "três anos de covardia do governo frente aos ultrajadores da guerra e do exército, interrompidos temporariamente pelo decreto de anistia aos desertores do famigerado Nitti" (segundo uma irada nota redacional, "Il corrispondente dell'*Avanti*' costretto a lasciare Vicenza", *Il Risorgimento*, Treviso, 8 de novembro de 1921).

68. E. Pozzi, "Il Duce e il Milite ignoto. Dialettica di due corpi politici", *Rassegna italiana di sociologia*, 1998, 3, p. 333-58.

69. B. Tobia, "Dal Milite ignoto al nazionalismo monumentale fascista", in *Storia d'Italia*, Annali 18, *Guerra e pace*, organizado por W. Barberis, Turim, Einaudi, 2002, p. 593-642.

70. Não vem ao caso aqui, na era da internet e do Google Scholar, fazer uma lista bibliográfica. No centenário da Primeira Guerra Mundial foi preparada uma verdadeira

se tornou narrador, precisa agora fornecer ao leitor somente um mínimo de informações.

Continuarei, então, a chamar pelo apelido de Cravinho o protagonista do meu conto, sublinhando desde já que ele é, sim, fruto de invenção, e, portanto, filho da minha fantasia, mas diz e lembra coisas que realmente ocorreram, e todas, pelo que eu pude averiguar, verdadeiras ou no mínimo verossímeis.

Mais à frente explicarei como isso foi possível, porque acredito que agora seja mais interessante saber o que aconteceu depois daquela manhã, no fim de outubro de 1918, quando, como autor, escolhi fazer morrer – gloriosamente, a meu ver – esse soldado voluntário que foi combater na Itália, vindo do outro lado do Atlântico. Entre o dia 24 daquele mês e os primeiros dias de novembro, ocorreu a batalha de Vittorio Veneto, quando, para-

---

enxurrada de obras, da *Europeana* em diante, e de iniciativas, algumas previsivelmente utilíssimas e de alto nível, que estão fazendo o estado da questão sobre a pesquisa no mundo (na esteira das obras famosas de Jay Winter, John Keegan, Paul Fussel, Niall Ferguson, Eric J. Leed, Stephane Audoin-Rouzeau, Jean-Jacques e Annette Becker, Oliver Janz, Christopher Clark), e especialmente na Itália, onde os nossos melhores historiadores que trabalharam com o assunto (Mario Isnenghi, Lucio Fabi, Giorgio Rochat, Camillo Zadra, Fabrizio Rasera, Quinto Antonelli, Antonio Gibelli, Giovanna Procacci, Nicola Labanca, Marina Rossi, Paolo Pozzato, Bruna Bianchi, Piero Del Negro, Marco Mondini) tiveram e terão a possibilidade de intervir no debate internacional a partir do ponto de vista da historiografia italiana, que nada tem a invejar sobre o tema em relação à estrangeira. Sem considerar os muitos livros já escritos por ele, ou com a colaboração de Giorgio Rochat, e reimpressos inúmeras vezes – desde *Il mito della grande guerra* (1970) a *La grande guerra, 1914-1918* (2000) –, Mario Isnenghi, no entanto, organizou uma obra coletiva, uma espécie de bússola enciclopédica sobre a Primeira Guerra Mundial que, junto com os dois volumes da obra *La prima guerra mondiale* (Turim, Einaudi, 2007), organizados por Antonio Gibelli, pode ser considerado um primeiro guia atualizado em torno do fenômeno bélico que condicionou a trajetória de todo o século XX: Mario Isnenghi e Daniele Ceschin (org.), *Gli italiani in guerra. Conflitti, identità, memorie dal Risorgimento ai nostri giorni*, III, 2 tomi, *La Grande Guerra: dall'Intervento alla "vittoria mutilata"*, Turim, Utet, 2008.

fraseando os últimos versos da canção do Piave escritos *in extremis* por Giovanni Ermete Gaeta (E. A. Mario), "a vitória abriu as asas ao vento"[71]. Uso essa citação musical, como frequentemente o fiz aqui e ali, ao longo do romance, porque nasceu inicialmente do roteiro de uma conferência-espetáculo, ou seja, de uma das minhas aulas de história cantada dos últimos anos, uma espécie de *public history* que frequento há um bom tempo[72].

Bom, como muitos recordam, nós ganhamos. Depois de um impasse de quatro dias, passado o rio Piave, o exército italiano dobrou a resistência extrema do inimigo, direcionou-se sem mais obstáculos para Trento e a guerra terminou.

---

71. Nas partes finais do romance, lembro somente para dar uma ideia de quantos são os detalhes dignos de serem precisados, mas impossíveis de serem inseridos, Cravinho fala da provável chegada, na linha do *front*, do mais famoso hino da guerra no último ano do conflito, mas também, de passagem, das músicas tocadas ali perto pelos austríacos, ao estilo espumoso das operetas de Franz (Ferenc) Lehar. Na verdade, o inimigo, no caso específico os húngaros de uma unidade comandada, entre março e outubro de 1918, pelo seu irmão Anton Freiherr von Lehar, tocava realmente as notas de uma marcha composta pelo grande músico de origem húngara – *Piave Indulò* –, essa também intitulada ao Piave. Trata-se de um assunto que, querendo analisá-lo profundamente, comporia muitas páginas de uma obra de história social da música, que, sinceramente, nunca tentei esboçar. Mas há muitos anos venho assinalando e comparando essas duas melodias nas minhas conferências-espetáculo sobre a Primeira Guerra Mundial, até o dia em que, após tê-las ouvido ao vivo em Fogliano de Redipuglia no dia 6 de novembro de 2004, o jornalista Paolo Rumiz (mais tarde seguido por Dario Fertilio) deu ampla ressonância à singular *trouvaille*, dando a quem escreve e aos seus músicos de então uma insólita visibilidade midiática (cf. P. Rumiz, "Quando il Piave mormorava anche per i soldati austriaci", *la Repubblica*, 7 nov. 2004, e D. Fertilio, "Il Piave mormorò, anche in ungherese", *Corriere della Sera*, 21 ago. 2005).

72. E. Franzina, "Appunti e divagazioni sui retroscena sonori del 'patrio' Risorgimento", in A. Agosti e C. Colombini (org.), *Resistenza e autobiografia della nazione. Uso pubblico, rappresentazione, memoria*, Turim, Edizioni SEB27, 2012, p. 246-66, e Id. & Hotel Rif, *Storie inCanto per campioni. Dodici anni di conferenze spettacolo e cinque lezioni di storia cantata con un cd musicale e un'appendice di copioni e di materiali di ricerca*, Sandrigo, GraphicNiordGroup, 2013.

No teatro, não é aconselhável tornar a narração mais pesada com a exibição de muitos detalhes, e aqui também não quero exagerar para não entediar o leitor. Contudo, alguma coisa precisa ser mencionada, e peço desculpas por fazê-lo de forma não sistematizada, começando pela reevocação daquilo que aconteceu em outubro de 1921, três anos depois.

Augusto Tognasso, que fazia parte da comissão ministerial de recuperação dos soldados desconhecidos, reportou que, "uma vez no Montello", começaram a procurar "nos campos de batalha" um corpo com as características exigidas. Somente depois de uma indagação sem sucesso, porque "todos os mortos" da zona "já haviam sido recolhidos" e concentrados em um único cemitério militar, decidiu-se "proceder à abertura de um túmulo" escolhido casualmente[73]. A partir dessa simples frase, comenta Lorenzo Cadeddu, é lícito identificar "no cemitério da cota 176 de Collesel dele Zorle" o lugar de onde foi exumado o "quinto corpo" desconhecido, porque naquela área foram concentrados os restos originariamente sepultados em mais de 120 pequenos cemitérios menores, entre os quais o cemitério Guido Alessi, de Giavera del Montello[74].

Para mim, era ali que Cravinho descansava em paz, e de lá foi levado a Aquileia, e finalmente para Roma.

---

73. A. Tognasso, *Ignoto Militi*, Milão, Zanoli, 1960², p. 50.
74. L. Cadeddu, *La leggenda del soldato sconosciuto all'Altare della Patria*, Udine, Paolo Gaspari editore, 2000, p. 65.

Além disso, imaginei – como cada um seria livre para fazer, aliás – que o soldado desconhecido, andando há quase cem anos no além, mas também, como espírito, dentro do Altar da Pátria que conserva seus restos, pudesse narrar a história da própria vida, recompondo todas as passagens de uma trajetória individual capaz de resumir muitas outras experiências parecidas e, ao mesmo tempo, diferentes da Primeira Guerra Mundial.

Tendo partido como voluntário do Brasil, valoroso e já condecorado em diversas ocasiões, depois de salvar a própria vida mais de uma vez, esse soldado, desconhecido por antonomásia e nascido no estado de São Paulo no dia 12 de outubro de 1892, não morreu em batalha, e sim no dia 24 de outubro de 1918, por circunstâncias fortuitas que se verificaram na noite anterior, enquanto, fugindo de um bordel militar do Montello com uma moça que havia se apaixonado por ele, procurava em vão se salvar de um repentino e extremo bombardeio inimigo.

A principal originalidade da sua parábola existencial, de certa forma tão anômala do começo ao fim, depende do fato de ser o soldado desconhecido um italiano nascido no Brasil que nunca esteve na Itália antes de 1915, de modo que a narração alterna os feitos bélicos com os elementos da vida de um filho de imigrantes, que sente uma imensa saudade, descrita e documentada durante toda a guerra, da sua São Paulo do começo do século XX.

Sobre os emigrantes italianos e sobre os ítalo-descendentes que combateram na Itália e para a Itália, ao todo cerca de 300 mil (dos quais 50 mil do Prata e de 12 mil a 13 mil do Brasil), sabemos muito pouco, e menos ainda foi escrito até agora sobre esse assunto. Pouco espaço foi dado a esse tema, que estudo há muitos anos[75], inclusive nas obras gerais sobre as migrações e a Grande Guerra[76], sinal de que suscitou no passado pouco interesse e sobretudo escassa atenção para com a história da emigração italiana até o fim do século passado. Uma pena, porque a conjuntura da Primeira Guerra Mundial coincidiu com a máxima expansão do nosso fluxo migratório, e também porque, considerada a amplitude de algumas das maiores inserções urbanas proporcionadas por ele do outro lado do Atlântico (as "colônias" – ou comunidades, ou coletividades – italianas de Buenos Aires, Nova York, São Paulo e outras dezenas de cidades), ela forneceu um ponto de observação excepcional para iluminar a consistência dos sentimentos de pertencimento nacional, mas também a efetiva e problemática natureza das identidades

---

75. E. Franzina, "La guerra lontana. Il primo conflitto mondiale e gli Italiani d'Argentina", in *Estudios Migratorios Latinoamericanos*, 2000, 44, p. 57-84, depois também em G. Berti e P. Del Negro (org.), *Al di qua e al di là del Piave. L'ultimo anno della Grande Guerra*, Milão, Franco Angeli, 2001, p. 91-122; "Un fronte d'oltreoceano: italiani del Brasile e italo brasiliani durante il primo conflitto mondiale (1914-1918)", in V. Corà e P. Pozzato (org.), *1916. La Strafexpedition*, Udine, Paolo Gaspari Editore, 2003, p. 226-47; "Italiani del Brasile ed italo brasiliani durante il primo conflitto mondiale (1914-1918)", in *História. Debate e Tendências. Brasil – Itália. Travessias* (Passo Fundo, RS), 2004, 5, p. 225-67; "Volontari dell'altra sponda. Emigranti ed emigrati in America alla guerra (1914-1918)", in F. Rasera e C. Zadra (org.), *Volontari italiani nella Grande Guerra*, Rovereto, Museo storico della guerra, 2008, p. 215-37; "Emigranti ed emigrati in America davanti al primo conflitto mondiale (1914-1918)", in D. Fiorentino e M. Sanfilippo (org.), *Stati Uniti e Italia nel nuovo scenario internazionale, 1898-1918*, Roma, Gangemi, 2012, p. 135-56; *Concorrentes, antagonistas e adversários: a rejeição do "inimigo" entre os imigrantes europeus no Brasil da Grande Guerra (1914-1918)*, [conferência e mesa-redonda coordenadas por] C. Musa Fay e A. de Ruggiero, PUCRS, Porto Alegre (RS), 30 maio 2014.

76. Cf. o recente *Dizionario enciclopedico delle migrazioni italiane nel mondo*, dirigido por T. Grassi, Roma, Ser Itali Ateneo, 2014.

mescladas dos imigrantes e de seus descendentes no exterior.

Nasce dessas inquietações, em grande parte, o estímulo para abordar, por vias espetaculares e narrativas, uma questão à qual espero voltar, mais cedo ou mais tarde, como historiador. Momentaneamente, porém, com a cumplicidade do editor Donzelli que me convenceu disso, preferi improvisar-me escritor – qualificação que raramente é reconhecida aos historiadores – e botar as mãos na escrita deste livro, dominado pela ideia de que o grau de patriotismo popular foi sempre mais elevado fora da Itália, entre aqueles que, por razões de trabalho, tiveram de deixá-la, do que na terra de origem, ainda que esta se confundisse frequentemente, para eles, com os vilarejos onde nasceram. Os muitos casos que demonstram esse fenômeno são eloquentes e atravessam muitas décadas do século XX e parcialmente do XIX.

Luigi Meneghello, um amigo meu que entendia do assunto, desconfiava da radicalização nacionalista liderada depois da Grande Guerra pelo fascismo, e que no entreguerras se transformou numa invasiva e incômoda religião política[77]. Sabia muito bem o quanto ela havia se difundido justamente naqueles anos, sobretudo no exterior, até substituir gradualmente a memória, ou melhor, até contaminar de forma poderosa a evolução do patriotismo popular que vinha do *Risorgimento*, que prevalecera entre os imigrantes até as vésperas da Primeira Guerra Mundial.

---

77. Cf. A. M. Banti, *Sublime madre nostra. La nazione italiana dal Risorgimento al fascismo*, Roma-Bari, Laterza, 2011.

Sendo assim, acredito que não exagerei ao atribuir a Cravinho um pouco daquela carga e daquela confiança patriótica muito difundida entre as pessoas de condições modestas, e que muitas vezes, como ele, havia conseguido estudar um pouco, pois elas estão entre as causas do gesto quase instintivo que o induziu a responder positivamente à convocação militar e a partir para a Itália em julho de 1915.

Apresentando de forma entrelaçada as partes historicamente fundamentadas com as hipóteses fruto de conjecturas e invenções verossímeis, a narrativa resulta claramente elaborada por um indagador profissional do passado. Não se trata, porém, de um romance histórico padrão nem, talvez, de uma história romanceada. Deveria ser, segundo as minhas intenções, um singular experimento literário, fundado sobre o empenho do autor de limitar, até onde fosse possível, a própria liberdade expositiva, vinculando-a ao respeito substancial de uma miríade de verdadeiros documentos históricos (cartas, autobiografias, relatos oficiais, de parte ou da unidade militar etc.) sobre os quais se embasa, e que foram gerados pela Grande Guerra, mas também pelo seu mito póstumo.

O romance foi concebido como uma barreira contra a ação deformante das alquimias das recordações públicas oficiais e também como ambiciosa tentativa de colmar, no respeito dos sentimentos populares correntes, inclusive os religiosos[78], os

---

78. Sobre a relevância desses sentimentos, conhecida desde os estudos de Caravaglios e do padre Gemelli, Cf. agora, pelo peso que tiveram os testemunhos em diários e epistolários de soldados simples, C. Stiaccini, *L'anima religiosa della grande guerra. Testimonianze*

vazios e os silêncios sobre o quanto de patriótico ou de contestatório se produziu na guerra ou foi escrito sobre ela. O esforço narrativo tende a ressaltar também a unicidade e as vivências de um combatente particular, mas cada vez mais consciente de ter assumido vários papéis e diversas faces na sua relação com os outros, com dois países distintos (a Itália e o Brasil) e com os eventos dramáticos do seu tempo.

Diversamente do "estrangeiro na vida", protagonista de uma famosa obra-prima de Pirandello, o soldado desconhecido não recusa nem renega o seu nome. Todavia, o nome lhe é tirado, sendo expropriado dele para sempre, ao ponto de, considerados quantos foram os soldados italianos mortos na Primeira Guerra Mundial, para ele ser também apropriada a definição que desconstrói e multiplica a identidade do indivíduo, transformando-o, enfim, em um, nenhum e, neste caso, seiscentos mil[79].

Os ecos literários, como podemos ver, não faltam, incluindo, no final, aquele que remete ao encontro de Cravinho com Lazzaro Scacerni, a última pessoa que leva este nome na saga familiar criada por Riccardo Bacchelli no seu *Mulino del Po* [*O moinho do pó*]. É preciso dizer que há outras referências e citações distribuídas aqui e ali, que o próprio leitor poderá descobrir, porque apresentadas propositadamente sem aspas e

---

*popolari tra fede e superstizione*, Roma, Aracne, 2009 e, para o caso norte-americano, J. H. Ebel, *Faith in the Fight. Religion and American Soldier in the Great War*, Princeton, Princeton University Press, 2010.

79. Referência a uma das obras mais famosas de Pirandello, *Uno, nessuno e centomila* [*Um, nenhum e cem mil*], de 1926. (N. E.)

sem menção direta e explícita ao autor. Trata-se, sobretudo, de frases breves ou brevíssimas, roubadas a Paolo Monelli, Mario Puccini, Emilio Lussu, Curzio Malaparte, Attilio Frescura, Carlo Salsa, Arturo Rossato, Tito Antonio Spagnol, Carlo Betocchi e, por fim, Silvio D'Amico. Às vezes, trata-se de frases mais longas, emprestadas de Piero Jahier e Carlo Emilio Gadda, ou até do diário de guerra de Benito Mussolini[80]. Em alguns casos, são somente ecos indiretos de observações muito eficazes, extraídas da obra de escritores que amo, mas que não participaram da Grande Guerra, como Luigi Meneghello e Mario Rigoni Stern[81]. Em outros casos ainda, constituem simples reminiscências, como o de algumas figuras de emboscados da guerra modeladas a partir

---

80. P. Monelli, *Le scarpe al sole. Cronache di gaie e di tristi avventure d'alpini, di muli e di vino*, Bolonha, Cappelli, 1921; M. Puccini, *Cola o il ritratto di un italiano*, Vecchioni, L'Aquila 1927 (a partir de 1935, *Il soldato Cola*); Id., *Una donna sul Cengio*, Milão, Ceschina, 1940; E. Lussu, *Un anno sull'Altipiano*, Turim, Einaudi, 1945 e 2000 (1 ed. Paris, 1938); K. E. Suckert, *Viva Caporetto!*, Prato, Stabilimento Lito-Tipografico Martini, 1921 (C. Malaparte, *La rivolta dei santi maledetti*, Roma, La Rassegna Internazionale, 1921); A. Frescura, *Diario di un imboscato*, Vicenza, G. Galla Editore, 1919; C. Salsa, *Trincee: confidenze di un fante*, Milão, Sonzogno, 1924; A. Rossato, *L'elmo di Scipio*, Milão, Modernissima, 1919; T. A. Spagnol, *Memoriette marziali e veneree* [Spagnol], Milão 1970; C. Betocchi, *L'anno di Caporetto*, Milão, Il Saggiatore, 1967; S. D'Amico, *La vigilia di Caporetto. Diario di guerra (1916-17)*, Florença, Giunti, 1996; P. Jahier, *Canti di soldati*, Milão, Sonzogno, 1919; C. E. Gadda, *Giornale di guerra e di prigionia*, Florença, Sansoni, 1955 (Turim, Einaudi, 1965 e Milão, Garzanti, 1999); B. Mussolini, *Il mio diario di guerra: 1915-1917*, Milão, Imperia Casa editrice del Pnf, 1923 (publicado em episódios em *Il Popolo d'Italia*, 1915-1917).

81. Rigoni Stern (org.), *1915-1918. La guerra sugli Altipiani. Testimonianze al fronte*, prefácio de C. A. Ciampi, Vicenza, Neri Pozza, 2000, e a excelente contribuição de L. Ceva, "Veneto e Italia di fronte alla grande guerra. Memorialisti e letteratura di guerra", in G. Arnaldi e M. P. Stocchi (org.), *Storia della cultura veneta*, VI, *Dall'età napoleonica alla prima guerra mondiale*, Vicenza, Neri Pozza, 1986, p. 767-97. Cf. também o livro de anedotas históricas misturadas às memórias e à literatura de A. Daniele, *Magnaboschi. Storie di guerra, e di scrittori e d'altopiano*, Sommacampagna (Verona) Cierre Edizioni, 2006.

de "L'ultimo voto", um dos contos do pós-guerra mais lindos de Federico De Roberto[82].

De qualquer forma, não era certamente minha intenção acrescentar mais uma obra a um gênero que por si só já é repleto de antologias de todo tipo elaboradas até os nossos dias, pois, nesse conto, quis que os protagonistas fossem os soldados simples, e não os intelectuais e romancistas. Eram mais do que suficientes as palavras e os testemunhos diretos desses protagonistas em carne e osso e, portanto, a série de diários, memórias e até as pós-memórias que se remetem às suas experiências, que, infelizmente, para o caso dos reservistas ítalo-americanos, com exceção do estadunidense Vincenzo D'Aquila, não contam com autobiografias verdadeiras[83]. É um patrimônio de escritas

---

82. F. De Roberto, *L'ultimo voto* [1923], in *La paura e altri racconti della Grande Guerra*, introduzione de A. di Grado, e/o, Roma 2014, p. 105-39.

83. Cito, por sua unicidade, essa contribuição de um siciliano de Nova York, *Bodyguard Unseen. A True Autobiography by Vincenzo D'Aquila*, Richard R. Smith, Inc., New York, 1931, que usei para reconstruir o período entre agosto e setembro de 1915 (a chegada em Nápoles, o treinamento em Piacenza, a anedota das máquinas de escrever *Made in USA* etc.). Importante lembrar que nas Américas não foram publicados, nem no entreguerras nem depois, pelo que sabemos, autobiografias, diários ou memórias de italianos imigrados ou de ítalo-descendentes que foram combater espontaneamente na Itália na Primeira Guerra Mundial (No caso da produção em língua inglesa, cf. E. G. Lengel, *World War I Memories. An Annotated Bibliography of Personal Accounts Published in English Since 1919*, Lanham, Maryland, Scarecrow Press, 2004). Não é por acaso, porém, que D'Aquila seja também o único italiano, com Paolo Monelli, inserido por Peter Englund entre os protagonistas da sua bela coletânea *La bellezza e l'orrore. La grande guerra narrata in diciannove destini*, Turim, Einaudi, 2012 (coisa parecida acontece com a menção ao pintor Ubaldo Oppi na Paris às vésperas da guerra por parte Illies Florian no engenhoso livro *1913. L'anno prima della tempesta*, Veneza, Marsilio, 2014). Além de Norman Gladden, Hemingway e Dos Passos, que também considerei (sobre esses escritores no Vêneto em 1918, cf. G. Cecchin, *Con Hemingway e Dos Passos sui campi di battaglia italiani della Grande Guerra*, Milão, Mursia, 1980), e que mencionaram um ou outro ítalo-americano alistado, geralmente no exército estadunidense (Cf. o conto de Ernest Hemingway, inédito

supostamente "pobres", mas das quais bebi tanto quanto, de forma até mais sistemática, das numerosas cartas dos combatentes ou dos civis em contato com eles (pais, parentes, esposas, namoradas etc.)[84], até chegar a canibalizar uma inteira e preciosa correspondência ítalo-brasileira[85].

Todas as cartas de Cravinho e dos seus familiares pertencem, de fato, ao mais amplo e homogêneo *corpus* de correspondências ítalo-paulistas do tempo de guerra, de 1915 a 1917, que chegaram até nós. Com algumas inevitáveis adaptações e numerosas traduções dos originais, redigidos frequentemente em português, elas aparecem aqui no livro como se fossem escritas por ele, embora, na realidade, tenham sido elaboradas pelo soldado Americo Orlando, nascido em São Paulo, no Brás,

---

até 1976, "The Passing of *Pickles McCarty* – The Woppian Way", dedicado ao boxeador ítalo-americano Neroni, que voltou para a Itália e foi morto entre os *Arditi* em 1917), podemos dizer que não há traço algum de uma atividade memorialista dos reservistas filhos da imigração. Essa ausência contrasta enormemente com o que aconteceu na Itália e alhures, sobretudo de 1919 em diante, e diz muito sobre o papel das escritas populares no interior do contexto social de pertencimento dos autores, potencialmente bastante numerosos. Não encontrei impressos dessa natureza no Brasil nem na Argentina, embora, ao longo da guerra, nos espaços permitidos pelos principais jornais étnicos, emergiu uma ou outra testemunha desse tipo (por exemplo, assinado pelo soldado Eugenio Carbaro, "Il Riservista", *Fanfulla*, 5 jul. 1918).

84. Ainda considerando toda a riqueza das contribuições vindas, nos últimos trinta anos, do resgate e estudo das escritas populares de guerra, pelo estímulo dos arquivos onde são conservadas (em Rovereto, Trento, Gênova e em Pieve Santo Stefano), limito-me a assinalar aqui, por brevidade, as contribuições de Fabio Caffarena, *Lettere dalla grande guerra. Scritture del quotidiano, monumenti della memoria, fonti per la storia. Il caso italiano*, Milão, Unicopli, 2005, e "Le scritture dei soldati semplici", in S. Audoin-Rouzeau e J.-J. Becker (org.), *La prima guerra mondiale*, Turim, Einaudi, 2007, I, p. 633-47.

85. Cf. M. Silva Rossi, *Mia cara mamma. Lettere dal fronte di Americo Orlando*, Comune di Guardiagrele, 2007. Americo Orlando era mecânico e tinha um grau razoável de letramento e escolarização, o que me possibilitou não alterar, a não ser raramente e por mínimas necessidades narrativas, o sentido original das suas correspondências.

no dia 31 de outubro de 1895, em uma família originária de Guardiagrele, nos Abruzos, e partido para a guerra em julho de 1915. Orlando morreu combatendo na Bainsizza, no dia 18 de agosto de 1917, data em que eu fiz morrer em São Paulo a mãe de Cravinho.

Conhecido por poucos estudiosos, graças ao meritório empenho de uma bisneta brasileira de Americo, Mirian Silva Rossi, e do historiador genovês Federico Croci, que o analisou em suas pesquisas[86], o epistolário de Americo Orlando (conservado atualmente no Arquivo lígure da escrita popular[87] ao lado de toda uma série considerável de documentos análogos, surgidos na época dos fatos na imprensa de língua italiana no Brasil[88])

---

86. Sobre a figura e as cartas de Americo Orlando, Federico Croci, que primeiro as estudou, explicou o êxito de suas pesquisas em duas palestras, das quais tive a oportunidade de participar, dando ao meu relatório mais ou menos o mesmo título: *"Come desidero tornare presto a San Paolo". Identità nazionale e appartenenze culturali: l'esperienza di guerra di un italo-brasiliano, 1915-1918*. Simpósio internacional *Os 150 anos de unificação italiana e as questões de identidade no Brasil e na Itália*, FFLCH-USP, São Paulo, 8-11 nov. 2011, e *"Come desidero tornare presto a San Paolo". Identidade nacional e filiações culturais: a experiência de guerra de um italo-brasileiro, 1915-1918*, Seminário Internacional *Momento Itália Brasil (2011-2012)*, Pontifícia Universidade Católica, São Paulo-Rio de Janeiro, 13-17 maio 2012.

87. Nesse arquivo tive a oportunidade de consultar o epistolário graças à colaboração de Fabio Caffarena e Carlo Stiaccini (Fondo Orlando, lettere dal 22 luglio 1915 al 14 settembre 1916, Archivio ligure della scrittura popolare, Gênova). As cartas e postais (um total de 83), escritas frequentemente em português, mereceriam ser transcritas integralmente, mas, por motivos óbvios, não apenas de espaço, preferi propor só aquelas que aparecem no texto, apoiando-me na tradução italiana de Mirian Silva Rossi.

88. A fonte principal, com muitas outras extraídas do *La Patria degli Italiani* de Buenos Aires, é o muitas vezes citado *Fanfulla* de São Paulo, que permaneceu por muito tempo, e ainda o era durante a guerra, um dos diários de maior tiragem no Brasil. Além da consulta integral do *Fanfulla* entre 1914 e 1918, usei a imprensa brasileira coeva e a étnica de dois estados com uma significativa presença de imigrantes italianos, Rio Grande do Sul e Santa Catarina. Além disso, vali-me dos conselhos preciosos de Angelo Trento, com quem

forneceu a primeira estrutura da minha narrativa. Ela se enriqueceu muito, depois, graças a um vasto conjunto de elementos externos que recuperei aproveitando os tantos conhecimentos acumulados em quarenta anos de pesquisas de arquivo[89], e apoiando-me também em algumas lembranças pessoais que não hesitei em entrelaçar àquelas pesquisas e entre elas.

Para a sucessão dos homens e das gerações, tive a possibilidade de entrar pessoalmente em contato com alguns dos interlocutores diretos ou indiretos de Cravinho que "uso" ou menciono, todos vivos na época da Grande Guerra (os irmãos Vecchi, Igino Piva, Ninetta de Porta Padua etc.), os quais conheci quando era jovem, entre o início da década de 1960 e meados da de 1980. Sobre muitas outras personagens recebi ou recolhi notícias certas[90] ao longo da atuação que se reflete na minha biblio-

---

estou em dívida por várias observações, presentes também no seu trabalho *Il "Fanfulla" di San Paolo e la stampa italiana in Brasile dal nazionalismo al fascismo*, in Anais do V Seminário da Imigração Italiana em Minas Gerais, Belo Horizonte, 4-5 novembro de 2009 (http://www.ponteentreculturas.com.br/revista/fanfulla.pdf).

89. Encontrei apoio documental em muitos arquivos públicos e privados. Os principais, na Itália, são Archivio Centrale dello Stato, Archivio storico diplomatico del Ministero degli Affari esteri, Archivio diaristico nazionale di Pieve Santo Stefano, e os arquivos públicos (Archivi di Stato) de muitas cidades do Vêneto e também alguns arquivos paroquiais, sobretudo do Vêneto e do Friuli. Na América, realizei pesquisas nos arquivos públicos argentinos, mas, sobretudo, no Brasil, no Arquivo Nacional do Rio de Janeiro, no Arquivo Público do Estado de São Paulo, e nos do Rio Grande do Sul e de Santa Catarina.

90. No apêndice, e para distingui-los das muitas personagens inventadas, achei oportuno fornecer ao leitor um elenco completo das pessoas que efetivamente viveram as experiências recordadas e contadas por Cravinho. Entre as notícias "certas" há também aquelas reconstruídas a partir de fragmentos extraídos de fontes e testemunhas diversas. Como exemplo, menciono o esboço de confraternização natalina de 1916 com trocas de gêneros alimentícios, da qual soube inicialmente pelos episódios citados em um livro de sentença da justiça militar durante a guerra (E. Forcella e A. Monticone, *Plotone d'esecuzione. I processi della prima guerra mondiale*, Bari, Laterza, 1968), e posteriormente graças à

grafia pessoal de historiador do Vêneto, da emigração e, em certa medida, do Brasil e da Primeira Guerra Mundial, que proponho em uma nota no fim do livro.

O leitor poderá perceber uma prevalência de fontes vênetas e friulanas, seja porque a guerra se passou quase completamente nessa área com a qual tenho mais familiaridade[91], seja

---

testemunha de dois "cooperantes" veteranos, o italiano Marco Ambrosini e o austríaco Karl Fritz, os quais se reencontraram em Asiago no dia 15 de setembro de 1976, sessenta anos depois, e puseram no Planalto, no Monte Forno, uma lápide para lembrar a sua "trégua" ocorrida ali "no inverno distante de 1916-17" entre alpinos e *Kaiserjäger* (uma imagem da lápide se encontra no *site* do Ecomuseo della grande guerra, http://www.ecomuseograndeguerra.it/veneto/prealpi_vicentine/it/wai/p1_e.htm). Em outros casos, bastante numerosos, fui obrigado, por banais razões de espaço, a diminuir reconstruções já elaboradas, embora todas tivessem percursos de indagação aventurosos, tanto quanto as trajetórias de vida e de guerra dos seus protagonistas. Entre aquelas, que coloquei no livro e que alguém poderia pensar que sejam completamente inventadas, menciono como exemplo a história de Jospeh Vecchi, que poderá ser encontrada no seu livro *"The Tavern is my Drum"*. *My Autobiography*, Londres, Odham Press Ltd, 1948. Contudo, afinal, não deixei que Cravinho falasse, por exemplo, do jovem português de São Paulo, José Fries dos Reis, que em 1916 esteve no meio de um alistamento rocambolesco e ambíguo das tropas italianas, que desembocou na sua prisão e num processo com meia absolvição por agraciamento real. Por causa da substancial marginalidade, no romance, da componente friulana e juliana dos soldados que foram combater sob as bandeiras do Império Austro-Húngaro (*vide* a respeito as obras de Lucio Fabi e Marina Rossi), deixei de lado figuras interessantes que poderia fazer tranquilamente interagir com Cravinho, como o seu coetâneo Carlo Spagnul, nascido em 1891 em São Paulo, onde vivia em uma família de emigrantes originários de Aiello, no Friuli oriental, obrigado, após ter voltado à sua terra em 1908, a servir no exército imperial e mais precisamente no batalhão *dèmoghela* ("demos uma surra neles", no dialeto juliano) dos desertores triestinos e, por último, aprisionado pelos russos e enviado para a Sibéria, de onde voltou à Itália em 1920, passando pela China, como marinheiro da armada italiana, à qual havia se alistado em 1918. Cf. C. Spagnul, *Le mie memorie. Un friulano dal Brasile al K.U.K I.R 97° "Dèmoghela", nei Carpazi, in Cina e in Siberia*, organizado por C. Bressan, prefácio de M. Rossi, Udine, Paolo Gaspari editore, 2011.

91. *Vide*, além do meu subcapítulo "Veneto in armi" (p. 838-58), parte de "Tra Otto e Novecento", in S. Lanaro (org.), *Il Veneto*, Turim, Einaudi, 1984, p. 763-858, as obras de P. Del Negro "Il Veneto militare dal 1866 al 1918. Problemi e prospettive di ricerca", P. Del Negro e N. Agostinetti (org.), *Il generale Antonio Baldissera e il Veneto militare*, Pádua, Editoriale Programma, 1992, p. 77-95; M. Mondini, *Veneto in armi. Tra mito della*

porque, consequentemente, pude privilegiar com mais facilidade os contextos e a história, sendo, porém, consciente de que "um vêneto deveria escrever de um modo que seja tão interessante para os vênetos quanto para os sicilianos (à parte certos aspectos sem importância)". Assim apontou, certa vez, Luigi Meneghello, acrescentando logo depois que, talvez, poderia até estar errado[92].

Escrevendo sobre a vida de Cravinho, com frequência me inspirei nas reflexões desse extraordinário intérprete do século XX e de outros como ele, mestres e amigos, que, de Mario Rigoni Stern a Silvio Lanaro e Fernando Bandini, não estão mais entre nós. Lamento muito não ter tido a possibilidade de inquiri-los também, como tantas vezes fiz no passado, pedindo-lhes uma opinião sobre o que andava escrevendo. De todo modo, pude contar com a opinião de outras pessoas amigas e mais competentes que eu. Com essas pessoas, embora não podendo mencionar todas, contraí uma enorme dívida de gratidão, e por isso gostaria de agradecer pelo menos àqueles que, após terem lido o manuscrito (se é que um arquivo eletrônico pode ser definido assim), sugeriram-me melhorias, corrigiram erros leves, doaram suas ideias.

Em primeiro lugar, Mario Isenghi e Angelo Trento, Paolo Pozzato e Matteo Sanfilippo, e depois Giovanni Pellizzari e Paolo Lanaro, Maurizio Zangarini e Mimmo Franzinelli, Silvano Fornasa e Mariano Nardello, Silvia Capodivacca e Paolo Bressan,

---

*nazione e piccola patria, 1866-1918*, Leg, Gorizia, 2002, e L. Bregantin, L. Fantina, M. Mondini, *Venezia, Treviso e Padova nella Grande Guerra*, Treviso, Istresco, 2008.

92. L. Meneghello, *Le Carte*, I, Milão, Rizzoli, 1999, p. 131.

Edilene Toledo e Gigi Biondi, Renato Giovannoli e Maria Sole Martini, Liana Bonfrisco e Valeria Mogavero, Clori Bombagli e Federico Melotto, Angela Maria Alberton e Gabriella Nagy, só para citar alguns, ajudaram-me e, sobretudo, confortaram-me durante um trabalho que se prolongou por dois meses tumultuados, durante os quais consegui voltar por alguns dias ao Brasil, a Porto Alegre e a São Paulo, para dissolver algumas dúvidas residuais, mas que tinha atrás anos e anos de estudos e pesquisas sobre temas de história cultural e militar, da Grande Guerra, da história do Brasil "italiano", do Vêneto e do Friuli entre os séculos XIX e XX.

Enfim, o que elaborei permanece uma ousadia minha, muito próxima das minhas práticas prediletas da *public history*, entre músicas e canções, de modo que confio que possa ser entendida também como uma demonstração ulterior do fato de que a boa comunicação histórica não deva necessariamente ser deixada nas mãos dos jornalistas e de mediadores mediáticos, cujas iniciativas, cativantes pela força da linguagem usada, obtém, inevitavelmente, entre as pessoas um sucesso muito mais amplo do que aquele reservado aos historiadores, sem os quais, todavia, não é possível contar nada de fundamentado e sério.

Aos historiadores, então, e especialmente aos mal definidos como historiadores locais ou menores, é dedicado este livro, que confio, como é justo que seja, ao julgamento dos leitores.

Asiago-Gallio, 30 de junho –
Forno di Portoferraio, 27 de julho de 2014.

Capítulo 17

# *Lista de nomes de pessoas que viveram efetivamente entre 1914 e 1918*

*(em ordem de aparição)*

Luigi Gregolini
Angelo Longaretti
Benedito Tolosa
Francesco Matarazzo
Luigi Basile
Alexandre Ribeiro
Marcondes
Machado (Juó Bananére)
Oswald de Andrade
Olavio Bilac
Rodolfo Camurri
Beppo Bagatta
Albertino il Garfagnino
Luigi Rizzi
David Picchetti
Francesco Cesare Alfieri
Pio Massani
Ugo Bossini
Prospero Dall'Aste Brandolini
Silvio Dan
Italo Mauzzi
Renato Bellucci
Giuseppe Bellucci
Americo Peretti
Carlito Peretti
Tia Ciata
Donga (Ernesto dos Santos)
Antonio Iannuzzi
Vitaliano Rotellini
Amerigo Rotellini
Maria Rotellini
Luigi Vincenzo Giovannetti
Umberto Serpieri
Basilio Taler
Vicenzo D'Aquila
Domenico Rocco
Giovanni Battisa Ponzo
Pietro Bagnis
Pio Benvenuti
Giovanni De Carli
Felice Berti
Amadio Zanini
Celeste Bottazzi
Ermete Divina
Giulio Camber Barni
Giovanni Tolosano

Giuseppe Pontani
Francesco Giacomis
Arcangelo Tornicelli
Vincenzo Bandrini
Vitaliano Marchetti
Giuseppe Manetti
Renato Lazzarini
Mario Bergamini (Antonio/ Tonino Bergamas)
Vicenzo Lentini
Tullio Marchetti
Carlo Piva
Filippo Guerrieri
Marco Ambrosini
Karl Fritz
Cunegonda (Gonda) Trivellato
Ferdinando Trivellato
Demetrio Garbin
Ernesto Trivellato
Almiro Arcari
Arnoldo Arcari
Cleto Meneghello
Giuseppina (Pia) Canciani
Michele Baratto
Giobatta Fochesato Franzin
Emilio Vecchi (Lumìna)
Luigi Faccio
Roberto Fincato
Gioacchino Donadello
Adolfo Giuriato
Maria Ferrari
Giuseppe (Joseph) Vecchi

Livio Livi
Bianca Vecchi
Ida Vecchi
Irene Vecchi
Augusto Masetti
Luigi Bongiovanni
Emilio Bovina
Luigi Battistini
Don Giovanni Rossi
Dandolo Paolucci
Don Argilio Malatesta
Don Domenico Raimondi
Giuseppe Sartori
Lina Andolfato
Adele Pierin
Toni Benetti
Giovanni Beordo
Vasco Vezzana
Emilio Marzetto
Domenico Gasparini
Teresina Casarotto
Bortolo Ceccon
Giuseppe Maestrello
Arturo Preti
Virgilio Preti
Domenico Nuvolari
Alessandro Salerno
Liberale Carraro
Francesco Alfieri
Carlo Cantoni
Emilio Massardo
Igino Piva
Vittorio Montiglio

## Capítulo 17 *Lista de nomes*

Enrico D'Antoni
Domenico Busato
Giuseppe Busato
Francesco Broz
Tommaso Bussi
Riccardo Astrologo
Don Andrea Grandotto
Ermenegildo Pinton
Felice Rech
Ersilio Michel
Don Girolamo Bettanin
Alfio Franceschini
Antonio Maria Ferrari
Floriano Angeli
Beniamino Angeli
Giuseppe Angeli
Alessio Menapace
Anna Menestrina
Antonio Rattin
Eugenio Mich
Albino Soratroi
Fausto Filzi
Mario Filzi
Ezio Filzi
Bramante Antonetti
Busiride Antonetti
Nazzareno Passerini
Enrico Secchi
Roberto Secchi
Pietro Dall'Acqua
Gioavanbattista Giannoni
Giannetto Gasparelli
Domenico Montesano
Alberto Bonomo
Antonio Bianchi
Rocco Lombardo
Guglielmo Borghetti
Lamberto Campanelli
Toscana Zambonini
Benedetto Tambara
Ciro Materazzo
Gioachino Fonato
Sperandio Meneghello
Giuseppe Gaburrro
Pietro Gaburro
Giuseppe Lunardi
Marco Zuliani
Mercede Vecchi
Nunziata Vecchi
Carlo Vecchi
Maria Teresa Guerrato
Elisabetta Berti
Roberto Sarfatti
Angelo Franchini
Giuseppina Da Ponte
Carlo Rosa
Umberto Capovin
Gioacchino Brognoligo
Silvio Negro
Adolfo Crosara
Anacleto Moretti
Ilario Manfredini
Ateo Prandi
Angelo Scala
Giuseppe Sartori
Raffaele Gottardo

## *Breve nota autobibliográfica*

Para completar a bibliografia apresentada, apresento, em seguida, os meus principais estudos, desde 1975, voltados para o estudo da história da imigração no Brasil, do Vêneto, da Primeira Guerra Mundial, e também das culturas e escritas populares. Destas obras foi retirada grande parte das informações consideradas e utilizadas na elaboração do romance.

"Appunti in margine al problema storico dell'emigrazione", in *Classe*, 1975, 11, p. 167-99.

*I Veneti in Brasile nel centenario dell'emigrazione (1876-1976)*, Vicenza, Edizioni dell'Accademia Olimpica, 1976 (em colaboração com M. Sabbatini).

*La grande emigrazione. L'esodo dei rurali dal Veneto durante il secolo XIX*, Veneza, Marsilio, 1976.

"Civiltà popolare o storia e cultura delle classi subalterne? Dai documenti contadini all'oral history", in *Società e storia*, 1979, 6, p. 793--816.

*Merica! Merica! Emigrazione e colonizzazione nelle lettere dei contadini veneti in America Latina (1876--1902)*, Milão, Feltrinelli, 1979 (1. ed.).

"L'eresia antifemminista: donna, Chiesa e lavoro in Elisa Salerno", in *Odeon*, 1980, 1, p. 20-5.

*Vicenza. Storia di una città (1404-1866)*, Vicenza, Neri Pozza, 1980.

"Frammenti di cultura contadina nelle lettere degli emigrante", in *Movimento operaio e socialista*, n.s., IV, 1981, 1-2, p. 49-76.

"Lettere contadine e diari di parroci di fronte alla prima guerra mondiale", in M. Isnenghi (org.), *Operai e contadini nella grande guerra*, Bolonha, Cappelli, 1982, p. 104--54.

*La classe gli uomini e i partiti. Storia del movimento operaio e socialista in una provincia bianca: il Vicentino (1873-1948)*, E. Franzina (org.), Vicenza, Odeonlibri, 1982, 2 vol.

*Biografia di un quartiere. Il "Trastevere" di Vicenza (1891-1925)*, Vicenza, Odeonlibri, 1983 (1. ed.).

*Un altro Veneto. Saggi e Studi di storia dell'emigrazione nei secoli XIX e XX*, Abano Terme, Francisci Editore, 1983.

"Dopo il '76. Una regione all'estero", in S. Lanaro (org.), *Storia d'Italia, Le regioni dall'Unità a oggi, Il Veneto*, Turim, Einaudi, 1984, p. 469--575.

"Le culture dell'emigrazione", in *La cultura operaia nella società industrializzata (atti del convegno internazionale)*, Milão, Franco Angeli, 1985, p. 279-338.

"Il tempo libero dalla guerra. Case del soldato e postriboli militari", in D. Leoni e C. Zadra (org.), *La grande guerra. Esperienze, memorie, immagini*, Bolonha, il Mulino, 1985, p. 161-230.

*Storia delle città italiane*, Veneza, Roma-Bari, Laterza, 1986.

"L'epistolografia popolare e i suoi usi", in *Materiali di lavoro*, 1987, 1-2, p. 21-76.

"La lettera dell'emigrante fra 'genere' e mercato del lavoro", in *Società e storia*, 1988, 39, p. 101-25.

"Caserma, soldati e popolazione", in *Esercito e città dall'unità agli anni trenta*, Perugia, Deputazione di storia patria per l'Umbria, 1989, 2 vol., I, p. 351-88.

"Una storia mentale degli italiani in guerra", in *Quaderni storici*, XXV, 1990, 74, p. 621-36.

"Emigrazione per immagini: storie di vita, lettere e scritture autobiografiche dei piemontesi in Argentina", in Cemla di Buenos Aires (org.), *C'era una volta la Merica. Immigrati piemontesi in Argentina*, Cuneo, L'Arciere, 1990, p. 209-24.

"Scritti autobiografici di emigranti italiani in America Latina: il caso brasiliano", in *I luoghi della scrittura autobiografica popolare*, Trento, Ed. Materiali di Lavoro, 1990, p. 185-222.

*La transizione dolce. Storie del Veneto fra '800 e '900*, Verona, Cierre, 1990.

"Emigrazione e letteratura. Brasile: fra storia e romanzo", in *Altreitalie*, III, 1991, 5, p. 2-6 e 19-31, republicado em J. J. Marchand (org.), *La letteratura dell'emigrazione. Gli scrittori di lingua italiana nel mondo*, Turim, Edizioni della Fondazione Giovanni Agnelli, 1991, p. 213-28.

*Storia dell'emigrazione veneta dall'Unità al fascismo*, Verona, Cierre, 1991 (1. ed.).

"Autobiografie e diari dell'emigrazione: esperienza e memoria nelle scritture autobiografiche di emigranti e immigrati in America tra Otto e Novecento", in M. R. Ostuni (org.), *Studi sull'emigrazione. Un'analisi comparata*, Milão, Electa, 1991, p. 221-41 (republicado em *História Social*, 1992, 14, p. 121-42).

"L'industria possibile. Note su Verona e sul Veneto dopo l'Unità", in M. Zangarini (org.), *Il Canale Camuzzoni. Industria e società a Verona dall'Unità al Novecento*, Verona, Cierre, 1991, p. 35-47.

*L'immaginario degli emigranti. Miti e raffigurazioni dell'esperienza italiana all'estero fra due secoli*, Paese (TV), Pagus Edizioni, 1992.

*Stranieri d'Italia. Studi sull'emigrazione italiana dal Risorgimento al fascismo*, Vicenza, OdeonUp, 1994.

*Merica! Merica! Emigrazione e colonizzazione nelle lettere dei contadini veneti e friulani in America Latina 1876-1902*, Verona, Cierre, 1994 (2. ed. rev. e ampliada).

"Talián in terra brasileira", in *Limes*, 1994, 4, p. 233-44.

*Gli italiani al nuovo mondo. L'emigrazione italiana in America (1492-1942)*, Milão, Mondadori, 1995.

"Pátria, região e nação: o problema da identidade na imigração italiana na América Latina", in *Atas do Simpósio Internacional sobre a Imigração Italiana, abril 1996*, Caxias do Sul, 1996, republicado em italiano como "'Piccole patrie, piccole Italie': la costruzione dell'identità nazionale degli emigrati italiani in America Latina (1848-1924)", in *Memoria e ricerca*, 1996, 8, p. 13-32.

*Dall'Arcadia in America. Attività letteraria ed emigrazione ransoceanica in Italia (1850-1940)*, Turim, Edizioni della Fondazione Giovanni Agnelli, 1996.

*Una patria straniera. Sogni, viaggi e identità degli italiani all'estero attraverso le fonti popolari scritte*, Verona, Cierre, 1997.

*La storia altrove. Casi nazionali e casi regionali nelle moderne migrazioni di massa*, Verona, Cierre, 1998.

*Casini di guerra. Il tempo libero dalla trincea e i postriboli militari durante il primo conflitto mondiale*, Udine, Paolo Gaspari Editore, 1999.

"Il Tricolore degli emigrante", in F. Tarozzi e G. Vecchio (org.), *Gli italiani e il Tricolore. Patriottismo, identità nazionale e fratture sociali lungo due secoli di storia*, Bolonha, il Mulino, 1999, p. 295-312.

"Identità regionale, identità nazionale ed emigrazione all'estero", in E. Bartocci e V. Cotesta (org.), *L'identità italiana: emigrazione, immigrazione, conflitti etnici*, Roma, Edizioni Lavoro, 1999, p. 29-46.

"Le comunità imprenditoriali italiane e le Camere di Commercio all'estero (1870-1945)", in G. Sapelli (org.), *Tra identità culturale e sviluppo di reti. Storia delle Camere di Commercio Italiane all'estero*, Soveria Mannelli, Rubbettino, 2000, p. 15-103.

*Il Veneto ribelle. Proteste sociali, localismo popolare e sindacalizzazione tra l'unità e il fascismo*, Udine, Paolo Gaspari Editore, 2001.

*Storia dell'emigrazione italiana*, 2 vol. (I, *Partenze*; II, *Arrivi*), Roma, Donzelli, 2001-02 (em colaboração com P. Bevilacqua e A. De Clementi).

*Una trincea chiamata Dolomiti. Ein Krieg – zwei Schutzengraeben*, Udine, Paolo Gaspari Editore, 2003.

"Memoria familiar y región en las migraciones italianas a Brasil. Apuntes sobre el caso 'padano-veneto', 1875-2005", in C. Frid de Silberstein (org.), *Perspectivas regionales de las migraciones españolas e italianas al Cono Sur. Siglos XVIII a XX* (n. especial de *Estudios Migratorios Latinoamericanos*, 58, 2005, p. 461-82).

"Diaspore e 'colonie' tra immaginazione e realtà: il caso italo-brasiliano", in M. Tirabassi (org.), *Itinera. Paradigmi delle migrazioni italiane*, Turim, Edizioni della Fondazione Giovanni Agnelli, 2005, p. 101-40.

"Keynote Address: The Resources of Ethnicity and the Gifts of Politics: Notes on Italian Americans in the Political History of a Continent", in P. V. Cannistraro, J. Krase, J. V. Scelsa (org.), *Italian American Politics: Local, Global/Cultural, Personal*, Nova York, Hunter College Cuny, 2005, p. XV-XXVII.

"Nazionalismo, transnazionalismo e culture originarie nell'emigrazione di massa", in J. Grossutti e F. Micelli (org.), *Pantianicco a Buenos Aires. Da contadini a infermieri: un caso di emigrazione specializzata*, Comune di Mereto di Tomba, Mereto di Tomba (Ud) 2006, p. 1-19.

*L'Amérique*, in *L'Italie par elle-même. Lieux de mémoire italiens de 1848 à nos jours*, M. Isnenghi (org.), prefácio de G. Pecout, Paris, Editions Rue d'Ulm-Presses de l'Ecole normale supérieure, 2006, p. 441-75.

"Autobiographical Writings and Official History", in A. Bove e G. Massara (org.), *'Merica. A Conference on the Culture and Literature of Italians in North America*, Stony Brooke, Nova York, Forum Italicum Publishing, 2006.

*Una patria espatriata. Lealtà nazionale e caratteri regionali nell'immigrazione italiana all'estero (secoli XIX e XX)*, Viterbo, Sette Città, 2006.

*A grande emigração. O êxodo dos italianos do Vêneto para o Brasil*, Campinas, Editora Unicamp, 2006.

*Una patria espatriata. Lealtà nazionale e caratteri regionali nell'immigrazione italiana all'estero (secoli XIX e XX)*, Viterbo, Sette Città, 2007.

*L'America gringa. Storie italiane d'immigrazione tra Argentina e Brasile*, Reggio Emilia, Diabasis, 2008.

*História do trabalho e histórias de imigração*, São Paulo, Edusp, 2010 (em colaboração com M. L. Tucci Carneiro e F. Croci).

"Italian Prejudice against Italian Americans", in *Mediated Ethnicity. New Italian-American Cinema*, Nova York, John Calandra Italian American Institute and Queens College, City University of New York, 2010, p. 17-32.

"La patria degli italiani all'estero", in *il Mulino*, 2011, 4, p. 607-14.

*Vicenza italiana. Intellettuali, notabili e popolo fra Risorgimento e prima guerra mondiale (1848-1918)*, Dueville, Agorà&Factory, 2011.

*Il Veneto rimpatriato. Risorgimento e nazionalizzazione del "locale" tra storia, storiografia e memoria*, Vicenza, Accademia Olimpica, 2013.

"Emigração, exílio e unificação da Itália: os primeiros grupos imigratórios na América e o *Risorgimento*", in *Italianos no Brasil: partidas, chegadas e heranças*, LBIMU/Uerj, Rio de Janeiro, 2013, pp. 87--211.

"L'età contemporanea", in G. Gullino (org.), *Storia di Vicenza*, Sommacampagna (Vr), Cierre Edizioni, 2014, p. 169-243.

*La terra ritrovata. Storiografia e memoria della prima immigrazione italiana in Brasile*, Gênova, Cisei--Stefano Termanini Editore, 2014.

# Bibliografia

*em ordem (mais ou menos) de aparecimento*

"Os italianos em cem anos de imigração (De monte a monte: Rio Grande do Sul)", in *Veja*, 1975, 337.

C. Vangelista, *Le braccia per la fazenda: immigrati e caipiras nella formazione del mercato del lavoro paulista, 1850-1930*, Milão, Franco Angeli, 1982.

Z. Alvim, *Brava gente! Os italianos em São Paulo 1870-1920*, São Paulo, Brasiliense, 1986.

A. Trento, *Do outro lado de Atlântico. Um século de imigração italiana no Brasil*, São Paulo, Nobel, 1988.

E. Alterman Blay, *Immigrazione europea e borghi operai a San Paolo*, Milão, Franco Angeli, 1987.

C. E. Ferreira, *O caso Longaretti: crime, cotidiano e imigração no interior paulista*. Campinas, Dissertação (Mestrado em História Social do Trabalho), Instituto de Filosofia e Ciências Humanas, Universidade Estadual de Campinas, 2005.

M. C. Texeira Mendes Torres, *O bairro do Brás*, São Paulo, Secretaria da Educação e Cultura da Prefeitura, 1969.

H. Dertônio, *O bairro do Bom Retiro*, São Paulo, Secretaria da Educação e Cultura da Prefeitura, 1971.

W. Maia Fina, *O bairro do Bom Retiro e seus primórdios*, São Paulo, Secretaria da Educação e Cultura da Prefeitura, 1976.

E. Reale, *Brás, Pinheiros, Jardins: três bairros, três mundos,*

Biblioteca Pioneira de Estudos Brasileiros-USP, São Paulo, 1982.

C. Lucena Toledo, *Bixiga, amore mio*, São Paulo, Editora Panartz, 1983.

H. Grünspun, *Anatomia de um bairro: O Bexiga*, São Paulo, Cultura Hrm Ed., 1979.

J. Penteado, *Belénzinho, 1910 (retrato de uma época)*, São Paulo, Carrenho Editorial, 2003.

M. I. Machado Borges Pinto, *Cotidiano e sobrevivência: a vida do trabalhador pobre na cidade de São Paulo (1890-1914)*, São Paulo, Edusp, 1994.

E. Bosi, *Memória e sociedade, lembranças de velhos*, São Paulo, T. A. Queiroz, 1979.

M. I. Choate, *Emigrant Nation. The Making of Italy Abroad*, Cambridge, Harvard University Press, 2008.

F. L. Vinhosa Teixeira, *O Brasil e a primeira guerra mundial: a diplomacia brasileira e as grandes potências*, Rio de Janeiro, Instituto histórico e geográfico brasileiro, 1990.

A. Bill (em colaboração com P. Henderson), *South America and the First World War: The Impact of the War on Brazil, Argentina, Peru and Chile*, Cambridge, Cambridge University Press, 2002.

S. Garambone, *A Primeira Guerra Mundial e a Imprensa Brasileira*, Rio de Janeiro, Mauad, 2003.

A. Dell'Aira, *Longo estudo, grande amor. História do Istituto Medio Italo-Brasiliano "Dante Alighieri" de São Paulo*, São Paulo, Annablume, 2011.

W. Doniseti de Souza, *Anarquismo, Estado e pastoral do imigrante. Das disputas ideológicas pelo imigrante aos limites da ordem: o caso Idalina*, São Paulo, Editora Unesp, 2000.

M. Carelli, *Carcamanos e comendadores. Os italianos de São Paulo da realidade à ficção (1919-1930)*, São Paulo, Ática, 1985.

A. de Alcântara Machado, *Notizie di São Paulo. Racconti*, Milão, Vanni Scheiwiller, 1985 (trad. it. de *Brás, Bexiga e Barra Funda. Notícias de São Paulo*, 1. ed., 1927).

E. Franzina, *Usi della memoria e problemi aperti nella storia delle migrazioni del '900. Associazionismo etnico e acculturazione nazionale fra Italia e Brasile*, in Anais do V Seminário da Imigração Italiana em Minas Gerais, Belo Horizonte, 4-5 nov. 2009, (http://www.ponteentreculturas.com.br/revista/usi_della_memoria.pdf).

A. Trento, *La costruzione di una identità collettiva. Storia del giornalismo in lingua italiana in Brasile*, Viterbo, Sette Città, 2011.

J. R. de Campos Araújo, *Imigração e Futebol. O caso Palestra Itália*, São Paulo, Fapesp – Editora, 2000.

V. Fratta, *Palestra Itália. Quando gli italiani insegnavano il calcio ai brasiliani*, Roma, Ultrasport, 2014.

F. Holzinger, "Aux sources du 'football samba'", in *Le Monde*, 13 jun. 2014.

M. Hermeto, *Canção popular brasileira e ensino de história. Palavras, sons e tantos sentimentos*, Belo Horizonte, Ed. Autêntica, 2012.

R. Moura, *Tia Ciata e a pequena África no Rio de Janeiro*, Rio de Janeiro, Secretaria Municipal de Cultura, 1995.

A. Staderini, *Combattenti senza divisa. Roma nella Grande Guerra*, Bolonha, il Mulino, 1995.

A. Staderini, L. Zani, F. Magni (org.), *La grande guerra e il fronte interno. Studi in onore di George Mosse*, Camerino, Università degli Studi di Camerino, 1998.

D. Menozzi, G. Procacci, S. Soldani (org.), *Un paese in guerra. La mobilitazione civile in Italia (1914--1918)*, Milão, Unicopli, 2010.

*In memoria di Amerigo Rotellini, San Paolo (Brasile) – II Maggio MDCCXCIV – Altipiano della Bainsizza – XXVI Agosto MCMXVII*, [São Paulo, 1918].

V. D'Aquila, *Bodyguard Unseen. A True Autobiography*, Nova York, Richard R. Smith, Inc., 1931.

O. Razac, *Storia politica del filo spinato. La prateria, la trincea, il campo di concentramento*, Verona, Ombre Corte, 2001.

E. Divina e F. Alberini (org.), *Memorie di un irredentista. L'avventurosa vita di Ermete Divina*, Scurelle, Trento, Tipografia Litodelta, 2010.

L. Fabi, *Gente di trincea. La grande guerra sul Carso e sull'Isonzo*, Milão, Ugo Mursia Editore, 2009.

G. Rochat (org.), "La spada e la croce. I cappellani italiani nelle due guerre mondiali (Atti del XXXIV convegno di studi sulla Riforma e i movimenti ereticali in Italia Torre Pellice, 28-30 ago. 1994)", in *Bollettino della società di studi valdesi*, 1995, 176.

G. Bellucci, *I vivi e i morti nell'ultima guerra d'Italia*, Perugia, Unione Tipografica Cooperativa, 1920.

G. Bellucci, *Folklore di guerra*, Perugia, Unione Tipografica Cooperativa, 1920.

M. Levi Bianchini, "Diario di guerra di un [sic] Psichiatra nella campagna contro l'Austria (1915--1918)", *Il Manicomio*, Archivio di psichiatria e scienze affini, Nocera Superiore, 1920.

A. Gibelli e C. Stiaccini, "Il miracolo della guerra. Appunti su religione e superstizione nei soldati della Grande guerra", in N. Labanca e G. Rochat (org.), *Il soldato, la guerra e il rischio di morire*, Milão, Unicopli, 2006, p. 125-36.

N. Revelli, *Il mondo dei vinti. Testimonianze di vita contadina*, 2 vol. (I, *La pianura, la collina*; II, *La montagna, le Langhe*), Turim, Einaudi, 1977.

G. Manetti, *Maledetta guerra*, prefácio de A. Gibelli, Florença, Pagnini Editore, 2008.

F. Selmin, "Una famiglia nella grande guerra. Il 'romanzo epistolare' di una famiglia estense (1915-18) con due lettere di Ernesto Bonaiuti", in *Venetica. Rivista di storia delle Venezie*, 1989, 12, p. 96-118.

L. Beltrame Menini (org.), *Adorata Luigia. Mio diletto Antonio. Storia d'amore e di guerra (1910--1919)*, Pádua, Panda Edizioni, 2011.

B. Bianchi, "Momenti di pace in guerra. Fraternizzazioni, tregue informali e intese con il nemico nei processi contro gli ufficiali", in P. Giovannini (org.), *Di fronte alla Grande guerra. Militari e civili tra coercizione e rivolta*, Ancona, Il Lavoro Editoriale, 1997, -p. 83-104.

F. Guerrieri, *Lettere dalla trincea (Libia-Carso-Trentino-Macedonia)*, organizadas e anotadas por E. Guerrieri, Calliano, Arti Grafiche Manfrini, 1969.

E. Folisi, *Udine. Una città nella grande guerra*, Udine, Paolo Gaspari editore, 1998.

L. Fantina, *Le trincee dell'immaginario. Spettacoli e spettatori nella grande guerra*, Sommacampagna (Vr), Cierre Edizioni, 1998.

E. Bricchetto, "Stampa e guerra: scrittura e riscrittura della Strafexpedition", in V. Corà e P. Pozzato (org.), *1916. La Strafexpedition*, prefácio de M. Rigoni Stern, introdução de M. Isnenghi, Udine, Paolo Gaspari Editore, 2003, p. 192-200.

E. Franzina, *Casini di guerra. Il tempo libero dalla trincea e i postriboli militari nel primo conflitto mondiale*, Udine, Paolo Gaspari Editore, 1999.

A. Fiori, *Il filtro deformante. La censura sulla stampa durante la prima guerra mondiale*, prefácio de L. Lotti, Roma, Istituto storico italiano per l'età moderna e contemporanea, 2001.

A. Sema, *Soldati e prostitute. Il caso della Terza Armata*, Valdagno, Gino Rossato Editore, 1999.

S. Tazzer, *Ragazzi del Novantanove. "Sono nati appena ieri, ieri appena e son guerrieri"*, Vittorio Veneto, Kellerman Editore, 2012.

M. Baratto, *La mia guerra ignorata dalla storia. Diario di un soldato sul Carso e in Serbia, 1916-1919*, organizado e proposto por A. T. Scremin, Cassola (Vi), Editore Moro, 1989.

G. Mignolli, *Difendere l'Italia ma salvare la pelle. Primo conflito mondiale nei diari di Pieve S. Stefano*, tese de conclusão de curso, Letras, Universidade de Verona, 2005-2006, rel. E. Franzina.

A. De Maria, "Un soldato e la sua guerra", in *Archivio diaristico nazionale*, Pieve Santo Stefano, col. MG/88.

G. Muraro, *Bacco a Verona*, Verona, Edizioni di "Vita Veronese", 1956.

N. Olivieri, *Il Lanificio Tiberghien fra storia e memoria. Documenti storici e testimonianze di lavoro del Lanificio di San Michele Extra a*

*Verona*, Sommacampagna, Cierre Edizioni, 2007.

G. Barbetta, *Verona nella prima guerra mondiale*, Verona, Edizioni di "Vita Veronese", 1956.

M. Girardi, *Verona tra Otto e Novecento*, Treviso, Canova, 2004.

A. Dilemmi, *Il naso rotto di Paolo Veronese. Anarchismo e conflittualità sociale a Verona (1867-1928)*, Pisa, Bfs Edizioni, 2006.

G. De Mori, *Vicenza nella guerra 1915-1918*, Vicenza, Giacomo Rumor Editore, 1931.

G. Pieropan, "Ritratto di Vicenza e della terra vicentina nella Grande Guerra", in *Vicenza e i suoi caduti, 1848-1945*, Il Comune di Vicenza a 140 anni dalla medaglia d'oro e 70 dalla Grande Guerra, Tipografia Editrice G. Rumor, 1988, p. 129-223.

E. Franzina (org.), *La classe, gli uomini e i partiti. Storia del movimento operaio e socialista in una provincia bianca: il Vicentino (1873-1948)*, Vicenza, Odeonlibri, 1982, 2 vol.

M. Cioffi, *Voci, false notizie e dicerie tra i soldati italiani durante la prima guerra mondiale*, tese de conclusão de curso, Letras, História Contemporânea, Università degli Studi di Roma "La Sapienza", aa. 2001-2002, rel. Vittorio Vidotto.

L. De Marco, *Il soldato che disse no alla guerra. Storia dell'anarchico Augusto Masetti (1888-1966)*, Santa Maria Capua Vetere (Ce), Edizioni Spartaco, 2003.

G. Borella, D. Borgato, R. Marcato (org.), *Chiedo notizie o di vita o di morte. Lettere a don Giovanni Rossi cappellano militare della Grande Guerra*, Rovereto, Museo storico italiano della guerra, 2004.

R. Morozzo della Rocca, *La fede e la guerra. Cappellani militari e preti-soldati (1915-1919)*, Roma, Studium, 1980.

I. Esposito (org.), *La vita militare di Gorlani Ovidio. Un diario della I Guerra Mondiale*, Brescia, Fondazione Civiltà Bresciana, 1988.

V. Lentini, *Pezzo... Fuoco. Artiglieri e bombardieri in guerra*, Milão, Omero Marangoni Editore, 1934.

M. Manzana, "Lettere di volontari trentini nell'esercito italiano

1915-1918", in *Venetica. Rivista di storia delle Venezie*, 1985, 4, p. 28-55.

F. Croci, *Scrivere per non morire. Lettere dalla Grande Guerra del soldato bresciano Francesco Ferrari*, Gênova, Marietti, 1992.

A. Monti (org.), *Lettere di combattenti italiani nella grande guerra*, Edizioni Roma, [Sancasciano Val di Pesa, Fi], 1936, 2 vol., II.

F. Foresti Fabio et al. (org.), *Era come a mietere. Testimonianze orali e scritte di soldati con immagini inedite*, San Giovanni in Persiceto, Strada Maestra, 1982.

G. Maestrello, "Memorie di guerra italo-austriaca. Diario [1915-1917]", in L. Beltrame Menini (org.), *Ta-Pum. Lettere dal fonte. Contributo morubiano nella grande guerra*, prefácio de M. Rigoni Stern, Pádua, Panda Edizioni, 2001, p. 254-313.

A. Gibelli, *Il popolo bambino. Infanzia e nazione dalla Grande Guerra a Salò*, Turim, Einaudi, 2005.

E. Franzina e E. M. Simini (org.), *"Romero". Igino Piva, Memorie di un internazionalista*, Schio, Odeonlibri, 2001.

B. Bianchi, *Crescere in tempo di guerra. Il lavoro e la protesta dei ragazzi in Italia 1915-1918*, Veneza, Cafoscarina, 1995.

B. Bianchi e A. Lotto (org.), *Lavoro ed emigrazione minorile dall'Unità alla Grande guerra*, prefácio de E. Franzina, Veneza, Ateneo Veneto, 2000.

M. Ermacora, *Cantieri di guerra. Il lavoro dei civili nelle retrovie del fronte italiano (1915-1918)*, Bolonha, il Mulino, 2005.

R. Piccoli, "Disertori al nemico veronesi e vicentini davanti alla corte marziale di Verona (1919-1921)", in *Venetica*, n.s., 2011, 24, p. 151-74.

P. Jahier, *Canti di soldati*, Milão, Mursia, 2009 (1. ed. 1919).

A. Molinari, "Un epistolario contadino della Grande Guerra", in Ead., *Donne e ruoli femminili nell'Italia della Grande Guerra*, Milão, Selene Edizioni, 2008, p. 82-95.

N. Bettiol, *Feriti nell'anima: storie di soldati dai manicomi del Veneto 1915-1918*, Treviso, Istresco, 2008.

B. Bracco, *La patria ferita: i corpi dei soldati italiani e la Grande guerra*, Milão, Giunti, 2012.

A. Gibelli, *L'officina della guerra. La Grande Guerra e le trasformazioni del mondo mentale*, Turim, Bollati Boringhieri, 1998.

B. Bianchi, *La follia e la fuga. Nevrosi di guerra, diserzione e disobbedienza nell'esercito italiano, 1915-1918*, Roma, Bulzoni, 2001.

M. V. Adami, *L'esercito di San Giacomo. Soldati e ufficiali ricoverati nel manicomio veronese (1915-1920)*, apresentação de B. Bianchi, Pádua, Il Poligrafo, 2007.

A. Valeriano, *Ammalò di testa. Storie dal manicomio di Teramo (1880-1931)*, Roma, Donzelli, 2014.

F. Caffarena, *Le terre matte e il caro paese. Epistolario di guerra dell'alpino Emanuele Calosso (1915-1918)*, Comune di Finale Ligure, 2001.

A. Grandotto, *Diario di un prete internato (1915-1916)*, N. Agostinetti, P. Gios e F. Panozzo (org.), Vicenza, Istituto di cultura cimbraroana, Comunità parrocchiale di Cesuna, 1984.

M. Nardello (org.), *La saga di un paese. Pievebelvicino nel libro cronistorico 1901-1948 del parroco don Girolamo Bettanin*, Roma, Viella, 2006.

G. Castellini, *Lettere, 1915--1918*, Milão, Fratelli Treves, 1921.

*Romano d'Ezzelino e il Grappa nelle due guerre. Testimonianze nel 70° della Vittoria*, organizado pela Sezione Cultura e stampa del Comune di Romano d'Ezzelino, 1998.

Q. Antonelli, *Storie da quattro soldi. Canzonieri popolari trentini*, Museo del Risorgimento e della lotta per la libertà, Trento, Publiprint Editrice, 1988.

M. Caracristi, *Il canto popolare in Trentino: dalle ricerche ottocentesche ai repertori di montagna*, tese de conclusão de curso, Letras, Università degli Studi di Verona, 2003-04, rel. Emilio Franzina.

E. Franzina, "L'epistolografia popolare e i suoi usi", in *Materiali di lavoro*, 1987, 1-2, p. 21-76.

A. Scottà (org.), *I Vescovi veneti e la Santa Sede nella guerra 1915-1918*, Roma, Edizioni di Storia e Letteratura, 1991, 3 vol.

F. Busato, *La stagione di Peo*, Cornedo, Edizioni Mediafactory, 2014.

A. De Marco e D. Gazzi (org.), *"Legende di guerra"*. *Grande guerra e ricordo popolare*, com a colaboração de L. Corrà, Rasai di Seren, Amministrazione e Biblioteca Comunale di Seren del Grappa, 1988.

P. Gios, *Preti e popolazioni dell'Altipiano in diaspora*, in *Gallio 1915-1918. Dramma di un paese*, Asiago 1986.

P. Gios, "Parroci e popolazione nella prima guerra mondiale. Un difficile fronte interno", in *Storia dell'Altopiano dei Sette Comuni*, I, *Territorio ed istituzioni*, Vicenza, Neri Pozza, 1994, p. 525-42.

D. Ceschin, "I profughi vicentini durante la Strafexpedition. Aspetti storiografici ed ipotesi interpretative", in *L'Italia chiamò. Memoria militare e civile di una regione* (n. monográ-fico de *Venetica*, s. III, 2002, 6, p. 93-122).

C. Rigon, *I fogli del capitano Michel*, Turim, Einaudi, 2009.

A. Frescura, *Diario di un imboscato*, Vicenza, G. Galla Editore, 1919.

P. Pozzato, *Un anno sull'Altipiano con i Diavoli Rossi*, Udine, Paolo Gaspari Editore, 2006.

E. Forcella e A. Monticone, *Plotone d'esecuzione. I processi della prima guerra mondiale*, Bari, Laterza, 1968.

T. Raumer, *Malo nella grande guerra*, organizado pela Amministrazione comunale di Malo, 1998 (1. ed. 1921).

S. Fornasa, *Cereda nella cronaca di don Giuseppe Bauce (1915-1932)*, Tipografia Melchiori (Parrocchia di Cereda, Gruppo culturale parrocchiale), Crespano del Grappa, 2009.

C. Stiaccini, *Trincee di carta. Lettere di soldati della Prima guerra mondiale al parroco di Fara Novarese*, Novara, Interlinea, 2005.

P. Giacomel, "Memorie di guerra in diari e lettere da Cortina d'Ampezzo", in *La memoria della Grande Guerra nelle Dolomiti*, prefácio de M. Rigoni Stern, Udine, Paolo Gaspari Editore, 2001, p. 58-92.

S. Milocco e G. Milocco, *"Fratelli d'Italia". Gli internamenti degli italiani nelle "terre liberate" durante la Grande Guerra*, Udine, Paolo Gaspari Editore, 2002.

M. Floretta, *Nelle viscere di queste miniere. Lettere e storie di emigranti partiti da Cloz agli inizi del '900*, Tipolitografia Inama-Taio, Cloz, 2011 (2. ed.).

A. Menapace, *Mia vita in guera. Menapace Alessio: diario di un trentino nella Grande Guerra*, Q. Antonelli (org.), Pro cultura-Centro studi nonesi, Cles, 2012.

J. F. Bertonha, "Non tutti gli italiani sono venuti dall'Italia. L'immigrazione dei sudditi imperiali austriaci di lingua italiana in Brasile, 1875-1918", in *Altreitalie*, 2013, 46, p. 4-29.

Q. Antonelli, *Caro maritto, adesso vi facio ridere. La satira politica di Romano Joris*, Mori, Editrice La Grafica, 1983.

F. Mazzini, *"Cose de laltro mondo". Una cultura di guerra attraverso la scrittura popolare trentina, 1914-1918*, Pisa, Ets, 2013.

C. Delibori, *La guerra di Anna Menestrina. Eventi bellici e vita quotidiana in un diario femminile trentino*, tese de conclusão de curso, Letras, Università degli Studi di Verona, 1996-97, rel. E. Franzina.

L. Altmayer Everton, *As falas dos Tiroleses de Piracicaba. Um perfil linguístico dos bairros Santana e Santa Olímpia*, Universidade de São Paulo, Faculdade de Filosofia, Letras e Ciências Humanas, Departamento de Letras Clássicas e Vernáculas, Programa de Pós-Graduação em Filologia e Língua Portuguesa, Dissertação de Mestrado, 2009.

A. Quercioli, "I volontari trentini nell'Esercito Italiano, 1915-1918", in *La scelta della Patria. Giovani volontari nella Grande Guerra*, Rovereto, Museo storico italiano della guerra, 2006.

N. Mantoan, *La guerra dei gas, 1914-1918*, Udine, Paolo Gaspari Editore, 1999.

E. Secchi Enrico, *Os meus 56 anos de Brasil. Um sonho: la Merica! – Un sogno: la Merica! I miei 56 anni di Brasile. Diario*, Concordia (Modena) – Porto Real (Rio de Janeiro), 1998.

E. M. Simini, "Lapidi e donne della grande guerra in Veneto: Schio e Magrè 1916/17", in *Venetica. Rivista di storia delle Venezie*, 1989, 12, p. 124-41.

E. M. Simini, *Il nostro signor capo. Schio dalla grande guerra alla marcia su Roma*, Vicenza, Odeonlibri, 1980.

E. Franzina (org.), *Una trincea chiamata Dolomiti. Ein Krieg – zwei Schützengräben*, Udine, Paolo Gaspari Editore, 2003.

G. Procacci, *Soldati e prigionieri italiani nella grande guerra*, Turim, Bollati Boringhieri, 1992.

L. Spitzer, *Lettere di prigionieri di guerra italiani 1915-1918*, Turim, Bollati Boringhieri, 1976.

A. Tortato, *La prigionia di guerra in Italia 1915-1919*, Milão, Mursia, 2005.

L. Giorgolini, *I dannati dell'Asinara. L'odissea dei prigionieri austroungarici nella prima guerra mondiale*, Turim, Utet, 2011.

G. Bussolari, "Giuseppe Vecchi da Persiceto a Londra attraverso l'Europa", in *Quaderni della Biblioteca comunale "G. C. Croce"*, 1999, 47, p. 61-94.

Q. Antonelli, *I dimenticati della Grande Guerra. La memoria dei combattenti trentini (1914-1920)*, Trento, Il Margine, 2008.

B. Bianchi, *La violenza contro la popolazione civile nella grande guerra: deportati, profughi, internati*, Milão, Unicopli, 2006.

G. Procacci, "L'internamento di civili in Italia durante la prima guerra mondiale. Normativa e conflitti di competenza", in *Dep, Deportate, esuli, profughe. Rivista telematica di studi sulla memoria femminile*, 2006, 5-6, posteriormente em *Annale dell'Istituto Romano per la storia d'Italia dal fascismo alla Resistenza*, Milão, Franco Angeli, 2007, p. 60-101.

M. Ermacora, "Le donne internate in Italia durante la Grande Guerra. Esperienza, scritture e memorie", in *Dep, Deportate, esuli, profughe. Rivista telematica di studi sulla memoria femminile*, 2007, 7, p. 1-32.

M. Baroncini, "L'italiano popolare nell'Italia della Grande Guerra", in *Il Risorgimento*, 1999, 2-3, p. 371-402.

M. Pluviano e I. Guerrini, *Le fucilazioni sommarie nella prima guerra mondiale*, Udine, Paolo Gaspari Editore, 2004.

L. De Clara e L. Cadeddu, *Uomini o colpevoli? Il processo di Pradamano, quello alla Brigata Sassari a Monte Zebio e altri processi militari della grande guerra*, Udine, Paolo Gaspari Editore, 2001.

G. Procacci, *Dalla rassegnazione alla rivolta. Mentalità e comportamenti popolari nella grande guerra*, Roma, Bulzoni, 1999.

G. Procacci, "*La società come una caserma. La svolta repressiva degli anni di guerra*", in *Contemporanea*, 2005, 3, p. 423-45.

F. Selmin, "'Italiani della nostra razza'. Lettere sulla guerra di un emigrato veneto in Brasile (1917-1918)", in *Venetica. Rivista di storia delle Venezie*, 1987, 7, p. 127-38.

E. Franzina, *Merica! Merica! Emigrazione e colonizzazione nelle lettere dei contadini veneti e friulani in America Latina, 1876-1902*, Verona, Cierre Edizioni, 2000 (1. ed. Milão, Feltrinelli, 1979).

C. Musa Fay, R. Gertz, A. De Ruggiero (org.), *Memórias da Grande Guerra e repercussões no Brasil (1914--2014)*, 14 a 16 de maio de 2014, PUCRS – Porto Alegre, Oikos Editora, 2014.

B. Bianchi, "I disobbedienti nell'esercito italiano durante la grande guerra", in *Parolechiave*, 2001, 26, p. 157-85.

B. Bianchi, "Le ragioni della diserzione. Soldati e ufficiali di fronte a giudici e psichiatri (1915-1918)", in *Storia e problemi contemporanei*, 1992, 10, p. 7-31.

P. Pozzato e R. Dal Molin, *E Bassano andò alla guerra... 1914-1918*, Bassano, Attilio Fraccaro, 2010.

L. Biondi, *Classe e nação. Trabalhadores e socialistas italianos em São Paulo, 1890-1920*, Campinas, Editora Unicamp, 2011.

M. Bandeira, C. Melo, A. T. Andrade, *O ano vermelho. A revolução russa e seus reflexos no Brasil*, Rio de Janeiro, Editora Civilização Brasileira, 1967.

[A. Kozlovic], *Caltrano nella Grande Guerra. Documenti e testimonianze*, Schio, Safigraf, 1999.

B. Bracco, *La patria ferita: i corpi dei soldati italiani e la Grande guerra*, Milão, Giunti, 2012.

D. Ceschin, *Gli esuli di Caporetto. I profughi in Italia durante la Grande Guerra*, Roma-Bari, Laterza, 2006.

B. Buosi, "Racconti dell'invasione, 1917-1918", in S. Zanandrea Steno (org.), *1918. L'ultimo anno della Grande Guerra*, Treviso, Istrit, 2011, p. 143-202.

M. Isenghi, *Giornali di trincea, 1915-1918*, Turim, Einaudi, 1977.

G. Rochat, *Gli arditi della grande guerra. Origini, miti e battaglie*, Gorizia, Editrice Gorizia, 1997.

A. L. Pirocchi, *Arditi. Le truppe d'assalto italiane*, Gorizia, Editrice Goriziana, 2011.

L. Ceva, "Notizie sulla battaglia dei Tre Monti", in G. Berti e P. Del Negro, *Al di qua e al di là del Piave. L'ultimo anno della Grande Guerra. Atti del Convegno Internazionale, Bassano del Grappa, 25-28 maggio 2000*, Milão, Franco Angeli, 2001, p. 309-28.

M. Isenghi et al., *Padova capitale al fronte. Ciclo di conferenze con mostre e atti*, G. Lenci e G. Segato (org.), Assessorato alla Cultura e Beni culturali del Comune di Padova, 1988.

G. Rochat, "Gli ufficiali italiani nella prima guerra mondiale", in P. Del Negro e G. Caforio (org.), *Ufficiali e società*, Milão, Franco Angeli, 1988, p. 231-52, posteriormente em Idem, *L'esercito italiano in pace e in guerra. Studi di storia militare*, R-A--R-A, Milão, Istituto Editoriale di Bibliofilia e Reprints, 1991, p. 113-30.

M. Guidorizzi, *Aspetti della società mantovana negli anni della grande guerra*, tese de conclusão de curso, Letras e filosofia, Università degli Studi di Verona, 2001-02, rel. E. Franzina.

S. Ferro, *Vita civile e politica a Verona durante la grande guerra, 1914-1918*, tese de conclusão de curso, Letras e filosofia, Università degli Studi di Verona, 2010-211, rel. R. Camurri.

E. Luciani, *Giornalisti in trincea. L'informazione durante la Grande Guerra in una città di retrovia*, Verona, Gemma Editco, 2005.

A. von Lehár, "Il 106 Reggimento", in P. Pozzato e T. Ballà (org.), *Il Piave. L'ultima battaglia della Grande Guerra*, Valdagno, Gino Rossato Editore, 2005, p. 140-60.

T. Ballà, "L'Ungheria e le truppe ungheresi durante la battaglia di Vittorio Veneto", in L. Cadeddu e P. Pozzato (org.), *La battaglia di Vittorio Veneto. Gli aspetti militari*, Udine, Paolo Gaspari Editore, 2005, p. 78-83.

L. Camera, *L'ultimo anno della Grande Guerra a Treviso nel diario di un'infermiera volontaria italo-americana*, trad. de E. Bellò, Treviso Istresco, 2010 (1. ed., *Porta Mazzini. Being a Narrative of Social and Military Life in the Zone of Operations on the Italian Front*, Shanghai, Kelly and Walsh, Limited, 1920).

H. Dalton, *With British Guns in Italy. A Tribute to Italian Achievement*, Londres, 1919.

N. Gladden, *Across the Piave*, Londres, British Crown, 1971 (trad. it. *Al di là del Piave*, Milão, Garzanti, 1977).

G. H. Cassar, *The Forgotten Front: The British Campaign in Italy, 1917-1918*, Londres, Hambledon Press, 1998.

F. Minniti, *Il Piave*, Bolonha, il Mulino, 2000.

L. Gasparotto, *Diario di un fante (in due volumi)*, II, Milão, 1919.

P. Pozzato, *Vittorio Veneto. La battaglia della vittoria (24 ottobre - 4 novembre 1918)*, Treviso, Istresco, 2008.

**1ª edição** junho de 2016 | **Fonte** Minion Pro
**Papel** daolin 68g | **Impressão e acabamento** Cromosete